시야 Siya —— 著
契約皇后的女兒 4
엄마가 계약결혼 했다
MOTHER'S CONTRACT MARRIAGE

目錄

CONTENTS

CHAPTER. 18
這是一個愛情故事Ⅱ

「等一下，迪亞蕾……」

一看神器，指針開始逐漸轉動。由於懸浮在空中，隨著角度變化，也可以看出是在下方還是上方。

布琳看著這一幕說道：「從角度來看，她現在已經走到前門，正在走上樓梯呢。速度快極了，然後現在……」

「怎麼樣！」

迪亞蕾再度從前門走回來並問道。此時她鞋子上的雪都還沒融化。

「妳是從前門進來，走樓梯上來的，對吧？」

「對！」

迪亞蕾連聲讚嘆，並坐回原位。地毯上留下一串濕漉漉的腳印，布琳稍微倒抽了一口氣。

「那麼，如果將雷澤爾特的頭髮之類的東西放進去，當她接近時就會有反應。在半徑二點五公里的範圍內會有反應。」

聽到莉莉卡的話，迪亞蕾詫異地問：「比追蹤魔法的範圍還小嗎？」

「嗯，畢竟是神器嘛。」

魔力不能隨意揮霍。即使製作出來的成品這麼小，要補充魔力也不容易。

她似乎明白了為何魔擊槍有射擊次數的限制。

『因為之前我送拉烏布神器時，也是先將從他那裡吸收的力量轉化為神器的魔力，再讓神器吸收熱量。』

「使用魔晶石可以擴大範圍，但我聽說魔晶石很貴，而且神器的尺寸也得變得更大。現在這個大小正適合隨身攜帶不是嗎？」

「確實是這樣。不過，我們有雷澤爾特的頭髮嗎？」

「當然有。」

能幹的侍女布琳微笑著拿出一個小盒子。

「這是從囚禁雷澤爾特小姐的塔樓床上拿來的。」
她小心地將銀色長髮放入神器，變成了一根銀色的指針。
然而，指針好像找不到方向，只是懸浮在中央緩緩旋轉。
「這表示雷澤爾特不在附近。你們剛才也看到了，如果她在附近，指針會告訴我們的。」
迪亞蕾的眼睛亮了起來：「皇女殿下，我也能得到一個這個神器嗎？」
「嗯，我想想辦法。」
「有這個的話，對追蹤會有非常大的幫助！這個神器叫什麼名字？」
「嗯，這個嘛……我還沒正式取名。」
「『飄浮針』怎麼樣？」
「迪亞蕾的取名品味不怎麼樣啊。」
「什麼？但是很可愛吧！指針也確實飄浮在空中。」
布琳輕聲介入其中，提出另一個選項：「『玻璃羅盤』怎麼樣？因為是用玻璃中的針來找人。」
「啊，這個不錯。那就叫玻璃羅盤。」
莉莉卡迅速採納了這個名字。迪亞蕾感到遺憾，但還是點了點頭。
莉莉卡看著三人宣布：「所以從現在起，讓我自由地走動吧。」
三人的目光看向玻璃羅盤，又轉回莉莉卡身上。
布琳輕聲笑道：「遵命。」
拉烏布也表示會向坦恩大人轉達這件事。迪亞蕾從座位上跳起來，對莉莉卡伸出手。
「那我們久違地去公園騎馬吧？」
「好！」

莉莉卡也從座位上跳了起來。

「在寒冬中去公園騎馬嗎？」

布琳提出疑問，但迪亞蕾回答：「這樣才有趣啊。」布琳也舉雙手投降。

她們轉眼間換上溫暖又厚實的騎馬服，騎上了馬。

下過雪的冬季公園裡有零星幾個人在散步。他們都用看奇景的目光看著迪亞蕾和莉莉卡。兩人興奮又輕快地策馬奔跑，甚至看不到周遭的這般目光。空氣冰冷透明，吸進一口氣就會咳嗽。

但越是疾馳，身體就越暖和。由於擔心動作太慢，馬的身體變著涼感冒，所以她們保持著一定的速度。

「迪亞蕾。」

「是，皇女殿下。」

「我有話想對妳說。」

「什麼事？」

迪亞蕾騎馬靠過來。莉莉卡壓低了聲音，但沃爾夫家的聽力很優秀。

「那個……我喜歡菲約。」

「什麼？」

雖然聽到了，迪亞蕾不得不再問一遍。莉莉卡的臉頰看起來更紅了。

「就是，嗯……我喜歡菲約。」

聽到她低喃回答，迪亞蕾想再問一次「什麼？」，但她勉強忍住了。

她反倒立刻轉頭看向皇女，莉莉卡正燦爛地笑著。

「我想一定要告訴妳，因為妳是我的談心朋友。」

「啊，嗯……是……」

迪亞蕾無精打采地回答後，看向皇女殿下，然後挺直身子。她發現皇女殿下似乎瞬間露出為難的苦笑。

迪亞蕾不希望皇女殿下露出那種表情。

「不論發生什麼事，我都是皇女殿下的談心朋友。我會一直站在您這邊，支持您的！」

「真的嗎？」

「是的，那當然。」迪亞蕾認真地問：「那您向他告白了嗎？接下來您打算怎麼做？伊格納蘭邊境伯爵現在丟下皇女殿下，去那裡做什麼呢？」

面對迪亞蕾一連串的問題，莉莉卡笑了出來。她的笑聲讓樹枝的些許積雪灑落下來。

莉莉卡說：「我是第一次和朋友聊這種事，感覺非常緊張又開心。」

聽到這句話，迪亞蕾感覺到自己的選擇是對的，也對她露出笑容。

迪亞蕾和莉莉卡騎完馬後，辦了一場睡衣派對。

她們換上睡衣，在大床上翻滾，迪亞蕾聽莉莉卡敘述了她的愛情故事。

其實那不算是愛情故事，但暗戀不也是戀愛的一種嗎？

「我喜歡菲約溫柔的地方。」

「啊……」

迪亞蕾在心底深處咬牙吞下「那傢伙只對皇女殿下溫柔，其實一點也不溫柔」這句話。

莉莉卡彷彿看透了她的心思，輕笑著說：「不對，比起說他待人溫柔，那更像是他的天性？其實菲約也能討厭阿提爾吧，以他的立場來說非常合理。」

阿提爾討厭菲約爾德。
但菲約爾德不討厭阿提爾，即使遭受巴拉特公爵那樣折磨，他也沒屈服。
「我覺得不那樣做正是菲約強大的地方，我喜歡這一點。」
「還有他的外貌？」
「迪亞蕾！」莉莉卡坐起身，隨即又仰倒在床上：「嗯，這是無法否認啦……」
低聲咕噥的皇女殿下很可愛，迪亞蕾因此笑了。
「迪亞蕾，妳沒有喜歡的人嗎？」
「我不喜歡比我弱的人。」
迪亞蕾微笑著回答後，莉莉卡點點頭說：「原來如此。」
兩人閒聊時，布琳拿來熱呼呼的陶瓷熱水袋放進床裡。不久後，她們都睡著了。
莉莉卡睡了一會兒後，在凌晨時醒來。
『咦……？』
有東西讓她感到非常癢，十分在意。
『怎麼回事？』
莉莉卡走下床。感覺像有人在輕輕觸動她的神經。這種感覺非常奇怪，既不舒服又麻癢。
『是那邊。』
莉莉卡穿上外衣。
「您要去洗手間嗎？」
「啊，迪亞蕾，吵醒妳了嗎？對不起，但有點事讓我很在意……」
「那我們一起去吧。」

迪亞蕾走下床，也穿上外衣笑著說：「變成深夜的皇宮探險了呢。」
「唔、嗯，這邊！」
莉莉卡指向窗戶，迪亞蕾則輕鬆將她抱了起來。
「您只要指揮就好，要走嘍。」
迪亞蕾打開窗戶跳了出去。這是第二次經歷這種事了，因此莉莉卡勉強忍住了尖叫聲。
指引了幾次方向，最後到達的是祕密花園。
『難道？』
莫名的感覺越來越強烈。
『果然沒錯！』
那股感覺正是來自之前從樹海帶來的花朵。
「我還在想這到底是什麼……這是從哪裡帶來的？」
阿爾泰爾斯早已站在花的旁邊。迪亞蕾急忙打招呼，莉莉卡則小跑過去。
「父親大人也感覺到了嗎？」
「那當然。這是？」
「這是烏巴送的花，很久都沒開花……我一直在想這到底是什麼東西……但這是什麼感覺？」
「妳試著專心感受看看。」
莉莉卡依言閉上了眼。她仔細感受那只令人感到不舒服的氣息，然後睜開眼睛。
「這是……魔力的聚集體嗎？」
「很類似但不同。看來它長時間慢慢吸取了周遭的生氣才盛開，妳看。」
花苞在他們眼前緩緩盛開，花苞和莉莉卡雙手合十一樣大。

純白的花朵綻放，魔力旋渦更為強烈。莉莉卡感到一陣反胃。

「妳在我的宮殿裡施展魔力時，感覺就像這樣。因為是不同的力量，異樣感非常強烈。」

「真的很抱歉……」莉莉卡不由自主地道歉。

純白的花朵在月光下層層盛開，花瓣從前端開始變得像玻璃一樣透明。莉莉卡不自覺地發出驚嘆聲。

花的內部似乎有個紅色的東西，一顆比珊瑚還紅的紅珠從裡面滑落。

「！」

迪亞蕾迅速接住珠子，偷偷看向阿爾泰爾斯和莉莉卡，接著把珠子遞給莉莉卡。

「皇女殿下，給您。」

「嗯，謝謝。」

魔力旋渦消失了，但珠子內部能感受到魔力。不，應該說是類似魔力的東西。

「這究竟是什麼呢？」

「應該是某種魔晶石。」

阿爾泰爾斯的回答讓莉莉卡驚訝地說：「但我從沒在其他魔晶石上感受到這種感覺啊？」

「因為魔晶石的魔力濃度和種類都不同。總之，樹海真多有趣的東西。」

莉莉卡望著像玻璃一樣的大花，又看著手中的珠子：「這可以拿走嗎？」

「花的主人不是妳嗎？」

阿爾泰爾斯說完，揉亂莉莉卡的頭髮後又說：「回去吧，會感冒。還有，這朵花我可以帶走嗎？」

「什麼？」

「我覺得妳媽媽會喜歡。」

「當然可以。」

聽到莉莉卡的回答，阿爾泰爾斯微笑著摘下花梗後消失了。

迪亞蕾說：「陛下真的很忙碌呢。」

「嗯，哈啾！」

莉莉卡打了個噴嚏，迪亞蕾像回過神般抱起她說：「我們也快點回去吧。」

「嗯。」莉莉卡手裡緊緊握住那顆紅色的珠子。

『以後要告訴烏巴這件事。』

雖然沒有被騙，但烏巴對魔晶石之類的東西似乎一無所知。

『他只是覺得這朵花很漂亮才送給我的吧？』

莉莉卡被迪亞蕾抱在懷裡，讓月光稍微照亮珠子。

『啊。』

她看到珠子中央有三條金線交織，宛如刻著星星。

布琳看到珠子後，給出評價。

「真像星光藍寶石呢，不過這麼濃郁的紅色……也很像珊瑚，但這種金線我是第一次見到，非常美呢。」她讚嘆道：「維持原樣也很漂亮，感覺會是很厲害的護身符。珊瑚據說有保佑健康的力量，請您隨身攜帶。」

「嗯。」

莉莉卡原本擔心會弄丟而想找個地方放，但她又不想那樣做。

『總想拿出來看看呢。』

莉莉卡把珠子放進口袋深處，用指尖玩弄圓潤的珠子。習慣那股令人不舒服的魔力後就不要緊了。它與她的魔力明顯不同，但操控方式感覺很相似。

她一手摸著珠子，一手重新讀起菲約爾德寄來的信。

信中寫著開墾地也下了雪。內容是平淡的日常生活，但她重讀了好幾遍。

『好奇怪。』

她讀著信，重新思考。信中莫名完全沒提到與健康相關的話題。

他不說謊，但也不說出事實嗎？

儘管送了許多禮物，她心裡仍感到不安。

『如果我也能像父親一樣使用瞬間移動的魔法就好了，但為什麼我這麼膽小呢？』

竟然害怕消失的瞬間。

她還有其他擔憂。

『蒂拉也怪怪的。』

哈亞好像和爸媽談過了，但他的狀態很奇怪。初次見面時，她也覺得哈亞就像雪精靈，但最近更是如此。他似乎逐漸將帶有人性的面貌藏在面紗之下，讓莉莉卡很擔心。

『如果他和爸媽談過了，應該也知道我是魔法師了吧？但我完全不曉得他是否知情。』

莉莉卡很好奇事情正如何發展，卻又無從得知，讓她十分鬱悶。她拿出石板，環顧四周。在這種時候，學習是最好的選擇。雖然她目前無能為力，但為了緊要關頭，她最好提前做好準備。

她畫著古語和魔法陣，陷入沉思。她試圖將之前對雷澤爾特使用的魔法進行各種修改，或猜測父親身上的魔法是什麼。

她擦掉又畫，擦掉又畫，當她用完所有石筆時，天已經黑了，手指也陣陣發麻。

莉莉卡最後擦掉石板上的內容。她剛才太專注了，頭腦昏沉。吃完晚餐，布琳一臉擔心地摸了摸莉莉卡的額頭。

「您好像有點發燒。請快去休息，您今天太認真學習了。」

「嗯……」莉莉卡點點頭，乖乖地鑽進被窩裡。

魔法陣在她的腦海中盤旋，但毫無意義，也沒有任何目的。她無法再深入思考了。

她進入了淺眠。雖然身體未動，但她能感覺到布琳來回走動。

布琳摸了摸她的額頭，替她換了熱呼呼的熱水袋。

——莉莉。

一道聲音響起。莉莉卡立刻認出了是誰的聲音。

『菲約？』

——莉莉。

聲音再次呼喚她，十分痛苦並喘著粗氣。

『這是夢嗎？不，這不是夢……我該怎麼辦？』

她不是指「該怎麼消除聲音」，而是「該怎樣做才能到他那裡」。

『就算我現在起身出發……不，不可能讓我出發的。啊，真是的。如果我能像父親一樣瞬間移動……』

『您可以的。』

『啊?!』

另一個聲音響起。

『艾、艾爾希？』

『是的，我是艾爾希。魔法師大人，我不知道您今天做了什麼，但您的魔力非常混亂。是身體不舒服

嗎？雖然多虧於此，我才能這樣擅自出現。』

即使在混亂中，莉莉卡還是精確地察覺到她的期望，問道：『你說我可以移動，對吧？』

『是的，沒錯。』

莉莉感覺到對方的笑意。

『只要前往聲音的來源不就可以了嗎？』

『啊。』

她不是要移動到一個不知名的地方，而是要到他的身旁。

即使身體消失了，心靈依然存在。

莉莉卡瞬間跨越了空間。

開墾地的木屋都是統一的風格，其中最大的木屋是領主伊格納蘭邊境伯爵的住所。

雖是臨時住所，但是個乾淨整潔的住宅。在建造過程中，工匠們都對菲約爾德的嚴謹感到不悅，但看到成品後，都讚嘆不已。下著大雪的開墾地十分寧靜，夜晚寧靜到能聽見從遙遠樹海傳來一些魔獸的低吼聲。

菲約爾德蜷縮在床上，強忍著痛楚。牙齒肯定都會因此斷掉，所以他像小時候一樣用皮帶當口銜咬在嘴裡。白天使用的權能越強，到了夜晚，痛苦就越劇烈。感覺像一股烈火燒灼全身。他希望自己昏過去，但他連這都做不到。

生理性的淚水不停滴落，指甲搔抓著床單。如果是抓地板，指甲應該掉光了。

看到領主的臉色日漸蒼白，有幾個人表示擔憂，但菲約爾德沒有放慢開墾速度。

『快一點，要再快一點。』

等所有事情結束後，他要再去見莉莉卡……

「菲約！」

一聲尖銳如慘叫的聲音傳來。他還來不及抬起模糊的視線，莉莉卡已經抱住了他。

「你還好嗎？菲約，不，對不起。有弄痛你嗎？」

她急忙後退問道，擔心自己或許碰到了他的傷處。她環顧四周。他明明說有僱用僕人，卻一個人也沒看到。

「為什麼，為什麼沒有人？有誰能去請醫生——」

莉莉卡正要衝出去，卻被抓住。

『好燙。』

被抓住的手腕感到滾燙的溫度。

「不要走。」

那道聲音低沉沙啞。莉莉卡停下腳步望著他，眼中開始泛淚。

「但、但是，菲約你……」

菲約爾德一把拉過她，使她一下子躺倒在床上。她無法起身，一雙手腕被緊緊握住。

「留在我身邊，好嗎？」

安撫似的語氣讓莉莉卡說不出話，只望著他。

握著她的手一動也不動。他的大手很燙，就這樣從下往上看時，曾以為纖瘦的身軀與她相比，骨架粗壯堅實許多。

「唔——」

湧上的痛苦使他蜷縮起身子。他咬破了嘴唇，流出血來。莉莉卡驚慌地掙扎。

「菲約？等一下，那個……菲約爾德·伊格納蘭。」

然而，她還是無法動彈，十分不敢置信。他似乎不想讓莉莉卡看見他的表情，蜷起身子，將臉埋進床單裡。

莉莉卡看不到他的表情。

他才剛放開她的手腕，又抓緊了床單。莉莉卡緊緊抱住他。

『魔法，用魔法……』

她想起自己忘了帶擺錘來。

『沒關係，我是魔法師，沒有擺錘也沒關係。』

她鼓勵自己後，釋放魔力，檢查菲約爾德的身體狀態。

「！」

莉莉卡驚呼一聲，倒抽一口氣。

火花。

到處都是火花。

就像把手伸進火中一樣，魔力產生劇烈波動。

『你一直都是這樣嗎？一直這麼痛苦……』

突然，她想起父親曾經告訴她的話。

構成龍的元素。

——火和空氣，還少了一項吧？

莉莉卡的回答是「燃料」。

『那他是在燃燒什麼……』

她從不曉得這是這麼殘酷的事，完全不曉得。她的視線變得模糊，明明知道現在不是哭泣無力的時候，眼淚還是不停流下。

『怎麼辦？我該怎麼辦？』

這不是她能夠修復的問題。這並非疾病或受到了傷害，也不是副作用。只是為了使用力量，火在燃燒菲約爾德。

『那麼，那麼……有其他東西可以代替燃料就行了。但要用什麼呢？有什麼可以……啊！』

莉莉卡急忙將手伸進口袋，摸到了觸感熟悉的珠子。

她抓起珠子，緊緊抱住菲約爾德。

『首先得了解結構。』

得像之前幫拉烏布一樣，找出問題所在。當然，這股熱度和痛苦正是最大的問題，但這真的是在燃燒菲約爾德？還是單純的火……

『蒂拉說過，不能尚未了解問題就隨意提出解決方案。』

莉莉卡深吸一口氣，將魔力推進他的體內。太強烈的痛苦讓她無法集中精神，無法好好思考就不可能找出答案。

『不行，那要先增強魔力……』

她必須想辦法。莉莉卡咬緊牙關，再次嘗試。痛苦明顯比剛才減輕許多。

『啊，原來不是把菲約當成燃料燃燒。』

過了一會兒，她找到了答案。

『是他無法承受在他體內產生的火花……無法用力量釋放所有熱量……那麼……』

真的跟拉烏布的狀況很相似。莉莉卡握著珠子，全身被冷汗浸濕。

「等我一下，菲約。我會想辦法幫你的。」她的聲音也變得沙啞。

莉莉卡拿出了珠子。

『首先得將火花集中到這裡，然後讓他排出未燃燒的熱量，讓菲約不那麼痛苦。要引到體外，體外。』

她想起了哈亞的課程。

——眼睛是唯一暴露在外的器官。

『眼睛？用眼睛嗎？但眼睛很脆弱，就用珠子加強，建立起將火的熱量再次轉化為力量的循環結構。』

莉莉卡舉起珠子。珠子中的星形在模糊的視野中依舊清晰。

『星星……星星是會爆炸……不斷燃燒的光……』

莉莉卡回想著完成的構造，用全力注入所有魔力。她從未一口氣注入過這麼多魔力。

她驚呼一聲，感覺就快窒息，但一切都墜入了一片黑暗。

菲約爾德感覺到體內的火花一口氣消失了，彷彿找到了出口般，一口氣就消失無蹤。

一陣無力感席捲全身。他眨了眨眼，發現莉莉卡就在他懷裡。

『這是夢，還是現實？』

他呆愣地看著她，慢慢伸出手：「莉莉？」

他輕輕撫上的臉頰既柔軟又冰涼。他驚訝地收回手，又急忙搖了搖莉莉卡。

「莉莉？莉莉！」

嬌小的身體像人偶一樣無力地搖晃。有東西從她手中掉到地上。

——啪嚓。

一顆漆黑的石頭落到地上，碎成了灰燼。這宛如不祥的徵兆，他注視著地上的灰燼，又低頭看著莉莉卡。

平時充滿活力的皮膚現在蒼白無比，他輕輕握住她的手也依舊冰冷。

他感覺自己像是跌到地上……不，是跌進無底的黑暗中。

是夢嗎？

這是夢嗎？

如果這是夢……

他耳裡嗡嗡作響，渾身發抖，彷彿無法穩住身體。

他的一生中曾有過這麼害怕的時刻嗎？即使如此害怕，腦海一隅卻異常冷靜，彷彿那正是真正的他，可笑極了。

『還不能確定任何事。』

一切都等確認清楚再進行也不遲。

他咬緊嘴唇，再次仔細檢查莉莉卡，同時喚道：「莉莉、莉莉卡，我的知更鳥皇女殿下，快醒醒。」

莉莉卡仍無力地躺著。他分不清是她的身體冰冷，還是因為自己的身體太燙才覺得冰冷。

他伸手摸向莉莉卡的頸側，指尖顫抖。隱約感受到脈搏跳動後，安心感湧上心頭。這次他輕輕地將耳朵貼在她的胸口。

——怦通、怦通。

雖然感覺有些緩慢，但菲約爾德聽到了心跳聲。他瞬間鬆了一口氣，差點暈倒。他只想這樣倒下。

他緩緩地將身體移開，躺到莉莉卡身旁。

『但要放心還為時過早。』

莉莉卡的身體或許還有什麼異常，也不清楚她現在為什麼會在這裡，而且說不定他就此閉上眼睛再睜開時，一切都無法挽回了。

這時，莉莉卡慢慢睜開眼睛。他想呼喚她的名字，卻說不出口。

兩人躺著四目相對。莉莉卡微微一笑，緩緩伸出手撫摸他的眼角，手指冰冷。

「不要哭。」

這句話讓菲約爾德一驚，他完全沒發現自己哭了。

莉莉卡小聲地說：「我太累了……讓我睡一下……好嗎？」

她的手無力地垂下，再次閉上眼。這次菲約爾德驚醒過來坐起身，全身沉重。

確認莉莉卡只是睡著了，菲約爾德才放下心，撫著她的臉頰。

她十分冰冷。

他搖搖晃地站起來，往壁爐裡添加柴火。身體疲憊到連一隻手指都不想動，而他忍住這種感覺，煮水倒入熱水袋。確認莉莉卡的身體變暖後，他替她蓋上被子，拉至脖子。

為了莉莉卡醒來時有水可以喝，他往茶壺裡倒入滿滿的水，掛在壁爐前。水馬上就滾了，蒸氣噴騰而出。房間因此變得溫暖了些，稍微舒緩了乾燥感，呼吸似乎更順暢了。

非常小的玻璃窗上泛起霧氣。菲約爾德呆愣地看著，抹上自己的臉頰。他的臉頰是濕的。

『我一直在哭嗎？』

他看著沾在指尖上的水珠，走向床邊。莉莉卡似乎睡得很安穩，臉色也恢復了。

他坐在她面前，開口說：「莉莉，如果妳出了什麼事，就跟我死去無異。所以我希望妳不要再做任何魯莽的事。」

凝視著她熟睡的臉龐，他不由自主地說：「如果妳死了，我也活不下去。但應該不會在這裡。我怎麼能和妳死在同一個房間裡呢？那是不被允許的……我……」

我會遠赴樹海死去，盡可能遠離妳。

如果死後還跟著妳，那不是會讓妳困擾嗎？

「莉莉卡，我的皇女殿下，我希望妳成為世界上最幸福的人。如果要付出我的生命，我願將一切獻給妳。毫無保留地獻給妳。」

當菲約爾德這麼說時，也覺得這樣十分自私。
但他很幸福。
為她獻出所有生命的這句話，能讓人感到如此幸福嗎？
不管莉莉卡是否接受。
『就算不能為妳而活……』
至少死，也要為妳而死。
「我的知更鳥小姐會變得越來越美，能待在妳身旁的人不能是像我這麼奇怪的人，一定會有其他人站在妳身邊……」
堵在心裡的話自然而然地流露出來。
雖然在昏迷的人面前說這種話不太恰當，但心思一旦爆發就難以收起。說出口後，情感變得如肉眼可見一般鮮明，能夠辨明自己的心和想法。
「但我還是想一直留在妳身邊。」
他偶爾很羨慕厚臉皮的阿提爾。不，不是偶爾，而是經常非常羨慕。阿提爾能隨意觸碰莉莉卡、跟她說話、捉弄她，即使他說了惹她不悅的話，他們終究還是一家人。因為身在「家人」這個範疇內，阿提爾盡情享受著那個位置，偶爾還會向他炫耀。
但菲約爾德不是。
只要莉莉卡放手，不論何時，他就會像被河水沖走一樣遠去。所以他總是溫柔、親切且柔和地對待她。當然，他從沒想過要粗暴地對待她。她永遠都是他的知更鳥皇女殿下，珍貴的莉莉。
但他有時，不，應該說是經常，甚至頻繁地，想緊緊抓住她，以她無法反抗的力道壓著她，讓她無法逃脫，不顧一切地傾訴自己的心意，向她告白。就像拿著一杯快要溢出的水一樣，走著走著，水就會不小心溢出來。

每當這時，莉莉卡都會若無其事地握住他的手，讓他開心到難以壓抑。

他悄悄把手伸進被子下，握住她的手，嘴角不由自主地揚起笑容。是啊，只是牽到手就夠了。

壁爐和溫暖的水蒸氣開始讓空氣變得溫暖，菲約爾德開始打起盹來。

菲約爾德在睡夢中聽到動靜而醒來。他本能地從懷中抽出匕首，打算揮向對方時大吃一驚，停下動作。

眼前站了一個意料之外的人。

「阿提爾殿下……？」

「知道是我之後，你還想拿匕首對著我？」

菲約爾德慢慢放下匕首，依舊沒有移開視線：「真的是殿下嗎？」

「還有假的嗎？不，可能有吧，畢竟上次也有假的你。」阿提爾嘟囔著，往旁邊退開一步並說：「那叫醒那傢伙問問看就好啦。喂，莉莉。」

「別叫醒她，也別靠近她。」

菲約爾德隨意的口氣讓阿提爾露出寫著「呵，看看這傢伙」的表情。這個表情太過自然，菲約爾德差點就放下了匕首，但他不能將莉莉卡的生命寄託在自己不確定的結論上。

兩人凝視著彼此對峙時，阿提爾說了一句「真是的」，彈了一聲響指。同時，周圍所有的物品都飄到空中。

「可以了嗎？」

「還不行。」

即使是心之女王的贗品也能奪走力量。

「殿下送給皇女殿下的生日禮物是什麼？」

「七鐘。」

「我們是誰？」

「啊，真是的。覆盆子同盟。」

阿提爾連續回答了兩個問題後，菲約爾德這才放下匕首。他把匕首收回鞘中，向對方致意。

「伊格納蘭邊境伯爵參見皇太子殿下。」

「好了。」

阿提爾放下手，所有物品都回到了原位。莉莉卡睡著的床也輕輕落地。阿提爾走到床邊，看著莉莉卡熟睡的臉龐，深嘆了口氣。

「這傢伙真是的……都不知道宮裡已經亂成一團了。」

他想捏莉莉卡的鼻子而伸出手，菲約爾德攔住了他。

「殿下，這裡是我的領地，我的城堡，而這位是我的客人。」

「那又如何？我是她哥哥。」阿提爾捏了捏莉莉卡的鼻子。

莉莉卡立刻發出細微的呻吟，但並未醒來。菲約爾德煩惱著攻擊皇太子是否會構成叛國罪，同時再次說道：

「皇女殿下累了，請不……」

「跟你的眼睛有關嗎？」

「什麼？」

他吃驚地反問後，阿提爾指著菲約爾德的左眼說：「你的眼睛變得很奇怪。你不知道嗎？」

菲約爾德立刻遮住了眼睛，但沒有離開。他可不是會在這時為了確認眼睛而離開的傻瓜。

「……」

菲約爾德瞪視般的視線使阿提爾更感到無言，但他忍住了。總之，他非常慶幸莉莉卡安然無恙，並且發現的人是自己。而他能獲准獨自來到這裡，也證明叔叔認可了他，因此讓他心情大好。

「那我們在莉莉醒來前聊聊吧。我也是客人，請我喝杯茶如何？」

「……遵命。」

莉莉卡站在花園裡。這是她熟悉的花園，以往上魔法課的地方。

巨大的陰影落下，她抬頭看向天空，有一條龍在天際滑翔。

那條漆黑的龍展開龐大的翅膀，輕輕擺動尾巴，在空中翱翔。

「很美吧？」

站在旁邊的男人低聲說道。她回頭一看，是艾爾希。

他低頭看著莉莉卡，露出微笑：「您做了很危險的事呢，魔法師大人。」

「我嗎？」

「對。」

莉莉卡茫然地看著他，突然回過神來，不自覺地大聲說：「菲約爾德！菲約怎麼樣了？他沒事吧？」

「是的，您徹底改變了菲約爾德小公爵。最後的魔法師啊，您必須意識到魔法具有危險，人類的願望必須有所限制，不該實現所有願望才對。」

莉莉卡聽到這番警告，陷入沉思：「我對菲約施加的魔法出了問題嗎？我做了壞事嗎？」

「他的能力很不穩定，這是理所當然的，因為他，該怎麼說……」艾爾希摘下一片樹葉，撕成兩半，然後與旁邊的花瓣結合起來。「他是這種生物。巴拉特花費漫長的時間才創造出他，他的能力也不屬於他，因此他理所當然必須承受痛苦。」

「沒有人應該承受那種痛苦。」莉莉卡反駁道。

艾爾希露出苦笑，把結合的花瓣和樹葉遞給莉莉卡。當莉莉卡接下時，外觀發生了變化。

它變成了介於花瓣和樹葉之間的物體，形成自然的漸層色，綠色和紅色相接，越到末端越像花瓣一樣單薄，並出現了美麗純白的葉脈。

「現在您像那樣改變了那個存在。您使用了非常多魔力吧？您以前施展的魔法都不會消耗這麼多魔力，這是您第一次像這樣使用如此強大的魔法，自然會對身體造成衝擊。」

艾爾希輕輕用指尖推了一下莉莉卡的額頭：「您還年輕，請別忘了您的身體還沒有完全成熟。」

莉莉卡看著手中美麗的葉片，然後撫著額頭。感覺有點似曾相識……

「艾爾希。」

「是。」

「你和父親大人認識嗎？」

艾爾希露出驚訝的表情，隨即尷尬地微笑。看到那個表情，莉莉卡反問：「真的嗎？」

「嗯，是的。」

莉莉卡感到很神奇。艾爾希清了清喉嚨後說：「但我只是個亡靈，而您還活著。事實上，我不該像這樣透過皇女殿下干涉這些事。」

「但你干涉了啊。」

「是啊。」艾爾希輕輕一笑：「但我也必須去做自己的事。總之，皇女殿下，您做事太魯莽了。」

莉莉卡端詳著葉片：「那菲約現在沒事了嗎？」

「他沒事了。」
「這會造成問題嗎？」
「這不好說。」
莉莉卡望向他：「但你剛才說得好像是個很嚴重的問題。」
「是啊，如果把它當成問題會沒完沒了，但如果不當成問題就沒事。那就像這樣吧，總之，我得知了一件事。」
「什麼事？」
「巴拉特完成了他們的傑作。」
「才不是呢。」
莉莉卡堅決地說完，艾爾希冷漠地看著她。
莉莉卡將葉片舉到眼前並說：「是菲約爾德．伊格納蘭完成了。」
艾爾希瞪大了眼，隨即笑了：「是這樣啊。」
「對，而且別再隨意進入我女兒的夢境擾亂她了。更何況，這些話也不是你該說的話吧？」
聽到傳來的聲音，艾爾希和莉莉卡都驚訝地轉過頭。
阿爾泰爾斯站在背後。
『咦？』
莉莉卡吃了一驚。
『父親的頭髮好長……』
莉莉卡覺得有點不適應，而艾爾希似乎慌張地躲到莉莉卡的背後。莉莉卡無奈地回頭看他。
阿爾泰爾斯開口：「滾。」

「！」

莉莉卡瞪大雙眼。

『這、這是我的夢耶！我被彈出來了？』

「怎麼，妳終於醒了啊？」

莉莉卡聽到聲音轉頭看去，看到阿提爾後驚訝地想坐起身，但輕聲哀號了一聲。

『不可能。』

全身都好痛，稍微一動，身體就發出慘叫。比她之前用刷子刷完廚房地板的隔天還要嚴重。

「怎麼了？妳沒事吧？」驚訝的阿提爾走近，摸上她的額頭，也摸了摸自己的。他表情嚴肅地說：「老實說我感覺不出來。妳覺得妳有發燒嗎？感覺如何？」

「皇女殿下，您醒了。」

菲約爾德打開門，將托盤放在壁爐上後快步走過來。他走近後將手放在莉莉卡的額頭上，說：「您在發燒。身體感覺怎麼樣？」

「全身都好痛……」莉莉卡的聲音也完全沙啞了。

菲約爾德幫助她坐起來，將枕頭放到她背後，讓她坐直身後問道：「有其他不舒服的地方嗎？」

「沒有，菲約呢？你還好嗎？」

「我沒事。」

聽菲約爾德這麼說，莉莉卡一臉懷疑地看著他，輕聲驚嘆：「菲約……」

菲約爾德微微一笑。他左眼的虹膜周圍有六道淡淡的光芒，原本金紅色的瞳孔變得更深了。與右眼一比，能明顯看出差異。莉莉卡伸出手，卻因為虛弱無力而失敗。她的手臂很沉重。

「菲約。」

「是，皇女殿下。」

「你的眼睛非常漂亮。」

明明是莉莉卡造成的，她這麼說有點奇怪，但她一笑，菲約爾德也對她微笑。

阿提爾在兩人之間揮揮手，吸引他們的注意。

「好了，既然妳醒了，我們回去吧。」

咕嚕嚕——

這時，莉莉卡的肚子發出響亮的聲音。她的臉變得通紅，阿提爾則放聲大笑。

菲約爾德平靜地說：「我拿了些食物來。如果您不介意，即使要回去，也先吃一點再走吧。」

他拿著放在壁爐架上的托盤走回來。咕嚕聲停不下來，因此莉莉卡狠狠地瞪向大笑的阿提爾，偷偷看了菲約爾德一眼。

她無論如何都不想讓喜歡的人聽到這樣的聲音，但看到菲約爾德那若無其事的舉止，她也放下心來。

他端來的托盤上放著香氣四溢的湯。聞到那股香味，她的肚子再次躁動起來。

莉莉卡想伸手拿湯匙，菲約爾德阻止了她。

「剛才您看起來連舉手都很吃力。」他坐下來，把托盤放在腿上，拿起湯匙，舀起湯後伸到莉莉卡的嘴邊：「來，請您張嘴。」

「……！」

若是以前，她或許會順從地張開嘴，但現在她非常害羞。莉莉卡拚命地看向阿提爾。

看到她用眼神求助，阿提爾推開菲約爾德，接過湯匙並說：「這個年紀了竟然還得照顧妹妹。」

菲約爾德有些沮喪地站在一旁時，莉莉卡拍拍自己旁邊的座位：「菲約，你也坐吧。很好吃。」

「好吃嗎？那妳多吃一點。」

阿提爾一邊嘟囔，一邊忙著喂她喝湯。

當碗裡的湯喝了一半時，莉莉卡點了點頭：「我現在好多了。謝謝你，阿提爾。」

「別客氣。」

「還有，我也有話要對菲約說。那隻眼睛是我造成的。」

「我知道。」

「你知道？」莉莉卡驚訝地問道，菲約爾德微微一笑。

「畢竟能做到這種事的，只有魔法少女了吧。」

「啊……嗯。阿提爾也請一起聽我說，其實呢，幾年前烏巴給了我一顆種子。」

她從那件事開始講述，一直說到前陣子發生的事。

菲約爾德輕輕將手放在自己的左眼皮上：「原來如此，所以……」

不論是使用權能時還是平常，那種慢性的痛楚完全消失了。這樣毫無痛楚的日子對他來說還是第一次，甚至覺得很奇妙。

「所以，之前是因為我用了太多魔力才那樣，現在應該沒事了。」

阿提爾的臉色凝重，他知道她不是魔法少女，而是真正的魔法師。真的沒事嗎？

「偏偏是因為這個小子。」

他的手指指著菲約爾德，像要刺上對方。莉莉卡則害羞地笑了笑。

「總之，剩下的話我們回去再說。回去後，嬸嬸一定會狠狠罵妳一頓。」

「好的……」

莉莉卡無力地回答後，菲約爾德匆忙地抓住她。

「皇女殿下，請待會再走，等身體完全康復再離開吧。在那之前，您想待多久都可以。」

「比起這裡，她還是回宮比較好。」阿提爾斬釘截鐵地說，莉莉卡也點點頭。

「我得先回去才行。畢竟我私自離宮，大家應該都很擔心。」

菲約爾德微微垂下目光。

已經足夠了，他應該感到歡喜和感激。

莉莉卡為他轉移到這裡，還用了她珍貴的珠子，而他已經完全康復了。

如今他不會再感到不適，變得更健康了——這讓他感到不安，如果莉莉卡對他的同情消失了，她還會繼續關心他嗎？

還會向他伸出手嗎？

『夠了，夠了。這樣就夠了啊，你該感到高興，菲約爾德。』

他催促著自己抬起頭，微笑道：「這樣啊。真可惜，我無權留住皇女殿下。」

「嗯。對了，菲約。」

莉莉卡稍微壓低聲音後，菲約爾德向她傾身靠近，莉莉卡低聲說：「現在我知道怎麼瞬間移動了，我下次會再來玩的。」

菲約爾德的臉色明亮了起來，他壓抑著猛然湧現的喜悅說：「我會等您的。」

阿提爾一把將她從床上抱起後說：「要走嘍？」

「好的，好的。」

莉莉卡剛緊緊抓住他的衣襬，阿提爾隨即躍起。

風勢猛烈地吹來，看到眼前拓展開來的景色，莉莉卡驚嘆出聲。

他們站在一座高聳的山頂上，而且非常非常冷。阿提爾看到她的反應，慌張地問道：「會冷嗎？」

莉莉卡感覺到牙齒不由自主地咯咯作響，點了點頭。

阿提爾脫下自己的披風將她裹住，但這點衣物遠遠不足以抵抗寒意。

莉莉卡雖然在顫抖，仍舊四處觀望，看到銀白閃耀的山脈和位於溪谷下方的小村莊。

「這、這裡是？」

「我上次路過時看到這裡，覺得非常美，所以也想帶妳來看看。難得只有我們兩個，就想讓妳看看。」阿提爾笑著說。

他想讓身體不適又即將被嬸嬸罵的妹妹看看美麗的風景，讓她轉換心情。

莉莉卡十分高興阿提爾為她著想，但她心想，如果不是現在會更好。

『如、如果我穿上能禦寒的衣服，應該會更開心。』

身體也不會像現在一樣不舒服。

除了偶爾因為壓力或中毒而生病之外，塔卡爾無法確切認知到「身體不適」是什麼狀態。

既不是喝下了毒藥，也沒有受傷，那應該就沒問題吧？

再說，他身上流著龍血，本就不怎麼怕冷。阿提爾心想，莉莉卡也是魔法師，應該也與他差不多吧。

阿提爾正在描述那個村落時，莉莉卡打斷了他。

「這、這、這裡非常美、美，但、但是阿提爾，我現在太冷了……」

她全身開始發抖，阿提爾這才意識到莉莉卡的情況很嚴重。

「妳非常不舒服嗎？」

「……」

莉莉卡沒有回答。

驚訝的阿提爾搖了搖她，大吃一驚後再次跳起。

他們降落在宮殿裡時，布琳震驚地大叫出聲。

莉莉卡之後整整三天三夜裡都發高燒。

露迪婭努力抑制著湧上心頭的怒火。這股怒氣該向誰發洩？

她長吐出一口氣，而阿爾泰爾斯在身後幫她揉揉肩膀，她的身體自然放鬆下來。她任由他的手繼續按摩，說：

「莉莉卡明明一直都是個乖巧聽話又善良的孩子。」

「現在她也一樣乖巧聽話又善良啊。」

「人們不會用『乖巧』來形容一個半夜從床上消失的人。」

「那是因為她還是個孩子。」

「對，就因為她是個孩子才會跑出去，但一般的孩子跑到宮殿周圍就被抓到，但她不是普通的孩子啊。竟然跑去樹海？我的天啊。」

「正確來說，是伊格納蘭的領地。」

「她還在那裡……治好了菲約爾德吧？」

「對。」

露迪婭一臉不安地回頭看著他：「莉莉卡沒事吧？如果是因為使用了力量才讓她那麼痛苦……」

「她會沒事的。這是因為她現在年紀還小，身體還沒發育成熟才會這樣。」

「好吧。」

「再說，阿提爾自己也承認了，他帶著生病的妹妹爬上了冰雪山頂。」
「阿提爾需要學會如何照顧普通人。」
阿爾泰爾斯笑了：「畢竟塔卡爾不怎麼會生病，而且他還年輕啊。」
判斷力不足也是理所當然。
阿提爾看到莉莉卡生病發高燒，嚇了一跳，又聽到醫生說「如果一直像這樣發高燒，眼睛、耳朵或頭部可能也會有問題」後，他嚇得臉色發白。
露迪婭當然也一樣臉色發白。
如果不是阿爾泰爾斯悄聲告訴露迪婭「始祖的魔力會保護莉莉卡」，她絕對不會離開莉莉卡身邊。
她不分日夜地照顧莉莉卡，差點就先累垮了，因此阿爾泰爾斯不得不硬將她帶離莉莉卡身邊，而阿提爾欣然接下了照顧莉莉卡的工作。
布琳看著這樣的阿提爾，露出「真的好麻煩」的表情，但阿提爾按照她的指示，相當用心地照顧莉莉卡。
「所以我想，」阿爾泰爾斯開口，「兩年後怎麼樣？」
露迪婭立刻明白了他的意思。這也是她一直在腦袋一隅煩惱的問題。
是關於解除詛咒的問題。
「兩年後嗎？」
「那時莉莉卡也成年了，她的身體應該也強壯到足以承受魔力了。」
露迪婭完全轉過身來，正視著他：「那時我們也已經離婚了。」
「對。」看著露迪婭的表情，阿爾泰爾斯咧嘴一笑，「怎麼了？妳很擔心嗎？」
「一點也不擔心。因為我離婚後的計畫很完美。」
「是嗎？」

「是的。」露迪婭抬起頭：「我會買一棟好房子，和莉莉一直在一起。因為就像我說的，我已經厭倦了平凡的男人。」

阿爾泰爾斯的表情因為後半句話動搖了。露迪婭心想著「果然」，輕輕笑了。

『阿爾泰爾斯果然也很不安啊。』

其實，他可能比她更不安。

露迪婭也想起那位說愛他，將他變成人類的塔卡爾。

如果你不是人的模樣，我應該不會愛上你。

看到露迪婭笑了，他把她抱進懷中。露迪婭說：「我夢見龍了。」

「然後呢？」

雖然看不見臉，露迪婭仍然平靜地接著說：「牠非常美麗呢。」

「是嗎？」

「是的，我當時十分讚嘆，居然有這麼帥氣的生物。」

阿爾泰爾斯緊緊抱著她，而露迪婭回抱他說：「啊，但是有一件有點煩人的事。」

「什麼？」

「牠說了什麼心靈結合之類的。」

他的背猛地一震，隨後大笑出聲。露迪婭仍帶著調皮的語氣抱怨：「真是太過分了吧？」

「是啊，真是失禮。」阿爾泰爾斯一邊說一邊逐漸靠上她。雖然很重，但露迪婭撐住了。

「還有……」

露迪婭猶豫著該不該繼續說下去。

——即使你化為龍，飛到遠方不再回來也沒關係。因為即使如此，你愛過我的事實也不會消失。我將來會看著自由飛翔的龍，告訴我的孫子們：

奶奶曾經與那條龍相愛過。

龍的記憶是永恆的，你愛過我的事實也會永遠留在你的記憶中吧。

——你是我第一次，也是最後一次愛的人。

但她無法說出這番話。這句話可能反倒會讓阿爾泰爾斯難受。

「還有什麼？」阿爾泰爾斯拉開距離問道。

露迪婭慢慢閉上眼睛，頭靠在他的肩膀上，獨自低喃似的說：「我很遺憾無法看到您飛翔的樣子。」

那條在空中優雅滑翔的龍。

莉莉卡康復後，露迪婭和阿爾泰爾斯提出了兩年後的建議，眼睛下方帶著黑眼圈的莉莉卡點了點頭。

若要解除所有詛咒，應該會耗費更多魔力，等身體完全成熟後再進行肯定比較好。

『我居然會在使用魔法後失去意識。』

現在想想，令人毛骨悚然。如果魔法沒有確實完成，誰也不曉得會發生什麼事。

『也有可能從菲約爾德的眼睛噴出火，或者永遠失明，又或者發生火焰逆流吧？』她越想越害怕。

兩人也謹慎地告知了印露這個提議，哈亞一如既往地面無表情接受了這個提議。

「我知道了。」

他只說了這句話。從那以後，就不曾見過他之前顯露出來的敵意或憤怒，但露迪婭卻不這麼認為。

即使得犧牲莉莉卡的生命來解開詛咒，哈亞應該也覺得無所謂，因為他垂死的族人更重要。但他老實地接受了以莉莉卡的健康為由，延後兩年的提議。這讓露迪婭感到很奇怪。

露迪婭努力不漏掉任何來自印露的資訊，但要收集極北的資訊幾乎是不可能。

『沒辦法，只能監控他在首都的行動了。』

於是露迪婭用各種要求壓榨約翰．威爾。

莉莉卡因為生了一場重病，在床上躺了很長一段時間。更重要的是，魔法的力量大幅減弱了。

隨著身體逐漸康復，魔法也一起恢復了，但她得知魔力會隨著身體狀況改變後十分驚訝。

「這是當然啊。」阿爾泰爾斯推了一下她的額頭，「魔法也是妳的一部分。如果身體不好，就無法正常使用，所以自我管理要始於身體。」

「是的。」

由於無法用魔法一次徹底治癒疾病，莉莉卡吃了不少苦頭。她整個冬季都在咳嗽，因此讓布琳十分焦急，到了春天，莉莉卡這才完全康復。她重新體會到了天氣的重要性。

當她完全康復時，金沙商隊推出了一款新商品，那就是油炸油。

莉莉卡也是在來到宮殿後才嘗過油炸食品，之前她從未吃過，因為耐高溫又不會燃起的油十分罕見。但金沙商隊以相當便宜的價格，獨家推出了油炸用的油，並在首都開設了幾間炸物店。

起初大家都不熟悉油炸料理，但價格比想像中便宜、熱量高、具有飽足感，最重要的是很美味。

『炸一炸，連鞋子都美味！』

隨著這樣的廣告標語，油炸用油熱賣起來。

其他商隊也為了得到油炸用油，試圖找出油炸用油的來源究竟是哪裡。

油炸用油的來源正是「伊格納蘭領地」。

油炸用油在首都穩定地銷售。金沙商隊沒有一次供給大量貨源，獨家開設了炸物店。由於店鋪外觀整潔且懸掛統一的招牌，任何人都能輕易辨認。

炸物店的人氣迅速攀升，機靈的人們敲開金沙商隊的門。

『我想開一家炸物店。』

這時，查查蘭達會讓對方簽署店內裝潢、食材供應等等都由金沙商隊獨家提供的合約，得以開店。

當然，他們嚴格限制了店鋪的數量，因此成為首都最有名的店之一。尤其是冰涼的啤酒搭配熱騰騰的炸物料理極受人們歡迎，總是門庭若市。

莉莉卡在報紙上讀到這件事後，感到鬆了一口氣。

「但賣得太便宜了吧？那樣還不了支票，可能連利息都難以彌補？」阿提爾尖銳的話，使剛因炸物店經營順利而心情好轉的莉莉卡再次感到沮喪。

然而這些擔憂只是曇花一現。夏天時，菲約爾德寄來了一封邀請函，聲稱伊格納蘭領地成了新的度假勝地，邀請他們前往。

「畢竟皇族一去，其他貴族也不可能不去啊。」阿提爾不停轉著邀請函。

「我會去的。」

聽莉莉卡堅定地說道，阿提爾咧嘴一笑：「陛下肯定也會去的。」

「是、是嗎？」

「是啊，畢竟他把開墾地獻給了皇室，又剛成為邊境伯爵，是順便視察的正好時機。這傢伙真的是……」聰明得讓人不敢相信。

阿提爾咽下了後半句，看向莉莉卡，她因為這句話露出了笑容，凝視著邀請函：「聽說還有溫泉，真好奇是什麼樣子。」

阿提爾聞言，興致缺缺地回答：「就是熱水吧。」

就這樣，整個皇室決定前往溫泉地。

皇室的行動等同於整個社交界的動向。理論上，會有許多談心朋友跟隨皇室一起行動，真的就像將整個社交界搬遷過去，但莉莉卡的談心朋友只有迪亞蕾一人。儘管如此，還是有許多貴族跟隨露迪婭前往。

莉莉卡經過溫泉小鎮時驚嘆出聲：「太美了！」

這座城市起初就是計劃為了觀光而建。路面以石頭鋪設，便於步行或乘坐馬車，道路寬敞，兩旁櫛比鱗次的商店十分可愛精緻。

『看來所有支票都花在這裡了。』

溫泉不僅是浸泡時有益，喝下溫泉水也有效用，因此設有能抽取溫泉水的泵房，供人飲用。

每一處看起來都匠心獨運。最後來到溫泉浴場一看，莉莉卡大聲驚嘆道：「水是乳白色的呢。」

她換上了泡溫泉的服裝，走進溫泉，真的既溫暖又滑順。泡完出來後，全身都十分光滑滋潤，且心情舒暢。能在短時間內建造出這樣的建築，讓她驚訝不已。

迪亞蕾也不斷摸著自己的臉和手臂，十分驚訝：「真的很舒服呢，皮膚真的好光滑。雖然味道和香氣都不怎麼樣，但感覺對皮膚很好，而且這座城市也非常可愛。」

「很漂亮吧？」

「是的。」迪亞蕾也不得不承認。

而阿爾泰爾斯參觀完小鎮後，微笑著說：「皇室也想在這裡蓋棟房子，可以買地嗎？」

聞言，菲約爾德期待已久似的回答：「我怎麼能賣地呢，您能在您喜歡的地點隨意建蓋房子。」

「不，我總不能在自己臣子的土地上蓋房子卻不付錢。既然不能購買，那永久租賃如何？」

「既然陛下都這麼說了……」菲約爾德說著，微笑表示日後再擬定契約。

在一旁看著的其他貴族也迅速在心中計算投資的價值。如果皇室的別墅建成，其他貴族肯定也會跟過來。再加上親身體驗過的溫泉非常優秀，投資價值很高。

短短幾天內，希望單獨會見菲約爾德的邀約急劇增加。

莉莉卡和迪亞蕾也一起逛了商店街。展示櫥窗裝飾得十分精美的商店街中販售著許多精選的商品，有些地方還掛著「領主認證」的牌子。這些店鋪都販賣著品味高檔的商品，讓莉莉卡驚嘆：

「菲約到底是怎麼處理這麼多事情的？」

迪亞蕾也點頭認同這句話，手裡拿著炸串的她非常喜歡炸物料理：「如果也能在沃爾夫領地開個分店就好了。」

精緻的玻璃燈罩和青銅製成的優雅燭臺等吸引了她們的目光。散發著怡人香氣的香氛蠟燭和據說具有溫泉功效的浴鹽正適合作為禮物。

儘管這些商品都價格不菲，卻擁有讓人掏錢的魔力。莉莉卡逛完商店街，感到十分滿足。

報紙也一致報導介紹了這個「新興觀光地」，還將皇帝陛下、皇后殿下、皇太子殿下和皇女殿下去過的店家或喜歡的商店整理成推薦名單，更放了一大張小巧精緻的商店街插圖，配上詳盡的內文。

而且刊登了幾篇由醫生撰寫，提及溫泉對健康有益的專欄文章，詳細介紹了溫泉水的效果。

由於溫泉是乳白色的，阿爾泰爾斯將這個村莊取名為「拉科斯(Racos)」，在古語中意為「牛奶」。

菲約爾德在忙碌的行程結束後回到自己的住所。他一走進起居室就愣在原地，因為看到莉莉卡正靠在會客室的長沙發扶手上熟睡。

他揉了揉眼睛，眨了幾下後再次看向沙發，莉莉卡依然躺在那裡。

菲約爾德四處張望，想在尋求幫助，但周圍沒有人。因為時間已晚，他讓僕人都離開了。他猶豫了一下，走到莉莉卡面前跪了下來。她睡著的模樣很可愛。他應該叫醒她，但是有什麼時候能這樣盡情欣賞她的臉龐呢？

當他凝視著她的長睫毛，像要將每根睫毛刻進心裡時，莉莉卡睜開了眼。

「！」

由於太過靠近，菲約爾德嚇了一跳。莉莉卡眨了兩三下青綠色的眼睛，接著迅速坐起身，慌張地擦了擦嘴角和臉頰：「對不起，我好像睡著了。」

「不，沒關係。」

菲約爾德放心地站起身，慶幸自己剛剛的行為沒被發現。

「因為最近都沒時間來見你，我本來想在你回來時，給你一個驚喜……」

「我確實很驚喜。」

聽到菲約爾德的話，莉莉卡看向他，尷尬地笑了笑：「我不小心等到睡著了，抱歉。我明天就要回去了，卻還沒見過你。我知道你很忙，可我還是想獨占你一會兒……」

菲約爾德差點說出「您從現在起可以永遠獨占我」之類的話，但他忍住了。

「如果您想見我，我隨時都可以過去找您。」

「但你很忙吧。況且你好像在談生意，我總不能打擾你。」

莉莉卡端正姿勢後，菲約爾德問道：「要不要來杯茶？」

「好啊。」

菲約爾德親自去準備茶。莉莉卡疑惑地問：「對了，怎麼沒看到侍從？」

「嗯，因為服侍客人的人手不夠，我自己處理得來。」

「啊，原來如此。那我也來幫忙。」

「不用了，您是客人，坐著就好。這沒什麼大不了的。」菲約爾德笑了，「我當客人的時候，您還做了鬆餅給我吃吧。」

「啊，對喔。那我來當客人看看吧？」莉莉卡舒服地坐在沙發上。

茶準備好後，兩人輕鬆地端起茶杯。菲約爾德問：「拉科斯怎麼樣？您喜歡這裡嗎？」

「嗯，非常漂亮，看得出來反映出了菲約的品味。父親大人也說要蓋房子……現在應該沒問題了吧？」

「沒問題了。」

「能還清所有支票嗎？」

「雖然無法一次還清，但現在資金已經開始周轉了。我現在不是用自己的資金，有了從其他地方流入的資金，資金運轉都變順暢了，接下來只剩下讓這些資金運轉起來了。」

莉莉卡低頭望著茶杯：「我不太懂，但沒問題就好。」

「這是多虧了皇女殿下。」

「我做了什麼嗎？」

「不，我得到了不少人脈的幫助也是事實。如果不是皇女殿下，我根本不會想到要做這件事。」菲約爾德頓了一下後繼續說，「我一直在煩惱，如果我不是巴拉特小公爵還剩下什麼。」

「即使不是巴拉特小公爵，你還是菲約爾德啊，這樣就夠了吧？」

「是的，我知道皇女殿下您會這樣說，所以十分努力。」

因為我知道即使一切都失敗，妳也會在我身邊。

「那是因為菲約了不起啊。」莉莉卡歪著頭說完，菲約爾德只笑了笑。他們喝著茶享受寧靜的時光。

「……」

莉莉卡的眼睛輕輕轉了轉，抬起臀部往他旁邊挪了一點。菲約爾德悄悄看向她，而她再次挪動，緊貼上他。

「！」

莉莉卡和菲約爾德的目光相遇，莉莉卡咧嘴一笑。

手臂碰觸到的部分很燙。

菲約爾德無法挪動手臂，只將與她相碰的手放在大腿上，另一隻手僵硬地喝茶。喝完茶後也靜靜坐著，菲約爾德又偷瞄了皇女殿下一眼，發現她的耳尖泛紅。

那一刻，他的臉頰也發熱，別開視線。

『不會吧。不，如果是的話……』

他的思緒一團混亂。就在這時，莉莉卡放下茶杯站起來：「多謝招待。看到菲約我就放心了，現在我該走了。」

菲約爾德不自覺地伸手抓住她的手臂。

「……」

「……」

「啊……有新的餅乾……」

菲約爾德突然覺得自己是世界上最愚蠢的人，竟然只能說出這種話。

莉莉卡直盯著他，又坐回座位：「是什麼餅乾？」

「啊，是還在試做的新品。請稍等一下。」

菲約爾德連忙起身跑了出去，很快又回來了。他拿著一個小盤子，上面蓋著銀色的圓蓋。他打開蓋子，出現圓潤的栗子。

「這是用糖煮過的栗子。讓我想起之前吃過的烤栗子。」

仔細去殼，完整無缺的栗子穿上糖衣後，半透明地閃耀著。

剛好是一口大小。一口吃下，糖衣「喀嚓喀嚓」地裂開，軟綿又甜蜜的滋味瞬間充滿整個口腔。

「好吃！不過要這樣剝栗子感覺很費功夫。」

「為了美味和美觀，再辛苦都值得。畢竟栗子通常被視為平民食物，這樣一來，它也能端上高位者的餐桌。」

「嗯，真的很好吃，讓人忍不住想喝茶。」

莉莉卡的評價讓菲約爾德笑了：「如果您喜歡，我送您一瓶。」

「真的嗎？」

「當然。我曾對皇女殿下說過假話嗎？」

「沒有。」莉莉卡點了點頭。

「請稍等一下。」

菲約爾德馬上拿來一個玻璃瓶，裡面放滿了做好的糖漬栗子：「這送您。」

莉莉卡接過玻璃瓶看了看，又看向菲約爾德：「菲約。」

「是。」

「我們現在一起吃吧。」

菲約爾德歪著頭說：「我沒關係，我在試做時吃了很多。」

「嗯，但我們沒一起吃過，對吧？」

莉莉卡的話讓菲約爾德猶豫了一下，乖乖地坐下來。

他們打開瓶蓋，一一品嘗著香甜的糖漬栗子，聊到深夜。他們沒有提到雷澤爾特或巴拉特之類沉重的話題，他們聊著夜空中的星星或舞會，毫無來由地比較彼此手掌的大小，任由時間慢慢流逝。

即使吃完了整瓶栗子，他們也繼續聊著，直到最後阿提爾來找她。

莉莉卡笑著揮揮手，然後離開了菲約爾德家。打完招呼、送她離開後，菲約爾德回到自己的房間。

那裡只放著一個空空的玻璃瓶，但他口中仍瀰漫著栗子的甜味，玻璃瓶裡似乎裝著他們共度的時光。

——咚咚。

他輕輕用指尖敲了敲玻璃瓶。不知為何，今晚連這個聲音都很美。

CHAPTER. 19

詛咒

巴拉特公爵哼著小曲，慢慢地一一打開用金箔裝飾的長方形卡片，總共有四張。她看著卡片，面帶深沉的微笑。

「閣下，客人正在等您。」

「啊，是嗎？」

巴拉特公爵從座位上站起來。為了躲避夏日的暑氣，建於北方的別墅因為位於高地，十分涼爽。

公爵走進會客室，優雅地打招呼：「能夠迎接來自古老高貴血統的印露家的客人，我感到非常榮幸。」

索內希哈亞・印露用蒼白的臉龐看著她。

公爵問：「您看起來不太舒服，還好嗎？」

「不，我熱得快融化了。」

他比中暑時脹紅的臉色還糟，已經到了蒼白的地步。在這個高山地帶就到這種程度了，要不是在這裡，他早就熱死了。

冰涼的飲料緩解了他的熱意。冰塊在嘴裡和食道中融化讓人感到惋惜。

「非常感謝您不惜如此犧牲，來到這裡見我。」

「畢竟就像巴拉特有巴拉特的使命，印露也有必須要做的事。」

哈亞的話讓巴拉特公爵微微一笑。看著她的笑容，哈亞重新調整姿勢。

全身發熱，頭暈目眩。如果有地獄的話，這裡就是地獄。

但是……如果不將印露經歷過的無數痛苦，哪怕只是十分之一，不，百分之一扔到那條龍的臉上，他將無法忍受。

他想要把這些痛苦扔向塔卡爾。不，他想要扔向創造出這種詛咒的印露。

印露的家主可能會責罵他，甚至阻止他接下來想做的事，但哈亞體會過了首都的生活，不經意體會到了。雖然他喜歡風雪城裡的日常，但不可避免會與首都相比。儘管是公爵家族，印露卻無法享受那些，還有那些深藏在血脈中的詛咒。

還有即使說要解除詛咒，卻厚顏無恥地打算推遲的那條龍。

『不能依賴任何人。』

如果龍改變了心意呢？

一旦解除詛咒變成龍，情感就會消失。阿爾泰爾斯無疑愛著露迪婭，愛著皇后。他會放棄這份感情，解除詛咒嗎？還是得等到他的感情變質？如果沒有魔法師，他還能忍受。但現在知道有魔法師的存在，連這點時間都等不了。

他已經厭倦了得等待依序或時機的說法。自己的權益必須親自取得。

「最後的魔法師誕生了。」

哈亞的話讓巴拉特公爵「啊」了一聲，露出感興趣的表情：「預言中的魔法師誕生了啊。」

「那位魔法師，就是莉莉卡皇女。」

巴拉特公爵的嘴角流露出喜悅，但因為看不見她的眼睛，看不出她是否是真心地笑。

「我需要那位魔法師。」

巴拉特公爵回想起最後打開的那張卡片——命運之輪。

萬物輪轉變化，將迎來轉捩點。

菲約爾德．巴拉特已經完成了，可愛的女兒也在她的掌控之中。

巴拉特公爵笑了：「是的，我也需要那位魔法師。」

厚重的紙張上印著雪花紋章。

讀著來自印露的信，莉莉卡嘆了口氣：「今年蒂拉有事，不能來了。」

布琳驚呼一聲「天啊」，歪了歪頭。皇族的蒂拉是個光榮的地位，也是賦予權威的重職，因此不能像這樣未經同意就這樣單方面通知。

『像這樣請假休息，或許很有印露的風格。』

「學習雖然很有趣，但想到今年能休息也很開心呢。」莉莉卡笑了。無論如何都很快樂，所以感覺就像一舉兩得。

布琳聞言也笑了：「那今年冬天可以輕鬆度過了呢。」

「嗯。」

「也可以享受拉科斯的溫泉。」

莉莉卡猛地轉頭看向布琳。不是在抗議被調侃，而是因為期待露出了開心的表情。

「可以嗎？」

「那當然。最近非常受歡迎不是嗎？冬天時，皇女殿下也可以去玩。」

「希望可以過去。」莉莉卡輕輕嘆了口氣。

這時，侍女輕聲走來行禮後說：「陛下派人傳令，想在花園見您。」

「現在嗎？」

「是的。」

莉莉卡聞言，點了點頭。對這種突如其來的見面邀請習以為常了。

『他說的花園，應該是皇族專用的花園吧？』

布琳迅速幫她換好衣服。天氣已經變涼了，因此必須加上外套。肩膀圍上厚厚的披肩，莉莉卡正要離開宮殿時，遇到了阿提爾。

「阿提爾！」

「怎麼？妳也被叫來了？」

「是的，阿提爾也是嗎？」

「對，不知道叔叔想談什麼，把我們都叫過去……我很擔心談完之後究竟還會出現什麼。」阿提爾的抱怨讓跟著他的布蘭微笑。

阿提爾自己或許不知道，雖然他的語氣尖銳，但他已經能表達出自己的擔憂了。看到自家主人的改變，布蘭心裡感到踏實。

「是啊，不知道又要談什麼。」莉莉卡也歪了歪頭。只有他們兩人進入皇族專用的花園，其他侍從則在外等候。

此時花園裡的樹木迎來了秋天，染成五顏六色。

莉莉卡向阿提爾提到蒂拉今年不會來的消息，阿提爾評論道：「哇，印露真的好任性。」

當他們走到花園深處時，看到石桌上放著茶具，父母正併肩坐著交談。他們不由自主地加快步伐。

「快過來。」

「放鬆地坐下吧。」

莉莉卡和阿提爾輪流問候後坐了下來，露迪婭站起來為他們斟滿茶。

天氣寒冷，因此溫暖的茶令人欣喜。茶壺緊緊包裹著茶壺包溫套，仍然熱呼呼的。露迪婭分別將冒著熱氣的茶杯遞給兩人，望向阿爾泰爾斯。而阿爾泰爾斯清了清喉嚨，開口說：「我有話要對你們兩個說。」

阿提爾和莉莉卡互看了一眼，都一臉嚴肅地看向阿爾泰爾斯。

阿爾泰爾斯看著兩個孩子。雖然他不覺得是自己養大了他們，但他們成長得很好讓他十分驕傲，尤其是阿提爾，他無話可說。

「首先來談談詛咒的問題。」

阿爾泰爾斯簡潔地解釋了他原本是龍，但因為受到詛咒而變成了人類，之後表示莉莉卡能解開這個詛咒。

「但我最想談的是一旦詛咒解除，我們就可以離開這片領域。」

阿爾泰爾斯的目光鎖定在阿提爾身上。阿提爾立刻明白了他的意思：「等一下，那麼……」

現在的帝國就像一座巨大的島嶼。雖然安穩，人口也逐步增加，但由於無法向外擴散，都只在內部發展積累。

但如果能夠越過沙漠，穿越樹海，橫渡大海……

阿提爾一瞬看到了無限的可能性，同時問道：「外面也有像我們這樣的人嗎？」

「喔？」

莉莉卡驚訝地轉頭看向他，而阿提爾說：「這片大陸上也許不只有我們啊，可能還有其他種族或者人類存在。」

「應該有，畢竟那天，我們不是唯一從那座破碎島嶼逃出來的人。」

「！」

莉莉卡和阿提爾都驚訝地看著他。阿爾泰爾斯露出了氣定神閒的微笑。

阿提爾覺得叔叔的微笑很討厭，但沒有表現出來。

「但你們可以放心，應該沒有任何一位魔法師存在，因為要逃離那座島就必須拋棄『魔法』。」

阿爾泰爾斯補道，像他們這樣還擁有魔法反倒不尋常。

阿提爾覺得腦袋發麻。一旦詛咒解除，他們就可以自由進入外面的世界。那是一個未知與冒險的世界，可能會遇到強敵，也可能遇到不如阿提爾的人。

他有機會成為歷代皇帝中，第一位踏足無人踏足之地的皇帝。

這時，有人抓住了他的手。他驚訝地回頭一看，是莉莉卡。她的小手緊緊握住他的手。

『啊，真是的。』

阿提爾忍住湧上的笑意。那一絲不安完全消失，只剩下對未知的興奮與振奮。但同時，突然出現的想法讓他皺起眉：「等一下，您說過樹海中的魔法也會被解除對吧？」

「對。」

「那伊格納蘭邊境伯爵就不再是邊境伯爵了嗎？」

「或許是吧。如果他把整片樹海都占為己有，那他也可能要守護樹海另一端的土地與邊界。」

「……」

阿提爾搖著頭心想：「那傢伙運氣真好，真讓人不爽。那魔法解除後的樹海都會變成伊格納蘭的領土嗎？」

但同時，伊格納蘭是受到皇室庇護、值得信賴的勢力，如果他願意守護邊境，那就令人再放心不過了。畢竟對一個從未與外界交流的帝國來說，這恐怕會帶來巨大的混亂。

「等一下。」阿提爾突然轉頭看向莉莉卡：「我們能不能只解除一部分的詛咒？或者對我施加一個不受詛咒影響的魔法？」

「什麼？」

「這樣我就可以去周圍探查了啊。啊，這個主意不錯。我先去看看，等詛咒解除就有辦法應對了，多少了解一些的皇帝總比完全不知情好吧。」

「太荒謬了！那樣很危險！」

莉莉卡的話讓阿提爾咧嘴一笑：「所以也不是不可以嘛。」

「不，不可以。」莉莉卡激動地揮著雙手，「如果阿提爾出事了怎麼辦？」

「叔叔不是還在嗎？妳也在。」

「那又怎麼樣，如果阿提爾出了事，我會無法承受的。我一定會想著當初果然不該施那個魔法，一生都在痛苦中掙扎活著。」

「……我沒有想到那個。不對，別受傷就沒事了吧？」

「好了，我們先不談這個問題。」

阿爾泰爾斯的話讓莉莉卡睜大眼睛，心想「這是能略過不談的問題嗎？」，阿提爾則一臉「待會再談」的表情。

阿爾泰爾斯清了清喉嚨，看向露迪婭，露迪婭則歪著頭微笑。她轉頭看向他們兩人說：「還有，我們兩個會離婚。」

莉莉卡和阿提爾茫然地留在花園裡。露迪婭和阿爾泰爾斯將茶具收進籃子裡後，手挽著手悄聲離開了。兩人目送父母離開後，坐回石桌旁。

阿提爾無奈地說：「為什麼？他們明明感情那麼好，為什麼要離婚？」

「就、就是啊，他們明明互相喜歡，為什麼要這樣呢？」

莉莉卡和阿提爾都一臉無法理解。阿提爾嘆了口氣。

「總之離婚這件事一出，所有報紙肯定又會鬧得紛紛揚揚。」阿提爾伸手摸了摸莉莉卡的頭，「這不是妳的錯。妳沒做錯任何事。」

「……是。」

「我是說真的。而且即使他們離婚了，我們還是一家人，所以妳不要想一個人遠走高飛。」

「好的。」

這次莉莉卡的回答有精神了一些，阿提爾露出微笑柔聲說：「我們還有時間，再好好想想吧。」

莉莉卡點了點頭。

阿提爾沉思一會兒後問：「如果詛咒解除了，叔叔會變回龍的模樣吧？」

「對。」

「龍啊。」他只在畫裡見過龍，不知道有多巨大，老實說，他也不曉得那些畫作是否準確。「但即使如此，他一樣是我叔叔。」

莉莉卡聞言，用力點頭：「沒錯，他一樣是我的父親。」

「嗯，但是……老實說，我不了解作為丈夫的他。雖然他們說要離婚，但他們看起來感情很好吧？」

「他們說過不是因為感情不好才離婚的啊……嗯……嗯……」

「什麼？妳知道什麼嗎？」

「那個，嗯……」

她心想或許是因為契約，但不曉得是否可以說出這件事。

「快說。」

「他們說不要說出去，但是，嗯……」

「喂。」

最後，莉莉卡向阿提爾坦承了契約的事情。阿提爾一臉認真地聽完後，捏起莉莉卡的雙頰。

「啊唔唔唔——」

「哪裡痛了！什麼？契約？哈，真的荒謬極了。」他放開莉莉卡的臉，突然跳起來。而莉莉卡揉著臉頰，眼眶泛淚。

「我得去找叔叔談談。」

「什麼？」

莉莉卡驚訝地跳起來想站起身，但被阿提爾按住頭，被迫坐下。

「竟然只有我不知道，太扯了。妳在這裡等著。」說完，阿提爾迅速消失了。

「等一下！」莉莉卡大聲呼喊，但沒有得到回應。

「就算讓我等……」莉莉卡焦急地站起來。如果他們吵起來，她必須去調解才行。

『也得告訴媽媽才行……』

她跑去找媽媽，一邊道歉一邊解釋情況後，露迪婭搖了搖頭：「不，現在想想，是我和阿爾泰爾斯必須先告訴他才對……讓莉莉卡妳來說，真是對不起。妳留在這裡，媽媽去向他道歉解釋。」

莉莉卡乖乖地在銀龍室等著，不久後媽媽帶著似笑非笑的表情回來，說：「那兩個人好像又去釣魚了。」

「釣魚嗎？」

「對。」

母女看著彼此微微一笑，露迪婭對莉莉卡說：「那我們也一邊做點什麼一邊聊天吧？莉莉也有很多問題想問媽媽吧？」

「好的。」莉莉卡點點頭。

阿提爾看著浮標。他們在早已熟悉的釣魚場，阿提爾跑去對叔叔大聲問道：「契約究竟是怎麼回事？」後，叔叔直盯著他說：「要去釣魚嗎？」

就這樣，他們現在來到了河邊釣魚。他們不需言語也熟練地展開椅子、拿出魚餌、放下釣竿。每做一件事，就會莫名地想起過去。

『他第一次說要去釣魚時，我還覺得很荒謬。』

阿提爾當然不會釣魚。相比之下，阿爾泰爾斯十分熟練。

「為了生存下去，就得學會很多事。」叔叔一邊說，一邊一一教他釣魚的方法。

現在想起第一次釣魚，阿提爾仍覺得糟糕透頂。他肯定把魚都嚇跑了。而且他緊張得接連犯下愚蠢的失誤，叔叔叫他打開紅色的箱子，他卻打開藍色的；說要仔細看著，等魚上鉤再拉竿，他卻提前拉起。

但阿爾泰爾斯沒有生氣。阿提爾想起自己對此很驚訝。

阿提爾也漸漸習慣釣魚，能夠釣到很多魚了。雖然在水邊被蟲折磨得很慘，但阿爾泰爾斯帶了一個小神器來。那是用金子製成的小花環，裝飾著橄欖石和石榴石，可以掛在腰帶上，戴上它就能避免蚊蟲叮咬。

『現在想想，那是莉莉卡做的吧。』

這個神器很有用，至今仍然經常派上用場。

他們經常私下去釣魚，而非正式場合。有時也不會告訴露迪婭，還曾將身體綁在危險的海邊岩石上釣魚。

『那次釣到了既大隻又美味的魚呢。雖然全身都濕透了，非常辛苦。』

海裡的魚不僅大隻又肉質緊實，味道濃郁。他好幾次都被大浪打到，從岩石上滑落。由其他人看來可能覺得危險，但阿提爾從步覺得危險。

『因為叔叔在我身邊。』

冬天時，他們也曾在結冰的湖面上破冰釣魚。有一次，聽到整片湖面的冰發出碎裂的聲響，他們嚇得拔腿就跑。他記得那是他第一次捕到比叔叔更多更大的魚。
當叔叔摸著他的頭，稱讚他「真了不起」時，他就像個小男孩一樣無比自豪。他曾悄悄問過其他談心朋友，發現沒有幾個人曾像這樣與「父親」共度如此親近的時光。
在他五歲失去親父後，阿爾泰爾斯就如同他的第二個父親——叔叔一樣。最重要的是，當他們像這樣聊天或阿爾泰爾斯自言自語時，總會提到露迪婭。
『露迪來到這裡一定會喜歡的。』
『露迪感覺也會喜歡這個。』
阿爾泰爾斯輕描淡寫地說著一樣的話，所以他很清楚他們感情非常好。即使他私下會吐槽父母感情太好，但其實心裡感到很自豪。
『但他們竟然說要離婚？』
這太過突然，讓人感到憤怒。他還是無法相信這一切都是「契約」。
阿提爾坐在釣魚椅上，望著靜靜流過的河川。他綁了魚餌，其實必須一直拉動釣竿，但他們兩人都沒有這麼做。河水拍上岸邊的聲音中夾雜著石頭滾動的聲響傳來。
——喀啦喀啦。
——沙沙！
阿提爾喜歡上了那與浪花聲不同但又有點相似的奇妙聲音。
「阿提爾。」
「是，叔叔。」
「你很生氣嗎？」
聞言，阿提爾轉頭看去，站著望向河川的阿爾泰爾斯與他對上目光。

「……沒有。不，是的。不對，嗯……」阿提爾不知不覺地反覆其辭。問他是不是在生氣，又覺得很生氣……

「您為什麼要離婚？如果是因為契約，直接續約不就好了？還是說這一切都是契約？因為是契約……」

莉莉卡、露迪婭還有這些關係，都只是契約到期就會消失的商業關係嗎？

「不，不是因為契約。」

阿爾泰爾斯笑著回答，阿提爾則對此面露不滿，說著：「那是為什麼？」

「正因為不再是契約關係了，所以才要正式結束這個契約。重要的事情不能草率帶過吧？而且……」阿爾泰爾斯沉沉坐上釣魚椅，隨意晃著手中的釣竿並說：「如果我變成龍，我希望她也有選擇權。」

「……」阿提爾的思緒紛亂，突然問道，「變成龍後，您會離開嗎？」

「怎麼？你想趕我走嗎？」

「不，我不是那個意思……」

「天曉得，我有個兒子，應該要待在他身邊吧？或許會留下來作為守護龍。」

阿提爾一時面露慌張，阿爾泰爾斯則歪著頭說：「不是嗎？雖然你不是我生的，但也算是我養大的。不對，老實說，我沒把你教得很好就是了。」

如果沒有露迪婭，我可能會如她所說，把你養成有性格缺陷的人了。

「不，沒那回事，不是那樣的……」阿提爾連忙看向浮標，阿爾泰爾斯也隨之看過去。

「……我很高興。」阿提爾非常小聲地說完，害羞到腦袋快爆炸了。

阿爾泰爾斯露出微笑，伸手摸了摸兒子的頭。

『我明明已經長大了。』

明明成年禮快要到了，還是會因為這種話感到高興。有一位值得尊敬的父親並得到父親的認可，這不就是一份大禮嗎？

『我越來越像莉莉卡了嗎？竟然有這麼難為情的想法。』

阿提爾搔搔臉頰，咳了一聲：「爸爸。」

「怎麼了？」

「您的心意是如何呢？」

「什麼意思？」

「不是，就是，您想永遠和嬸嬸在一起嗎？」

「……是啊。」

「那您有直接告訴她嗎？」

「沒有。我說了，我想讓她自由選擇。」

「但是……」阿提爾低聲沉吟。

阿爾泰爾斯本來就很木訥，不適合說這種話。這一點說不定跟父親很像。

『不對，肯定和父親很像。』

「如果不知道，可能會感到不安喔。」

「不安？」

「是的，嗯，沒錯。」他滋潤了一下嘴脣，接著說：「莉莉卡總是在說話時坦率地展現出自己，以免對方誤解……所以……」

阿提爾害羞得不得了，但又清了清嗓子，繼續說：「她去某個地方，說完『這棟建築非常舊』之後，一定會加一句『感覺像進入了歷史，感覺很奇妙很棒呢』。如果只聽前面的話，可能會覺得是在諷刺人吧？」

「怎麼聽都像在諷刺啊。」

聽到叔叔這麼說，阿提爾咧嘴一笑。

「對，但莉莉卡一定會說後面那句話，就不會讓人誤會了。說起話來很輕鬆。」

而且知道她會誠實表達自己的感受，所以跟她說話很舒服。派伊也不會毫無來由地說個不停。

「所以，嗯，父親也試著坦率地說出口吧……」

阿提爾這麼說完，阿爾泰爾斯點了點頭說「原來如此」，直看著阿提爾。

他想起莉莉卡曾抱怨過「阿提爾說話很像父親」。

老實說，一開始他們的關係根本一團糟。露迪婭來了之後，與莉莉卡一起相處，慢慢有所改變。他很驚訝自己能和阿提爾談這種話題，也很訝異能與他變成可以談論這些事情的關係，更意想不到地開心。

『原來如此。如果變成了龍，就再也無法感覺到這種情感。』

在他能坦率表達時說出口比較好吧。

阿提爾看到一隻大手伸過來，手掌放在他的頭髮上。每當這種時候，他都覺得自己又變成了孩子，但他不討厭這種感覺。他微微垂下目光，聽到一道聲音。

「我愛你。」

「！」

驚訝的阿提爾急忙抬起目光，又害羞到垂下目光。摸著頭的手離開了讓他感到遺憾。

就在那時，浮標開始晃動。阿提爾驚呼一聲，抓住了釣竿。

「是哪隻愚蠢的魚上鉤了，還是只是魚竿在晃？是哪種呢？」

聽到阿爾泰爾斯的話，阿提爾感受著釣竿的重量，說：「肯定是魚。」

露迪婭把窗戶敞開，涼爽的秋風十分舒服。

壁爐中的火燒得旺盛，侍女們都已經離開了。她會這樣敞開陽臺窗戶是有理由的。

「您總是不走門。」

聽露迪婭這麼說，從陽臺走進來的阿爾泰爾斯放聲大笑，從後面抱住坐在搖椅上的妻子。

「因為妳總是開著它。」

「因為您總是從那邊來啊，而且身上有酒味。」

「嗯，我沒有喝那麼多啊。」

阿爾泰爾斯用鼻子蹭著她的頸項並吻了上去，而露迪婭將他推開。

「我不喜歡你喝醉後碰我。」

「我沒有醉，也很清醒。剛才抓到了一條大魚，好像是叫……圖拉魚？以後我也想讓妳吃吃看剛釣到的烤圖拉魚，跟蒸餾酒很配。」

露迪婭瞇起眼：「您該不會要說阿提爾也喝了……」

「只有一點點，就一點點。」

露迪婭瞪大了眼，不敢相信他說的「一點點」：「您有好好把他送回房間嗎？」

「我把他交給布蘭了，別擔心。」阿爾泰爾斯笑著說。

露迪婭很是傻眼，但也只能跟著笑了。

「所以您是和兒子喝完酒後，就這麼理直氣壯地從我的陽臺窗戶進來嗎？」

「妳呢？」

一起度過了這麼多的時光，她只聽到這麼簡短的問句也能聽出是什麼意思。

「我和莉莉一起摘了剩下的覆盆子，聽了關於『覆盆子同盟』的故事，還有關於菲約爾德……」她短短嘆了口氣，「也聽她說了他的故事。」

「這樣啊。」

阿爾泰爾斯又笑了，風吹來，窗簾大幅飄動，像在宴會中舞動的禮服裙襬一般擺動，兩人頓時看向窗簾。

「我被阿提爾說教了一頓。」

「阿提爾對您嗎？」

露迪婭不敢相信地睜大眼睛，阿爾泰爾斯則點了點頭。

「我也沒想到。他問我想和妳怎麼做。」

「啊。」露迪婭簡短地回答，輕輕一笑：「莉莉也對我說了類似的話。」

「莉莉應該會說得更委婉吧。」

「也許吧。」

看著笑著的露迪婭，阿爾泰爾斯衝動地說：「繼續留在我身邊吧。」

那是自私的願望。

即使他變回龍，再也不愛她了，即使他只能憑殘存的記憶看著她。此刻的他希望她今後也待在身旁，這一點不會改變。

但他自私的事實也不會改變。他知道這會讓露迪婭為難，雖然他對阿提爾說什麼成熟地給予彼此自由選擇的權利，但其實他只是……

不想被拒絕罷了。

寂靜中，只聽得到壁爐裡的燃燒聲。風吹得火光搖曳，夜風加劇，傳來窗簾劇烈擺動的聲音。阿爾泰爾斯走向陽臺，關上窗戶。

——喀嚓。

上鎖後轉過身，露迪婭就站在面前。他嚇了一跳，但露迪婭問道：「龍也能說話嗎？」

「什麼？」

「我問您龍也能說話嗎？」

「那個……可以，但不是以人類的方式……」

因為口腔結構不同，龍無法像人類一樣清楚地說出人類的語言。

「龍會以不同方式溝通，但是能說話。如果無法溝通會很不方便啊。」

露迪婭聽到阿爾泰爾斯的話，放心似的說了聲「那就好。」，之後抬起下巴。這距離過於接近，只要他稍微低頭便能吻上她。

「那就要看您的求婚詞了。」

阿爾泰爾斯眨了眨眼，露迪婭毫不猶豫地說：「您說過會想出真誠的……唔！」

露迪亞突然說不出話，因為他微微低下了頭。她打了一下他的肩膀，扭過頭去。

「等等，別喝酒後來親我！」

「嗯，抱歉。」

阿爾泰爾斯突然笑起，一把將她攔腰抱起，緊緊鎖住懷裡。

「啊，真是的。大半夜的，您在做什麼啊？」

阿爾泰爾斯轉了幾圈後將她扔到床上。他想再次吻她時，露迪婭拍打似的抓住他的雙頰。

「我不喜歡你酒後亂來。」

「我沒有醉。」

「我說有就是有！」

「這個嘛，妳說得對。」阿爾泰爾斯點點頭，放鬆身體側躺並把她拉近，「希望妳會喜歡。」

「喜歡什麼？」

「求婚詞。」

聽到露迪婭的笑聲，他閉上了眼睛。

他下定了決心。

冬去春又來，華麗的新年宴會結束後，莉莉卡站在鏡子前。她現在是不是有貴族千金的風範了？

與去年穿的衣服相比，今年明顯長高許多，布琳也說「您長得好快」。

「嗯，但還沒有長到我想要的身高。」莉莉卡深深嘆了口氣。

「沒關係的，皇女殿下很可愛啊。」

布琳這麼說，讓莉莉卡笑了：「謝謝妳，布琳。」

『但她果然不說我能長到很高。』

是小時候沒好好吃飯嗎？但只是一陣子沒吃東西，之後就有好好吃飯了啊。

『媽媽長得那麼高，我怎麼就……』迪亞蕾也比她高很多。

『沒有長高的魔法嗎？要不要偷偷許願看看？請讓我長高吧。』莉莉卡雙手緊緊合握。

『話說，最近艾爾希都沒有出現在夢裡呢。』

在她說要父母談談之後，不，是阿爾泰爾斯罵了他之後，艾爾希就沒有在夢中出現了。

『可以的話，我想聽更詳細的故事，還有……』

莉莉卡把手伸進口袋，摸著擺錘。

『看來我得和父親談談，但該怎麼開口呢？』

莉莉卡嘆了口氣後，布琳在旁邊不停叨念：「如果晚上好好睡覺，會長得更高的。雖然您每晚都和陛下聊天也不錯。」

莉莉卡睜大眼睛回頭看著布琳，布琳則困惑地歪了歪頭。

「晚上？和陛下？我什麼時候？」

「但最近，您晚上經常和陛下聊天……」

「沒有啊，我晚上都在睡覺耶。」

兩人瞬間四目相對。

「……」

「……」

沉默過後，莉莉卡跺了跺腳：「什麼啊？等一下，這是鬼故事嗎？難道是恐怖故事？」

「不是，我確實聽到了殿下和陛下在房間裡說話的聲音啊！」

皇女和貼身侍女一臉困惑地面面相覷，接著確認情況。

布琳說她晚上進去確認皇女殿下是否睡得安穩時，聽到裡面傳出說話聲。

那是陛下與皇女殿下交談的聲音，所以她說著「還在上課嗎？」，就這樣離開了，而且最近很常發生。

莉莉卡只記得自己睡得很熟，所以對布琳的話感到很驚訝。

「而且父親大人現在不是去巡視其他皇領了嗎？」

「但距離對陛下來說不算什麼。」

「那倒是。如果父親大人真的有來……我只能親自問問看了。」

莉莉卡一臉嚴肅地雙手抱胸，布琳也點了點頭。

「陛下究竟在和誰說話呢？但那的確是皇女殿下的聲音啊。」布琳認真地說：「如果下次再發生，我得開門看看才行。」

「嗯，我不會睡著，裝睡等等看會發生什麼。」莉莉卡嘆了口氣，「這是怎麼回事？媽媽最近也非常忙……」

「因為陛下和殿下都不在宮裡。」

「嗯，阿提爾什麼時候會回來呢……」

莉莉卡又嘆了一口氣。雖然不知道發生了什麼事，但父親曾交代過如果阿提爾想出去就幫他逃出去。

莉莉卡絞盡腦汁創造了魔法，經過多次嘗試，才終於成功送阿提爾出去。阿提爾雖然帶了簡短的旅行故事回來，但這次他出去了很久都沒回來。

雖然給了他許多神器，要是他發生任何事都能馬上知道，但在他平安回來前還是很擔心。

阿爾泰爾斯正在巡視皇領，自然是由皇后代為處理政務。因此，媽媽最近非常忙碌。

看到媽媽代替父親坐在辦公室裡，莉莉卡感到很新奇。她照常整理文件、幫忙處理事務，不過從拉特愉悅的表情來看，露迪婭似乎做得非常好。

莉莉卡隨意一瞥，文件上的字跡工整漂亮，時而交談的內容也讓她感到驚訝。

『媽媽居然只看文件就察覺到堤防出了問題，還下令修繕。』

之後，拉特說：『堤防確實鬆動許多，如果今年雪融化後又下雨，村莊會遇到很嚴重的情況。』

『媽媽真了不起。』

但看得出來她忙得不可開交。

從每天拉特的臉色越來越愉悅來看，露迪婭顯然將陛下的工作處理得很好。

『但父親大人把工作都交給媽媽，卻每天晚上都偷偷回來。』

莉莉卡很不滿。當然，父親大人應該有他的理由，但現在她的心更向著辛苦工作的媽媽。

「那這個以後再說，今天的行程是什麼？」

「您要代替皇后殿下去視察貧民區的學校，之後還有茶會。」

「好。」莉莉卡鼓足幹勁，決心要完成今天該做的事。

因為露迪婭無法處理皇后的工作，身為皇女的莉莉卡必須替她處理好。

布琳滿意地看著身穿華麗禮服，戴著美麗髮飾的皇女殿下。

說莉莉卡褪去了稚氣並非場面話。她當然還不是成熟的大人，但已經長得亭亭玉立，即使有無數男人當場依序拜倒在她的石榴裙下也不奇怪。本就白皙的皮膚晶瑩剔透，嘴唇紅潤得像塗了口紅。濃密纖長的睫毛在臉頰投下陰影。

棕色的頭髮包裹著可愛的臉龐，使她看起來很優雅。最重要的是，那雙青綠色眼眸中充滿溫柔，隱約透露出來的一絲淘氣讓她的魅力更突出。

她的笑容有種魔力，不管是誰看到，都會忍不住看著她笑。莉莉卡踏實累積起來的真誠與溫柔，自然地營造出了這種氣息。

莉莉卡坐上皇室馬車回到貧民區的學校，與孩子們熱情交談。也參加了茶會與同齡的孩子們交流。大家都想和莉莉卡親近，因此很難平均分配時間給每一個人。

茶會還好，因為下午舉辦的茶會賓客大部分都是女性，但若是舉辦晚宴，莉莉卡會被想與她說話、跳舞的男人們包圍。當迪亞蕾陪著她時還好，但迪亞蕾為了騎士團的工作不能參加宴會時，她會被那些甜膩的目光和話語淹沒至死。

當然，隔天都會收到數量多到幾乎能開個溫室的花束。布琳對此非常自豪。

「還沒有正式在社交界亮相就這麼受歡迎，等您正式亮相後，說不定真的會有人為您決鬥呢。」

「哎呀，那是因為我是皇女，大家才會來跟我說話啊。」

「您在說什麼呢？」

「您在說什麼？」

這次拉烏布也同聲說道。侍女和騎士互看了一眼，然後輪流說：「並不是每位皇女殿下都這麼受歡迎。請您相信索爾的話。」

「真心接近您的人更多。坦白說，即使只細數那些一開始對您並非真心，後來卻被您吸引的人數也超過了十根手指。」

「對吧？你可以靠氣味判斷出來吧？」

「沒錯。」

兩人輪流激動地說道。

布琳揚起笑容：「而且，皇女殿下今年在新年宴會也傳出了戀愛傳聞啊。」

「咦？不，那是……而且那篇報導裡又提到那本書了不是嗎？」

《珍珠之歌》系列依然人氣不減，每年大約會出版兩冊。主角魔法少女莉莉卡跟現實一樣逐漸長大，終於有了戀愛情節。對象是來自黑暗國度的王子，擁有美得魅惑人心的外貌，是魔法少女的宿敵。

從小看魔法少女系列長大的女孩們都在心裡尖叫，今年《珍珠之歌》也創下高銷量的紀錄。不過，報紙上也提到，也有許多粉絲寫信表示：『說不定她和狼騎士之間還有戀愛的可能。一定要和狼騎士在一起！』

因此，所有人都很關注皇女殿下莉莉卡的戀情。畢竟同齡的女孩們有的都已經訂婚，有的提前安排了政治聯姻。皇女殿下也差不多到該談戀愛的年紀了，因此她在新年宴會上和誰共舞、與誰交談成了重要話題。

事實上，在這次的茶會上，女孩們也雙眼發亮地問了這個問題：「所以，您和杰斯大人真的在戀愛嗎！」

莉莉卡全盤否認，但大家都笑著說那樣反而更可疑。

『這都要怪新年宴會啦……』

杰斯以令人吃驚的整潔形象參加了新年宴會。他那完全不符合紳士形象的外貌與完美紳士風格的打扮絕妙地適合。

他是從底層爬上來的粗俗男人。穿著隨便時根本不會有人注意到，但像這樣精心打扮後出現，英俊的面容立刻引來目光。

他那一頭紅髮和深綠色的眼睛尤其令人印象深刻。聽他說話後，獨特的南方口音也讓人難以忘懷。再加上他是阿提爾的親信，未來將成為皇帝的親信，前途一片光明。

他也來自貧民窟，或許過去和皇女殿下有過交集。

『天啊，他是不是暗戀皇女殿下，追著她來到這裡的？』

杰斯用不曉得是不是在說笑的態度對這麼說的那群人說：『我從小就只看著皇女殿下。』莉莉卡傻眼地用扇子輕輕打了他一下，但這舉動在別人眼中似乎又帶著毫無隔閡的親近感。

總之，在那些在溫室裡長大的千金們眼裡，這種魯莽粗俗卻能力出眾的帥氣男人完全符合她們幻想中的戀愛對象，連莉莉卡本人都切實感受到了她們想透過皇女殿下，來滿足內心想像的欲望。

當她看到報紙上刊登著標題為「綻放的身分差戀愛」的報導，還放上自己與杰斯的插畫時差點昏倒。

『更讓人生氣的是，菲約看起來完全不在意。』

在她看到報導而慌張的那天晚上，菲約爾德久違地從陽臺窗戶來找她。

莉莉卡能見到他很高興，又好奇他是否看到了報導，問他：「你看到報紙了嗎？」他回答：「是，我看到了。」接著不等她發問又道：「兩位看起來非常相配。」

生氣的莉莉扔下一句違背真心的話：「嗯，大家都這麼說。」，之後兩人一時無話可說。

最後心軟的是莉莉卡：「但我更喜歡菲約。」

說完後，他默默地看著她笑了。

『那到底是什麼意思啊？』
這讓她很不滿。意思是她和別人談戀愛也無所謂嗎？
『不完全否認的杰斯也很令人生氣，如果他能果斷否認，謠言早就平息了才對。』
他那特有的隨意應對又厚臉皮的態度反而更加煽動謠言。
離開令人筋疲力盡的茶會回到皇宮時，已經是傍晚了。她沒有力氣吃正式的晚餐，而露迪婭據說也因為工作繁忙，不會出席晚餐。
莉莉卡隨便吃了點晚餐後，翻開古語詞典。
『如果能有一本直接教魔法的書就好了。』
莉莉卡正這麼想時驚呼一聲，靈光一閃。
『我可以問艾爾希啊！他是初代魔法師，應該知道很多事吧？也可以問問詛咒和解除咒語的各種方法。』
陛下也在遠方，莉莉卡希望艾爾希能出現在今晚的夢裡。
她確實完成晚上的學習和散步後，早早上床睡覺。
『對了，我今晚是不是不該睡著？可是該怎麼召喚艾爾希呢？』
「艾爾希，今晚請出現在我的夢裡。」莉莉卡微微張嘴低喃：「我有一定要問你的事情。」
她蓋好被子，在腦中呼喚著艾爾希，沒多久便進入了淺眠。

——喀嚓。
傳來陽臺窗戶打開的聲音，早春依舊寒冷的風湧了進來。

莉莉卡感覺到一股涼風拂上臉頰。她試圖睜開眼睛卻睜不開，無法分辨這是夢境還是現實。她嘗試動動手指，身體卻動彈不得。

能感覺到有人靠近，莉莉卡睜開了眼睛。

『？』

她不確定自己是不是自願睜開眼的。她慢慢從床上坐起來，這卻不是出自她的意願。

「你好，阿爾泰爾斯。」

『什麼？』

莉莉卡被自己的聲音嚇了一跳。她這才抬起頭，看向眼前的人。

那是父親，他露出她從未見過的表情。不對，她好像看過這個表情？

那是極其不悅的表情，但該怎麼說……是看起來更年輕嗎？

「真想把你從我女兒的身體裡揪出來。」

「哎呀，這可不行。只有皇女殿下是力量強大到能發現我的魔法師喔。」

嘴巴不停擅自說話，莉莉卡十分無奈。這明明是她的身體，卻不聽她的意志行動，彷彿身處在夢境中。但她並不感到害怕或恐懼。

「而且今天不能聊太久，皇女殿下召喚了我。」

「召喚你？為什麼？」

「天曉得，或許她也和你一樣，在煩惱同一件事吧？」

「我明明叫她別擔心這些事了。」

「但她怎麼可能不操心呢。如果你認為孩子只會到處亂跑玩耍，完全不知道大人的擔憂就大錯特錯了。年幼的孩子也知道所有問題。不對，更何況皇女殿下不小了吧？在本島的話，她這個年紀早就結婚了。」

「那是在本島。」

阿爾泰爾斯抱起雙臂。莉莉卡則從床上起身，走向附近的沙發。她的目光瞥了一眼鏡子。

『明明是我的臉，卻不像我。』表情完全不同，感覺就像是另一個人。

『這就是布琳之前看到的現象嗎？』

莉莉卡很輕易就知道操控她身體的是誰了——是艾爾希。

她用魔法自然地微微點亮寢室的燈光，坐到沙發上。

『哇，艾爾希使用魔力的方式跟我不一樣，真的好有效率！以後我也要試試這個方法。』

「那麼，你找到詛咒的本質了嗎？」

「我找到了樹海、海洋和沙漠，但印露還不曉得。」

聽完阿爾泰爾斯的話，莉莉卡——艾爾希抱起雙臂。

「這樣啊，直接問更快吧？」

「問了也沒有回應。」

「真不守信用啊。」

「因為我是龍。」阿爾泰爾斯淡然地回答，陷入短暫的沉思。

「阿爾泰爾斯。」

「怎麼了？」

「太好了呢。」

「……真是莫名其妙的話。還有，別用我女兒的臉露出那種欣慰的微笑。」

「啊，但沒辦法啊，我正借用她的身體。」艾爾希借用莉莉卡的身體，莫名用手揉了揉雙頰，「我是在祝賀你找到了重要的人。」

「死人別說廢話。」

阿爾泰爾斯的話讓艾爾希輕聲笑了起來。莉莉卡驚訝地心想自己原來也能發出這樣的笑聲。

就在那時，臥室的門突然被推開，布琳手持著提燈走進來。

『啊，布琳！』

莉莉卡感到歡喜，但仍然無法動彈。

「陛下。」

布琳向阿爾泰爾斯行禮後仔細打量皇女殿下，紫色眼睛立刻瞇了起來：「妳是誰？」

艾爾希驚嘆地「唔哇」一聲，阿爾泰爾斯則說：「妳不必理會，退下。」

「恕難從命。」

布琳手中的提燈光芒變成紫色。看到那搖曳的紫色提燈，艾爾希再次感嘆。

「索爾家發誓效忠塔卡爾，但我現在的主人是皇女殿下。任何無視皇女殿下的意志操控她身體的行為，都只能視為敵對行為。拉烏布閣下。」

拉烏布慢慢從黑暗中現身。

他完全做好了戰鬥準備，可以看到他披風下全副武裝，和平時不同。

他握著劍柄的手毫無動搖，能感受到無論誰先行動，他都會在轉眼間拉近距離並揮劍的殺氣。莉莉卡感覺汗毛都豎了起來。

拉烏布與布琳並肩站立，計算著自己與主公以及皇帝之間的距離。

阿爾泰爾斯十分無奈，從喉嚨深處發出低吼聲：「你們這些高傲無禮的狼和烏鴉……」

莉莉卡感受到空氣產生了波動。她想大聲呼喊，再這樣下去，雙方——不，肯定是布琳和拉烏布——可能會受傷。

『快動起來！』

這是我的身體啊！

莉莉卡彈也似的從沙發上站起來，喊道：「等一下！」

或許是強迫身體行動，她的聲音高亢響亮，身體也失去平衡，差點往前摔倒。

阿爾泰爾斯伸手扶住了她，莉莉卡也抓住了他的手臂。

「父、父親，請等一下。布琳和拉烏布，你們也是。我沒事。」

她慌張地說完，感覺到身後傳來一聲嘆息。布琳立刻跑過來，但被阿爾泰爾斯攔住。

「現在退下吧。」

「皇女殿下，您還好嗎？」

「嗯，我沒事，也知道發生什麼事了。」

「是嗎？」

雖然布琳的表情仍舊狐疑，但看到莉莉卡搖了搖頭，她就變回恭敬的侍女面貌。

「那我就在外面等候。」

「嗯。」

莉莉卡微微一笑，布琳和拉烏布就離開並關上了門。

「妳有很出色的親信呢。」

莉莉卡聽不出這是不是嘲諷，但她自信地回應：「這是因為我的人品。」

莉莉卡站得筆直，抱著雙臂看向父親。她的表情不知為何，和她媽媽如出一轍，讓阿爾泰爾斯不自覺地道歉：

「對不起，我擅自行事。妳什麼時候醒來的？」

「今天從一開始就醒著。」

「艾爾希那個混帳。」阿爾泰爾斯小聲地罵了一句。

莉莉卡放下雙臂：「您可以從一開始就跟我說啊。」

「因為這是我不想讓妳聽到的事。」

「嗯……但要解除詛咒的當事人是我吧？我什麼都不知道的話有什麼用呢？啊，難道說？」莉莉卡睜大眼：「您不會是想讓艾爾希擅自操控我的身體解除詛咒吧？」

「不，我不會那樣做。」阿爾泰爾斯皺著眉，搖了搖頭，「我是想將一切都準備好，最後再向妳提出請求。」

「可是，如果不知道轉動門把後會發生什麼事，要怎麼開門呢？」

「當一切結束後，我也會告訴妳的。」阿爾泰爾斯輕輕摸了摸莉莉卡的頭：「我不會再透過妳和他說話了，安心去睡吧。」

「父親。」

「怎麼了？」

「去見見媽媽吧。」

莉莉卡的話讓阿爾泰爾斯聳了聳肩，嘻嘻笑了：「我知道了。」

他從陽臺離開後，莉莉卡檢查過窗戶鎖，嘆了一口氣。

『雖然這道鎖好像沒什麼用。』

但那個由黃銅製成、金光閃閃的優雅窗戶鎖緊密嚙合的感覺，讓她心情好了一些。她一轉身，布琳就像等待已久似的打開門問：

「皇女殿下，您還好嗎？」

「嗯，我沒事，難怪我會那麼累。」

「我去為您準備飲品。」

布琳似乎在這期間準備好了，端著一杯熱茶回來。柔和的花草香瀰漫在空氣中，莉莉卡默默喝著茶，享受那股香氣。當她將空茶杯還給布琳時，心中的紛亂已經完全平復了。

「謝謝妳，布琳。我要去睡了。」

「需要我陪在您身邊嗎？」

「沒關係。」

莉莉卡搖了搖頭。她知道，睡著後一定會見到艾爾希，見到他時，她有話要對他說。

布琳看著莉莉卡的表情，點了點頭，但她說會留一盞燈，不會全部熄掉。

布琳離開後，拉烏布也從門口確認莉莉卡的狀況。她示意他過來，拉烏布便走過來摸了摸她的頭，接著瞇起眼，露出滿足的表情離開了。

莉莉卡躺在床上，閉上了眼。

不是在沙漠，而是在海邊。

陽光明媚，但絕不會感到炎熱刺眼。這片美麗的大海讓莉莉卡想到西邊的珊瑚島。

海浪聲輕快，她低頭看著腳下的白色沙灘，散落各處的不是貝殼，而是一顆顆寶石。她驚嘆著認真拾起沙灘中的寶石時，感覺到有人靠近。

「您喜歡這裡嗎？」

莉莉卡抬頭看向艾爾希，站起來，攤開手掌給他看：「你看，非常漂亮吧？」

看到她手中五顏六色的寶石，艾爾希笑了。

「是啊，但這畢竟是在夢裡。」

「嗯，但看到美麗事物的心情會完整留下來啊。媽媽說過，『一切都是暫時的』。」莉莉卡微笑著說。

艾爾希頓了一會，點點頭，「您母親真有智慧。」

「是的，即使是夢，這裡感覺就像現實一樣，寶石的美麗會留在我的心中，這美麗的風景也是。所以，盡情享受這一切的回憶會留下來。」

艾爾希拍了拍手：「您說得對。」

「那麼，你有什麼話要對我說嗎？」

莉莉卡瞇起眼斜睨著他，艾爾希恭敬地道歉：「很抱歉，沒有徵得皇女殿下同意就使用您的身體。」

「你怎麼能這樣做？最慘的狀況下，或許會傳出我有夢遊症的傳聞。你是怎麼驅使我身體的？」

「這是因為皇女殿下寬宏大量……」

「……」

莉莉卡更瞇起眼後，艾爾希跳起來解釋。

「這是真的。如果皇女殿下真的討厭我，或者把我當作敵人，我應該什麼也做不到。但是沒發生那種事，而且，阿爾泰爾斯也幫了我。」

「原來你真的認識父親大人。」

「是的。雖然我沒想到阿爾泰爾斯會愛上別人，但作為朋友，我很高興。」

艾爾希笑著說完，莉莉卡驚呼一聲，恍然大悟。

『是這樣啊。之前發現艾爾希和父親大人似乎認識時，我很高興，因此降低了對艾爾希的防備，因為看到父親大人不孤單的樣子……』

他身為龍時也有親近的朋友，而且還能再次相見。

「艾爾希。」

「是。」

「龍只有一條嗎？」

「是的，只有一條。」

「那麼……」莉莉卡倒抽了口氣後說：「應該非常寂寞吧。」

「那是人類的想法……但也許吧，可能很寂寞。看來我應該多造一條龍，但我當時覺得這麼強大的生物有一條就夠了……」

聽著艾爾希低語，莉莉卡頭上冒出問號：「造出來？」

她不自覺稍微提高了音調，艾爾希則看著她微笑。

「我是第一位魔法師，是從海中升起島嶼的魔法師。」他指著莉莉卡：「就像妳創造了伊格納蘭一樣，我也創造了龍。」

「這兩個完全不同啊！」

「本質上是相似的。」

聽到艾爾希的話，她愣愣地看著他，接著問：「那、那在創世神話裡提到的，就是，呃，第一位艾爾希真的就是……」

「是我。」

艾爾希咧嘴一笑，莉莉卡手中的寶石掉在地上。

「哎呀，糟糕。」

艾爾希拍了兩下手，立刻出現了一套由沙子製成的精美桌椅。

「來，先坐下來聊吧。皇女殿下，您還好嗎？」

莉莉卡問道：「那麼，你是神嗎？」

艾爾希認真地說：「不，我這種人怎麼可能是神，那可是一種莫大的褻瀆吧。」

「可是，你從海中升起島嶼……」

「那是指我們的島嶼。故事裡早已有海洋和世界存在了，不是嗎？」

「啊。」

莉莉卡這才冷靜下來，坐了下來。艾爾希創造的椅子是以沙子製成的，觸感卻像打磨過的石頭一樣光滑，到處鑲嵌著閃閃發光的寶石，十分可愛。

莉莉卡的心平靜下來，得以注意到這些細節。艾爾希也坐了下來，這時莉莉卡再度發現他的深藍色頭髮非常長，甚至垂到沙地上。

『現在想想，上次在夢裡看到的父親大人頭髮也很長，難道古人都留著長頭髮嗎？』

莉莉卡不自覺地想像了留著長髮的菲約爾德。

『很適合他。』

應該很漂亮。

這麼想了一會兒，莉莉卡立刻回過神來。

「啊，那麼，是艾爾希創造了父親大人，那你是我的祖父大人……？」

她不自覺地反問後，艾爾希瞪大了眼，從座位上跳起來。他在莉莉卡驚呼時走過來，緊緊抱住她。

「皇女殿下，您怎麼這麼可愛呢？像您這樣的人居然是最後的魔法師，我肯定是個幸運的人。來，再叫一遍吧。」

「祖父大人？」

「呵呵呵。」

發出奇怪笑聲的艾爾希顯得非常可疑。不久後，他清了清喉嚨，拉開一點距離。

「我很抱歉，對成熟的淑女做出無禮的舉動。」艾爾希坐下來說：「我創造了許多東西，但一樣也沒留下。唯一剩下的就只有阿爾泰爾斯了。阿爾泰爾斯……」

他頓了一下，煩惱過後抬起頭來說：「就像您和菲約爾德一樣，我和阿爾泰爾斯也是朋友，不過不是能像那樣定義的關係。」

「嗯……」

莉莉卡覺得有點不同，但還是點了點頭。畢竟她不可能比當事人更了解。

艾爾希笑著溫和地說：「莉莉卡·納拉·塔卡爾，最後的魔法師大人。」

莉莉卡下意識地挺直了背。為什麼被呼喚全名時會讓人這麼緊張呢？

「起始與終結必定是對稱的。您的力量無比強大，深邃廣闊如這片大海。」

莉莉卡看向那片湛藍廣闊又美麗的大海，以及大海深處那無底的黑暗深淵。

「您能實現您的任何願望。可以讓死者復生、操縱人心、逆轉時間，也可以從海中拉起大地，或者讓大地沉入海底。您還可以創造出所有人都愛您、都仰望您的完美世界。」

莉莉卡注視著艾爾希，而他問道：「您的願望是什麼？」

莉莉卡看向大海，又看向艾爾希。

「能隨心所欲是很棒，但如果真的這麼做了，最後我可能會希望得到自己不這麼做的結果。」莉莉卡笑了笑：「我當魔法少女莉莉卡就夠了。」

艾爾希聞言，露出微笑：「我明白為什麼最後的魔法師會是皇女殿下了。不，這樣就夠了。」

「但我還是完全不明白。」

莉莉卡歪過頭，但艾爾希笑著說：「阿爾泰爾斯正在努力尋找其他解開詛咒的方式。」

「其他方式？」

「是的，不過皇女殿下應該能給出正確的答案。」

「這聽起來只像非常不負責任地把責任推給我喔。」

艾爾希笑著說：「被發現了嗎？」

「當初創造阿爾泰爾斯時，我以為沒有情感的人會成為一位公正的王，能比任何人都理性且強大地統治魔法師之島，但是……」艾爾希露出苦笑，「沒有人願意臣服於一個無法擁有同理心的生物。」

「啊……」莉莉卡輕呼一聲。

「對於缺乏情感的問題解答，會給予人們不公平的認知。阿爾泰爾斯無法準確判斷這些事情。」

「因為情感很重要啊。」

「是的。例如說，處理殺害兒童的案件時，如果以孩子年幼，撫養成本不高，很脆弱所以比成人更容易死去——這樣處理會是多麼荒唐的事。」

莉莉卡聽到這番話，睜大眼睛點了點頭。

不帶情感解決問題，這顯然不會是正確的解決方法。畢竟情感才是最能動搖人心的因素。如果沒有愛，那在人與人之間還有什麼重要的事物呢？

「但現在，阿爾泰爾斯成了人類，不僅嘗到了痛苦，還有了珍視的人們、想要保護的東西和心愛的人，我對此非常感激。」

艾爾希目光溫柔地看著莉莉卡。莉莉卡則不好意思地說：「我什麼都沒做啦。這些都是媽媽的功勞。」

艾爾希只是笑而不語。

莉莉卡清了清喉嚨，問道：「那麼，我該怎麼做才能解開詛咒呢？」

「其實解開詛咒並不難，皇女殿下一定能做到。」

「是嗎？」

「是的。將阿爾泰爾斯變回龍並不困難，您之前不是曾將貓變成人嗎？像這樣。」

艾爾希說完後展示了一個魔法陣，跟莉莉卡之前使用過一樣的。

「沒錯！你怎麼知道……？」

「因為我是您的魔法，我當然知道。」他微笑著消除魔法陣，繼續說道：「但阿爾泰爾斯擔心的不是這個。」

「他是擔心變回龍之後的事嗎？」

「對。變回龍後，他會失去所有的情感。那樣的話……」

艾爾希止住話語，望向莉莉卡。這些話，阿爾泰爾斯無法對莉莉卡或露迪婭說出口，所以他才特意來找有如亡靈的自己討論吧。

如果他再度變成龍，會不會認為情感是麻煩且無用的東西，並拒絕再次擁有情感？如果他判斷像他一樣擁有強大力量的存在，不適合擁有情感呢？

「他可能會離開現在所愛的所有人，失去一切，甚至傷害他們。這才是他擔憂的。」

莉莉卡也點了點頭。這果然也是她心中的大石。

『又會被拋棄。』

這種想法明顯浮現。看到莉莉卡的表情變得陰鬱，艾爾希說：「阿爾泰爾斯也在努力預防這種情況發生，請您不要太擔心。」

「但……」

「而且，皇女殿下一定能做到才對。雖然我無法告訴您答案。」

莉莉卡聞言，輕輕嘆了一口氣。艾爾希站起來揮了揮手，夕陽開始迅速沉落：「您該睡覺了。小孩子應該早睡。」

艾爾希走過來，親了一下莉莉卡的額頭：「一切肯定都會順利的。」

莉莉卡因為感到搔癢而閉上眼睛。

周遭陷入漆黑，她墜入了深沉的黑暗中。

令人驚訝的是，莉莉卡睡得深沉香甜，醒來時已是十分清爽的早晨。

由於她睡得非常熟，起床時太陽正高掛在天空中。

侍女在洗臉盆中倒入熱水。由純白瓷器製成的洗臉盆邊緣鑲有金箔，精緻地繪著覆盆子和松鼠。莉莉卡很喜歡這個圖案，所以一直用到現在。洗漱完畢後，布琳微笑著幫莉莉卡換衣服。

「因為您睡得非常沉，我不忍心叫醒您，不過幸好您睡得很好。」

「嗯。」

莉莉卡看著鏡子，發現自己因為睡得好，皮膚十分光滑。她歪著頭問：「不過外面好像有點吵。」

「啊，因為殿下回來了。」

「真的嗎！」

莉莉卡一下子跳起來，頭髮都還沒梳好就跑向會客室。

阿提爾、杰斯和派伊正在會客室裡聊天。阿提爾看向莉莉卡後，咧嘴一笑：「妳好啊，睡懶覺的公主殿下。」

「阿提爾！」

莉莉卡穿著襪子跑過去撲進他懷裡，阿提爾大笑出聲。

「阿提爾，阿提爾。」

「我又不是去送死了，妳這是怎麼了？嗯？」

輕拍著莉莉卡的手讓她感到安心，鬆了一口氣。莉莉卡更用力抱住阿提爾。

「你這壞蛋，比預定的日期晚了這麼久也沒送消息回來，壞透了。」

莉莉卡低聲抱怨著，能感覺到阿提爾又笑了。

「好好好，都是哥哥的錯，好嗎？我帶了禮物給妳喔。」

「禮物？」

莉莉卡在他懷裡抬起頭問道，阿提爾點了點頭。

「是啊，所以妳坐下來，也好好穿上鞋子。來。」

阿提爾讓莉莉卡坐在他腿上，讓她坐好。穿著絲綢襪的一雙小腳晃來晃去。

阿提爾彎下腰，替她穿上布琳遞來的穆勒鞋，接著輕輕捏了捏她的臉頰又放開。

他的臉上滿是笑意：「妳這麼擔心我嗎？」

「當然擔心啊。」

莉莉卡嘟囔著，示意布琳準備茶水。雖然他們已經在喝茶了，但侍女們還是收拾桌子，擺上新的茶點。為了還沒吃飯的莉莉卡，還準備了小巧的三明治。

莉莉卡坐在阿提爾的腿上接過茶杯。奶茶加了豐富牛奶和糖的濃郁味道讓人舒心放鬆。她看了一眼派伊和杰斯，兩人都像在看好戲般笑著。

『好丟臉。』

莉莉卡心想自己是不是撒嬌過頭了，想悄悄從阿提爾的腿上下來，但他攔住她的腰。

「所以呢？妳過得好嗎？」

聽到阿提爾的問題，莉莉卡癟著嘴回答：「這應該由我問你吧？」

「看來妳過得不錯嘛。我也遇到很有趣的事，還在結界外遇見了人。」

「有嗎？真的？」

之前或許是短暫外出就回來了，從未遇見人，但這次他說遇到了人，莉莉卡果然也十分興奮。

「嗯，他們跟我們真的不一樣，長相也有點不同吧？」

阿提爾說完，派伊點點頭。

「真的很驚人，房子和城市也完全不一樣……要不是有神器，我們早就被發現抓走了。」

多虧能融入周遭，隱藏存在感的神器「偽裝」，他們得以仔細觀察。

「那個地方也是邊境城鎮，雖然非常偏僻落後，但有一個外國商人過來，我從他那裡買了這個。是叫什麼名字啊？」

阿提爾歪頭一問，派伊回答道：「叫『髮簪』。」

「啊，對。」

阿提爾點了點頭，從口袋裡拿出用手帕包著的髮簪，遞給莉莉卡。

莉莉卡輕呼一聲。這是以貝殼、水晶、珊瑚和翡翠製成的華麗髮簪，確實充滿了異國風情，手藝也非常精巧。

「邊境的城鎮裡在賣這個嗎？」

「那個旅行商人似乎很了不起，說他走到那個邊境城鎮要花三個月，但還是來了，好像是要去找某種特別的藥草？」

杰斯搖了搖頭：「他們那邊稱我們這裡是被詛咒的土地。」

莉莉卡聞言，「啊」了一聲後笑了：「這也難怪。」

阿提爾點了點頭：「我們從旅行商人手裡買了很多東西，也有許多新奇的點心。有趣的是，他們那邊沒有糖，但有叫做麥芽糖的點心……還有很多非常美麗的布料。如果能和他們交流，肯定會很有趣。」

「但他們的軍隊和我們完全不同吧？」

阿提爾微微一笑後，派伊點了點頭：「那邊似乎沒有像我們這樣的貴族，該說是完全中央集權體制吧。」

「沒有貴族？那由誰來管理土地？」莉莉卡睜大眼睛問道。

阿提爾微笑著回答：「由國王派遣官員來管理。」

「那官員就是貴族嗎……？」

莉莉卡歪著頭時，派伊搖了搖頭。

「我們無法問得太詳細，但確實很新奇。他們的貨幣形式也不同……如果將來要和他們進行貿易，貨幣如何換算也是個問題。不過看到金銀確實可以通用，我就放心了。」

派伊笑了起來。從他明亮的表情來看似乎有所收穫。他再次續道：「幸好能先去探訪，能越先掌握資訊越有優勢啊。」

杰斯接著說：「除了那個國家之外，似乎還有更多國家。邊境城鎮感覺和我們很相似。」

「對吧？其實我有點害怕。」派伊坦誠地說，「但親眼看到後，反而更期待了。」

阿提爾接著分享了更多他們的見聞。

在我國只有樹海中有魔獸，但外界的問題似乎是魔獸經常在很多地方出現。而且他們根本沒有魔法師或神器，語言也完全不同，如果沒有神器，應該會很麻煩。

在那遙遠的國家中不吃麵包，而是種植一種叫「稻」的農作物，食用方法和外觀都完全不同。他們會將白色的顆粒直接蒸熟後食用，稱之為「米」。

莉莉卡一邊聽著一邊點頭。一旁的派伊和杰斯也會幫忙補充。

當莉莉卡清空盤子裡的食物時，派伊和杰斯悄悄互望了一眼，派伊開口說：「那我們先告辭了。」
「我也要去黑龍室，兩位請慢慢聊。」
有事要向皇帝報告時，他們兩人必須一起前往，因此不能離開宮殿。
阿提爾點了點頭，揮手示意他們退下。兩人依序向莉莉卡行禮後離開了。
莉莉卡偷偷看了一眼布琳後，布琳也帶著侍女和拉烏布離開會客室。
阿提爾說：「所以，有什麼事嗎？」
「阿提爾。」
「嗯。」
「那個，如果……」莉莉卡支支吾吾地說：「如果父親變回龍後，離開了我們該怎麼辦？」
「他不是答應會變成守護龍，待在我們身邊嗎？」
「是、是沒錯……但我擔心的是，如果他再也不愛媽媽了……」
「因為龍沒有情感？那解除詛咒後，不能再讓他直接變回人類嗎？」
阿提爾的回答讓莉莉卡既傻眼又無言。
「如果父親不願意呢？」
「為什麼？」
「因、因為……」
「不是，我是覺得即使失去了情感，叔叔只要下定決心就會去做吧？他肯定會靠意志力克服一切。」
妳擔心太多了。
看到阿提爾露出這個表情，莉莉卡感到十分鬱悶。如果發生那種事，媽媽不知道會多難過、多心痛，他們兩人看起來明明感情那麼好。

阿提爾完全不在意嗎？阿提爾……

因為阿提爾是真正的家人。

一股尖銳的情感湧上心頭，莉莉卡嚇了一跳。

『不對，莉莉卡，大家都把我當成真正的家人啊。』

雖然不太喜歡阿提爾毫不在意的表情，但她立刻安撫自己的情緒，強迫自己抬起頭：「是這樣嗎？」

「是啊。」阿提爾爽快地回答。

莉莉卡心中仍有不安，卻也不想針對此事爭辯，只點了點頭。

她本來想和阿提爾談談，消除鬱悶，但不知為何更加沉重了。

阿提爾輕拍了拍妹妹，站起來：「如果妳真的很擔心，我幫妳去問問吧？」

「不、不用了。」莉莉卡搖搖頭：「如果要說，我應該自己去說。」

「嗯，是這樣沒錯……」

阿提爾露出擔心的神情，因此莉莉卡對他笑了笑。

阿提爾粗魯地揉了揉她的頭：「畢竟我還是得去向叔叔報告，是先來看看妳的。」

莉莉卡聽到阿提爾的話，輕輕一笑：「謝謝你。」

「不客氣。」

阿提爾離開白龍室後，莉莉卡輕嘆了口氣，看向收到的髮簪。

那是根雕刻成花朵、閃閃發亮的華麗髮簪。想到這是阿提爾親自挑選並用手帕包好帶回來的，她就笑了出來。

『或許阿提爾說得對，我是在白操心吧？』

明明沒有人要她擔心。

『如果我不是魔法師……』或許我就能像阿提爾那樣，輕鬆地談論這件事了。

布琳走過來問道：「要端來餐點嗎？」

「嗯？不用了，沒關係。話說回來，妳看這個。」

「天啊，非常漂亮呢，雕工也很精細。」

布琳的眼睛銳利地先看到了髮簪的工藝技術。

「我們從未和其他國家交流過，真是新奇。如果那個國家比我們弱就好了。」她直白明瞭地說，「不過看這個工藝程度，似乎並不比我們弱，讓我心情很複雜。」

聽到布琳的話，莉莉卡低頭看著髮簪。

『也對，現在阿提爾的思緒才是最複雜的吧，可能在想如果與其他國家發生戰爭該怎麼辦。光是父親大人願意變成守護龍陪在我們身邊，就會是種莫大的安慰。』

比起擔心愛情等問題的莉莉卡，阿提爾光要應付現在這些事就很累了吧。她覺得自己說了無濟於事的話。

莉莉卡把飾品交給侍女後，站起來：「我要去圖書館。」

「是，我知道了。」

莉莉卡一整天都在圖書館看書。看過所有書都無法看進眼底，但她勉強自己讀了一些故事書，以為有助於轉換心情，但沒有太大效果，最終她抱著書坐在窗邊望著窗外發呆，不小心睡著了。

媽媽在哭泣，阿提爾也在她身旁哭泣。

莉莉卡驚訝地走上前，兩人猛地抬起頭大喊：「這都是妳的錯！如果妳沒有解除詛咒就不會變成這樣！我們會被拋棄都是妳的錯！」

是妳的錯。

如果妳做得更好，我們就不會變成這樣了。

莉莉卡猛然驚醒。

她稍微打了瞌睡，卻作了這樣的夢。她的心臟怦怦直跳，渾身都是令人不快又黏膩的冷汗。

兩人怨恨的表情揮之不去。

莉莉卡承受到的壓力比自己想像的還大。家人的未來寄託在她手上，即使努力不去想這些，無論是有意還是無意，她都感受到了壓力。

何況莉莉卡的家庭曾經破裂過一次。光是想到可能會再次失去一切，就讓她感到恐懼。

「……」

她的心情糟糕透頂，於是闔上了手中的書。儘管飢餓感十分強烈，但她依然沒有食欲。

『這時候……』

去見菲約爾德吧。看到他充滿活力工作的樣子，或許能打起一點精神。

莉莉卡站起身，向布琳和拉烏布請求諒解。布琳提議幫她換上外出服，拉烏布則要求她帶自己一起去，但莉莉卡搖了搖頭。

她是能用魔法進行單人瞬間移動，但還是對兩人一起瞬間移動感到擔心。

布琳拿出華麗的外出服，但莉莉卡說：「不，不要那件。」又輕聲道：「最好是穿普通的衣服。」

可以的話，希望能讓他們兩人一起走在街上。

布琳明白了她的意思，立刻幫她換上看起來像富商之女的衣服。

莉莉卡對不安的拉烏布笑著說「別擔心」，使用了瞬間移動。

莉莉卡拿出了圓形的銀色徽章後，管家恭敬地帶領她走進去。

因為伊格納蘭邊境伯爵事先交代過，持有此徽章的人無論是誰，都要尊敬地接待，並立即連絡他。

臨時住所如今十分有模有樣，正在建造的新宅邸也預計在明年完工。

莉莉卡在簡樸的會客室裡消磨時間，看著壁爐上的裝飾。當管家派人去傳訊之後，菲約爾德很快就從工地趕回來了。

「莉莉。」

看到菲約爾德跑過來，莉莉卡笑了。而菲約爾德一眼就看出了她臉上的陰霾。他把莉莉卡帶到會客室旁更隱密的房間。更裡頭是他的臥室。

「請稍等一下。」

「嗯。」

莉莉卡坐在鋪著光滑天鵝絨的椅子上。菲約爾德走進臥室後，立刻換好衣服出來。

他向坐在椅子上的莉莉卡面前單膝跪下，握住她的手問：「發生什麼事了嗎？」

莉莉卡望著他那雙美麗的金紅色眼睛。

那是她心上人的眼睛。但是為什麼現在看著這雙眼睛，她會如此心痛呢？

明明是為了尋求安慰而來，為什麼看到他後，心中卻充斥著負面想法，懷疑菲約爾德是否知道她的心意。

「菲約。」

「是，皇女殿下。」

「你為什麼要對我這麼好？」

這個問題真的來得很突然。菲約爾德仔細地看著莉莉卡的臉。那帶著陰霾的雙眼不適合她。

菲約爾德帶著自己的所有真心，但為了避免聽起來過於沉重，盡量輕快地開口，內容卻沉重至極。

「因為我喜歡皇女殿下啊。」

他微笑地回答的瞬間，莉莉卡的臉頓時扭曲——猛然撲向他。

莉莉卡的手緊緊抓著他的襯衫領口，完全壓在他身上。

菲約爾德大吃一驚，想抬起上身，看向莉莉卡的膝蓋。剛才聽到一聲「咚」的聲音，她似乎受傷了。

「有沒有傷到哪裡——」

——滴答。

有什麼東西滴上他的臉頰。他抬眼往上看去，眼淚不停從那雙青綠色的眼睛中落下。

菲約爾德僵在原地。淚水掉出搖曳的青綠色眼睛，滴上皮膚，炙熱得像會被燙傷。他不知道該怎麼辦才好。

「嗚、嗚——」

莉莉卡甚至發出嗚咽聲，她覺得自己像個大傻瓜。

她在菲約爾德面前做什麼啊？她怎麼能對菲約宣洩所有感情？

但是……但是菲約爾德剛剛那樣說，我明明不需要他喜歡我，不喜歡他對我那麼特別。

他真的喜歡我嗎？喜歡我嗎？

那為什麼我聽到這句話卻這麼難過？

她突然覺得單戀一個人太悲傷了，難過到淚水停不下來。
而菲約爾德一臉茫然地看著莉莉卡。他必須想辦法止住她的眼淚，應該是他做錯了什麼。
他做錯了什麼？是他不該說喜歡她嗎？這是不被允許的事嗎？可是他一直都這麼說，這次也沒關係吧？
是他不該帶著真心嗎？可是他一直都是真心的啊。
她是這個世界上他最愛、最珍貴的知更鳥皇女殿下。
「皇……」
「菲約。」莉莉卡打斷了他的話。
「是。」
「這種話……」她眨了眨眼，眼淚再次落下，「這種話要對真正喜歡的人說。」
「只能對一個人說。」
「這種話……」
「菲約。」
菲約爾德聽著她哭著斷斷續續地說，呆愣地看著她。
她就是唯一的那個人。
她就是真正喜歡的人。
他撐起手臂，斜抬起身來，親上莉莉卡的臉頰。她淚濕的臉頰帶著鹹味。
菲約爾德看向她瞪大的雙眼。
「只有您。」
他的嘴唇再次碰上她的眼睛，莉莉卡緊緊閉上眼睛又睜開。
「只有您而已。」

他帶著沒有一絲笑意的目光說。

「我喜歡您。」

莉莉卡連眨眼都做不到，只能像被定住一般望著他的眼睛。

感覺只要一眨眼，一切都會瞬間改變。

菲約爾德更稍微坐直身子，莉莉卡的身體則向後退，差點失去平衡而「啊！」了一聲。

菲約爾德迅速抓住她。兩人坐在地板上對視，在沉默中看著彼此。莉莉卡不發一語地看著他，讓菲約爾德有些後悔了。

或許他不該說出口？但是……不管別人怎麼誤會他都無所謂。

有許多人私下罵他、責備他。貴族派罵他是「叛徒」，皇帝派說他「像蝙蝠一樣不值得信任」。自從他不參加舞會後，這些閒話更變本加厲，不管他願不願意，這些話都傳到了他的耳裡。不僅如此，也有許多談論他的出身、品行的話。他對這些流言蜚語也不想一一解釋，都視而不見。

然而……這次的誤會他無法忍受。

唯獨莉莉卡說「這句話只能對喜歡的人說」這件事。

即使這句話讓他心痛到想哭，但他無法忍受的是，她誤解了他的意圖。他無法忍受莉莉卡誤會自己對她的真心與心思。

莉莉卡的眼淚完全止住了，能看到她長長的睫毛上掛著淚珠。

兩人直視著對方。

最後，先沉不住氣的是菲約爾德。他移開視線說：「先起來吧——」

但莉莉卡捧住他的雙頰。她自己也覺得很大膽，十分大膽。

心裡深處湧起一股莫名的躁動與勇氣，感覺自己能做到任何大膽的事。

不管自己做什麼，菲約爾德都會接受的。

因為他喜歡我。

他喜歡我——菲約喜歡我。

一股熱度湧上，臉頰泛紅，眼角發燙。

她再度與菲約爾德目光相對。而他看著莉莉卡閃亮的眼睛，眨了三四次眼。她紅潤的臉頰可愛極了。

「你再說一次。」

這是個厚顏無恥的要求，但帶著確定自己被愛的自信，反倒感覺很可愛。

菲約爾德感覺到自己的臉頰發燙，不知道是莉莉卡的手心太燙，還是自己的臉在發燙。

「我喜歡您。」

莉莉卡剛放開他的臉，隨即猛地抱住他。菲約爾德倒抽一口氣，而莉莉卡的雙手緊緊抱住他。

菲約爾德頓時有些愣住。

他覺得她這個存在就像明亮的月亮，自己只能仰望著她，看她東升西落，無法觸碰到她。不，儘管他這麼想，其實還是很想觸碰她。但如果能因此就觸碰到她，那就不是月亮了。

他等著月亮升起，隨著她轉動視線，在月亮落下後再次等待她升起。

有時他覺得對著月亮吠叫也無妨，月亮大概也會原諒他吧？

甚至曾經這麼想的菲約爾德，覺得眼前此刻的狀況不太真切。

——怦通。

——怦通。

——怦通。

然而他的心臟像鼓一般劇烈跳動。能感受到莉莉卡的氣息，抱住他的手臂既堅決又溫暖。

「菲約。」

莉莉卡在他耳邊輕聲低語，汗毛豎起，她的聲音在顫抖。

「……！」

菲約爾德瞬間清醒過來，茫然感轉眼間消失無蹤。一切異常清晰鮮明，心跳聲就在自己耳邊響起。

這是自己的心跳聲。所以，這是……

菲約爾德咽下口水，遲疑地抬起手臂。感覺有些遲鈍，像在控制一個人偶的手臂，而非自己的。

他輕輕地抱住她後，莉莉卡更用力地抱緊他。

眼前一陣模糊暈眩。

這是，那個……是那樣嗎？

就是那麼一回事嗎？

身體緊緊相貼的感覺無比愉悅，兩人相擁使他恍惚著迷。

然而，他想看到她的臉。他明白莉莉卡剛才為什麼會捧住他的臉了。

菲約爾德的身體稍微退開，大膽地捏住莉莉卡的下巴。莉莉卡順著他的手抬起頭。看到她絲毫無法掩飾羞怯和喜悅，嘿嘿傻笑的表情時，他也忍不住笑了。兩人相視而笑，之後菲約爾德鬆開了手，輕輕摟住她的腰並俯下身子。

額頭輕輕相碰。

要說什麼？該做什麼嗎？

先站起身吧。

但他說出口的是一句出乎意料的話。

「您需要什麼嗎？」

話說出口後，菲約爾德也覺得這是什麼蠢問題，他想說的明明不是這個。
但這似乎確實是他想說的話，因為竟然和她在一起了，他想要給她一些什麼。
莉莉卡似乎察覺到了他的心思，望著他的眼睛笑了，之後說出世界上最甜美的話：
「那把一切都給我吧。」

雖然抱著彼此打滾，但莉莉卡的肚子傳出一聲響亮的咕嚕聲，於是兩人都站起來了。
菲約爾德讓人準備飯菜，在此之前，他先拿來一些葡萄。這是莉莉卡第一次見到的葡萄。
「樹海裡有片野生葡萄園，非常廣闊，而且非常美味。」
「混雜著兩種顏色呢。」
「對啊，很神奇吧。」菲約爾德這麼回答，悄悄在莉莉卡身旁坐下。沙發稍微往一旁傾斜。
他們的手臂、肩膀和腿都相貼，莉莉卡再次感覺到心跳加速。這又和之前大膽地抱住他時不一樣。激動的情緒平復後，羞恥感又湧上心頭。但她喜歡這樣並肩坐著，也喜歡緊靠在他身旁，雖然她的視線停留在葡萄上。
裝在船形玻璃盤中的葡萄漂亮地混雜著透明的綠色和淡紫色兩種顏色，果實也非常大顆，宛如寶石。
兩把光滑的銀製叉子也放在旁邊。
菲約爾德把一顆綠色的葡萄送到莉莉卡嘴邊。
『哇啊！』
莉莉卡的臉頰泛紅，但還是乖乖張開嘴巴。葡萄果實塞滿了口裡。
「！」

用牙齒一咬就爆出甜美的果汁，香氣四溢。嘴裡滿是柔和的甜味，花香般的香氣從鼻子逸出。菲約爾德看到她的表情後笑了。

「您喜歡嗎？」

「嗯，這是什麼？怎麼會這麼甜？」

「我第一次吃的時候也很驚訝。」

這次，菲約爾德遞來一顆淡紫色的葡萄果實。莉莉卡比剛才更大膽地張開嘴。

這顆果實非常紮實，咬下去時甚至發出清脆的聲音。淡綠色的葡萄完全沒有酸味，但這顆帶有恰巧的酸味，也有香氣。

「有非常甜的香味呢。」

菲約爾德笑著要伸手去拿葡萄，但被莉莉卡阻止了。

「我、我自己吃。」

菲約爾德遺憾地收回手。

莉莉卡將大玻璃盤中的葡萄都吃完了，這才意識到自己因為太餓而太過神經質。這些美味到驚人的葡萄讓煩躁感瞬間消失了。

「我再讓人拿一些過來吧？」

「不用了，再吃下去，我會飽到吃不下正餐。」

莉莉卡放下叉子，而菲約爾德立刻握住她空著的手。

他輕輕放開握住的手，將手指滑進她的指間，十指緊扣。

『哇啊。』

這就像戀人牽手的方式。

這麼說來，他和自己現在都沒有戴手套，竟然光著手牽對方的手。
她感到頭暈目眩，但不想放開這隻手。
握住的手該放在哪裡呢？可以一直放在菲約爾德的腿上嗎？
她想著這些問題時，菲約爾德問道：「發生什麼事了嗎？」
莉莉卡一時沒有反應過來，愣愣地看著他，但她很快就想起自己來到這裡的原因。
『我完全忘記了！』
她明明表情那麼嚴肅地來到這裡，卻一直都想著菲約爾德。
「嗯，沒有啦，那個……」
莉莉卡猶豫了一會，低聲向菲約爾德坦誠了所有事情。
菲約爾德沒有很驚訝，冷靜地聽完了所有事。當莉莉卡最後甚至說「阿提爾太放心了」稍微抱怨時，菲約爾德點了點頭。
「莉莉。」
「嗯。」
「把這些事告訴妳母親怎麼樣？」
「什麼？」
莉莉卡驚訝地望著他，菲約爾德則微微笑著說：「您會感到不安是因為您想擔下所有的責任吧？會夢到媽媽也是。」
「但是……」可以說出這種話嗎？
「當然可以。」菲約爾德這麼說著，鼓勵似地緊握住她的手：「如果她生氣地罵您別說這種話，我會安慰您的。」

「嗯。」

這句話讓莉莉卡有了勇氣。她牽著他的手站起來，菲約爾德也一起站起身。

「謝謝你，菲約。」

「不客氣。」

莉莉卡低頭看著他們牽著的手，猶豫了一會兒後抬起頭：「菲約，你能稍微彎下腰嗎？」

雖然感到疑惑，但他還是順從地彎下腰。莉莉卡突然踮起腳尖，親了一下他的臉頰。

「！」

菲約爾德摀著臉頰，猛地往後退，而莉莉卡嘿嘿笑著。

菲約爾德紅著臉，稍微別開目光。就在那一刻，他突然想到什麼，急忙說道：「皇女殿下，這件事由我來告知，請您先別說。」

「什麼？啊。」

莉莉卡馬上察覺到他指的是告知她的父母，她本來還想回去後立刻告訴他們呢。

「由菲約去說嗎？」

「是的，我很快就會親自去告知的。」

「嗯，那我先稍微跟爸媽透露一點。」

莉莉卡悄聲說完後揮了揮手，像魔法師一樣迅速消失了。

菲約爾德摸著自己的臉頰，細細品味著她最後說的話，但侍從在外面輕咳了一聲：「餐點已經準備好了。」

菲約爾德低聲道：「不用了，你們拿去分著吃吧。」

這句話會令廚師憤怒，讓僕人們歡呼。侍從小心翼翼地退了出去。

莉莉卡說要將他介紹給她的父母。

『幸好我是邊境伯爵。』

再怎麼說都不會殺了自己，將爵位賜予別人吧。

菲約爾德摸著自己的脖子，輕笑出聲。

露迪婭還穿著華麗的盛裝，她與貴族們一起用完晚餐後還沒換下衣服。

她的頭髮全數盤起，脖子上戴著華麗的頸鍊。鑲在頸鍊吊墜上的藍寶石在晚上更綻放出神祕的光芒。

露迪婭讓所有侍從都退下，坐在阿爾泰爾斯的辦公室裡，將窗戶都打開。

不久之後，阿爾泰爾斯從窗戶進來：「露迪，有什麼事嗎？」

聽到緊急聯絡用的神器響起，阿爾泰爾斯急忙趕回來，看到露迪婭的樣子後止住了話。

露迪婭緩緩站起來：「我有話要跟您說。」

聽到她這麼說，阿爾泰爾斯輕嘆了口氣，說：「看來我應該把我的王冠交給妳。」

「我很樂意接受，所以您如果打算交給我就告訴我。」

露迪婭抬起頭說完，阿爾泰爾斯笑了起來。看到她開玩笑，他鬆了口氣，感覺不是要談什麼大事。

「所以呢？」

阿爾泰爾斯一問，露迪婭就一手扠腰斜站著。

「莉莉把一切都告訴我了。」

「……」

阿爾泰爾斯強忍住「什麼事？」、「她說了哪些事？」這些差點脫口而出的疑問。如果在這時先開口就輸了。

「所以妳才叫我過來嗎？」他悄悄試探對方。
露迪婭示意他坐下，說道：「對。」
阿爾泰爾斯泰然自若地坐上沙發，不先開口，等著露迪婭說話。
打扮華麗，太過耀眼而必須瞇起眼睛看的自家妻子緊抿著唇，凝視著他。
阿爾泰爾斯靜靜地望著她，直到露迪婭開口：
「我不知道您現在在做什麼，但那都是徒勞無功。」
「……什麼？」
「無論是用其他方式解除詛咒還是扭轉魔法，都是沒用的。」她堅決地說。
阿爾泰爾斯想壓抑住湧上的怒火，但他還是忍不住說出尖銳的嘲諷。
「哦，是嗎？我都不知道我在做的事是徒勞無功呢。沒想到妳已經準備徹底甩掉變成龍的我，去過另一個人生了。」
「如果我有這個打算，早就告訴你了。」
露迪婭走近阿爾泰爾斯。禮服的流行趨勢經過多年演變，現在的剪裁讓她的身形十分纖細。從正面看去，纖腰與圓潤的臀部曲線如實表現出來，只有從側面或背面看去，才能看到她的臀部隆起。
「是我剛才選錯用詞了。唉，因為總是和那些討厭的人打交道。」露迪婭撫弄著華麗的祖母綠耳環，對阿爾泰爾斯說：「這只是我的想法，這件事不應該那樣解決。您就直接解除詛咒，變回龍吧，至於後續的事情就到時再決定。」
「那如果我變成龍後，說我不需要妳這樣的人呢？」
阿爾泰爾斯的語氣依然尖銳，但露迪婭回答的聲音柔軟如天鵝絨，溫柔地包裹住他的銳利。
「那就是我輸了。」

「輸了？」

「要說是輸贏的問題有點不對。」露迪婭微微一笑，「其實，我相信我們之間是世紀之戀。」

這句意料之外的話讓阿爾泰爾斯張大了嘴。露迪婭接著說：

「如果您變成龍後覺得愛情太麻煩，想離開我，那就是我們愛情只有這些價值吧。但我不這麼認為，我想再嘗到一次愛情的滋味，再感受一次那種情感。」

露迪婭的話讓阿爾泰爾斯緊繃的臉逐漸放鬆下來。

「我認為那樣才是正確答案。如果你用魔法做了什麼，變回了人類……」露迪婭清了清喉嚨，換了個語氣：「那您對我的愛是真的嗎？還是因為魔法而烙印在您心裡了？」

她誇張地做出認真煩惱的表情後，望向他。

「我會這麼想。我可愛的小魔法師也會因此多更多無謂的煩惱吧。」

聞言，阿爾泰爾斯雙手緊握，看向自己的腿。

「我很害怕。」

害怕自己會離開妳。

「我也很害怕。」

聽到這句話，阿爾泰爾斯抬起目光，露迪婭為難又悲傷地微微一笑。

「但如果不按照正確的方式解決，肯定會引發問題。」

問題總是這樣發生的，所以不能試圖用其他方式找到答案。即使會吃虧，也得誠實面對，這樣才能避免真正的損失。

阿爾泰爾斯嘆了口氣，張開雙臂，露迪婭自然地坐到他的腿上。

她纖細的手臂環上他的脖子，輕聲說道：

「所以快點回來吧。」露迪婭噘起嘴：「應付貴族太麻煩了。」

阿爾泰爾斯戲謔似的挑起一邊眉毛：「看來這才是妳的目的？」

「不然我可能會把手套扔到他們臉上。」

「如果妳真這麼做了，我會替妳解決他們。」

露迪婭輕笑起來，她凝視著阿爾泰爾斯。

兩雙相似但截然不同的藍眼彼此相望。

「阿爾泰爾斯。」她低聲說道：「我不追求不變。」

這世上唯一不會變的是已經死去的事物。活著的存在都會改變，因為不完美，改變是無可厚非。在一個不完美的世界裡追求完美是件愚蠢的事。

露迪婭是這樣認為的。

阿爾泰爾斯望著她，露迪婭則微微一笑。

愛情還是會改變。

或許起初只不過是一滴雨，但那滴雨水沿著山谷變成流淌的溪水，成為奔騰的激流，然後匯成江河，流入大海。

露迪婭第一次知道，愛情可以增長壯大。

「所以回來吧。」

阿爾泰爾斯嘆了口氣，溫柔地吻上她的唇：「我明天處理完事情就回來。」

「啊，要是再給我一點時間，我就會把帝國吞下來喔。」

她開玩笑似地說完，阿爾泰爾斯再次笑著親吻了她。

「那真是可惜，這樣我就可以進入皇后的宮殿，奢侈地躺在裡頭霸占妳了。」

「霸占？」

「嗯，其他人進來的話，我會把他們咬死。」

阿爾泰爾斯用手指解開她的頸練，輕咬她的頸項，讓露迪婭笑了出來。

菲約爾德盡快處理完領地的事務後，策馬回到首都。

雖然花了不少時間，但他總算在兩週內完成了一切。最後，他就像傳令兵傳遞飛報一樣不斷換馬，跑過官道。

抵達首都官邸時，侍從們看到突然出現的主人，一陣手忙腳亂。

菲約爾德一邊脫下騎馬手套，一邊說：「立刻到天空宮求見。」

傳令兵悄聲討論著是不是邊境發生了什麼事，一臉嚴肅地策馬而去。

不久後傳來命令，要他前往太陽宮，而非天空宮。洗漱完畢後，菲約爾德穿著盛裝，坐上準備好的馬車。

走進天空宮，等候著他的索爾家家主——皇帝侍從長上前問候致意。

「陛下請您到內殿。」

侍從長帶他前往皇宮的內室。太陽宮極為寬敞，大部分的區域都允許貴族進入，但另外有僅供皇族居住使用的空間。

菲約爾德深吸了一口氣。侍從長敲了敲門，將家族用的會客室門打開。

全家人都坐在裡頭。菲約爾德不忘帶著從容的微笑。

走進室內，莉莉卡開朗地笑著想站起來，但被身旁的阿提爾攔住，莉莉卡瞇起眼回頭看著他。

至少有一個人歡迎自己，菲約爾德心感慶幸，接著跪下行禮。

當他準備說出冗長的問候詞時，阿爾泰爾斯打斷了他。
「起來吧。」
「是，陛下。」
菲約爾德站起身。
「嗯，聽說你請求謁見？」
阿爾泰爾斯明知一切，卻陰險地問道。菲約爾德抬起頭，直視著阿爾泰爾斯說：「請您同意我與莉莉卡皇女殿下交往。」
阿爾泰爾斯笑了，「啊，是嗎？請求？」
「那我拒絕——」
阿提爾猛地站起來說話時，莉莉卡一拳打上他的側腹，阿提爾悶哼一聲摀住側腹。
「妳、妳——」
菲約爾德拚命忍著笑意，維持嚴肅的表情。
「我知道在您看來，我有很多不足之處。但我和皇女殿下心意相通——」
「啊啊啊，我聽不到。」
「阿提爾。」
最後阿爾泰爾斯喚了一聲自家兒子，用手指指向門口。
「你要繼續這樣就出去。」
「叔叔。」
阿爾泰爾斯一挑起眉毛，阿提爾就乖乖地坐回位置。露迪婭站起身，溫柔地笑了笑。
「過來一點吧。你想和莉莉交往啊，這，畢竟你們都還年輕。」

雖然臉上帶著和煦的笑容，話語中卻暗藏鋒芒，菲約爾德可以用數十種方式解讀這句話。

因為年輕，是一時興起吧。

只不過是小孩子在玩鬧。

能持續多久呢？

應該要健全地交往下去吧？

諸如此類。

然而，莉莉卡氣鼓鼓地抗議：「媽媽，我的年紀不小了。」

露迪婭看著這樣的莉莉卡，輕聲笑了笑：「在媽媽眼裡，妳永遠都是小孩子啊。」

無法反駁。莉莉卡乖乖地垂下目光，回了一聲「是」。

露迪婭讓菲約爾德靠近一點，但他走了一兩步就停了下來。再往前會進入可攻擊範圍。

當然，在莉莉卡皇女面前應該不會發生這種事，但他莫名一直很在意。

莉莉卡站起來說：「沒關係，菲約，來坐這裡。」

她指了自己對面的座位。菲約爾德深吸一口氣，盡量鎮定地坐上位置。

在尷尬的氣氛中，他們簡單聊了幾句，內容多是關於領地的情況、開發是否順利等等。最後，阿爾泰爾斯從座位上站起來說：

「我們去走走吧。」

「是的，陛下。」菲約爾德也迅速站起身。

莉莉卡擔心地看著兩人，而菲約爾德回以微笑，示意別擔心。

當父親和菲約爾德從另一個出口，而非原本走進室內的入口離開會客室後，莉莉卡跑向阿提爾。

「你為什麼總是針對菲約？」

「我本來就看他不順眼。」

「是沒錯，但是……」

「妳明知道我不喜歡他，還要跟他交往?交往?」

「可是我喜歡他啊。」

聽到莉莉卡的話，阿提爾哼笑一聲：「喔，是嗎?」

是因為他的長相嗎?他沒有再說出這句話。

反正就算試圖阻止，也只會讓他們的愛意越燒越旺。真希望他們過一段時間就會分手，快分手吧。

阿提爾這樣想著，看向嬸嬸。嬸嬸應該也和他有同樣的想法，叔叔也是一樣。

或許他們兩人回來時，菲約爾德會臉色發青地收回他的宣言然後逃走，那就再好不過了。

『唉，但就算他是那種沒骨氣的傢伙，還是很讓人火大啊。』

無論怎麼樣，阿提爾都感到生氣，讓露迪婭忍住苦笑。因為阿提爾表現出這種態度，她無法太過刁難菲約爾德，因為也有人說成年人不能欺負小孩……

雖然菲約爾德即將成年，無論身高或體格都會遠遠超過自己，但露迪婭不知為何總是會把他當成孩子。

「好了，讓他們兩個去聊聊，別擔心。」

露迪婭重新倒了一杯茶，有種奇妙的感覺，因為菲約爾德顯然不在她的計畫內。她以為他自然會在十五歲時死去，從未在意過他。但這個男孩不僅像那樣長得一表人才，還靠自己取得邊境伯爵的地位，如今還希望和自家女兒交往。

他的性命肯定是女兒救的。

莉莉卡救了他。

在場的其他人都不知道，但露迪婭心知肚明，因此認為菲約爾德愛上莉莉卡是理所當然的。當然，莉莉卡應該不曾想過，也不曾期望過這種事。

——我救了你，所以你必須愛我。

她不是會說這種話的孩子，所以更加討人喜歡，但也因此反倒讓對方急切不安。

露迪婭笑了。

「我們家莉莉長大了呢。」

雖然對方來自巴拉特家族這點讓她很不滿意，但他不也是伊格納蘭嗎？

若是作為巴拉特小公爵，應該會輕鬆許多。因為即使他什麼都不做，公爵的爵位也會落到他手上。

『當然，我不認為巴拉特公爵會老實讓出爵位。』

然而，他想開拓樹海，取得新的領地並獲得爵位的想法太大膽了，危險因素太多了。相比之下，殺害巴拉特公爵並繼承爵位會更加穩妥。

那麼，他為什麼那樣做呢？

是為了什麼這麼做呢？

露迪婭悄聲對莉莉卡說：「看來邊境伯爵是真的喜歡我們家莉莉呢。」

莉莉卡的臉頰泛紅：「是、是嗎？」

「嗯，不然他怎麼會跑來呢。」

「嬸嬸。」阿提爾出聲抱怨，但露迪婭說了句「這是事實啊」，他就不再作聲。

莉莉卡戳了戳阿提爾，問道：「阿提爾，你為什麼那麼討厭菲約？以前我還能理解，但現在菲約是邊境伯爵了，還是皇帝派的人……」

以前因為他是巴拉特而討厭他，但現在菲約爾德已經脫離了巴拉特家吧？需要這麼討厭他嗎？

「喔，我就是討厭他。」

阿提爾說著孩子氣的話，別過頭去。自己的妹妹被那種傢伙搶走了，他怎麼可能不討厭。
莉莉卡直看著阿提爾，摟上他的手臂。阿提爾低頭瞥了她一眼，莉莉卡則嘿嘿笑著，又用另一隻手緊緊抱住他。
「幹嘛？」
「我是想告訴你，我非常非常喜歡阿提爾。」
「妳也太突然了。」
「是啊，但我就是喜歡你。」
看到緊黏著自己的妹妹，阿提爾感覺內心被看透了，不過她的表情也有點好笑，於是他揉了揉她的臉頰。
「唉，我到底該拿妳怎麼辦才好？誰會娶走妳啊？真拿妳沒辦法。」
「哼，菲約會把我……唔唔。」
「妳這張狂妄的嘴。」
阿提爾用手摀住她的嘴，這個舉動和他十二歲時一樣。莉莉卡一邊掙扎一邊咕噥時，菲約爾德和阿爾泰爾斯回來了。
阿提爾立刻放開莉莉卡，還說：「妳搞什麼？幹嘛這樣？」讓莉莉卡帶著一股淡淡的怒火。
露迪婭輕聲笑起，阿提爾就害羞地別開目光。
「差不多談完了。」阿爾泰爾斯微笑著說，「我同意你們交往了。注意事項已經完全告訴邊境伯爵，所以應該沒問題了。」
莉莉卡從座位上跳起來：「謝謝您！」
阿爾泰爾斯咧嘴一笑，「你們兩個先出去吧。」
菲約爾德恭敬地行禮致意後，大方地牽起莉莉卡的手，一起離開會客室。

「喔喔，你活著出來了啊。」
侍從長不知道是不是在取笑他，出聲感嘆。
「這要感謝陛下。」
菲約爾德泰然自若地回答完，向侍從長點頭致意後離開。
他們走出宮殿後，菲約爾德長吐出一口氣。莉莉卡問：「你還好嗎？父親大人說了什麼？他沒有刁難你吧？」
菲約爾德沉思了一會兒。
刁難？威脅殺人不是單純的「刁難」了。
「沒有，他沒有刁難我。他不是那種人。」
事實上，威脅也是種新鮮的體驗。但以前皇帝如果不高興，就會直接把人處理掉就是了。
『他變得溫和許多。』
菲約爾德的話讓莉莉卡的表情放鬆下來。一直擔心菲約聽到什麼難聽話語的心情融化消失。
「那就好。」
「是的。」
莉莉卡看著菲約爾德笑了，前後搖著他們緊握的手。
「以前我總是和你牽手散步，但現在不一樣了，是吧？」
「是的，完全不一樣了。」
菲約爾德的話讓莉莉卡再次笑了起來。

「所以您和那傢伙在交往？」

迪亞蕾瞪大眼睛問道。莉莉卡點了點頭。

兩人難得單獨外出，迪亞蕾和莉莉卡都穿著適合的服裝，來到最近在首都最熱門的炸物店，點了滿滿一盤迪亞蕾喜歡的炸雞，配上冰涼的檸檬水。

聽完莉莉卡的話，迪亞蕾點頭說著「這樣啊」、「喔～」、「嗯……」一堆不明所以的聲音。

「那真是太好了。」

「真的嗎？」

莉莉卡突然把臉湊近，那股魄力讓迪亞蕾稍微往後退，並點點頭：「您明知道我不會說謊。」

聽到這句話，莉莉卡才說著「啊，對喔」回到原位坐下，而迪亞蕾咧嘴一笑。

「看來您最近非常心煩呢。」

「嗯，所以聽到妳這麼說，我有點開心。」

迪亞蕾垂下眉尾：「可是我有點難過，以後我會被忽略吧。」

「那怎麼可能！妳對我來說多重要啊，怎麼可能會忽略妳。」莉莉卡揮了揮手。

「真的嗎？」

「當然。」

迪亞蕾這才開心地笑了：「那我就放心了。」

兩人盡情享用了鹹香酥脆的炸雞。迪亞蕾輕聲說道：「平時這裡要等非常久才有位置，但和皇女殿下在一起就可以馬上進來，真好。」

「我也很驚訝。」

沒想到這家炸物店另設有特別座位。這些座位是為金沙商隊的重要客人保留的，因此作為金沙商隊主要股東之一的皇室可以盡情享受這份特權。

她們走過長長的隊伍，悄悄從後門進入，在二樓入座。

「我第一次吃炸雞，真好吃。」

「對吧？我們那邊沒有這種食物，所以吃不到。如果跟大家說我今天吃到了炸雞，大家應該會非常羨慕。」

聽到迪亞蕾這麼說，莉莉卡笑了起來。不知道為什麼，這家炸雞店生意興隆讓她也很開心。

「多吃點。聽說他們推出了叫薯條的新品，我們也點來試試吧。」

「好啊。」

迪亞蕾毫不猶豫地立刻回答。稍微撒上鹽的厚切炸薯條味道也非常特別。

兩人用炸物填飽肚子後，並肩走在街上聊天。然而，迪亞蕾突然抱住了莉莉卡。在大街上做出這個舉動讓莉莉卡十分驚訝，但她很快就笑了出來。

「怎麼了？迪亞蕾，怎麼突然抱住我？」

「您知道我真的真的很喜歡您吧？」

「知道，當然知道，我也真的真的很喜歡妳。」

莉莉卡輕笑著回答，迪亞蕾更加用力地抱住她，讓莉莉卡發出一聲帶笑的輕呼：「迪亞蕾，我要被擠扁了。」

「……是啊，真的。」

一道不太高興的聲音傳來，莉莉卡在迪亞蕾的懷裡轉頭一看，意外發現菲約爾德站在那裡。菲約爾德竟然沒坐馬車或騎馬，徒步走在街上。

「菲約？」

她不自覺地反問後，菲約爾德微笑著打招呼。

「像這樣偶遇也很令人高興呢。」

「偶遇……是嗎？」

迪亞蕾說完也微微一笑，兩人的目光交會。莉莉卡掙扎著想掙脫迪亞蕾的懷抱，迪亞蕾則在最後又抱了她一下才放開她。

「真是意外，沒想到會看到菲約在路上走。」

莉莉卡說完，菲約爾德歪著頭回答：「您怎麼這麼說？您忘記我們在慶典時遇見的事嗎？」

「啊，是沒錯，但慶典讓人有種脫離常規的感覺……」

菲約爾德的服裝和莉莉卡、迪亞蕾一樣不怎麼顯眼。但正因如此，他的外貌更引人注目，吸引了路人的目光。

菲約爾德微笑著說：「我也有事要來找商隊，現在剛結束。聽說您和迪亞蕾小姐有約，所以來看看妳們的行程是否結束了。」

「哦？」莉莉卡看向迪亞蕾，又看向菲約爾德：「抱歉，我們還沒結束。」

「這樣啊，沒關係。」

菲約爾德伸出手，莉莉卡下意識地舉起手後，他俯身輕吻她的手背。

「能稍微見到您一面，我就十分開心了。」

「……」

迪亞蕾帶著「我有很多話想說但我忍著」的表情看著菲約爾德。她非常佩服自己。

『哈，我竟然真的忍住了。』

這一切都是多虧了皇女殿下，不然她恐怕早就脫口罵出「什麼？你在說什麼鬼話？我從剛才就感覺到有人在盯著我們了，要不要我跟皇女殿下說你是從什麼時候開始跟蹤我們的？你這個罪犯——」之類的話。

『但我忍。』

迪亞蕾露出這種表情，菲約爾德輕咳了一聲後說道：「那我們改天再見。」

「嗯，菲約，我再去找你。」莉莉卡用手摀著嘴邊，小聲說道。

菲約爾德露出滿面燦笑，朝相反的方向走去。

迪亞蕾也勾起燦爛的笑。皇女殿下沒有丟下自己和菲約爾德去玩，不知道為什麼讓她感到如此安心。

即使有了戀人，依然是談心朋友。

迪亞蕾依然是莉莉卡的迪亞蕾。

迪亞蕾得意地說：「那我們去下一家好吃的店家吧。我為了今天，都調查過了。」

「好啊，走吧！」

沃爾夫家的人都喜歡吃東西，不是像巴拉特那麼精緻的味道，他們更喜歡平凡普通、分量大且能飽腹的食物。

迪亞蕾也是騎士，因此薪水不高，所以她帶莉莉卡前往的餐廳中也有路邊攤販，莉莉卡非常喜歡這種攤販。糖的價格降低了許多，如今也出現了不少甜點店。莉莉卡跟著迪亞蕾走遍小巷，把肚子填得飽飽的。

看到貼在新建好的大劇院外的《珍珠之歌》海報，迪亞蕾還逗弄莉莉卡。聊著聊著，莉莉卡低聲對自己唯一的談心朋友講述了存在於沙漠另一邊的世界。

迪亞蕾的雙眼放光：「那裡會有比我更強的人嗎？應該有吧？」

「這個嘛，或許有吧？」

「希望會有。」迪亞蕾鼓起幹勁補充道：「我得更努力訓練，直到能一擊打倒樹海的魔獸。」

「妳現在也很強吧？」

「嗯，我還以為成為帝國第一就是全大陸第一，但現在知道不是這樣了。想到我這隻蛙能跳出這口井，我很開心。」

迪亞蕾積極向上的話讓莉莉卡很欽佩，覺得自己也得更積極一點。

她們到處閒逛，直到夕陽西下才分開。一直在遠處跟著她們的拉烏布迅速叫來馬車。

莉莉卡坐上馬車後揮了揮手，迪亞蕾也用力揮手回應。燦爛笑著的迪亞蕾露出了犬齒，十分可愛。

「拉烏布，拉烏布。」

「是，主公。」

「拉烏布和迪亞蕾誰跑得更快？」

拉烏布微笑著回答：「應該是尖牙的主人更快。」

「這樣啊。」

「但打起架來就不一樣了。」

察覺到拉烏布說「我也不會輸」的真心話，莉莉卡笑著點頭，不自覺地說著「乖喔乖喔」，摸了摸他的頭。

『這麼說來，若是這樣下去……』

莉莉卡有種預感，即使她變成老奶奶，也會繼續摸拉烏布的頭。

不知為何感到期待，莉莉卡輕笑出聲。

整個夏季，莉莉卡都和菲約爾德一起度過了愉快的時光。現在他也能光明正大地參加覆盆子同盟的聚會了，但阿提爾一直朝他的後腦杓扔覆盆子，被莉莉卡罵了一頓。

「不可以浪費食物。」

莉莉卡指著阿提爾，像嚴厲的管家一樣說完後，阿提爾雖然低聲嘟囔著，還是停下了覆盆子攻擊。

覆盆子的品種每年都會增加，豔紅的覆盆子、藍莓、黑莓也逐漸長大，因此果醬的種類也變得多樣化。

由於大家都是能放鬆地坦承內心話的關係，話題自然地隨意轉換。

莉莉卡輕嘆一口氣，說道：「有件事我覺得很奇怪。」

「什麼事？」

聽阿提爾問道，莉莉卡沉吟了一會，說出疑問：「為什麼我和菲約沒有傳出緋聞呢？」

——噗！拉特忍著沒把嘴裡的食物噴出來，坦恩則勉強忍住笑意。

菲約爾德聽到這出乎意料的話，瞪大了眼，而阿提爾一臉吃到澀柿子的表情問道：

「……妳想傳出緋聞嗎？」

「不是，我不是這個意思。只是以前我和菲約只要做點什麼就會被傳緋聞，但我們最近都形影不離，卻什麼都沒有吧？我只是感覺很奇怪。」

聽完莉莉卡的話，拉特拍了幾下胸口，清了清嗓子後說：「那是因為，嗯，就像狗和貓如果和睦相處，大家即使會對這份友誼感到驚訝，但也不會想到牠們是在交往吧？」

坦恩笑著說：「光是塔卡爾和巴拉特能和平相處就夠不可思議了，大家只是無法再往下想了。」

「但現在菲約的姓氏也改了……」

「即使如此，大家還是不太確定吧。如果鬧大，會是個大醜聞，他們可能也無法承受那樣的後果。」

聽到拉特的話，菲約爾德也點了點頭。事實上，只要周圍的人知道就足夠了。他並不希望全國人民都來議論他們的戀情。

「原來如此。」莉莉卡理解似的點了點頭。

阿提爾嘆了口氣說：「養孩子果然沒什麼用處。」

「幸好我不是阿提爾養大的。」

莉莉卡說完，阿提爾一臉難看地再次嘆了口氣。

大家已經達到了在這種氣氛下也能愉快用餐的境界，所以沒有人特別在意，吃完了餐點。

大家都拿著裝滿閃亮又甜蜜的果醬瓶子，離開了花園。留到最後的阿提爾也被派伊和杰斯拉走了，莉莉卡長吁一口氣，看向菲約爾德。

菲約爾德微笑著。這自然平常的現實讓他非常開心。一切結束後，他不用跟其他人一起離開，能理所當然地留下來和莉莉卡度過時光。

大家認為兩人單獨留下來十分正常的這個情況，讓他覺得甜蜜不已。

「辛苦您了。」

聽到菲約爾德說道，莉莉卡搖了搖頭：「我沒做什麼，是大家一起完成的啊。」

「即使如此，您還是辛苦了。」

菲約爾德輕輕握住莉莉卡的指尖，她也自然地回握住他的手，兩人開始一起在花園中漫步。

這座皇室花園顯然十分注重實用性，比起用來賞花，能看到非常多藥草、香草和果樹，當然依舊另外設有菜圃。

「你看那棵樹，本來快死了，我和烏朗一起照顧它才活了過來。當時我還擔心它能不能熬過冬天。」莉莉卡指著旁邊的樹說。

菲約爾德看向那棵被修剪過的樹。

「真像我呢。」

「嗯？」

「因為我也是得到皇女殿下的照顧才得以存活的，不是嗎？」

「什麼？我什麼時候……？」

莉莉卡驚訝地反問完，菲約爾德笑著回答：「就是您第一次把我帶來這個花園的時候啊。」

「啊，嗯。不對……嗯……是嗎？」

她原本覺得那不是會死的疾病，但聽他這麼說，又覺得好像是那樣。

為此苦思的莉莉卡十分可愛，菲約爾德彎下腰在她的臉頰上親了一下。

「！」

莉莉卡的臉頰漲紅，菲約爾德輕笑道：「如果這樣就臉紅，那接下來要怎麼辦呢？」

「接、接下來？」

莉莉卡四處張望了一下，發現兩人在一起時，拉烏布和布琳總是保持著一段距離護衛兩人，所以都看不到身影。

莉莉卡緊緊閉上眼睛，噘起嘴脣。

菲約爾德差點大笑出聲但忍了下來，這種表情也十分可愛，讓他不由自主地想要吻她。

但他能感覺她緊緊握住的手在微微顫抖，於是他忍住笑意，在她嘴脣旁的臉頰上親了一下。

莉莉卡猛然睜大眼睛，菲約爾德輕笑著說：「下次吧，等您更自在一點的時候。」

「我、我很自在啊！」莉莉卡用力挺起胸膛說。

雖然她的心臟大聲怦通狂跳，但她可以的。

「真的嗎？」

菲約爾德說完再次俯下身，兩人的距離相近，瀏海碰到對方的，感覺有點癢。

那雙金紅色的瞳孔——鑲著星星的雙眼十分靠近，那目光不願錯過她的任何一絲真心。

莉莉卡緊閉上雙眼。

「嗯……」

雖然非常細微，但還是發出了聲音。他們的嘴脣十分輕巧地碰了一下，光是這樣就像有股電流傳遍全身。

彷彿身體內部傳來一聲轟然巨響的雷鳴。
『結束了嗎？』
她悄悄睜開一隻眼睛，看到臉紅的菲約爾德用手摀著自己的嘴，視線閃躲。
莉莉卡一睜開眼睛，他就開口說：「看來我也需要做些準備。」
莉莉卡發現自己不是唯一感到羞澀的人，突然高興了起來。她緊緊抱住菲約爾德。
——怦通怦通怦通。
她能聽到心臟快速跳動的聲音，胸口依然感到酥麻。
菲約爾德回抱住她：「我也很喜歡這樣抱著您。」
「我也非常喜歡。」
菲約爾德低聲細語，而莉莉卡在他的懷裡抬起頭，露出笑容。此刻幸福過頭，讓他有些眩暈。
這樣可以嗎？
這麼幸福也沒問題嗎？
為什麼明明覺得很幸福，卻有種想要流淚的感覺呢？
菲約爾德抱住她的雙臂更加用力，而莉莉卡笑了出來。
他緊閉上眼睛，不然感覺會哭出來。
「菲約？」
莉莉卡歪過頭時，菲約爾德迅速抹過眼角後回答：「陽光太刺眼了。」
「嗯，那我們去陰影處吧？」
「好。」
儘管他們已經在陰影下了，莉莉卡沒說什麼就往前走。菲約爾德也在她身旁並肩走著。

希望能一直這樣走下去。

然而，時間是有限的。

在晚餐開始前，菲約爾德離開了皇宮。其實他已經太久沒有回領地了。

雖然說是為了投資而留在首都，但也是時候該回去了。他必須在夏天結束前回到領地。

因此，與莉莉卡共度的時光每一秒都十分珍貴。

坐上馬車離開宮殿時，菲約爾德怔怔地心想：

『好想和她一起回去。』

這個念頭一浮現，他的心臟開始加速跳動。

「啊。」

他發出一聲簡短的單音，用雙手摀住臉。

他想和她一起回去。

他想和她一起生活。想一起走路、一起入睡，從睜眼到閉眼都一直和她在一起。

雙頰發燙的他吐出一口氣。

「真想結婚。」

Chapter. 20

挑戰者

莉莉卡伸了個懶腰。

季節已經經過秋天，進入冬天，清晨的空氣變得涼颼颼的。她不想離開被窩賴床時，布琳端來了熱茶。

「早安，皇女殿下。」

「嗯，早安。」

莉莉卡輕輕打了個呵欠，接過茶杯，靠在床頭慢慢地喝了一口茶後起身。

「蒂拉就快來了吧。」

「是的，要開始上課了。」布琳有些不捨地說。

莉莉卡笑了笑：「上課也很有趣，所以別擔心，而且這次我請蒂拉把課程排輕鬆一些。」

「那冬天一定要去滑冰喔。自從皇后殿下帶起風潮後，這項運動最近在貴族之間很流行。」

「嗯，但我還得多練習才行。」

「請伊格納蘭邊境伯爵幫您就好了。」

聽布琳笑著說道，莉莉卡說了句「要找他嗎？」後也笑了。

走下床後莉莉卡洗漱更衣，接著吃了早餐。

雖然菲約爾德離開了首都，讓她十分遺憾，但她可以隨時用魔法去見他。

新的領地有很多繁忙的事務，因此莉莉卡也不想特意去打擾他，但她每天都寫長長的信給他。寫信、寄信、等待回信的時間也苦中帶甜。

當莉莉卡在書房裡寫信時，布琳敲了敲門。

「嗯，布琳？」莉莉卡抬起頭。

布琳恭敬地說：「蒂拉進宮了。」

「這麼快？連第一場雪都還沒下呢。」

「是的，他比預計的時間還早抵達。」

「那我得去和他打聲招呼。」

發生了什麼事嗎？這種天氣沒問題嗎？莉莉卡擔心地換好衣服去見哈亞時，在走廊上看見他和侍從在一起。

「蒂拉。」

莉莉卡開心地打招呼，正要上前時，突然停下腳步。

警鐘響起。

『奇怪？』

刺麻的感覺告知她有危險。而哈亞注意到她，向她走來。

「好久不見了，皇女殿下。」

聽到哈亞的聲音，莉莉卡仔細端詳著他。拉烏布那時是不是也發生過類似的情況？

「好久不見，很高興能再次見到你。」

哈亞聽到這句話，只微笑著回應：「我恐怕無法再擔任您的蒂拉了，所以來向您告別。」

『是因為這件事嗎？』

難道是他在家鄉發生了什麼事嗎？

莉莉卡緊握雙手，咽了口口水後問：「您為什麼要辭職呢？有什麼是我能幫忙的嗎？」

一說出這句話，她全身的寒毛再次豎了起來。發現到莉莉卡的表情不太對勁，布琳和拉烏布都緊貼在她身邊。

「皇女殿下？您還好嗎？」

布琳問道，拉烏布則緊盯著哈亞不放。

就在這時。

——轟！

傳出地面晃動的聲音，那低沉的巨響像是從地底傳來的聲響。
同時，走廊窗戶外出現一片亮光。
所有人都下意識地轉頭看向窗外，一道藍色的光柱直衝天際。
莉莉卡曾見過這個場景。
——轟！
——轟！
光柱開始從各處此起彼落地射上天空，同時地面劇烈晃動。
布琳大喊道：「皇女殿下，請到這邊來！」
「吞噬一切吧，心之女王。」
莉莉卡驚呼一聲後回頭一看，看見哈亞手中拿著某樣東西，而拉烏布擋在她面前。
眼前出現一片亮光，又陷入黑暗。

菲約爾德一大早醒來開完朝會後，正在處理文件。
就在這時，他感覺到一股奇怪的波動。
「？」
他歪過頭，起身走到窗邊。窗外只能見到工人們認真工作，伊格納蘭領地如往常一樣充滿生氣。
「這是怎麼回事？」
有股不祥的預感。

天空晴朗美麗得不尋常。他想和莉莉卡一起欣賞這片天空。

一想到她，不舒服的感覺似乎隨之消散，菲約爾德微微一笑後猛然轉身。

「……巴拉特公爵……」

眼前的景象讓人難以置信。以指尖撫過桌上所有擺飾的巴拉特公爵抬起頭來：「菲約爾德，好久不見啊。」

望著她勾起微笑的鮮紅雙脣，菲約爾德緩緩估算著彼此之間的距離。

「真是的，媽媽來訪，你卻打算動手了嗎？我可是來給你一個建議的。」

「妳的建議，我一個都不需要。」

菲約爾德這麼說完，巴拉特公爵笑著說：「是嗎？」一個擺錘從手中垂落。

菲約爾德的臉色僵住。

「你不需要是嗎？」巴拉特公爵滿臉笑意。

新月、愛心和皇冠——模樣熟悉的擺錘在她手中緩緩旋轉。

菲約爾德勉強自己將視線從那個不斷旋轉，反射著秋日陽光的美麗擺錘上移開。

巴拉特公爵愉悅地說：「啊，當然，只有這點證據還不夠，對吧？」

她拿出一個盒子，打開蓋子，裡面放著一綹繫著紅色緞帶的棕色頭髮。

菲約爾德咬緊牙，緊握起拳頭，指甲深深嵌入掌心。

「這些是證據，你可以儘管去首都確認，看看你那可愛的知更鳥皇女殿下現在怎麼樣了。」

菲約爾德抬起頭來：「您想要什麼？」

「呵呵呵！」巴拉特公爵笑了：「變得有禮貌了呢，真不錯，不是嗎？首都那邊應該已經一團亂了，各地都揚起了反叛的旗幟。」

這一切都是她幹的好事，卻說得像一切都與她無關。她冷冷地命令道：「去殺了阿提爾。」

巴拉特公爵將盒子放在桌上，將擺錘扔在地上後用腳踩碎。

伴隨著細微的破裂聲，擺錘在她腳下化為碎片。

「那我就饒了這個女孩一命。」

「……我明白了。」

菲約爾德別無選擇。他老實地回答後，巴拉特公爵再度露出微笑。

「乖孩子。」

低沉卻清晰的聲音傳來後，巴拉特公爵的身影消失無蹤，只有塵埃在陽光的照耀下於空中閃耀。

「……」

菲約爾德攤開手掌，血不停滴落。他望著被指甲深深刺入的手掌，緩緩跪倒在地。

他用沾滿鮮血的手將破碎的擺錘碎片收集起來。之後走到書桌前，將擺錘的碎片放到盒子旁，並將裝著棕色順滑頭髮的盒子抱入懷中，瞬間移動。

莉莉卡睜開眼，視野莫名地狹窄，身體的感覺也很陌生。

『唔……』

她不自覺地發出呻吟。意識逐漸清醒，她猛然站了起來。

『拉烏布！』

她想大喊卻發不出聲音，而且四肢也不對勁。莉莉卡看向自己的手腳。

『……』

是一塊柔軟的布。
『！』
她的腿也是布，頭髮則是棕色的毛線。莉莉卡環顧四周，她在一張書桌上。
『還有鐵欄……』
莉莉卡不由自主地癱坐在地。
『我被變成一個人偶，關在籠子裡了。』
而且似乎是很小的布偶，因為桌上的物品看起來都異常巨大。
『啊啊，果然無法出聲，是因為沒有嘴巴嗎？』
莉莉卡用她又短又圓的手努力試圖打開鐵欄，卻毫無效果。掙扎了一會兒後，她察覺到另一個事實。
『我沒有魔力了。』
沒有魔力了。
『因為這是布偶的身體嗎？還是……』
她想起蒂拉——不，那個混帳雪精靈手中的「心之女王」。
『是它把我吸進去了嗎？』
拉烏布現在怎麼樣了？他明明擋在了她面前。他也變成了布偶，被困在某個地方嗎？最重要的是，如果是被變成布偶——
『看來雷澤爾特就在這裡。』
從前被變成暹羅貓還學不會教訓嗎？話說回來，蒂拉到底為什麼要這麼做？
在一團混亂中，莉莉卡環顧四周。
『我該怎麼辦？起碼要逃出去……找回身體。』

必須告訴大家自己還活著。

當莉莉卡苦思時，巴拉特公爵走進來，莉莉卡倒抽了一口氣。巴拉特公爵走近書桌，拿起籠子。

「天啊，妳醒了啊。太好了，看來事情進行得很順利。」

莉莉卡試圖攻擊她的手，但只是輕柔的棉花拳，無法造成任何傷害。

巴拉特公爵不停搖晃鳥籠，莉莉卡在裡面滾動，不斷撞來撞去。

『啊啊啊！』

即使尖叫也不會發出聲音，因此她得以毫無顧忌地大喊，否則她絕對不會這樣大喊。

巴拉特公爵將鳥籠放下來。雖然因為身體是布偶，不會痛，但不停翻滾讓她感到頭暈目眩。

『好想吐。』

莉莉卡這樣想著，瞪向巴拉特公爵。

巴拉特公爵露出一抹笑，走回到書桌旁打開抽屜。

「很可笑吧，最後的魔法師。」

『！』

巴拉特公爵說：「印露告訴我妳是魔法師，還是預言中將關閉最後之門的最後一位魔法師。」

她從抽屜裡拿出一顆拳頭大小的心形寶石。寶石散發著美麗的藍色光芒，宛如直接裝進了夜空，星點如撒了銀粉般閃爍著。

「漂亮吧？這就是妳的魔力。」

『！』

莉莉卡再度緊緊貼上鐵欄。巴拉特公爵看到她這副模樣，笑了起來。

「現在這屬於我了。憑藉這個，我將成為完美的巴拉特，成為前所未有，無人能及的偉大巴拉特。」

『還給我，妳這個混帳小偷！那是我的！』

莉莉卡不由得脫口罵出曾在貧民區用過的粗話。

「啊，我還有一個更有趣的消息要告訴妳。」巴拉特公爵低聲說道：「我跟菲約爾德說，如果他想救妳，就去殺了阿提爾。」

『！』

巴拉特公爵真的十分愉悅似的笑了起來。

「是不是很期待？他會帶著什麼表情回來呢？明明是最完美的傑作，卻不知不覺間被妳毀了。是妳毀了我的作品。」

巴拉特公爵狠狠地打上鳥籠，鳥籠發出巨大的聲響倒下並滾落。

她用腳踩住滾動的鳥籠，笑著說：「但沒想到最後妳會幫忙成就巴拉特，人生真的不可預測呢，不是嗎？」

如果有胃這個器官，莉莉卡應該已經吐了。幸好沒有，但身體軟綿綿的感覺非常奇怪。

『雖然不會痛。』

「我正用神器監視著情況，一旦確認阿提爾被殺，我就會把他帶回來。真期待你們見面呢。」

巴拉特公爵又踢了一腳鳥籠，隨後離開房間。

鳥籠不再滾動後，莉莉卡站起身，低頭看著自己的手。

『是啊，我是個布偶。』

她到處按了按，都軟綿綿的。她肯定是一個塞滿棉花的布偶。

『我應該能壓扁身體，穿過這些柵欄縫隙。』

她必須想辦法從這個鳥籠裡逃出去。

莉莉卡用力把頭擠進柵欄的縫隙。

『穿、穿過去了！』

她的頭穿過縫隙，接著她側身掙扎，努力想穿出去。可是她的釦子裝飾卡住了，莉莉卡乾脆脫掉了衣服。

『反正我是布偶！』

現在不是在意這些的時候。莉莉卡拚命穿過鳥籠的縫隙。

——啪嚓！

縫線發出不祥的聲音。莉莉卡忍住呻吟，閉上雙眼後推擠身體。

——啪——

『逃出來了！』

雖然縫線稍微撕裂，棉花冒出頭來，但還是逃了出來。她伸手把衣服拿出來穿上，接著環顧四周。

『這裡到底是哪裡？』

看起來不像巴拉特領地內的宅邸，既沒有窗戶，也沒有任何東西，完全不曉得這是哪裡。

『先往前走吧。』

必須離開這個房間。莉莉卡把身體擠進門縫。

『啊。』

走出房門，周圍的模樣變得截然不同。剛才還是燭光輝煌的奢華房間，現在這裡卻讓她想起之前見過的地下通道。

『這裡是地下嗎……？』

這條通道彷彿怎麼跑都沒有盡頭，而且毫無人影。就在此時，眼前悄然出現一片白茫茫的……

「！」

莉莉卡當場跳了起來。走過來的是一個比她大的布偶……是她之前在雷澤爾特房間裡見過的陶瓷娃娃。

『難道？』

莉莉卡擋在布偶面前，布偶似乎也嚇了一跳，停下腳步。

『雷澤爾特？』

莉莉卡試圖問道，但當然沒發出聲音。那個銀髮布偶張開紅色的嘴唇。

「妳是怎麼出來的？」

莉莉卡又跳了起來，果然是雷澤爾特。

『真不敢相信，竟然連自己的女兒都變成布偶。』

莉莉卡握住雷澤爾特的手，上下搖晃，表示她很高興見到她。接著，莉莉卡指了指自己的身體，兩人一時就像在玩比手畫腳一樣，用動作溝通。

雷澤爾特說：「妳的身體不在這裡。」

『！』

「因為很重，應該是被留在原地了。」

莉莉卡當場癱坐在地。

怎麼會這樣，她還以為肯定就在這附近。

『不，這樣正好，那只要回到皇宮就好了吧？』

莉莉卡振作起來，重新站起身。再次經過一番比手畫腳的交流後，雷澤爾特說：

「妳說妳要回去?回皇宮?算了吧，沒這個必要，一切都結束了。反、反、反抗媽媽是錯的，所以菲約爾德也會死，一切都完蛋了，結束了。妳也馬上就會死，人們也都會死，所有人都是。烈火將熊熊燃起──」

儘管雷澤爾特用只有布偶才有的冷淡臉孔不停說著，莉莉卡也能感覺到她陷入了恐慌。

雷澤爾特跪倒在地，用雙手摀住臉：「現在做什麼都沒用，一切都結束了。」

『還沒結束！在結局底定之前都還不算結束！』

莉莉卡這麼想著，用布製的手拍了拍雷澤爾特。

但雷澤爾特一動也不動，反而漸漸瑟縮起身體，只不斷喃喃念著「結束了」。

莉莉卡將手扠上腰間。要是她能說話，應該會說點什麼，鼓勵雷澤爾特，不過她伸出手，摸了摸雷澤爾特的頭。她最清楚現在沒有時間可以浪費，但每個人摔倒後重新站起來的時間都不一樣。

「……」

雷澤爾特的呢喃在撫摸中停了下來。莉莉卡最後輕拍了拍她的肩膀，之後轉身離開。

『無論如何，我都得找到出口——啊！』

突然間，莉莉卡的身體被提起來。

「原來您在這裡。」

『哈亞！』

索內希哈亞·印露神情疲憊地抓起莉莉卡。

布琳咬牙切齒。

「太荒謬了，太荒謬了，我們竟然如此愚蠢地被算計了。」

「……」

拉烏布一言不發，但他的眼中帶著危險的光芒。雖然布琳和拉烏布護住了莉莉卡，但心之女王都奪走了他們三人的能力。但哈亞只帶走了莉莉卡的心，並從她的口袋裡掏出擺錘，顫抖著手用剪刀剪下一綹頭髮，之後拋下所有東西逃走了。

他無法帶著莉莉卡逃跑，所以這算是個明智的決定。

躺在床上的莉莉卡看起來像是睡著了，但太醫說她的呼吸越來越微弱、緩慢了，他們必須儘快找到皇女殿下。

整個宮殿就像被攪亂的蜂巢一樣混亂。激進的貴族派都高舉旗幟，發動叛亂，利用神器攻擊首都，開始縱火焚燒建築，甚至有幾隻魔獸跑出來四處肆虐。

在這樣的混亂中，莉莉卡皇女變成了這樣。其目的十分明顯。

「他們要的是魔法師的力量，現在我完全感覺不到她的魔力。」

阿爾泰爾斯生硬地說完，露迪婭的臉色慘白。

她不斷低語「都是我的錯」，因為印露家族直到最後都支持阿爾泰爾斯，沒有背叛他，所以她心裡或許一直相信著他們。

不，她確實曾經相信過他。

應該阻止哈亞進宮才對，一開始就應該奪走他作為蒂拉的資格。

如果壞事會變成好事，那好事也會變成壞事。她只對自己的愚蠢感到驚訝。

就在這時，傳令兵帶著緊急消息衝進了阿爾泰爾斯和露迪婭所在的會議室內。

「巴拉特小公爵攻擊了阿提爾殿下。」

目前阿提爾正在指揮首都的騎士團，意即他不在皇城內。

令人不快的沉默盤旋在會議室裡。拉特猛然站起來：「然後呢？」

傳令兵臉色蒼白地說：「聽、據說殿下已經逝世了。」

阿爾泰爾斯猛然站起來。

「在哪裡？」

「陛下！」

拉特抓住他：「您現在不能離開皇城。」

阿爾泰爾斯掐住拉特的脖子並高高舉起。拉特也是個健壯的男人，但被一把舉了起來。

「所以就算我的孩子死了，你也要我待在這裡嗎？」

「陛、陛下，請先聽、聽我說……咳、咳！」

在這種情況下還能說話，也許該說是貴族的強韌之處。

「阿爾泰爾斯！」

接著走進會議室的坦恩看到這一幕後大吃一驚，衝向阿爾泰爾斯。

「陛下，請您先放開他再說，再這樣下去他會死的。」

露迪婭站起來說：「皇城的事交給我吧。」

阿爾泰爾斯只轉動眼珠看向她，瞳孔中燃著紅光。

「我來處理。」

阿爾泰爾斯放開了拉特。拉特不斷咳嗽，而坦恩拍著他的背。

拉特轉頭看向傳令兵，怒吼道：「滾！」

傳令兵連忙退後，逃跑似的離開了會議室。

拉特揉著自己的脖子說：「殿下還活著。」

聞言，坦恩的聲音顫抖：「什麼？阿提爾殿下怎麼了？」

「菲約爾德攻擊了殿下，有人說殿下已經逝世了。」

他毫不猶豫說出口的內容足以動搖國本，但坦恩只眨了一下眼。

「啊。」

發出這個單音。這不是忠誠的皇室騎士團長該有的反應。

「啊？」

阿爾泰爾斯皺起眉頭，坦恩則搔搔臉頰說：「就是，首先，您知道覆盆子同盟吧？」

派伊低聲說：「殿下，已經結束了，您可以起來了。」

「……」

「裝死也沒用喔。」

聽到派伊的話，阿提爾一下子坐了起來。將嘴裡的紅色液體吐出來後粗魯地擦了擦嘴角。

「好甜，甜到我快要死了。」

「幸好沒有人會因為吃甜食而死掉。」

派伊心裡鬆了口氣。總之，幸好阿提爾能平安無事地起來，因為變數會無限產生。

「那傢伙真的用全力在打。」

「因為殿下您也是用全力在打啊。」

阿提爾用手按著隱隱作痛的側腹說：「當然得用全力去打啊，不然會穿幫吧。」

說完，他站起來用舌頭舔過牙齒，牙齒都還在原位。他嘟囔著從貧民區學來的粗話，派伊都覺得耳朵快流血了。

「黏糊糊的。」

「這個莓果糖漿看起來真像血呢。」

阿提爾環顧四周，任誰都看得出來這是臨時搭建的帳篷，周圍仍喧鬧吵雜。

「現在我如果站起來，會被說成復活了吧？」

聽到阿提爾輕聲笑著這麼說，派伊笑了。這時杰斯掀開布門走進來，他的衣服上濺到了血，一手拿著劍。

劍刃光亮如新，沒有一滴血跡。砍殺生物時會沾上油脂和血液，讓刀刃變鈍，但莉莉卡保養過的武器不會發生這種情況。

「天啊，醒過來了呢。」

「我死而復生了。」

阿提爾的話讓派伊在旁邊大嘆了口氣。杰斯一臉神奇地不斷上下打量著阿提爾。

「我還以為真的死了，那個藥還真是厲害。」

「這是我們家傳的祕技，別動歪腦筋。」

聽到派伊的回答，杰斯咧嘴一笑，隨即又一臉嚴肅。

「我們應該調查那些在貧民區放火的人，受害情況也相當嚴重，就算是幫派裡的傢伙，那些武裝也太誇張了。真是的，哪有暗巷裡的小混混會武裝成這樣啊？」杰斯厲聲罵完後說：「敵人以為您死了，現在很囂張。快去露面，給他們看看吧。」

「時間應該拖得夠久了吧？」

「這樣已經夠了。」

杰斯冷聲回答後，阿提爾也點了點頭。

派伊露出苦笑：「但我真的沒想到事情會發展成這樣。」

事情的開端很簡單。

之前坦恩在摘覆盆子時，將全身弄得都是覆盆子汁裝死，留下了「凶手是拉……」的訊息。

「如果我真的要殺人，會在對方留下訊息前就殺了他。」拉特冷冷地說。

而莉莉卡突然想起桑達爾差點與巴拉特進行交易的事。

如果在場的人們也像這樣遭到威脅，陷入互相殘害的情況該怎麼辦呢？

聽到莉莉卡的話，眾人交換眼神後，拉特說出答案：「那麼，就讓一方假死吧。」

「可以做到這種事嗎？」

「可以的，我們家族有種傳承的祕葯叫『冬眠』，使用這個就辦得到。」

這原本只是個有趣的話題，隨便定下了暗號和一些像樣的配合動作。所有人當時設想了各種情況，說話聲越來越大，有時大笑出聲。

本來只是這樣隨便說說的話題，直到菲約爾德真的說出了暗號。

『難道因為她是魔法師，所以能預見未來？』

阿提爾這麼想著，走出帳篷。

士兵的雙眼瞪大到快掉出來了：「殿、殿、殿下！」表情像見鬼了一樣。

阿提爾回了聲「嗯」，聳了聳肩，消息瞬間像漣漪般擴散開來。

「殿下還活著！」

「殿下！」

看著蜂擁而來的騎士們，阿提爾心想，他妹妹是一位偉大的魔法師，卻一點都不像魔法師——這點就像真的魔法師，因為真正的魔法師不需要偽裝成真的。

然而，擁有如此強大的力量，人往往會走偏，但莉莉卡完全沒有。就算她不是莉莉卡·納拉·塔卡爾，而是莉莉卡·凡斯，或者只是莉莉卡，她還是會和現在一樣不變。

她能毫不費力地兼顧「莉莉卡」和「最後的魔法師」這兩個身分。既不誇耀也不過於自謙。

『真了不起。』
阿提爾微微一笑。
因此，他也決定兼顧自己和「皇太子」這兩個身分。
他抽出劍。
——鏗鏘！
伴隨著讓人汗毛直豎的聲音，劍刃上開始凝聚起藍色閃電。
首先，我不像她那麼了不起，所以我會盡情誇耀自己。
「龍是不會死的。想要殺死塔卡爾，這種程度可不行。」
沒有人冒充阿提爾，只有塔卡爾能使用這種權能。
奇妙的沉默與莫名的亢奮感籠罩著士兵們。
「都退下。」
隨著阿提爾的話，劍上迸出藍色閃電，射上天空，同時在首都各處降下雷電。
——轟隆！
——轟！
「我來帶頭，跟我來！」
阿提爾大步一躍，跨過路障，衝入了戰場。
派伊嚇得臉色蒼白。
「那、那、那個人——！」
「快跟上去！」
杰斯大喊道，迅速跟著跑了出去，派伊也咒罵一聲後跟上去。

騎士團和士兵們也互看了一眼，發出歡呼。

「龍與我們同在！」

「我們也上！不能讓殿下獨自上前！」

轉眼間，所有人都發出亢奮的吶喊，衝向戰場。派伊緊跟著阿提爾，準確地指揮隊伍。

「一、二組向右，三、四組向左繞過廣場！其他人跟著殿下！」

一瞬間恢復士氣的士兵們大喊回應。

布琳仔細檢查綁在莉莉卡身上的繩子。她揹起莉莉卡，用布牢牢綁住後試著左右晃了晃身體，完全沒有鬆脫的跡象。

拉烏布再次開口：「還是我來揹……」

「你必須戰鬥吧？這樣比較好。」

布琳這樣說完，最後綁上披風，把莉莉卡完全遮住。

揹在背上的皇女殿下體溫正逐漸下降，焦急感刺痛布琳的心。

阿爾泰爾斯道：「我跟你們一起去比較好吧？」

「我們不是已經說好了嗎？」露迪婭語氣疲憊地說。

她脫下禮服，換上一身騎士般的裝束。儘管沒有頭飾，只單純地盤起來，她的金髮依然亮麗。

她將代替阿爾泰爾斯在皇城內指揮軍隊，這身裝束再合適不過。

「您要去平定地方上的叛亂，布琳和拉烏布若找到莉莉卡或見到巴拉特公爵，會向您發出信號的。」露迪婭咬了咬嘴唇。

其實她想親自揹著莉莉卡到處尋找，但她的戰鬥力比布琳‧索爾還差。能完全發揮她的力量與能力的地方，是這裡。

如果是以前，她可能會說著「非我不可」，到處找尋莉莉卡，但正所謂適材適用，雖然理智上明白，但實際堅守這個位置並不容易。

可是如果從這裡衝出去，她會是做出最愚蠢選擇的人。

拉烏布拿起玻璃羅盤，發亮的棕色指針清楚地指向一個方向。

起初眾人想碰碰運氣，將莉莉卡的頭髮放進羅盤後有了反應。而且不是指向躺在寢室中的莉莉卡，而是其他地方。那無論那是哪裡，都必須去找到她。

『但玻璃羅盤有反應，就代表她就在附近。』

沒想到「遠在天邊，近在眼前」這句話會如此貼切。

「去找到她。」

阿爾泰爾斯對布琳和拉烏布說完後縱身一躍，消失無蹤。地方上的叛軍將在進入首都之前遭到鎮壓。

「拜託你們了。」

露迪婭的語尾微微顫抖，布琳和拉烏布則深深低下頭。

「我們一定會把她找回來的。」

兩人離開了皇城。

首都因為戰爭而陷入混亂，魔獸不分敵我地襲擊人類，四處傳來建築爆炸的聲音。這顯然是魔晶彈造成的。

起初頻繁落下的神器攻擊已經幾乎停下來了。儘管能在短時間內發揮強大的火力，但由於魔力不足，不會持續太久。市區的情況慘不忍睹，逃難的平民與叛軍混雜在一起，到處冒出零星的火勢。

在距離皇城不遠的地方，羅盤的指針指向下方。

布琳驚訝地看向腳下。腳下是首都引以為傲的堅硬石板，簡單來說就是鋪滿石板的地面。

「我們沒有時間挖開這裡，放棄吧。如果……如果她在地下……那一定有通往地下的入口……」

布琳和拉烏布同時看向對方，異口同聲道：

「地下水道。」

「對不起，皇女殿下。但為了我的家族，我只能這麼做。」

莉莉卡聽到他荒謬的話，拚命掙扎，但布偶打人毫無力氣。哈亞一邊慢慢走著一邊說：「巴拉特公爵答應過我，只要她獲得力量，就會解除我們家族的詛咒。」

『你居然相信這種話？』

莉莉卡的呼喊無法傳遞給哈亞，他淡淡一笑。

「我們肯定會正面面對龍的憤怒，那是印露家一直畏懼不已的事。但如今，我們也做好了應對之策。」

回到房間的哈亞將莉莉卡放進裝著飾品的玻璃盒裡。

「事情結束後，我會放您出來的，請不要擔心。啊，還有一件事。」哈亞壓低聲音，「巴拉特小公爵回來了，據說他成功奪走了阿提爾殿下的性命。我也透過魔法鏡見證了一切，確認過他的心臟停止跳動了。」

『！』

「現在那條龍也能體會到家人死去的痛苦了吧？還是說，因為是龍，所以無所謂呢？我希望他能體會到我們家族千分之一的痛苦。」

他的聲音裡充滿了憎恨。他轉看向莉莉卡，露出一抹笑。
「不過，幸好小公爵和皇女殿下都能活下來。」
那雙原本覺得美麗的眼睛讓人感到噁心。
莉莉卡用力敲打著盒子，隨後癱倒在地，假裝死去。
如果把她帶來這裡威脅菲約，菲約肯定什麼都願意做。
莉莉卡對此深信不疑，但她不能放任這種事發生。
『裝成普通的布偶吧。』
哈亞走著走著，回頭看了一眼。從剛才開始，雷澤爾特小姐就跟在他身後。
公爵連自己女兒都徹底利用的冷酷令他震驚。他猶豫著要不要阻止她跟來，最後因為感到同情而決定不管她。
反正是一個布偶，能做什麼呢？
哈亞走出房間，走在狹窄的通道中。誰能想到首都地下有這種地方呢？
他體會到巴拉特公爵家的勢力十分驚人，同時又想到自己的家族，就感到惋惜。
『明明同樣是公爵家，為什麼差距這麼大……』
這些通道如蜘蛛網一般四通八達，偶爾會突然出現陷阱或迷宮。
哈亞沿著熟悉的路線來到一間半地下的房子裡，這是唯一能接收到自然光的房間。
受傷的巴拉特小公爵和公爵並肩而立。
「啊，他們來了。」
巴拉特公爵看到哈亞，微微一笑。她伸出手，哈亞便將玻璃盒遞給她。
「給你，這就是莉莉卡皇女。」

菲約爾德面無表情地看著盒子，裡面只有一個棕色頭髮的布偶。

「這個布偶就是皇女殿下嗎？」

「沒錯。我用心之女王將她抽取出來後，讓雷澤爾特把她裝進了這個布偶裡。」

莉莉卡暗自感到疑惑。就這麼輕易地把自己交還給菲約？

『阿提爾……』

據說菲約爾德殺了阿提爾，莉莉卡想起了「滿身是血的覆盆子作戰」。

『他們一定按照計畫去做了。計畫成功了嗎？他們真的會放我走嗎？我可以起來嗎？』

巴拉特公爵不停翻過盒子並說：「靈魂被抽離之後，肉體應該撐不了多久。現在皇女的時間也所剩無幾了。」

她打開玻璃盒子取出布偶，雙手抓住兩條手臂：「裝死也沒用。來，看好了，就像這樣。」

她一拉，兩條手臂的縫線便開始應聲斷裂。

「閣下！」

菲約爾德大聲喊道。莉莉卡不會痛，卻有種手臂逐漸脫落的感覺。

「即使皇女殿下裝死，菲約爾德也不會上當。非常有當作人質的價值。」

巴拉特公爵的語氣像在勸戒般溫柔。莉莉卡感到不甘心。

「請把皇女殿下還給我。」

「我說過會饒她一命，但沒說過會把她還給你啊。」

莉莉卡拚命思索著逃跑的計畫。就在這時，她與站在門邊的雷澤爾特對上目光。那個陶瓷娃娃正躲在門縫後方看著她。

「而且你並沒有殺死阿提爾吧？如果你想讓我相信，就應該帶回他的頭顱啊。就算所有人都會被騙，我可不會。」

聽到這句話，哈亞驚訝地看向菲約爾德。

「但、但是我明明——」

「在那種情況下，沒辦法帶回他的頭顱。」菲約爾德冷靜地說。

莉莉卡努力對雷澤爾特發出信號，但她的動作看起來只像在掙扎。

這時，雷澤爾特低聲說了什麼。突然間，莉莉卡感到一陣眩暈，彷彿有人抓住她的頭髮，把她從布偶裡拉出來。

『喔喔！』

視野瞬間變高，十分遼闊——她已經從布偶中抽離出來，漂浮在空中，能俯視下面的情況。

「那麼，像這樣試試看吧？」

巴拉特公爵抓住布偶的頭，哈亞驚恐地睜大了眼睛。

「等等——！」

公爵輕鬆地拔下布偶的頭，之後將布偶丟進壁爐的火焰中。

「皇女殿下！」

莉莉卡最後看到菲約爾德大喊出聲，衝向壁爐，接著視野陷入一片黑暗。

轟——！

巨大的爆炸聲響起，布琳和拉烏布同時確認玻璃羅盤。指針精確地指向聲音傳來的方向。臉色蒼白的布琳開始奔跑。一路揹著莉莉卡跑到這裡，讓她的速度稍微減緩。

狹窄昏暗的通道坡度逐漸變得平緩，帶著新鮮空氣的味道，能得知他們接近地面了。

「唔——」

就在這時，布琳背上的莉莉卡開始稍微動了起來。

布琳驚訝地停下腳步，連忙解開披風大喊：「皇女殿下？您恢復意識了嗎？」

拉烏布迅速查看莉莉卡的臉色。莉莉卡咳了幾聲，發出簡短的呻吟，青綠色的眼睛緩緩眨了眨。

「拉烏布？」

「主公！」

「我馬上放您下來！」

布琳的手指毫不顫抖且鎮定地解開繩子。

莉莉卡癱坐在地，渾身使不上力。她顫抖地摸了摸自己的臉，低頭看著雙手。這次摸到的是真的身體，不是布偶。

這是我的身體對吧？

「您沒事吧？」

「您有受傷嗎？」

「嗯，這是我的身體嗎？」

「那當然。」

布琳緊緊握住莉莉卡的手。她的手冰冷得讓人心疼。拉烏布立刻發射一枚信號彈，裝在玻璃管狀信號彈的光團「咻」地一聲射了出去。

他將空信號彈收回口袋後問莉莉卡：「您能站起來嗎？」

莉莉卡點了點頭，雖然四肢感覺還有些異樣，但很快就消失了。

『我還以為我要死了。』

現在想起來，還是感到毛骨悚然，渾身發抖。

『是雷澤爾特讓我回到原來的身體了。』

看來掙扎是有用的。她試著握拳又張開，之後自己站了起來，拉烏布上前扶住她。

布琳裹著厚重的衣服來，而莉莉卡此時仍穿著輕便的服裝，因此她幫莉莉卡穿上及膝短褲和厚實的羊毛長襪。或許是因為身體冰冷，見到莉莉卡不斷顫抖，布琳為她披上了披風。

莉莉卡環顧四周。

「這裡是哪裡？你們為什麼會帶著我出現在這裡？」

布琳簡短地解釋完情況後，莉莉卡握住了布琳和拉烏布的手。

「謝謝你們。我剛才變成了一個布偶。對了，妳說剛才附近傳來了爆炸聲吧？現在看來，這條通道感覺也很眼熟……」

得找到菲約爾德才行，他肯定以為莉莉卡已經死了，令人擔心。

布琳開口：「您得先離開這裡。」

轟——！

這時，第二聲爆炸聲傳來，莉莉卡立刻抬起頭。

「皇女殿下！」布琳責備地大喊一聲，但莉莉卡搖了搖頭。

「不行，巴拉特公爵和哈亞都在剛才爆炸聲傳來的地方，還有，那裡應該是出口，因為有自然光透進來，而且我也得找回我的力量。」

「但就算要從這裡過去，我們也不曉得該怎麼走。如果不能使用魔法也無法找路啊。」

聽到布琳的話，莉莉卡咬緊嘴唇。

這時，有人在身後小聲地說：「我來帶路吧。」
三人同時回頭看去，雷澤爾特就站在身後。

絕望會與寂靜一同降臨。
它決不會伴隨著尖叫或悲慘而來，那是尚未陷入絕望的人們試圖求生的掙扎。
對於絕望的人來說，寂靜總是如影隨形。與周遭環境完全無關的寂靜壓抑著全身，逐漸逼近。
菲約爾德望著自己只剩灰燼的手掌，只剩下一顆布偶衣服上的圓形鈕釦。
他握起拳又張開。
除了重複如此愚蠢的動作，他無法做到其他事情。
『真的嗎？』
真的結束了嗎？
他連後悔或憤怒的力氣都沒有。
「變成滿身灰燼的皇女殿下了呢？」
聽到笑聲，他抬起目光。巴拉特公爵走過來彎下腰，華麗如毒蠅般的裙襬輕輕擺盪。
「真是的，我還以為你會咬牙切齒，像野狗一樣撲上來呢。」巴拉特公爵勾起微笑：「你看起來就像被奪走了靈魂啊。」
沒錯。菲約爾德低頭看著自己的手，他現在就像行屍走肉。
平靜得驚人，冰冷得驚人。

——喀噠。

一顆小石子掉到地上，發出細微的聲音。

轟——！

下一瞬間，房子再次爆炸。菲約爾德傾盡全力，而巴拉特公爵也用全力抵擋。

相互衝突的力量漩渦往上衝，將屋頂掀飛。哈亞緊貼在牆邊，吞下尖叫。

巴拉特公爵的力量慢慢被逼退，她嘆了口氣：「你果然是巴拉特最棒的傑作。」

她看著菲約爾德發光的右眼。好想要，好遺憾。

但她知道，自己有更好的東西。

魔法師的心臟。

『不過有美麗的東西，還是會想擁有，不是嗎？』

巴拉特公爵勾起了笑。

在雷澤爾特的引導下，三人輕鬆就找到了路。拉烏布率先衝進房間，跟在他身後的莉莉卡一看到房內的景象，尖叫出聲。

「菲約！」

菲約爾德轉過頭，他的知更鳥皇女殿下就站在那裡。

「菲約，你的眼睛……！」

菲約爾德僅剩的一隻眼睛瞪大。

「竟然。」巴拉特公爵皺起眉，「那個蠢貨。」

這句話讓躲在最後面的雷澤爾特肩膀大大顫了一下。她知道巴拉特公爵已經察覺到是她救了莉莉卡皇女。

但公爵沒有多說什麼，她手中握著菲約爾德的右眼，看向莉莉卡，微微一笑。

「您還活著真是太好了，皇女殿下。我有個問題一定要問您。」

巴拉特公爵在手中把玩著那顆眼球，之後放進嘴裡。

「不要！」

莉莉卡尖叫出聲。巴拉特公爵紅色的舌頭舔了舔嘴唇。

「哈啊……」滿意的嘆息聲從她的唇間流瀉而出，那聲嘆息中明顯帶著熱度。

當她握起手掌又張開，顯現出深藍色的愛心符號。

「擁有這麼強大的力量，卻只扮演什麼魔法少女，真不知道腦袋裡裝著什麼。如果不是這個，我差點就被兒子打敗了。這都得感謝您，皇女殿下。」

她再次握起手，深藍色的愛心符號消失。

莉莉卡緊咬嘴唇，巴拉特公爵已經吸收了她的力量。

『該怎麼辦？我該怎麼做才能帶大家安全脫身？』

她瞥向角落，看到倒下的哈亞。

巴拉特公爵微微抬起手，菲約爾德立刻擋在莉莉卡面前。兩股力量再度產生衝突，巴拉特公爵頓了一下。

是她疏忽大意了嗎？

一塊碎片劃過她的臉頰飛過，流下鮮紅的血。

「你這傢伙。」

菲約爾德輕笑了一聲。比起身體被火焰侵襲的痛苦，被拔出眼球的痛苦算不了什麼。莉莉卡賜予他的眼睛是只為了保護他免受火焰侵襲，幫助他恢復力量，即使失去了眼睛，他的力量依然存在。

與再次見到莉莉卡的喜悅相比，身體燃燒的痛苦根本不算什麼。

巴拉特公爵用手指擦去血跡，表情僵住。

「這群廢物。」她舉起手：「我要把你們都殺了。」

「欺負我的女兒有趣嗎？」

巴拉特公爵猛然抬起頭，整棟建築早已無法發揮應有的作用。屋頂早已消失，僅剩斷壁殘垣。半地下室有大約三分之一在地底，站在地面上的阿爾泰爾斯俯視著莉莉卡一行人。

巴拉特公爵緩緩放下手：「陛下。」

她笑著回答後，阿爾泰爾斯從上方跳了下來。

「父親大人！」

莉莉卡大聲喊道，但他舉起手阻止她靠近。

「妳已經吞下去了啊。」

聽阿爾泰爾斯這麼說，巴拉特公爵恭敬地回應，彷彿站在謁見室裡，態度優雅：「是的，我取得了最後的魔法。這是足以摧毀並重建世界的力量。」

「那是為了什麼？」

面對阿爾泰爾斯的提問，巴拉特公爵拆下自己的眼罩，用雙手捧起長長的蕾絲，但蕾絲在轉眼間燃燒殆盡。

她直視著阿爾泰爾斯：「如今我再也無所畏懼，所以即使有人窺探我的內心也無所謂了。」

阿爾泰爾斯直望向她的雙眼，發出一聲不知道是嘆息還是笑的聲音。

在她閃閃發亮的眼中，映照出熱情與欲望。

那是對什麼的熱情？對什麼的欲望？

巴拉特公爵彷彿讀懂了他的心思，回答道：「當然是為了戰勝您，塔卡爾。」
「妳是在挑戰我嗎？」
阿爾泰爾斯問完的下一秒，巴拉特公爵放聲大笑，那笑聲十分愉悅。
「是的，就是挑戰。長久以來，巴拉特一直為了這場挑戰而努力。為了擁有永遠得不到的塔卡爾，為了消滅您，我們做了所有努力。結論就是為了戰勝龍，我們最終也只能變成非人的存在。」
放棄當一個人，這就是巴拉特的結論。
公爵將手放在胸口：「長久以來，我們為了變成非人的存在而努力。」
「原來如此。那外面無謂的混亂是怎麼回事？」
「這可是世紀之戰，血流成河又壯麗的場面不是更帥氣嗎？在反叛的旗幟和刀光中，龍的屍體從空中墜落，將會是一首相當壯闊的詩歌。」
「我實在無法理解這種感覺。」
「畢竟巴拉特比塔卡爾更細膩嘛。」她用手捧著臉頰，嘆了一口氣：「但多虧了皇后殿下，反叛的規模縮小了不少，再這樣下去很快就會遭到鎮壓，所以我必須儘快結束這一切。只要殺了您，塔卡爾王朝就結束了。」
阿爾泰爾斯咧嘴一笑：「天曉得，是這樣嗎？」
「阿提爾不在了，您也消失的話，一切就都結束了。」
「戰鬥還沒開始就說得好像結束了呢。」
「您不過是個用魔法創造出來的生物，還淪為了人類，不可能打得過完美的巴拉特。」
「這種話等妳挑戰過再說吧。」
話音剛落，巴拉特公爵優雅地行了屈膝禮。
她的屈膝禮無比端莊優雅，那一刻，周圍宛如宮裡舉辦的舞會。

華麗的洋裝裙襬搖曳，銀色頭髮反射燃燒的火焰，閃閃發光。她動作流暢地低下頭。

「第一條龍，也是最後一條龍。淪為人類的龍啊，化為塔卡爾血肉與骨骼的存在。曾充盈火焰，於天空優游，如今行走在大地上的存在啊。」

她的聲音如絲綢般冰冷，帶著無比妖豔的氣息。

「延續傳承數百年的巴拉特家家主，巴拉特的執著與瘋狂——英瑟尼提（Insanity）・巴拉特將成為新的巴拉特，唯一完整的巴拉特，向您發起挑戰。」

「我批准了。」

阿爾泰爾斯的聲音低沉，如同宣示。

那一秒，英瑟尼提開始膨脹。她的模樣在轉眼間開始變大。

『啊。』莉莉卡短短驚嘆了一聲。

出現的是一條純白的龍。純白的鱗片閃耀如瓷器，龐大的身軀優雅無比。光滑巨大的白龍頭頂，綻放著一朵華麗的花，看起來十分相襯。

看到這一幕，阿爾泰爾斯臉上露出有些失望的神情，彷彿他的樂趣被減半了。

「妳想到的就是一條龍嗎？」他低聲嘀咕。

對於本體是花的巴拉特來說，強大的身軀與火焰一直是畏懼又憧憬的對象。有一句話似乎是——人會變成自己厭惡的人。

「只是外形是龍，本質還是巴拉特，所以您還不必失望。花的部分是變成了龍的模樣，根仍深深扎在大地裡。」

聽到這番解釋，阿爾泰爾斯再度發出「喔~」的感嘆聲。

「當然，還有額外的驚喜。」

白龍抬起頭，響起「轟隆隆」的巨響。從地底湧現的巨大神器整齊地排列在牠的背後。
阿爾泰爾斯笑了起來：「原來是屠龍者收藏品啊。」
「非人者無道，所以不擇手段。」白龍以流利的聲音回應。
莉莉卡倒抽了一口氣。
白龍英瑟尼提愉悅地說：「每一件都是為了殺龍而打造的武器。您能撐過幾件呢？」
莉莉卡屏住氣息，緊緊抓著裙襬，不自覺地偷偷看向父親的表情。雖然他依舊帶著十分輕鬆的笑容……
『不行！』
她咬緊牙關。我無論如何都得幫助他。
『我必須找回我的力量，我的力量……但是該怎麼做？要怎麼做才能找回來？我得找出心之女王——』
『我是您的魔法。』
這時，某個人說過的話在她腦海中響起。莉莉卡猛然抬起頭。
「艾爾希！艾爾希！」
聽到她大喊，所有人都驚訝地看向她。
英瑟尼提低聲說道：「可憐的孩子，已經精神錯亂了嗎？」
「皇女殿下！」
「莉莉！」
周圍的人都驚訝地喊著她的名字，但莉莉卡不為所動。
「艾爾希，艾爾希，你這個笨蛋！我叫你回來！」
她大聲呼喊後，意識到這樣喊毫無用處。如果呼喚名字沒用，得用個能喚起他注意力的特別稱呼……
她再次喊道：「爺爺！」

阿爾泰爾斯皺起眉頭，布琳則臉色蒼白，不知所措。
「快回來啊，爺爺！」莉莉卡高聲喊道。
「唔！」
就在這時，英瑟尼提發出了一聲呻吟，所有人都看向牠。
「唔、咳咳——！」
嘴裡密密麻麻的牙齒間溢出光芒。
「不行！」
英瑟尼提大喊的同時噴出了火焰，菲約爾德擋在莉莉卡前面。火焰宛如避開了他，往左右兩側分裂。並且溫度之高，牆壁遭到燒熔，而非燒焦。
莉莉卡拚命伸向前的手指觸碰到了光芒，接著光芒變成了她最熟悉的形狀——新月、愛心與皇冠。
魔法重新回到她體內。
『啊。』
那一瞬間，莉莉卡的體內也有了些變化。她不曉得是什麼變化，但操控魔力變得順暢許多。是因為她不是在操控肉體裡的力量嗎？還是因為艾爾希在幫她？
使用魔法如同呼吸般輕鬆，猶如活動手腳般自由。她不需要反覆思考。
世界無限擴展。
擺錘在她雙手之間旋轉。
不，是她的魔法、她的世界，整個宇宙在旋轉。
一切都掌握在她的手中。
銀河的低語、星辰的歌聲、大地的旋律、海洋的聲響。

從深淵到天際，她的魔力無處不在。
世界與自身的界線逐漸模糊。
她的棕髮輕柔地飄揚，身體輕盈地浮在空中。
莉莉卡凝視著父親，而阿爾泰爾斯輕點了點頭。
『沒事的。』他這麼說。
此刻，她「看見了」束縛著阿爾泰爾斯的詛咒。雖然並非具體看見，但她能自然地感受到魔力的流動，如同親眼所見。
他的詛咒與這個世界錯綜複雜地交織在一起。
莉莉卡感到憤怒，怒氣湧上心頭。
魔法是期望、是盼望、是願望，但包圍著阿爾泰爾斯的卻只是扭曲的怨恨、憎惡與憤怒。
他一定很痛苦，一定很難受。
她不打算單純解除這個詛咒，而是以壓倒性的力量，毫不留情地將這詛咒徹底粉碎。
宛如自然說話一般，古語從口中流淌而出。
「粉碎吧。」
這個做法確實粗暴至極，但也帶來了無與倫比的解脫感。
——吱嘎吱嘎。
詛咒像老舊生鏽的鐵鍊，發出聲響後爆炸消失。
阿爾泰爾斯聽見長久以來都無法察覺到的枷鎖粉碎破裂的聲音。
被束縛許久的四肢獲得解放後，彷彿血液重新流動般的酥麻感傳遍全身。
就像穿著尺寸過小的衣服，衣服一遭到撕碎，原本遭到壓抑的火焰瞬間爆發出來。

火焰和煙霧在轉眼間擴散。英瑟尼提在他恢復原形之前發動了攻擊。

「圖阿拉（發射）！」

牠背後的一排神器中，一支巨大的長槍發出金光，分裂後射出。

菲約爾德舉起手，示意「這個交給我吧」。

於是莉莉卡毫不猶豫地誦唱下一個咒語。

「我是最後的魔法師，所有魔法之門的關閉者，魔法師之王。由魔法鑄造的器物啊，俯伏於我，服從於我，跪拜於我。」

她流利地用古語誦唱，完全沒有意識到自己在使用古語。

菲約爾德順利將金色長槍反彈回去，而英瑟尼提張開防護罩，擋下長槍。

讓巴拉特公爵變成龍的力量依然牢固地殘留在她體內。已被使用過、轉化為她力量的部分無法逆轉。

「在你們的王面前安靜下來。」

莉莉卡的話音一落，飄在空中的神器們紛紛失去光芒，發出沉重的聲音墜落到地面。

阿爾泰爾斯在火焰與煙霧中完整顯露出真正的形態。莉莉卡讚嘆無比，比她在夢中見過的還美麗且具有威嚴。

宛如以鋼鐵鑄造的漆黑身軀散發著奇異的金屬光澤，湛藍的雙眼彷彿映照出牠的無情理性。

但她能感受到，牠的體內有熱氣在翻湧。龐大的身軀中噴出熱氣。

首都過於狹窄，無法容納兩條龍同時存在。

四處傳來尖叫聲。

「是龍！」

「是塔卡爾！」

「竟然有兩條龍？」

阿爾泰爾斯用宛如火山的聲音低吼，低吟似的對莉莉卡說道：「接下來交給我，難得遇到挑戰者。」

黑龍展開巨大的雙翼，他一口猛然咬住白龍的頸部，飛上天空。

那雙翅膀帶來黑夜，但轉眼間再度天明。

白龍的模樣產生變化，瞬間化作成百上千根荊棘，纏住黑龍。黑龍毫不在意，往更高處飛去。

──轟隆隆！

根系從地底被拔起，周圍的建築崩塌。莉莉卡迅速舉起擺錘。

「風之刃！」

根系瞬間被切斷，動作變輕巧的黑龍快速衝上天空。

儘管荊棘試圖阻撓牠飛行，但幸好兩頭巨獸迅速飛離了首都，速度快得驚人。

莉莉卡被狂風吹得暫時閉上眼，再次睜開時，龍已經消失不見了。她呆愣地望著天空，一股莫名的無力感籠罩住她。

「或許，他們是不想破壞首都才飛到無人的地方吧……呀啊！」

她突然被緊緊抱住。

擺錘與光芒一同消失，但它存在於莉莉卡體內，隨時都可以召喚出來。

菲約爾德緊緊抱著她，低聲喚道：「莉莉。」

莉莉卡突然差點落淚，但她強忍著淚回抱住他。

「嗯，我在這裡。」

他將她抱得更緊了，莉莉卡說：**「菲約，讓我看看你的眼睛，好嗎？」**

菲約爾德的上半身微微往後仰，莉莉卡泫然欲泣地伸出手，輕輕放在他的右眼上。

「恢復吧。」

她收回手後，菲約爾德小心翼翼地睜開眼，緩緩眨了眨。

「看得清楚嗎？」

「是。」

莉莉卡再次抱住他，菲約爾德的身體既溫暖又可靠，他的雙臂也再次抱住她。

莉莉卡的雙腳踏實地立於大地，頭髮也落在背後，真切地感受到她還活著。

洞悉世間的魔法和偉大的真理都變得模糊，只有她自己，莉莉卡．納拉．塔卡爾確實存在。

「不是，你們兩個在這種情況下到底在幹嘛啊！」

頭頂傳來聲音，莉莉卡驚訝地抬頭望去，阿提爾正站在破損的屋頂上，輕盈地跳了下來。

他似乎是在戰鬥中趕來的，滿身是血。莉莉卡驚訝得倒抽了一口氣。

莉莉卡還來不及確認他的情況，阿提爾就粗魯地把菲約爾德從她身旁拉開，低吼道：「你立刻加入鎮壓叛軍的士兵，明白嗎？這是巴拉特家發起的叛亂，你最好拚命戰鬥來證明自己無罪。」

「遵命。」

「此外，我暫時剝奪你的爵位。」

「感謝您的寬容懲罰。」

菲約爾德回答後，用眼神對莉莉卡致意。

「小心一點。」

莉莉卡匆忙說完，他點了點頭，從破損的屋頂上離開。

「還有妳。」

「啊，阿提爾，你沒受傷吧？其他人呢？媽媽呢？」

「妳從剛才開始就在說什麼啊？」

「不是，你爲什麼這麼凶？」

「就說了，我根本聽不懂妳在說什麼啊。」

莉莉卡聞言，困惑地歪著頭。

一旁的布琳說：「皇女殿下，您從剛才開始就一直在講古語，您自己沒察覺嗎？」

「啊？什麼？」莉莉卡愣了一下，隨後驚呼一聲：「真、真的嗎？啊，是真的。」

一意識到這一點，她就改用平時使用的帝國語，同時剛才那種自由自在的感覺消退了一些。

『啊，看來我和艾爾希完全同步了。也對，畢竟是魔力具有人格的特殊情況……』

多虧如此，才得以從英瑟尼提手中奪回魔力就是了。

「現在我聽得懂妳的話了。」

阿提爾緊緊抱住莉莉卡，她也回過神來，緊緊抱住他。

「真是讓人操心，有妳這種妹妹的我真不知道造了什麼孽。」

「但你的人生不會無聊啊。」

聽到莉莉卡的話，阿提爾故意大嘆了一口氣。

這時，身後傳來一聲細微的尖叫聲。眾人緊張地轉頭看去，拉烏布正抓著雷澤爾特，她手裡拿著一把匕首。

阿提爾皺起眉：「這些人真的是……」

「等、等一下。剛才是妳解除布偶的封印，救了我吧。」莉莉卡迅速說道。

在布偶被撕裂前，莉莉卡的身體突然脫離到某個地方。從剛才巴拉特公爵的反應來看，將莉莉卡送回原本身體的顯然是雷澤爾特。

如果當時雷澤爾特沒有立刻將莉莉卡送回去，事情可能就那樣結束了。

「謝謝妳救了我。」

雷澤爾特茫然地聽著莉莉卡說完，低聲道：「那請妳殺了我吧。」

「啊，那我就不客氣了，畢竟事後清算本來就很麻煩。」

阿提爾拔出了劍。雷澤爾特像著魔一般盯著那把劍，能感受到一絲渴望。

莉莉卡說了聲「請等一下」，又對雷澤爾特說：「妳很害怕吧？我知道妳很害怕，但時間過了就會好起來的，好嗎？」

雷澤爾特的身體開始顫抖。直到最後，她都是媽媽口中的「蠢貨」和「丟臉的孩子」。

明明那麼努力，她卻無法讓媽媽滿意。她不斷想起自己變成貓的時候，讓她內心萬分折磨。

她相當懷念愛憐地撫摸自己的手，懷念那句可愛的稱讚。

她想得到認同，渴望受到認同。但雷澤爾特．巴拉特是個失敗品。無法完全屬於任何一邊，只剩下破碎的人生。

她好害怕，好害怕，好害怕。

她想乾脆死去，但又沒有勇氣自殺。

她希望有人來殺了她。

魔法師彷彿看透了她的心思，那句話甜蜜至極。但她能相信嗎？真的會有好起來的一天嗎？

匕首從雷澤爾特顫抖的手中掉落。

「真令人無言。」阿提爾說完，沒拔出劍就刺上雷澤爾特的心窩。雷澤爾特無力地倒下。

「阿提爾！」莉莉卡驚訝地大喊。

拉烏布替阿提爾說：「她只是昏過去了。」

「反正她會因為叛亂罪被逮捕，她就隨妳處置吧。先去讓嬸嬸看到妳平安無事。」阿提爾咧嘴一笑：「因為還有很多事需要妳作為魔法少女去做呢。」

莉莉卡被露迪婭緊緊抱住。作為指揮官身穿軍服的媽媽也十分具有威嚴又美麗。

聽到媽媽不停蹭著自己的臉頰輕聲呢喃著「莉莉卡，莉莉，我珍貴的莉莉」時，莉莉卡流下了眼淚。

「我看見阿爾泰爾斯變成龍飛走了。」露迪婭輕聲說完，雙手捧著莉莉卡的臉頰勾起笑：「他看起來非常帥氣，妳做得很好。」

聽到媽媽的話，莉莉卡的眼淚又差點溢出眼眶，但媽媽沒有哭，所以她也不能哭。

看到她露出努力忍住淚水的表情，媽媽笑著再次將她擁入懷中。

「沒事的，妳真的做得很好。謝謝妳平安回來。」

最後眼淚還是掉出眼眶，莉莉卡放聲大哭起來。儘管她知道媽媽很忙，但她還是恣意向媽媽撒嬌。

吐出一口漫長的氣後，莉莉卡抬起頭，堅強地擦去淚水後說：「我也要出去幫助大家，畢竟我也是塔卡爾。」

露迪婭靜靜地看著莉莉卡。

妳剛剛經歷了非常危險的事，還是回房間休息吧——這些話到了嘴邊，但看到女兒的表情，她還是無法阻止莉莉卡。

她撫著莉莉卡淚濕的臉頰，點點頭說：「好。」

莉莉卡露出燦爛的笑容：「我會作為魔法少女做到最好。」

聞言，露迪婭握住她的手，望著她的眼睛說：「別忘了，妳只是一位『魔法少女』喔。」

「好的。」

一直在旁等候的拉特帶著疲憊的表情走過來，對莉莉卡說：「即使國家發生了大事，也請別讓我們完全依賴皇女殿下的力量。」

莉莉卡看著拉特，輕聲說：「真的沒關係嗎？我能讓首都完全恢復原狀喔。」

拉特彷彿受到惡魔誘惑一般瞇起眼，最後還是說：「請容我拒絕。比起如此依賴一個人，大家一起累積經驗成長比較好。不過，我們需要讓我們重新站起來的助力，因此還請您幫忙。」

不然未來如果要穿越樹海、前往其他國家，大家顯然都只會依賴莉莉卡。

希望妳征服那個國家。

即使瘟疫或自然災害來襲也一樣，希望妳替我們抵擋。

這種依賴可能連過去累積起來的一切都能摧毀。如果將來莉莉卡不在了，大家會不知所措，陷入混亂。

他不想希望事情演變成那樣。

莉莉卡燦爛地笑著點了點頭，「嗯」了一聲。

拉特摩娑著下巴說「感覺像通過了考驗呢」，回到自己的位置。

布琳重新替莉莉卡梳理頭髮，換上新衣服。為了方便行動，她跟剛才一樣穿著短褲，配上堅硬的綁帶長靴、背心和外套。

接著考慮到她快速行動時，耳朵可能會冷，還幫她戴上了耳罩。

「我們走吧。」

拉烏布與剛才趕來的迪亞蕾站在莉莉卡的兩側。

迪亞蕾說：「能與魔法少女並肩作戰是我的榮幸。」

莉莉卡笑著回答：「但不是戰鬥，是救助民眾就是了。」

「能保護魔法少女，那更是無上的光榮。」

迪亞蕾穿著騎士團制服咧嘴一笑，非常帥氣。

布琳也換上男裝，加入了隊伍。莉莉卡一走出皇宮，事情便接踵而至。

她清理了倒塌的牆壁、阻斷道路的建築、治療傷患、撲滅火勢。巡視整個首都並修復道路就花了不少時間，有時還要填補因爆炸而出現的坑洞。

聽到人們請求重建自己的房子或是清理某些地方時，布琳將莉莉卡帶出人群。

「找出可能被埋在瓦礫堆下的倖存者更重要。」

莉莉卡點點頭。她的一隻手上浮現散發光輝的新月並出現時，所有人都高呼著「魔法少女！」、「皇女殿下萬歲！」。但她太忙了，根本沒有時間因為這些高呼聲而害羞。

太陽西沉時，首都內的戰鬥平息，剩下的叛軍都各自逃跑了。

「把清理殘黨的工作交給伊格納蘭邊境伯爵吧？」

「您的個性真差勁。」

聽到派伊的回應，阿提爾咧嘴一笑：「你這句話聽起來真像拉特。」

阿提爾露出疲憊卻暢快的神情。難得能夠用權能大鬧一場，他的心情相當愉快。阿提爾帶著藍色閃電活躍的英姿讓首都人民印象深刻，「雷龍」的綽號馬上就傳開了。

雖然戰鬥讓人十分疲憊，但還剩下許多後續要處理。

災情確認可以之後再進行，眼前必須立刻準備地方安置失去家園的人們。

露迪婭選定了地點，將失去房屋的人們聚集起來，送來了毛毯和帳篷，並迅速搭建起臨時住宅。露迪婭之前參與過貧民區的救濟工作，這次得以更加熟練地行動。

四處燃起了營火。發放熱騰騰的晚餐時，也提醒大家小心用火。填飽肚子後，緊繃的神經放鬆了下來。

由於露迪婭無法離開皇宮，現場由莉莉卡負責指揮，阿提爾也在一旁協助，他們還在距離臨時住所稍遠的地方設置了臨時醫療站。

從晚上到清晨，莉莉卡一直忙得不可開交。當她終於目光朦朧地得以坐上椅子時，遠處的天邊已經泛白了。

迪亞蕾遞來一杯熱咖啡。莉莉卡看著那漆黑的液體，下定決心喝下一口。

「好甜。」

「因為我放了很多糖。」

「好濃的味道，原來咖啡是這種味道啊。」

「您是第一次喝咖啡吧？」

「嗯。」莉莉卡點了點頭。

她坐在摺疊椅上一邊望著日出，一邊啜飲熱咖啡。咖啡的苦味與甜味慢慢沁入疲憊的身體，讓她逐漸清醒過來，恢復精神。

莉莉卡對咖啡的效果感到驚訝。

「這不是要分給病人的嗎？」

「聽說已經先發糖給每個人了，那些救濟包裡有。」

「這樣啊。」

或許是為了提高分配效率，媽媽準備了救濟包，一人一個，裡面似乎還放了糖。

此時還很寧靜，但再過不久，就要到準備茶水的忙碌時光了。莉莉卡正享受著短暫的休息時，迪亞蕾將手放在眼睛上方，遮住陽光後說：

「嗯，好像有條龍回來了。」

「什麼？真的嗎？在哪裡？」

莉莉卡從座位上跳了起來。整座首都是一座圓潤的山丘形狀，而皇宮聳立於山丘頂端。莉莉卡和迪亞蕾位於半山腰，因此能俯瞰下方的景色。

迪亞蕾用手指了指：「在那邊。」

莉莉卡瞇起眼睛看，但天色昏暗朦朧，看不太清楚。

不過，她很快就看到了一個小點。

「！」莉莉卡將剩下的咖啡一口喝下：「我要回皇宮。迪亞蕾，快去告訴阿提爾！布琳、拉烏布！」

她高聲喊著，快步走進帳棚內。

露迪婭按著疲憊的眼角站起身。她看了看時間，似乎只睡了一個小時。一拉開窗簾，看到天色微微泛白。

『阿爾泰爾斯。』

他還沒回來。

嘴裡十分苦澀。

雖然她知道還沒經過整整一天，但內心一隅十分焦慮不安。

他沒事吧？

他還在戰鬥嗎？

還是他厭倦了人類，連句告別都沒說就飛越大海離開了？

侍女長走上前來，輕聲詢問：「殿下，需要準備茶嗎？」
「好。」
片刻後，濃郁的茶香在臥室中擴散開來，侍女長端來一杯加了很多牛奶和糖的茶。
「我加了一些牛奶。您一直無法用餐，直接喝茶會傷胃。」
「謝謝。」
露迪婭微笑著接過茶杯，啜了一口，柔和的甜味滑入喉間。慢慢喝茶時，雲層開始泛起淡淡的粉紅色，看來太陽要升起了。
露迪婭眨了眨眼，看到天空中有什麼東西。
『是鳥嗎？』
她皺起眉頭看著遠方的那一點，懷疑是自己想太多了。
那個小點逐漸迅速靠近，距離那麼遠卻能看到這麼大的身影，讓人驚訝。
露迪婭匆忙將茶杯遞給侍女長，衝出臥室。她一手抓起掛在會客室搖椅上的披肩，跑出銀龍室。侍女們在身後尖聲喊道：
「殿下！」
「殿下！您的衣服！」
露迪婭毫不理會地跑上樓，朝皇宮的最高處——最高的塔頂跑去。
拖鞋在途中掉了，但赤腳跑反而更輕鬆。她完全無視迎面走來的士兵們驚愕的目光，一路向上，最後打開塔頂的門。
初冬的狂風猛烈地吹來，露迪婭用一隻手壓住隨風飄舞的金色長髮，緊緊抓住塔柱，向前探出身體。
迎面飛來的是一隻巨大的龍。

黑龍。

她屏住呼吸，努力讓急促的呼吸平復下來。慢慢調整呼吸時，她忍不住笑了起來。

『這副模樣真是糟透了。』

若是「皇后穿著睡衣在宮殿裡四處奔跑」的消息傳出去，大家恐怕會議論紛紛，說她瘋了吧。

她把披肩披在肩上。幸好她還帶了這個。

阿爾泰爾斯看到她這副模樣，肯定也會笑出來。

他會笑嗎？還是……

天邊的紅霞越來越濃，雲的邊緣閃耀著金光，深藍色和淺灰色交織，與紅光一起舞動。雖然首都盡收眼底，但露迪婭的目光只固定在那隻飛來的龍身上。

但飛過來的龍瞬間消失了。

「！」

露迪婭驚慌地四處張望卻看不到龍，不知道去哪裡了。

當她困惑時，一道陰影落下。露迪婭猛然抬起頭，龍正飛過塔頂，隨後驚人地以輕盈優雅的動作降落，抓住了塔。

在狂風中，露迪婭緊緊抱住柱子。

那雙能一口氣摧毀高塔的利爪小心翼翼地抓住高塔，以免刮傷脆弱的外牆，以比貓還要輕巧，完全感受不到重量地降落在塔上，慢慢收起翅膀。

巨大的頭微微一歪，看向露迪婭。

「您好，阿爾泰爾斯。」露迪婭說，發現自己的呼吸急促。

龍的一雙藍眼凝視著她，沒有回應。

這模樣比她在夢中見過的更加美麗。多虧牠身上散發出來的熱氣，剛才的寒冷煙消雲散，露迪婭慢慢伸出手，撫摸牠的鼻尖。

好溫暖。

牠瞇起眼，露迪婭露出微笑。

「雖然知道能見到真的龍，但實際看到還是很驚人呢。」

「天氣那麼冷，為什麼跑出來了？」

露迪婭眨了眨眼。這聲音不同尋常，像十分低沉的咆哮，語氣又莫名冷淡，更像是責備，而非擔心。

「因為我看到您來了。」

但她坦然回答，阿爾泰爾斯眨了眨眼。

露迪婭放下手後向後退。手心冰冷，寒意侵入她的身體。她理了理披肩，問道：「您要走了嗎？」

「和妳相處的時間，對我來說只是一瞬間。」

阿爾泰爾斯說著，身體稍微向後退，不曉得是為了好好地看她還是有其他原因。

龍十分長壽，與接近永恆的時間相比，與露迪婭相處的時光十分短暫。

如同雷霆劈落的瞬間。

如同流星劃過的剎那。

若以人的一生來比喻，只有這麼短暫。

「妳曾說過，一切都會改變。」

隨著時間和歲月經過，所有事物的形態最終都會改變，變得全然不同。

阿爾泰爾斯對露迪婭低語。

這是沒有感情的龍能發出的最接近歌唱的聲音。

「但我發現，我並非如此。」

露迪婭睜大了眼睛，而阿爾泰爾斯反倒瞇起眼。

永生的龍說：「閉上眼睛時，我能看到無數次閃電劃過，也能描繪出星星墜落的畫面。」

永遠不會忘記刻在心中的事物，即使到了死去的那一刻，也能在眼簾下描繪出那些瞬間與剎那。

「所以，我——」阿爾泰爾斯對她微微低下頭，「要對轉瞬即逝的妳立下永恆的誓言。」

對曇花一現的妳，如太陽升起就瞬間消失的晨霧，如黎明露珠的妳——對我稍縱即逝的戀人。

因為儘管妳消失，刻在心中的記憶也將伴隨我至死去的那天。

露迪婭的眼淚從眼中滑落，她走上前，而阿爾泰爾斯問道：「這番求婚詞還滿意嗎？」

露迪婭笑了起來，緊緊抱住牠。

雖然說是抱住，但就像是靠在牠的頭上而已。

阿爾泰爾斯輕輕用頭推開她後說：「所以最後的魔法師，出來吧。」

露迪婭驚訝地回過頭，莉莉卡尷尬地從塔頂的入口探出頭來。

「莉莉！妳什麼時候……」

「我、我剛剛才來的。」

莉莉卡揮了揮手，顯然在撒謊。隨後，她小心翼翼地走上塔頂。

「父親。」

莉莉卡雙手緊握，輕聲呼喚阿爾泰爾斯。

阿爾泰爾斯說：「讓我變成人類吧。」

露迪婭驚訝地猛然轉過頭來：「這樣好嗎？您不一定非得放棄那一切。」

「是我感到不自在。」

即使看到她流淚也無法感受到任何情感，讓他感到不悅。

「因為那對我來說，已經不再是詛咒了。」

曾經是詛咒，現在卻是種選擇——這是必然的選擇。

他曾身處於完美的「無」之境界，當他嘗到作為人類的苦澀時，曾認為這是詛咒。但當他感受到作為人類的甜蜜，就不再單純地將那視為詛咒。

喜悅與悲傷是一枚雙面硬幣，因此不得已接受了其中一面，就必須接受另一面。

是啊。真要說起來，這應該是種「珍珠的誓言」吧。

或許，人生就是將喜悅與悲傷化作眼淚，當成珍珠收藏起來。

聽到阿爾泰爾斯的話，莉莉卡深深吸了一口氣。

她張開手時，擺錘浮現在空中，小小的擺錘在手心之上不停旋轉。看在阿爾泰爾斯的眼中，這只是個巨大的魔力結晶，看不清形態。

自家女兒低下目光思索了一會兒後抬起頭來，阿爾泰爾斯察覺到她的表情變了。

露迪婭也立刻察覺到莉莉卡的異樣。

「莉莉？」

莉莉卡輕輕笑了。

「阿爾泰爾斯。」

聽到那道聲音，阿爾泰爾斯回應：「艾爾希。」

艾爾希溫柔地笑了，彷彿非常愉悅又幸福，他像給予祝福的祭司一樣低聲誦道：

「願他作為人類的極限與作為龍的無限完美融合，創造出一個完整的生命。」

『嗒拉伊德拉巴（完整的圓）。』

金色光芒迸發四散。

露迪婭縮起身體，緊緊閉上眼睛。披肩被風吹走。

「啊！」

她轉頭看去時，一隻熟悉的手替她抓住披肩，披在她的肩上後說：「妳真的會感冒的。」

露迪婭緊緊抱住他，阿爾泰爾斯也笑著回抱住她。

被他緊緊抱在懷裡的露迪婭伸出手，在一旁看著的莉莉卡猶豫地走過來後，露迪婭也緊緊抱住了她。

阿爾泰爾斯抬起頭，也對尷尬地站在塔頂入口的阿提爾招了招手。阿提爾露出難為情的表情走過來。

即使來到身旁，阿提爾還是十分猶豫。而阿爾泰爾斯摸了摸他的頭，摟過他的肩膀後把他擁進懷中。

一家人相擁一會兒後，莉莉卡猛然抬起頭：「啊，菲約在下面叫我。」

「什麼？」阿提爾的聲音頓時尖銳起來。

莉莉卡不理會他，離開家人的懷抱，朝塔下望去。

明明距離如此遙遠，菲約爾德的銀髮卻依然十分顯眼。他輕輕揮手，似乎需要幫忙。

莉莉卡說：「我去看看！」

她連忙打算跑下高塔，而露迪婭在她身後喊道：「莉莉！」

莉莉卡停下腳步，回頭看向她。

露迪婭在那一刻明白了。

這是告別。我的女兒即將離開我，在沒有我的呵護下離去。

不要走，不要走。

妳能一直當我的乖女兒嗎？

這世界太過險峻，妳會受傷的。

「我愛妳。」
然而，露迪婭說出口的卻是這一句話。
但媽媽愛妳，媽媽會永遠在這裡。
「我也愛您。」
莉莉卡露出燦爛的笑容，行了屈膝禮。如今她已經能做出十分優雅的屈膝禮了。
莉莉卡跑下高塔時，阿提爾也迅速道別，跟著她一起離開了。
露迪婭咬緊嘴唇。
莉莉，莉莉，莉莉卡。
我可愛的女兒。
不要跑，不要跳，因為很危險。
我寶貝的孩子。
「她連頭都不回地走了呢。」
露迪婭輕聲說道，聲音比想像得還疲憊。
阿爾泰爾斯摟住她的腰，低聲說：「妳可以感到驕傲。」
露迪婭眼中泛淚地看向他：「莉莉一直是我引以為傲的女兒。」
阿爾泰爾斯眨了眨眼後笑了。
「不，我是說妳。是妳把她養育成能毫不畏懼地跑向未來啊。」
堅定不移。
不害怕受傷。
勇敢向前。

「我為妳感到驕傲。」
聽到阿爾泰爾斯的話，露迪婭再次哭了出來。
這是對的嗎？
我做了最好的選擇嗎？
我是否為莉莉做出了最好的決定？
這些問題沒有明確的答案，只剩下她的選擇。
最好的選擇未必是正確答案，愛也不是容忍所有行為的藉口。
然而，阿爾泰爾斯的話撫慰了她的心。
露迪婭吐出一口氣後抬起頭，看著阿爾泰爾斯說：「我的臉看起來很糟吧？」
「還是一樣討人喜歡啊。」
他輕輕吻上她的唇，就在那一刻，冰冷的東西碰到她的臉頰。她發燙的臉頰感到冰涼。
「啊。」
露迪婭抬起頭，飄下了初雪。
阿爾泰爾斯問道：「想不想在下雪的空中飛一圈看看？」
露迪婭猶豫了一會兒。有一堆事情要處理，而且下起了雪……
「之後再向拉特道歉吧。」
聽到露迪婭的話，阿爾泰爾斯笑了笑，從塔上一躍而下。驚訝的露迪婭還來不及尖叫，一條巨龍就擋住了她的視線。
「阿、阿爾泰爾斯？」
「啊，果然，我能在人類和龍的形態之間自由轉換了。」

聲音和剛才一樣，但現在語氣中帶著溫柔。

阿爾泰爾斯低下頭：「過來，坐到我背上吧。」

「我怕會滑下去。」

「不會的。」

露迪婭面露不安地將腳放上牠的脖子，十分安穩。她心感神奇地爬上去，坐在頭部和頸部之間。

阿爾泰爾斯輕輕一推塔身，展開翅膀。

黑龍劃過清晨的天空飛翔。

阿提爾一下子趴倒在桌上。

「我快死了。」

「在將這些文件處理完之前，您都不能死。」

拉特說著，將另一疊文件放到阿提爾面前。

阿提爾茫然地看著那堆文件：「喂，再怎麼說——」

拉特猛然轉頭看著他。宰相的眼下一片漆黑，眼神十分凶狠，一臉「再多說一句就立刻遞上辭呈走人」的表情。

如果他離開了，只有阿提爾會累死。

「不，我會趕快處理的……」

「好的，殿下。」拉特左搖右晃地回到自己的位置。

莉莉卡輕輕拿起一部分文件說：「這些我幫你處理吧。」

「不，比起這個。」阿提爾咬著牙說：「妳去找叔叔回來還比較好。他不會就這樣不回來了吧？對吧？不會就這樣以溫馨的結局作結吧？」

「那怎麼可能。」莉莉卡皺起眉頭。

發生叛亂的第四天，阿爾泰爾斯和露迪婭還沒有回來。多虧於此，阿提爾正在代為處理皇帝的職務，因為繁重的工作量而叫苦連天，連莉莉卡也不得不在一旁幫忙。

比起抓捕叛軍，善後工作更麻煩又艱辛。

「不過還好犧牲的人數不多。」

聽莉莉卡說道，阿提爾坐直身子，點了點頭。

首都的情況令人吃驚地迅速穩定下來。

「畢竟叛軍的數量本來就不多。」

這時，辦公室的陽臺傳來聲音，莉莉卡跳了起來。

「媽媽！父親！」

她衝過去打開陽臺門，媽媽滿臉笑意地抱住了她。

「抱歉，我們太晚回來了吧？有點事情耽擱了。」

「幸好你們回來了。」

「讓妳擔心了。」

露迪婭抱著莉莉卡笑了。阿爾泰爾斯也走進辦公室，粗魯地揉了揉莉莉卡的頭髮。

阿提爾從辦公椅上跳起來，高興地說：「你們回來了！」

「是啊。來，拉特，這是紀念品。」

阿爾泰爾斯從懷裡掏出一塊手掌大小的圓形扁翡翠，扔給了拉特。

拉特接住翡翠，十分驚訝：「很溫暖呢。」

「那好像是叫綠鹽石？我記得是這個名字。」

「你們不會是為了挖這塊翡翠，出去三天都沒回來吧？」

「那怎麼可能。」阿爾泰爾斯咧嘴一笑：「我們先處理完公事再聊吧。」

拉特的眼眶泛淚。

「您竟然會說出這麼認真的話。」

露迪婭開朗地笑著，拿起文件開始翻看。

首都警衛隊沒有叛變，拉特也沒有背叛。雖然首都的零星叛亂引發了混亂，但很快就遭到了鎮壓。那些被放出來的魔獸是個問題，但事先準備好的避難所發揮了很大的助益。七年來用心準備的一切都發揮了作用。

阿提爾覺醒後迅速打倒魔獸也幫了大忙。儘管有建築被摧毀，但總比損失人命好得多。

「至於地方上的叛亂，阿爾泰爾斯已經徹底平定了……」

聽到露迪婭的話，在一旁幫忙阿提爾的派伊無力地笑了笑：「全軍覆沒也算平定了嗎？」

「那當然。」露迪婭微笑著說，「那現在就要處理剩下的事了。」

兩人回來後，積累的文件在轉眼間就處理少了許多。

露迪婭下了很大的功夫操控輿論，特別迅速地應對龍出現的事件。畢竟龍的出現對人們造成了強烈的衝擊，而且還出現了兩條龍。

露迪婭迅速散布消息：巴拉特公爵喚來「魔獸之王」意圖叛亂，而阿爾泰爾斯為了阻止這一切變成了龍。與建國節上表演的「樹海之王」的故事相似。

最重要的是，人們開始議論塔卡爾竟然是真正的龍。由非人類的存在統治人類，這件事必然讓人產生奇妙的感受。

「龍的後裔」和「真正的龍」是完全不同的存在。露迪婭積極宣傳阿提爾是「半人半龍」，並再次確認他將繼承皇位。

「但陛下竟然是龍，帝國再也不用擔心了吧。」

「沒錯。」

「受到偉大的龍教導，殿下也一定會成為出色的皇帝。」

約翰．威爾等人四處散播這種言論。與此同時，皇宮發下的援助物資和援助行動也被廣泛宣傳。

就這樣過了一週，阿爾泰爾斯趁著混亂，立刻對叛亂者下達了簡易判決。

他先沒收了巴拉特家的爵位、領地和財產，光是這些就足以用來重建首都。貴族派的勢力已經徹底瓦解，剩下的保守派則看著塔卡爾的臉色，俯首稱臣。

皇帝派的勢力自然變得比以往還強大。

哈亞被判處死刑，但他十分平靜。

「家族的詛咒解開了，因此我的目標達成了。」

哈亞也寫了一封道歉信給莉莉卡，但被露迪婭攔下，扔進了壁爐裡。

印露家被剝奪公爵的地位，遭強制從風雪城遷往南方。然而，他們的詛咒也已經解開，成了再也無法在北方生存的存在，因此未必是一種懲罰。

露迪婭計劃興建一座學術之都，印露一族將在那裡安頓下來。

最忙碌的是菲約爾德。他因「救出皇女」和「率軍擊退叛軍」的功勞，拿回了爵位。這成為了一個絕佳的宣傳——即使曾經是敵人，只要忠誠效命，皇室依然願意接納他。

此外，樹海的詛咒也徹底解除了。不僅是樹海，圍繞帝國的海洋與沙漠構成的保護屏障也完全消失了。

伊格納蘭邊境伯爵擁有了廣大的樹海地區。巴拉特公爵家和印露公爵家消失後，伊格納蘭邊境伯爵成了擁有最廣闊領地的領主。

如今能與外界交流的消息仍無人知曉，因此，皇室得以率先徹底消除叛亂勢力。

在那之後，阿爾泰爾斯攤開一張地圖給大家看。

「這就是我過去三天的成果。」

那是一張從天空俯瞰的大陸地圖。

雖然沒有描繪出整片大陸，但對至今遭到封鎖的帝國來說無異於一件寶物。

聚集在辦公室裡的人們都瞪大了眼睛，低頭看著地圖。

阿爾泰爾斯微微一笑，環顧四周：「很有趣吧？」

菲約爾德直到午夜才得以回到宅邸。

如今他的宅邸幾乎完工了，花園正在做最後的收尾。花園的設計盡量融入了莉莉卡的喜好，是夢想著某一天而準備。

『所以，這是一場夢嗎？』

菲約爾德看著躺在他床上熟睡的莉莉卡。天氣漸暖，她穿著單薄的衣服。

『這是夢？幻覺？還是妄想？』

他不停眨眼，接著慢慢靠近床邊，輕輕撐著床頭向前傾身。

細微的呼吸聲傳來，平靜而安穩。看著她完全放鬆，像個孩子般柔和的臉龐，他不禁露出笑容，感覺一天的疲勞都消散了。

只是一直看著她也無比愉悅。

他輕鬆地注視著她時，莉莉卡緩緩睜開眼睛。她的眼皮微微顫動，睫毛揚起，他心愛的青綠色瞳孔慢慢出現。

即使看到菲約爾德在身旁看著自己，她也毫不驚訝地嘻嘻笑了。

「你好啊，菲約。」

菲約爾德更俯下身，輕吻了她一下。

「晚安。」

莉莉卡的臉頰泛紅，忸忸怩怩地輕輕伸手環住他的脖子，接著抬起上半身，在他的臉頰上輕吻了一下。

「歡迎回來。」

菲約爾德的身體放鬆下來，一下倒到床上，莉莉卡小小地尖叫，隨即笑了起來。

「菲約，你好重。」

菲約爾德用手肘支撐起上半身，注視著莉莉卡。鼻尖輕輕相碰又分開。

「我還以為自己在作夢呢。」

莉莉卡開玩笑地問道：「看來我常常出現在你的夢裡？」

「是的，經常出現。」

這句大方的話反而讓莉莉卡感到害羞。她毫無來由地伸手撫著他的頭髮。

他纖細順滑的頭髮蓬鬆到令人吃驚。可能是剛洗完澡，帶著些微濕意。

「你每天都這麼晚回來。」

莉莉卡埋怨地說完，菲約爾德擔心地問：「您等很久嗎？」

莉莉卡搖了搖頭：「不會，我因為這樣睡得很好。不過，真的不會有人來打擾我們嗎？」

「我已經吩咐過，任何人都不准來臥室了。」

「但還是需要侍從吧？」

「不要緊。」

他享受著莉莉卡摸著頭髮的手，微微轉頭，將嘴唇湊近她的手腕內側。

莉莉卡感到搔癢而縮了一下，菲約爾德卻握住了她的手腕。

布琳精心修剪的圓潤指甲閃閃發亮，都帶著可愛的粉紅色，就這樣舔一口，感覺會像糖果一樣甜美。

他像受到誘惑般伸出舌頭輕舔了一下，莉莉卡顫了一下。

「啊。」

菲約爾德尷尬地放開她的手腕，莉莉卡則慌忙將手收回胸前，滿臉通紅。

「你、你、你做什麼——」

菲約爾德對支支吾吾的她坦率地說：「因為感覺很甜。」

「才不甜呢！」

「可是我覺得很甜啊。」

聽到菲約爾德的笑聲，莉莉卡的臉更紅了。她推開他，菲約爾德就笑著坐起來。莉莉卡一下子從床上跳起來，慌張地想要下床。

菲約爾德說：「對不起。」

莉莉卡露出委屈的表情：「感覺每次都只有我吃虧。」

菲約爾德眨了眨眼後說：「皇女殿下隨時都可以報仇喔。」

這句話讓莉莉卡更加不甘心，她猛然撲上他，像要咬掉他的手指。

他剛洗完澡，脫下了手套。儘管工作忙碌，菲約爾德的手指仍然白皙修長。

莉莉卡偷看了他一眼。他一臉興味盎然的表情，讓她更加惱火，莉莉卡鼓起勇氣，「嘿」的一聲狠狠咬上他的手指。

咬下去之後，她卻自己驚訝地鬆開嘴，偷看菲約爾德的反應。

「你、你為什麼臉紅啊？」

莉莉卡抗議後，菲約爾德斟酌著言詞說：「沒有，那是，嗯……」

莉莉卡不滿地嘟囔，並撲進他的懷裡。

她大方地坐在他的腿上，說：「我今天是來談一件重要的事。」

菲約爾德雙手在她的腰部交握，溫柔地把她圈在懷裡，滿足地問道：「您想談什麼呢？」

「嗯，我不久之後可能會離開皇宮。」

菲約爾德歪過頭：「您要外出旅遊嗎？不會是要去別的國家吧？」

塔卡爾帝國的出現對外界造成了巨大的衝擊。各國爭先派遣外交使節，努力了解帝國的動向。他們派遣使節團來訪，帶著豐富的物產，皇室也相對地派人前往。

帝國的報紙也不斷刊登有關其他國家的新聞。雖然大家都表示對未知感到畏懼，但想到「我們國家有龍！」便得到了安慰。

皇室威嚴無可撼動的閃耀的時代到來了。

菲約爾德也迅速組織了商隊，正在調查外國的物產。因此，他率先擔心起莉莉卡是不是要以皇女的身分，跟隨使節團出使他國。

「嗯，是有提到這件事，但不是這個原因。因為阿提爾就要成年了。」

「是的。」

「所以，我和媽媽可能就要離開皇宮了。」

這一刻，有什麼東西從菲約爾德的腦中閃過。他咳了一聲後問：「我可以問問原因嗎？」

「嗯……」莉莉卡瞇起眼睛，說：「據說是為了有一個完美的結局和重新結合。」
菲約爾德歪著頭，她則從他懷裡抬起頭來，在他臉頰上輕吻了一下。
「好，我說完了，所以先走嘍。時間已經很晚了，你好好休息吧。」
「如果您親我的嘴一下，我就放您走。」
「菲約，你怎麼變得這麼厚臉皮？」
「因為我被您愛著啊。」
他自信的回答讓莉莉卡無奈地嘟囔著「真是的」，但仍用力捧著他的雙頰，像在印章一樣稍微親了一下他的嘴脣，之後迅速退開。
但菲約爾德摟過她的腰，握住她的後頸。
「！」
比平時還久一點的親吻結束後，菲約爾德放開她。
「好的，您路上小心。」
聽到這句話，莉莉卡用拳頭捶打他的肩膀幾下後滿臉通紅，逃也似的消失了。
菲約爾德躺到床上。
『啊，果然。』
他抬手摸了摸自己的嘴脣，雙頰發燙。
『好甜。』

帝國的所有報社再次陷入了瘋狂。

這是第一次皇帝明明還健在，皇太子卻繼承了皇位。這已經是個極大的話題了，但阿爾泰爾斯一退位，就和露迪婭離婚了。這件事果然引發了驚人的熱議。

這一個月真的混亂得不得了。

莉莉卡和露迪婭按照計畫，在首都附近找到了一間合適的房子，還做了一個庭院，卻實在無法度過悠閒自在的時光，因為每天都有許多客人登門拜訪。

「我已經退休了，契約結束了！」

「是啊，沒錯。」

「都是因為您來這裡才會這樣吧？」露迪婭生氣地指著阿爾泰爾斯。

阿爾泰爾斯喝著布琳端來的茶，歪著頭道：「這是我的錯嗎？」

「難道不是嗎？」

「妳不滿意我的求婚嗎？」

「我很滿意，但我想和女兒度過兩人獨處的愉快時光啊。」

莉莉卡端出剛烤好的司康，搖了搖頭，露迪婭則大嘆了口氣。

「真的沒辦法了。」

阿爾泰爾斯放下杯子站起來，在露迪婭面前單膝跪下。

露迪婭先開口說：「我願意將我一生中的所有瞬間都交付給你的永恆。」

阿爾泰爾斯睜大了眼睛。

「我們結婚吧。」

露迪婭自信滿滿地笑著，阿爾泰爾斯則在她的手背上印下一吻。

這是對求婚完美的回答。

婚禮辦得簡單樸素，但這只代表賓客人數極少，婚禮費用依然驚人。
莉莉卡也訂製了一件美麗的禮服。
婚禮前一晚，莉莉卡坐在門廊上，悠閒地享受著夏夜。
媽媽今天在神殿裡，明天就會回皇宮，所以今晚是她們共度的最後一晚。
——沙沙。
僅憑腳步聲，莉莉卡就知道來者是誰了。
「莉莉。」
莉莉卡轉頭看去，菲約爾德穿著一身馬上就能參加婚禮的禮服。
莉莉卡站起身：「有什麼事嗎？」
「我來是為了跟您說只有今晚才能說的話。」
他看起來很緊張，讓莉莉卡也緊張起來。她正要從門廊走下來時，菲約爾德攔住了她。
他走近她後單膝跪下。就像不久前見過的情景。
莉莉卡瞪大了眼睛，心臟突然加速狂跳，感覺就像踩在雲上一樣輕飄飄的。
「莉莉卡小姐。」
菲約爾德抬頭看著她，眼睛微微瞇起，彷彿正望著耀眼的事物。
「您一直是我的月亮，從初次見面的那一刻到現在，我的目光都無法離開您。」

菲約爾德溫柔地笑了。

「我願將我的餘生都獻給您，您願意嫁給我嗎？」

「！」

莉莉卡的身體一顫，雙眼圓瞪地看著他。短暫的沉默後，他站起來，牽起莉莉卡的手並吻了一下，接著說：

「您不一定要給我答覆，因為無論如何，我都屬於您。但如果不是今晚，我將再也無法說出這句話……」

「……為什麼？」

她問出有點呆傻的問題。菲約爾德微笑著回答：

「因為身分低微者不能向身分高貴者求婚。莉莉卡小姐在戶籍上仍然是皇女，但現在是保留狀態，所以我只有今晚能夠向您求婚。」

「原來如此……」

莉莉卡呆愣地回答，看到他的銀色頭髮在月光下閃耀。他一向很美，但今晚的美格外迷人，莫名沒有真實感。

「我繼續留在這裡可能會讓您困擾，所以我今天先告辭了。」

「嗯……」

菲約爾德對隨口回應的莉莉卡行禮致意，隨後消失在黑暗中。莉莉卡一屁股坐回椅子上，手腳似乎慢慢恢復了知覺。

『啊啊啊——』

莉莉卡在椅子上縮起身子，現在才臉紅發燙。

竟然是求婚……她竟然被求婚了！

她從未想過這種事，內心激動不已，她低喃著「莉莉卡・伊格納蘭」，心情又激動起來。

好害羞。

就在這時，布琳來對莉莉卡說：「請您快進去睡吧，明天得早起呢。」

「哦？啊，嗯。」

莉莉卡點了點頭，布琳則勾起意味深長的微笑。

莉莉卡躺在床上睡不著，不停翻來覆去，直到很晚才睡著。

隔天，由於睡過頭，莉莉卡匆忙地做準備，完全忘了求婚的事。

撒花退場後，她坐在賓客席上看著父母的婚禮。第一次婚禮時她完全沒有注意，但今天，媽媽的表情看起來十分幸福。

『父親也是。』

在婚宴上忙裡忙外後，莉莉卡有些疲憊地站到角落休息，她看見媽媽和父親幸福的表情。

這時，菲約爾德悄悄走到她身邊，遞出一個玻璃杯。那是覆盆子汁。莉莉卡笑著接過，輕輕伸出手，菲約爾德等不及似的握住了她的手。

那份溫暖讓她感到安心。只是牽著手，她的心還是一樣怦怦直跳。雖然心跳加速卻又感到安心很矛盾就是了。

「菲約。」

「是，皇女殿下。」

「雖然，嗯……你可能要等很長一段時間，但如果你不介意的話……」

莉莉卡看著他，在黑暗中，他的金紅色眼眸閃閃發亮。

「我們一起走過餘生吧。」

「我會揹著您走的。」

聽到菲約爾德迅速回答，莉莉卡笑了起來。她更用力握緊菲約爾德的手。

莉莉卡輕輕舉起裝著覆盆子汁的杯子，菲約爾德也傾倒自己的杯子。

——叮！

清脆的聲音響起。

莉莉卡喝了一口甜美的覆盆子汁。

她聽見笑聲傳來。

在宴會場地中央，有兩個人正在跳舞。

是看起來很幸福的一對伴侶。

今天——

媽媽結婚了。

SIDE STORY. 1

不信者俱樂部

指尖因疼痛抓著地面，脆弱的指甲被掀起，帶來另一種痛楚。從未經歷過痛苦的身體發出尖叫，眼中流下生理性的淚水。

完全無法思考。

未知的暴行使他的思緒變得模糊不清。

「阿爾泰爾斯。」

對方用雙手緊緊抓住他的臉頰。當他眨動沾上淚水的睫毛，視線清晰了起來。

他清楚地看到了對方的臉。

人類的視野與龍的完全不同，因此他勉強注意到她正笑著。

「我愛你。」

她用滿是鮮血的手抓住他，低聲呢喃。

他完全不知道自己露出了什麼表情。

塔卡爾笑著再次低語：「我愛你，阿爾泰爾斯。」

阿爾泰爾斯猛地睜開眼睛。

後背因為冷汗完全濕透了，他抹去額頭上黏膩的汗水。即使是光滑的綢緞被單也無法緩解這種不適感。

『真是個不吉利的夢。』

我愛你，我愛你。

那黏膩的字眼讓他不自覺地發顫。

這是他剛變成人類時，人生中最脆弱時的夢境。

時間過了這麼久，或許能夠忘記，但這個記憶不僅無法忘記，更在夢中一次次清晰地重現。

如今他並不再想起當時無法理解的感情。

他曾經是完美的龍，卻成了不完整的人類，落至地面。現在回想起來，當時的他可能是因為痛苦和恐懼而驚慌顫抖，第一次體驗的痛苦和恐懼讓他感到戰慄。

為了驅逐那些讓他痛苦的情感，他曾不停敲打自己的頭。

印露驚慌地阻止他，但偉大的大魔法師。

歌唱的賢者。

細膩溫柔的塔卡爾。

溫柔的人或許也更容易崩潰。

阿爾泰爾斯重新將臉埋進枕頭裡，糟糕的夢境讓他今天完全不想動。

『不過，我也不希望我的行動遭到這個夢束縛。』

最終，他猛力坐起身。

通常侍從們會跑來伺候，但阿爾泰爾斯已經下令，在他出聲呼喚前，誰也不准進他的房間。

曾有刺客看準這一點來行刺，但他把那些刺客的四肢整齊地擺在陽臺上幾次之後，刺客就變少了，後來徹底消失了。

『很好。』

他在腦海中徹底修改了今天的計畫。

『現在正在舉辦春季舞會，得去參加難得舉辦的舞會，嚇嚇貴族們。』

他們嚇得瑟瑟發抖的模樣應該非常值得一看。

想到這裡，他的心情好了不少。叫來侍從打理儀容後，他前往辦公室。

一踏進已經熟悉的辦公室，臉色蒼白的拉特便急忙報告：「陛下，皇太子殿下遭到襲擊了。」

「阿提爾？他還活著嗎？」

「是的，幸好及時離開，他沒有受到太大的傷害——」

「那就夠了。」

「什麼？」拉特眨了眨眼。

阿爾泰爾斯坐上辦公室的椅子並說：「我說沒事就好了，他不是還活著嗎？」

拉特默默地注視著他。

阿爾泰爾斯對此揮了揮手後說：「他沒死，也沒受重傷，那你還想要我做什麼？」他拿起文件：「你也認為這件事不緊急，不然早就來通知我了吧？如果很著急，你不會悠哉地等到我來辦公室才說。」

「那是因為——」

拉特頓時說不出話。

『誰敢為了皇太子殿下沒有受傷的消息去吵醒你啊！』

如果是普通家族，早就鬧得沸沸揚揚，趕緊通知家主了。

但這種情況不只發生過一次兩次，大家的心理承受度提高了不少。

然而，這不代表阿提爾的命不重要。

拉特．桑達爾咬牙繼續說道：「……是不是該召回他們？我認為外地巡視到此已經達到效果了……」

「拉特。」

「是，陛下。」

「你認為這裡就安全嗎？」

『這是你該說的話嗎！』

拉特感覺到這聲大喊已經衝上喉頭了，但又壓了下去，胃部發疼。

真的，真的是——

他注視著阿爾泰爾斯。黑髮和似乎混著異國血統的深色皮膚、與其形成對比的藍色眼睛。他能用眼神殺人的傳聞並非空穴來風。

這樣的人出現在皇宮已是史無前例了，竟然還是皇帝的弟弟，皇太子的叔叔。

明明有個還年幼的皇太子，卻有年輕的叔叔出現，大家都很清楚這會帶來多危險的局面。然而，皇帝反倒率先鞏固阿爾泰爾斯的地位。

皇帝晚年才誕下阿提爾，又體弱多病，最後將阿爾泰爾斯帶回皇宮不到一年就闔上了眼睛。將迎來動盪的帝國十分平靜，平靜得讓拉特·桑達爾想要發出尖叫，希望有人能馬上打破這片寂靜。

打破寂靜的是阿爾泰爾斯，他親手將皇冠戴在自己的頭上。這自然引起了無數的反對聲浪，但阿爾泰爾斯泰然自若，他以厚顏無恥的態度宣稱：「我會暫代皇位到皇太子成年。」

既然如此，為何非得成為皇帝呢？攝政就夠了吧？

偶爾會出現這樣的聲音，但先皇的遺詔公開——先皇任命阿爾泰爾斯為皇帝，作為皇太子的監護人。

就算有這樣的證據，反對者也不會默默接受。趁著皇權衰弱而壯大的貴族勢力揚起反叛的旗幟，高喊著「立阿提爾殿下為皇帝，阻止篡位者」這種溫和的口號。

傳達反叛軍起兵消息的傳令官接連迅速送達皇宮。

大家都在擔心年幼皇太子的性命安全，但拉特看到了。當時作為宰相的部屬，站在謁見廳一隅的他清楚看到了。

皇帝在笑。

他剛登基，就輕而易舉地宰殺掉了那些覬覦皇權的人。

真正的宰殺。

一片腥風血雨，隨風搖曳的不是樹上的果實，而是屍體和首級。

他一舉掃蕩了皇室內外的敵對勢力。為此通常需要強大的武力，但阿爾泰爾斯隻身也擁有強大的武力，得以做到這件事。

權能——塔卡爾擁有的無所不能的能力。

前任皇帝也有權能，但沒有這麼強大，權族們還能拿自己的能力來衡量。

儘管有傳聞說塔卡爾的權能非常厲害，但無論是前任皇帝還是前前任皇帝都無法擁有如此強大的權能。

經過兩任皇帝，人們對權能的恐懼已經淡化，而新任皇帝阿爾泰爾斯重新喚醒了這份恐懼。

他獨自一人站在無數士兵面前，看起來無能為力，連劍或盾牌沒拿。他毫無武裝，只是朝衝向他的士兵們抬起手指，人類便遭到凍結、被火焚燒，或被裂開的地面吞噬。

連與他一起出征、平息叛亂的皇帝派也雙腿發軟，牙齒因害怕而不斷打顫。

在那熊熊燃燒的火焰之前，這位美麗到令人害怕的皇帝露出微笑：「很簡單吧？」

這樣一來，任誰都不敢違抗皇帝的命令，連這種念頭都不存在了。

帝國是與外界隔絕的土地，越過沙漠逃亡無異於自殺。皇帝也保證只要效忠於自己，就讓他們在自己的領地內享有自治權。氣氛頓時一變，所有人都對新皇帝俯首稱臣。恐懼和害怕先支配了他們。

令人驚訝的是，當他們臣服後，阿爾泰爾斯輕易釋放了他們。

會精確地論功行賞。無能者遭到淘汰，但有能者受到了提拔。

一年內，他彷彿對在宮中工作的所有人都瞭如指掌，賞賜豐厚且準確。

之前迷迷糊糊俯首稱臣的部分貴族，對他產生了熱烈的崇拜。

隨著時間推移，恐懼也逐漸消退。

人類的適應力相當驚人。一開始令人震撼的恐懼，反覆經歷過兩次、三次之後漸漸習以為常。恐懼的耐受度提高了。

在他起初就任皇帝的一兩年會感到恐懼，然而過了三年、四年、五年、六年……隨著時間經過，人們開始逐漸看到他的卓越之處。

到第四年時，幾乎沒有人死去了，貴族們的想法也逐漸改變。

某一刻，那些聲稱必須由阿提爾皇太子繼承皇位的人們又開始這麼想：

『為什麼一定要由阿提爾皇太子繼承皇位呢？』

這種念頭萌生的同時，向阿爾泰爾斯提出的婚事也爆炸似的湧來。

阿爾泰爾斯對這些婚事一概無視後，有人意圖明顯地接近他，有人更不只是意圖明顯，裸身躺在他的床上。

阿爾泰爾斯沒有殺掉那個裸體的女人，而是將她丟到戶外露臺上，稱讚自己說：「我也變溫柔了呢。」

去參加舞會時，有許多女人會拚命努力吸引他的注意。

絕對君主的寵愛。這是十分甜美的一句話。

然而，阿爾泰爾斯誰也不碰。他是個體格健壯的男人，就算讓皇后之位空著，將一兩個適合的女人收為妾室也可以，他卻對此極其淡泊。

有謠言說他是同性戀後，有人送去了幾位美男，但全都被阿爾泰爾斯一腳踢上屁股趕出房門，因此這種情況很快就不再發生了。

儘管如此，要求他迎娶皇后或納妾的建言依然不間斷。

無論如何都想與皇帝扯上關係，想以血脈結合建立深厚的關係。如果能生下皇帝的孩子，今後就高枕無憂了。

畢竟皇帝其實都放任阿提爾不管，不是嗎？

他擺出不在乎阿提爾生死的態度，但關鍵時刻肯定會出手救他。這一點讓人不知該說是個性差勁還是真誠。

明明能在看到狼群撲過來時去救人，但他總是等到狼張開大嘴，即將吞下阿提爾的頭顱時才出手救他。

能感受到狼的炙熱氣息和腥臭味，有時甚至會被狼牙劃傷。即使獲救了，被救的人可能也沒有活下來的實感。

這位皇帝不斷重複這種行為。

隨著時間過去，阿提爾變得十分偏執，脾氣也越來越糟，讓派伊無奈地搖搖頭。

拉特嘆了口氣。

「對了，拉特。」

「是，陛下。」

「我今天要去參加春季舞會。」

「！」拉特抬起頭。

看到宰相的表情，阿爾泰爾斯咧嘴一笑：「應該會很有趣吧？」

『不，一點都不有趣。』

才不有趣。

拉特把這句話硬生生吞下肚。

「那我馬上通知大家準備。」

皇帝將出席的舞會等級會變得不同，得重新進行準備。不，有太多新的工作了。

這個……混蛋皇帝！

拉特將這些話壓抑在心中，迅速退下。

春季舞會已經接近尾聲。

儘管享受到最後一刻是社交界的樂趣，但領地遙遠的人們早已離開，他們想在地面變成泥濘之前趕回去。所以，可以想見當皇帝出現在這種舞會上時，眾人有多驚訝。剩下的人們都眼神發亮，努力吸引皇帝的注意。

阿爾泰爾斯操縱著這些貴族。那些被權力蒙蔽雙眼的人，會因為他的一句話而悲喜交加，並纏上來。

雖然看著這齣短劇也是種樂趣，但問題是很快就厭倦了。尤其是那些有膽量和他作對的權族都已經離開，只剩下一些無關緊要的人。

他對這場短劇感到不滿，發了一次脾氣後氣氛就此凝結。沒有人敢嘗試化解這場尷尬，因此讓他更加煩躁——他知道自己很任性，但他是掌權者，所以別人都該遷就他——阿爾泰爾斯如此想著，猛然起身，離開了現場。

『來，有膽跟過來嗎？』

與一樓宴會廳露臺直通的花園氣氛十分靜謐。雖然已是夜晚，但花園裡點著許多提燈，微微照亮了花園。多虧園丁們辛勤工作，淡綠色點綴著每個枝頭，已看不到冬天的痕跡。

地面鋪著堅固的石板，因此也不會變得泥濘難行。

依舊冷冽的風十分舒適。他完全冷靜下來後開口：「所以呢？」

從剛才開始，他一直感覺到一道執著的目光跟著他。

他剛才是發火後離場，沒有特別大膽的人應該不敢跟出來。無論是來安撫他的還是有什麼請求而跟出來，這個人的膽量都不小。

『不然就是笨蛋吧。』

「有話就說吧。」他沒回頭，繼續說道。

從動靜來看，對方是個女人。她應該聽說過那些偷偷接近他的男女落得什麼下場，但她仍像這樣跟了出來，代表她一定很迫切。

而且既然她有勇氣敢冒著這種風險，那就聽聽看她想說什麼吧。他如此心想。

她會說什麼呢？他心裡做了各種猜測。

『她會以尊敬的皇帝陛下開始說起嗎？還是要說其實我很仰慕您？不然就是——』

「和我結婚吧。」

「……」

阿爾泰爾斯說不出話來，轉身看去。

一名女子站在昏暗的花園正中央。她的金髮在月光下閃閃發亮，分明被整齊地盤起，卻比披散開來時更加華麗，只憑這昏暗花園中的月光，也如純金一般閃耀。那雙如神明親手製作賜予的藍色眼眸，正挑釁似的注視著他。

那雙藍眼睛能將人吸進去。

由於太久沒有人敢這樣直視他了，阿爾泰爾斯不自覺地與她對視良久。

最後那抹紅唇成了畫龍點睛的一筆，那與牛奶般白皙的肌膚是完美的組合，是任何人都會回頭多看一眼的容貌。

連阿爾泰爾斯都緩緩打量起她的服裝。

她的穿著像宮中的侍女，但更為寒酸，然而她的外貌掩飾掉了這一點。

『她是誰？』

若是連他都驚嘆的外貌，阿爾泰爾斯絕對不可能忘記，更不可能沒在社交界引起話題。

因為她的外貌，阿爾泰爾斯慢了一拍才意識到她的話。

「結婚？」

「是的。」

「我為什麼要結婚？」

聽到這句話，女子豎起三根手指：「有三個好處。」

「有三個之多？」

「是的。」

「說來聽聽。」

他故意語氣粗魯地說道，對方依然帶著微笑。那笑容既不性感也不妖媚，更不是取得他的好感。

要說的話……

『是『我贏了』的笑吧？』

「首先，我沒有任何靠山，所以我也無意參與權力鬥爭。當然，我會隨意使用作為皇后的權力就是了。」

「妳有那個能力嗎？」

「這您僱用我之後就會知道了。」

「僱用？」

「是的，我不打算永遠當皇后，只要在皇太子殿下登基之前就夠了。」

她故意睜大眼睛，眨了眨：「算是契約婚姻吧。」

契約婚姻。

她現在是向皇帝提議契約婚姻嗎？雖然令人無言，但同時也讓他非常感興趣。

這不是他現在最需要的嗎？

阿爾泰爾斯摩娑著下巴。

「嗯哼。」

「第二點，我有一個絕佳的人質。我有個無比心愛的女兒。為了她，我什麼都願意做。」

她這麼說著，表情變得嚴肅，最後幾乎可以說是賭上了性命。

但她很快又露出微笑，舉起最後剩下的大拇指：「最後這點是最棒的。」

「什麼？」

「最後一點，就是您可以讓那些逼您迎娶皇后的人嘗到苦頭。要是將一個來歷不明的女人立為皇后，他們的表情肯定非常精彩。」

阿爾泰爾斯「哈」地笑了一聲。確實沒錯，光想就令人感到痛快，這點最讓他滿意。

誰會向他提出這樣的提議呢？

是啊，誰敢。

他微微一笑，只斜揚起兩邊嘴角，並摩娑著下巴：「妳的名字是？」

「露迪婭．凡斯，是勳爵的妻子，但我現在沒有丈夫。」

「他死了？」

「不是，但他被認定為死了，所以不重要。」

「這一點我得確認清楚。」

「我期望如此。」

「還有。」

阿爾泰爾斯等著看她的反應，並說出計算過的話：

「我不打算跟妳保持距離。那些吵著要我生下繼承人的人到處都有耳目，我可不想過著偽裝的生活。」

他不打算擔心別人是否察覺到他們有沒有發生關係，也不打算假裝關係親密，卻只牽著手睡覺。

不過，對方是怎麼想的？契約婚姻是否包括生孩子這件事？還是會天真地以為只會牽手睡覺，找理由推託？

「我明白了。」

她的回答簡潔明瞭。

表情沒有動搖，回答簡單直接，讓他莫名想挑釁她。

他盯著那雙直視著自己，不知是否在瞪著他的眼睛說：「生下皇帝的孩子不代表你們會飛黃騰達。」

這句話明顯想惹人不悅，換作一般人聽到這種話，表情都會僵住。

然而，露迪婭露出覺得有趣的表情回應：「看來你有信心讓我生下孩子？」

「……」

他一時無法回答。

他是龍，只有已故的前任皇帝知道他是龍。

機靈的拉特·桑達爾或敏銳的坦恩·沃爾夫似乎有所懷疑，但他們並不確定。

繼承濃厚龍族血脈的塔卡爾和真正的龍，哪一個更像現實？

不過除了陰謀論者，應該都會認為他是繼承了濃厚龍族血脈的塔卡爾。

因此，這時就出現了一個問題。

無論他們怎麼逼迫他，他都無法生下繼承人。不能生孩子，所以娶妻也是白費工夫，龍與人類之間無法生育後代。

不管皇帝派的貴族們再怎麼鬧，只要皇后不出軌，就不可能生下繼承人。

但她彷彿知道這個祕密，突然用一把纖細的長劍刺進縫隙。

『一般人不會直接對皇帝說這種話吧。』

不，即使不是皇帝，有一點腦子的人都不會對任何人說「你不行嗎？」這種話。

如果他在這時慌張地問她「妳是怎麼知道的？」就太愚蠢了。

但他非常好奇，她是怎麼知道這件事的？

她真的知道嗎？還是在試探他？

阿爾泰爾斯盯著她時，露迪婭歪過頭，坦然地開口：「龍是無法讓人類懷孕的。」

「哈！」

他洩漏出無法分辨是笑聲還是低吼的聲音，同時，他對她有了一點興趣。

當他咧嘴一笑，露迪婭眨了眨眼，那張淡然自若的表情讓他感到不悅。即使他大步向她走去，她也毫不退縮。

阿爾泰爾斯失禮地走近她，她的鼻尖甚至能稍微碰到他的胸膛。這樣的距離足以讓貴婦屏住氣息，露迪婭卻不為所動，她抬起頭看著他。

阿爾泰爾斯盯著她看了一會兒，一把抓住她的手就邁開步伐。

他回到舞會會場時，所有人的目光都聚集過來。他無視眾人的目光，穿過人群、找到了拉特。

拉特驚訝地看著他，又看向站在他旁邊的露迪婭。

阿爾泰爾斯舉起與露迪婭牽著的手，說：「我們後天要結婚。」

香檳杯從驚愕的宰相手中摔落在地。

——匡啷！

玻璃破碎的聲音響起，同時周圍一片鴉雀無聲。

由於阿爾泰爾斯毫不遮掩，大聲說出了這個消息，周圍的貴族們也都瞪大了眼。

隨著沉默蔓延，阿爾泰爾斯微微一笑：「我希望在場的各位都能出席。」

他轉頭看向露迪婭。

她似乎沒有預料到這一步，表情驚訝，但隨即露出優雅的微笑。

「妳滿意嗎?皇后。」

阿爾泰爾斯說出連他自己聽了都覺得甜蜜的話。

「是的，臣妾感激不盡，陛下。」

她連臉頰都紅透了，微微垂下眼簾。

『啊，真是的。』

或許不會只是打發時間那麼簡單。

「那麼，我們到宮裡仔細談談吧。」

他們需要深入討論契約的細節。

阿爾泰爾斯咧嘴一笑。

皇宮——不，整個國家都亂成一團。

其中最慌忙的莫過於宰相和親衛騎士團團長。

露迪婭毫不保留地說出了她的個人資訊，拉特因此省去了查證的時間。

他拿著眼下帶著濃重黑眼圈的部下們整理出來的報告，去見阿爾泰爾斯。

「她丈夫還活著嗎？」

因為沒有時間製作禮服，只能用現有的衣服進行修改。

拉特看到帝國的皇帝把舊衣服改造成結婚禮服，差點昏倒，但他忍住了。因為他如果現在昏倒，這個無情的男人一定會用腳踢醒他。

「是的，正如她所說，她的丈夫還活著，所以我逼神官找出結婚文件並作廢了。雖然這樣一來，她的女兒就變成私生女了。」

「看來她確實有個女兒。」

「是的。」拉特簡短地回答。

「那就讓她成為我的養女吧。」

「什麼?」拉特反問道。

阿爾泰爾斯不以為意地說:「讓她變成私生女太可憐了,讓她入籍變成我的養女。」

「陛下!阿提爾殿下還在啊!」拉特不由得提高了音量。

阿爾泰爾斯露出疑惑的表情:「對,沒錯。那又怎樣?」

「什麼那又怎樣……」

這個人明明什麼都知道卻這樣問,真是氣人。

「如果不想傳出不必要的流言,這樣做最好。」

拉特張開嘴後又緊緊閉上。胃好痛,感覺就像被沉重的東西壓著一樣。

「我明白了。」

「很好。」

阿爾泰爾斯點了點頭,示意他進入下一個議題。

「那麼,容我報告其他事項。」

隨後拉特翻閱著手中的文件,口述報告內容。

阿爾泰爾斯輕輕一笑:「我有一個能幹的宰相呢。」

拉特連頭都沒抬平淡地回答:「如果我不能幹,您應該早就殺掉我了。」

「確實。」

阿爾泰爾斯點了點頭。

在皇宮大換血,替換人員時——拉特聽到會修正為「大屠殺」——拉特引起了他的注意。

前任宰相無能,還中飽私囊,根本是頭豬。

在阿爾泰爾斯眼中就是這麼一回事。

那個滿頭大汗地跪在地上辯解的人，聲音聽起來只像是豬叫，因此阿爾泰爾斯就斬殺了他。辦公室裡的所有人都嚇得倒抽了一口氣，只有站得最近的拉特依然鎮定。

桑達爾的臉色本來就不常產生變化，阿爾泰爾斯很欣賞這點。而且他發現宰相被斬殺時，拉特悄悄往旁邊挪動以保護文件，讓他十分愉快。

於是他從血泊中撿起象徵宰相身分的單片眼鏡，扔給拉特。

「到目前為止，你表現得非常出色。」

阿爾泰爾斯懶洋洋地說道，拉特則咽下嘆息，看了他一眼後繼續朗誦報告。

如果阿爾泰爾斯只會揮劍、使用權能，那還有辦法除掉他。但令人驚訝的是，他的能力非常出色。不僅自己有能力，對周圍的人也秉持著實力至上主義，能精確地分配工作，公正地作出判斷。

這種能力是多麼可怕。

『當然，他也會做出這種暴行就是了。』

拉特想起阿提爾。

無論再怎麼快馬加鞭傳遞消息，阿提爾也不可能在婚禮前收到這個消息。

拉特對皇太子感到同情，結束了報告。

由於婚禮來得突然，其影響也非常強烈。

首都的所有帝國人民似乎都聚集過來，想觀看這場世紀婚禮。

金錢的力量非常驚人。不曉得是怎麼在短短的時間內做好準備的，到處都是賣手工旗幟和紙花的攤販，舉行婚禮的神殿前面被擠得水洩不通，如果不是騎士團的團員們夠強壯，恐怕早已被人潮推倒了。

作為親衛騎士團團長的坦恩看著湧來的人群，咂了咂嘴。

婚禮的警備肯定會有漏洞，所以他在這兩天盡了最大的努力，絞盡腦汁思考，但也無計可施。幸好由於婚禮來得突然，賓客人數不多。

他也在心裡不停安慰為今天忙得不可開交的侍從長。

這是索爾家能盡情發揮能力的好機會。

如此果斷決定的陛下令人嚇得直發抖。但最可怕的是，他們這些部下就像這樣在短短兩天內籌備好了這場婚禮。

到處都是華麗的裝飾，樂隊演奏著令人陶醉的樂曲。雖然應該沒有時間能練習，但他們就像有把刀架在脖子上一樣，演奏得十分完美。畢竟在皇帝的婚禮上出錯，恐怕真的會掉腦袋，所以要這麼說也沒錯。

主持婚禮的祭司進場後，樂曲來到高潮。

坦恩的目光瞥了一眼走在走道上並撒花的花童。

『陛下的養女啊。』

那孩子正帶著不像孩童的沉穩表情撒著花。雖然她穿著漂亮華麗的衣服，但無法掩飾貧寒的氣息。

『真是可憐。』

當初聽到她的年齡時，坦恩不曉得有多震驚。與年紀相仿的沃爾夫們相比，她的身體或許只有他們的一半。

但在意花童的人不多，所有目光都牢牢鎖定在隨後進場的新娘身上。

坦恩不自覺地嘆了口氣。

雖然婚禮是屬於新娘的日子，但這也太誇張了。

那頭金色頭髮如聖光一般披散著，步入會場的這位新娘該怎麼形容呢？

令人震懾——足以這麼形容。

就像人們看到壯闊的高山、河流或大海會一時說不出話，只能咽下口水。誰能想到，竟然能從一個人身上感受到這種感覺呢？彷彿太陽只照耀她一人。

接著新郎與新娘並肩而立，只能說是完美的一對。獲准進場的報社插畫家們都忘了動筆，呆愣地看著這對新人。

阿爾泰爾斯的氣質霸道，不打算隱藏自己的力量。不只是外貌，他那高大的身材以及強烈的氣場，都讓與他並肩而立的人黯然失色。

但這位新娘完全不受影響，完全無從得知他是在哪裡找到了這樣的新娘。感覺僅憑她的美貌能治理國家。

不過，帝國皇后的位子可不輕鬆。

『不過畢竟是陛下。』

一定有他的想法。

忠誠的沃爾夫這麼想著，看向賓客。他的任務只是負責警備。

想到新娘時，坦恩不自覺地瞇起了眼睛。

因為一直保持滿臉笑容，露迪婭的臉頰都要抽筋了。

露迪婭揉著雙頰，嘆了一口氣。

『莉莉卡真是可愛。』

作為花童的莉莉卡太可愛了，差點讓她分心。然而，她與莉莉卡只有那時短暫地見到面，在那之後根本簡直是戰爭，她優雅地回應探究的目光，柔和地回答尖銳的發言。

新婚房被布置得十分美麗。

替她脫下沉重禮服的侍女們小心翼翼地離開後，露迪婭立刻踢掉高跟鞋。她環顧這豪華的新婚房，拿起放在旁邊的玻璃酒壺倒滿酒杯，散發出水果酒的香氣。

她稍微嘗了一口，露出一絲微笑。

『真烈。』

不知道這是為誰準備的，或是有什麼考量，但她更想喝水。她起身走向床邊的小桌子，那裡放著水。倒水時，有人從背後抓住了她的手腕，那隻手十分溫暖。轉頭一看，是從今天起成為她丈夫的男人站在身後。

他幾乎是從背後抱著她。

「您要喝水嗎？」

她問完，阿爾泰爾斯簡短地回答：「不用。」

「那就放開我吧。」

阿爾泰爾斯放開了她的手腕。

露迪婭喝了口水，轉身直視著他。他還穿著禮服。

「需要我幫您脫嗎？」

「我自己來。」

他悠然地解開鈕子，從外套開始一一脫下衣服。每當衣服掉在地上……

『明天一定會有一堆皺褶。』

她只有這個想法。

直到他解開襯衫的鈕子。

露迪婭一邊喝著水，一邊看他脫掉上衣。

這不是她的第一次，男人的身體也不只看過一兩次，但眼前的景象讓人忍不住發出驚嘆。

他高大魁梧，肩膀寬闊，身上完全沒有多餘的脂肪，貼身的禮服褲子更突顯出他平坦結實的下腹部。不像帝國人民，謠傳混雜著沙漠民族血脈的膚色也彷彿泛著淡淡的金色，十分美麗。

『但應該很沉重。』

壓上來時會讓人喘不過氣吧。

他的肌肉結實，讓人覺得他至少是她的兩倍重。

露迪婭又倒了一杯水。

阿爾泰爾斯連鞋子都脫掉了，只穿著一條褲子，他斜站著看向她：「妳什麼時候才會喝完？」

這句出乎意料的話讓露迪婭笑著放下水杯。

他這態度是要等她喝完，還是在催她快點喝完呢？雖然不曉得是哪一種，但都不是在命令她停下來。

她一放下水杯，他就大步走近。

沉重的衣服都被侍女們脫去了，因此她也只穿著簡單的亞麻連身裙。

他一把將她抱起，這突如其來的舉動讓露迪婭驚訝得睜大了眼。她的身高算高的，體重自然也更重，所以她不曾被人這麼輕易地抱起來過。

他沒有將她扔在床上，而是輕輕放下，就像她是一片羽毛。

她的身體沉入柔軟蓬鬆的被單中，阿爾泰爾斯毫不費力地脫掉了她的衣服。褪下細心編織的亞麻連身裙後只剩內褲。

脫下所有衣物後明明不冷，但她的肩膀微微顫抖著。他的手掌輕輕撫過她的肩膀，溫暖得令人吃驚，感覺寒意都消散了。

他將她的頭髮撥到頸後，向前傾身。嘴脣輕輕掠過她的頸項並吸吮。
露迪婭吐出嬌柔的氣息，帶著些許熱度與甜蜜。
她輕輕推一下他的肩膀，倒抽了一口氣。他的身體十分結實。
起初她用力推他時毫無動靜，但他順從地往後退了一點。
兩人對視片刻，像準備展開一場戰鬥。
他的藍眼深沉。露骨的欲望讓她的下腹湧上酥麻感，莫名的期待感使她全身失去力氣。
她微微垂下眼簾時，他俯身欺近。
稍微蹭過鼻尖，頭部傾倒，呼吸被他奪走。
啊，這個男人——不對，是龍吧，在親吻方面非常有天賦。
他的吻不是隨意撕咬舔舐，而是一如文字，糾纏上來。
腦袋沸騰，戰慄感竄過脊背，尾椎顫動。那雙炙熱的大手撫上她的身體，讓她全身泛起雞皮疙瘩。
一吻結束時，她不由自主地吐出炙熱的氣息。他則捧著她的臉頰，似乎在仔細觀察她的表情，但最後咧嘴一笑。
那是宛如野獸的笑容。
『我會被吃掉。』
龍會吃人嗎？
他再次吻上她，將她壓倒在床上。她的頭髮散落在冰涼光滑的床單上，他的指尖撫過赤裸的肌膚時，分不清是搔癢感還是刺激感。
露迪婭不喜歡被動接受，因此她也環上他的脖子也回應他。
阿爾泰爾斯從喉嚨深處發出低吟聲，聽起來就像真的龍發出的聲音，她忍不住輕笑出聲，他立刻報復似的加重手上的力道。

這一吻更加深入。

『啊。』

或許剛才不該挑釁他。

剛產生這樣的念頭，她立刻就掉入了歡愉的旋渦中。

阿爾泰爾斯用手背輕撫過露迪婭裸露在被子外的肩膀。

她緊抱著枕頭沉睡著。

他的手背掃過肩膀，往下來到白皙的背部。一路來到她的腰窩時，露迪婭的身體一顫，似乎感到癢意。

她喃喃地說：「走開。」

「這麼對妳丈夫也太過分了。」

「您也不遑多讓。」她嘟囔說著，把羽毛被拉高。

她轉頭瞪著他，從他的表情看到慵懶饜足的滿足感，讓她無比惱火。

她是個普通人，這意味著她的體力就像普通人，她希望他稍微理解這一點。

她不想成為新婚第一天就睡懶覺的皇后，但不睡覺就無法恢復體力。

『不對，我第一天根本沒離開過臥室吧？』

好像有個侍從咳了一聲，來提醒她起床了，但不知道阿爾泰爾斯做了什麼，那個侍從慌張地摔了一跤，急忙跑出去，之後再也沒有人進來過了。

『之所以會覺得自己輸了，都是因為昨晚太舒服了。』

她本來以為親密關係是男人們隨意發洩的行為，但會在愛情小說中出現的「絕倫」這個詞彙，非常適合這個男人。

她也是個成熟的女性，也結婚生過孩子，如今不會再做出「呀啊！天啊，好難為情，啊！」這種反應，原本以為在正常範圍內自己應付得來。

在正常範圍內。

『而不是像這樣，彷彿是艘被捲進暴風雨中的小船。』

他該死的厲害，厲害到她無法提出任何異議或反駁。

她討厭無力地沉溺於快感的感覺，心想最好的防禦就是攻擊，所以積極挑戰對方，但反而被壓制得更徹底。最終，露迪婭在精神上承認了敗北。

『說是敗北好像有點奇怪。』

她試圖坐起身但失敗了，身體沉進柔軟的枕頭裡。

『其實，這也不算壞事。』

突然出現的皇后，最大的靠山就是皇帝。

露迪婭的權力來自於皇帝的寵愛。有什麼行動比皇帝不離開皇后的臥室更能明顯表現出寵愛呢？

『但已經夠了。』

這樣就夠了吧？

『我連見莉莉卡的時間都沒有了啊。』

注意到露迪婭的瞪視，阿爾泰爾斯微微一笑後起身。

他毫不在意地光著身體下床——坦白說，這身材確實值得驕傲——披上睡袍後，對她說道：「再多睡一會兒吧。」

露迪婭明顯露出不滿的表情，阿爾泰爾斯大笑著走出了臥室。
看到他離開，露迪婭再次躺回床上。虛弱無力的身體依然殘留著熱意。
『起床吧。』
她硬是坐起身，搖了搖鈴後，侍女們跑進來。露迪婭看到侍女長，露出一抹冷笑。
『好，就此開始吧。』
得先從內宮的侍女們大換血才行。
由於沒有身分高貴的女性，整個內宮一團糟，甚至連侍女長都不是索爾家的人。
她必須請索爾家的人來擔任侍女長。可以的話也要更換侍女們，連女僕也不例外，她還計劃換掉廚房裡的廚師。
有人會說這些計畫應該一步一步慢慢來，但露迪婭不這麼想，她對一切瞭如指掌，而且她的身分是皇后。
『我得盡快一口氣處理完。』
她泡在裝著熱水的浴池中，長嘆了一口氣。

露迪婭處理事情的手腕讓人驚訝。她製作了一份有模有樣的報告，親自交給阿爾泰爾斯，那熟練的態度就像她不只當過一兩次契約皇后。
阿爾泰爾斯看著文件，挑起眉。
「很輕鬆就解決掉了呢。這些貪汙的證據是在哪裡得到的？」
「我翻了各種記錄。」

露迪婭稍微打了個哈欠。

當她交出這份文件時，阿爾泰爾斯還很好奇這是什麼，但仔細閱讀後，隊內容相當感興趣。如果給拉特看，他肯定也會有興趣。

她以內宮中發生的各種問題為由，更換了內宮的侍女們，傭人們也如潮水一樣被大批替換。

皇后的侍女是一個光榮而高貴的職位，也可視為成為皇族最親密朋友的途徑。

但露迪婭是一個突然出現的皇后，她沒有血脈也沒有靠山。如果只論她成為皇后前的身分，侍女們的地位反倒比她還高。露迪婭輕鬆地掌握了這些人，並將她們趕了出去。她重新請回索爾家的侍女長，也重新挑選了身邊的侍女。

原本應該會有貴族們提出抗議，但露迪婭似乎手握著什麼重要的證據，至今沒有任何抗議傳來。

最重要的是，阿爾泰爾斯對此非常滿意。

『不麻煩才是最好的。』

露迪婭面對他躺下，她赤裸的雙腿自然地放在他的腿上。

阿爾泰爾斯看向她，露迪婭則直視著他。這仍然讓他感到很神奇。

「怎麼了？」

「請別在辦公室使喚我女兒。」

「我以為這個話題已經結束了。妳也很清楚，這麼做有很多好處。」

露迪婭皺起眉頭：「讓索爾的孩子跟著莉莉卡是不壞，在各方面提升她作為皇女的地位也不錯，但我也不想讓我女兒受到使喚操勞。」

「怎麼會是操勞，我每次都有確實準備點心啊。」

「難道您打算只讓她工作，不給她吃飯嗎？」

「妳非要把所有事情都想得那麼糟糕才開心嗎？」
「我只是在確認事實而已。」
「就我看來。」阿爾泰爾斯假裝沉思後說：「妳只是討厭莉莉跟我待在一起吧？」
「您為什麼叫她莉莉？只有我能叫她莉莉啊！」
露迪婭氣憤地坐起身。只有關於女兒的問題才能讓她這麼激動。
即使如此，竟然因為這樣就在皇帝面前發火。阿爾泰爾斯傻眼到噗哧一笑。
「莉莉卡是我的女兒。」
我的女兒。
阿爾泰爾斯聽到這句話，放下文件。她的主張讓他聯想到的不是莉莉卡，而是阿提爾。
那雙與他極為相似的藍眼，是以他的血肉和骨頭創造出來的後代。
每次看到阿提爾，他的心中總會湧上複雜的情感。
有時，阿爾泰爾斯會陷入不知是想殺掉塔卡爾還是什麼的衝動之中。心中湧上強烈的渴望，想要將整個帝國變成火海，把一切沉入水底。
他想要向塔卡爾復仇。想要放任自己失去理智，委身於完全爆發的憤怒將塔卡爾撕碎殺害，品嘗鮮血。
這是因為人類肯定會有這種情緒，還是因為他曾經是龍，所以這種感情更加強烈？
他不得而知。有趣的是，他現在也能清楚地想起當他是一條完整的龍，沒有任何情感時的記憶。
不帶情感地看待事物並做出判斷的記憶，如今已經變成了回憶。
『如果是當時的我會怎麼做呢？』
或許我會撇開情感，認為處罰十分正當。
但塔卡爾很久以前就死了。這座島上沒有連坐制，作為受害者的他還活著，但加害者已經死了。

然而，他的後代倖存了下來。
血親對他來說是一種感覺很奇妙的存在。
龍總是孤獨一人。
作為獨立且獨一無二的存在，龍不會繁殖，因此沒有性欲，對家人也沒有感情。
他的身體無法誕下後代，但塔卡爾用「物理」和「魔法」成功做到了。因此阿提爾身上留下了權能的印記，以及他作為龍之後裔的標誌，這在他心中喚醒了一種無法理解的情感。
每次聽到露迪婭宣稱「莉莉卡是我的女兒」時……天曉得，應該稱阿提爾為「我的孩子」嗎？他時不時會有這種想法。
這時，露迪婭似乎察覺到了他的想法，說：「您去關心一下阿提爾怎麼樣？」
「我已經夠關心他了。」
「是嗎？」
「我確實履行了我的承諾。」
他承諾過會讓阿提爾成為皇帝。
他一直保護著阿提爾，不讓他喪失生命，也打算將皇位傳給他。
他確實履行承諾了吧？
聽完阿爾泰爾斯的話，露迪婭靜靜地看著他。
他偶爾會很好奇，自己像貓一樣的妻子在想什麼。
露迪婭短短地「嗯」了一聲，之後嘆了一口氣：「其實，我也不是一個值得驕傲的好媽媽。」
這句話出乎他的意料。兩人的目光對上後，她聳了聳肩：「所以我一直在努力。」
阿爾泰爾斯看著露迪婭，又看向文件。

『對阿提爾來說，比起我……』

比起我這種人，或許他需要的是更有人性，更溫柔善良的……

『像莉莉卡那樣的人？』

他更加需要莉莉卡。即使她還年幼，但已經可以清楚看出她的溫柔是種天性了。

再說，他們兩個在戶籍上是最親近的兄妹吧？

聽說上次莉莉卡邀請阿提爾參加茶會，他卻放了莉莉卡鴿子。

『讓他們一起去野餐吧？』

人類必須與其他人交流才能生存。

他們透過建立社會保存並發展種族，是一種在關係中生活的動物。

只看報告，也可以看出阿提爾越來越敏感又尖銳了。那麼，他身邊或許需要像莉莉卡這樣的孩子吧？

雖然把這種事推給一個孩子十分胡來，露迪婭若是知道了，可能會大發雷霆……

但他第一次決定為阿提爾採取行動。

阿爾泰爾斯的心情很差。

辦公室裡一片寂靜，只能聽見翻文件的聲響。

露迪婭的話依然在耳邊迴盪。

——『請別因為您不信任人類，就讓阿提爾也跟您一樣！』

為什麼這句話會讓他那麼生氣呢？

『是因為被戳到痛處了吧。』

儘管憤怒，他身為龍的部分依然冷靜理智地掌控著自己的心。

『不信任人類。』

好吧，這是很簡單的一件事。

但像這樣說得那麼簡單，讓他十分惱火。

他完全沒想到露迪婭會關心阿提爾。露迪婭作為意外得來的契約皇后，表現得非常出色，給她的年俸沒有白費，但當個出色的皇后和干涉阿提爾的事是兩碼事。

然而，能將皇后和皇太子分開來談嗎？

她是因為契約才做到這個地步的嗎？

『不，不是那樣的吧。』

他嘆了一口氣。真沒想到會為了孩子的問題爭吵。

沉思良久，他開口問道：「你會覺得我對阿提爾太苛刻了嗎？」

拉特猛地抬起頭。

他正在辦公室裡專心工作，突然聽到出乎意料的問題。

桑達爾沉默了片刻。他得弄清楚對方是否真的在尋求回答。

看著沉默的宰相，阿爾泰爾斯繼續說道：「我認為經驗是最好的老師。」

皇帝的話讓宰相皺起眉頭。

首先，阿爾泰爾斯並非出於無聊或惡意而忽視阿提爾，這讓拉特感到放心，看來他的教育觀念十分奇特。

經驗的確是最好的老師，但這不意味著什麼都需要親身經歷，不是非得碰到火才知道火是燙的。

不久前，阿提爾的護衛騎士企圖暗殺阿提爾。

這對拉特來說是個很大的衝擊，對阿提爾更是如此。

當時情況真的很危險，是皇后殿下不知為什麼趕過去，事情才得以圓滿解決……

『難道她已經在內宮安插了這麼厲害的情報網嗎？』

這樣一想，這位皇后很不簡單。

拉特輕咳了一聲，稍微表達自己的看法：「就我個人認為，阿提爾殿下還年幼……」

「年幼？」

「是的，他還很年幼，事實上，他也不是完全沒有察覺到護衛騎士有異樣。」

「既然要將人放在身邊，他就得看出這點異狀。」

「不，那是因為他還小。」

要求那麼小的孩子隨時防備，連資深護衛騎士都要留意也太苛刻了。

「您可以提前給他一些提醒。」

被長期相處的人背叛的痛苦不是能輕易忘記的事，所以可以的話，別讓他在成長過程中經歷這種痛苦會比較好。

阿爾泰爾斯聳了聳肩：「沒有親身經歷過，沒辦法銘記在心。」

「但人類無法經歷過一切，所以才需要教育，不是嗎？」

『而且這樣一來，他可能會變得不信任人類。』

還有什麼比不信任人類的君主更棘手呢？

沒有信任，什麼事情都做不到。

『話說回來，真沒想到他會提起阿提爾殿下。聽說他因為這件事和皇后殿下吵了一架，看來是真的。』

拉特把這些話藏在心裡。

「我來到皇宮之前，也沒想到當皇帝這麼無聊。」阿爾泰爾斯用冷淡的語氣低喃後陷入沉思。

拉特想起昨天派伊說的話。據說多虧了皇女殿下，皇太子殿下的狀態十分穩定。

『真有趣。不是得到幫助，而是透過幫助別人來讓自己保持冷靜。』

就在這時，門被打開，坦恩拿著一疊文件走進來。

「早安。」

「都快到中午了。」

聽拉特這麼說，坦恩泰然自若地回答：「還沒吃午餐就算早上啊。」

親衛騎士團團長的工作中也有大量的文件要處理，因此他經常進出辦公室。

其實他的工作應該是跟在阿爾泰爾斯身邊擔任護衛騎士，但阿爾泰爾斯之前說「好麻煩，不用了」，因此坦恩現在一半是護衛，一半是文職，所以工作還算輕鬆。

「你也覺得我對阿提爾太嚴厲了嗎？」

阿爾泰爾斯突然對坦恩拋出問題，坦恩轉頭看向拉特。

『這是什麼情況？』

他露出這種表情。

拉特聳了聳肩，沒有回答，讓坦恩皺起眉頭。

他把那疊文件放在阿爾泰爾斯面前，並說：「您的確太嚴厲了。再這樣下去，殿下可能會得偏執症。」

儘管內容有些委婉，但語氣很爽快。阿爾泰爾斯聞言皺起眉頭，但沒有說什麼。

——因為您不信任人類。

這句話依然清晰。

『不信任人類啊。』

露迪婭已經知道他是龍了，這是一種新奇的感覺。

如果是別人說他不信任人類之類的，他可能會一笑置之，說「我是龍，所以本質和你們不同」，但是由知道這件事的人說出口，聽起來就不一樣了。

『也許她說得對。』

他抱起雙臂。

『不對，我不是不信任人類。』

阿爾泰爾斯輕笑了一下。

『說不定我是非常厭惡人類。』

比起不信任，「厭惡」這個詞應該更合適。

坦恩不曉得將他的笑容理解為什麼意思，他說：「雖然將他養育得很堅強也很好，但如果沒辦法從懸崖下爬上來就糟了。」

拉特對這隻狼使眼色，暗示他再說下去可能會越界，坦恩便聳了聳肩，閉上嘴。

拉特清了清喉嚨，轉移話題：「總之，多虧了新的皇后殿下，這邊的工作也輕鬆了不少，畢竟貴族們的注意力被分散了。」

皇后完全穩固了她的地位，她舉辦的宴會也無可挑剔。

皇帝派與貴族派在社交界中明顯分化開來。即使不想造成分化，但也無法避免發生這種情況。

在社交界中，分成了皇后和巴拉特公爵兩派。在皇帝這個絕對權威下，皇后成為社交界的頂點十分理所當然，反倒是貴族派在社交界抬頭對抗皇后才令人驚訝。

當然，那其中有一個明確的中心。

『巴拉特公爵。』

阿爾泰爾斯第一次見到她時，差點笑出聲來但忍住了。不是因為她的外貌或眼罩，而是因為盤旋在她內心的東西。

她究竟吞噬了多少人？

吞噬了無數人，卻保持著人類的模樣安靜坐著的巴拉特，和明明是龍卻變成了人類的自己，哪一方更接近人類呢？

也許兩邊都不是人類。

是他？還是她？

阿爾泰爾斯出於好奇調查了巴拉特家族的歷史，真是驚人。

在建國初期，巴拉特就緊跟在塔卡爾身邊，就像過度熱愛與過度忠誠的典範。有趣的是，儘管巴拉特家有無數人渴望成為皇后或駙馬，塔卡爾卻從未接受過他們。

『也是，和他們共享權力很不放心吧。』

為了贏得塔卡爾的青睞，選擇了最美麗的模樣，卻又無法放棄力量，於是選擇了食人花，成為殘忍但美麗的巴拉特。

但在塔卡爾面前，他們藏起殘酷的一面，只努力展現出自己美麗的一面。

阿爾泰爾斯至今還記得那個人以仰慕的目光，看著對所有人都很溫柔、比任何人都強大的塔卡爾。當島嶼崩塌、塔卡爾崩潰，讓阿爾泰爾斯淪為人類，所有人都以驚愕的目光看著塔卡爾的時候，也只有他用陶醉的眼神看著她。

然而，愛意不可能永遠持續下去。

隨著時代變遷，在某個瞬間，愛情轉為憎恨，忠誠變成了背叛。

從那時起，巴拉特變得殘酷。不僅對他人，他們對自己也無比嚴苛。就像修剪從同棵樹根長出的分枝一樣，或是拋棄其他果實，只萬般珍惜地培育一顆果實。
巴拉特拋棄無數果實、修剪分枝，期望培育出他們所渴望的那顆果實。
他們想要的只有一個——
權能。
龍的基因。
從族譜來看，反倒隨著時間推移，當一切變得模糊，只剩下憎恨時，巴拉特與塔卡爾偶爾會結合。
那是純粹的政治聯姻。
然而，當時握有中央權力的塔卡爾也絕不與巴拉特聯姻。巴拉特渴望成為龍，想要得到其血脈是件十分可笑的事情。
而塔卡爾對後代的安全有著近乎偏執的一面，所以不會隨便讓龍的力量流入其他血脈。
『除非有魔法師出現，否則這是不可能的。』
魔法師。
久違地想起這個詞，讓他的心臟頓時揪緊。
有時他會想起艾爾希。
那位魔法師。
阿爾泰爾斯的目光落在自己手上。
『我也曾等待魔法師出現，認為自己有機會變回龍。』
阿爾泰爾斯如今認為，那是遙不可及的事了。
直到莉莉卡釋放出那股強烈的魔法波動。

阿爾泰爾斯感到一陣眩暈。

他從未想過自己會親手教導一位魔法師。

他無法忘記她充滿期待地凝視著他的目光。

『那不是愛。』

以及那句果斷的話語。

一個小不點懂什麼？雖然不確定她是不是那個意思，但那堅定的話語稍微打動了他的心。

是因為他想要相信那句話嗎？

人類總是為愛瘋狂，歌頌愛情，彷彿那是人類最高的價值，但他所經歷的愛沒有那麼美好。

而那個說她非常愛媽媽的年幼孩子卻說「那不是愛」。

那如果愛上別人的話，就能夠理解愛嗎？

如果理解了愛，會有什麼不同嗎？

他是否就能擺脫那個噩夢？

阿爾泰爾斯接受了魔法師的建議，立刻付諸行動，結果還不錯。

他很慶幸自己選擇了自己的妻子作為愛的對象。

當她說她厭惡他時，他內心的某一角莫名地感到安心。她看起來無意愛他，但這反而讓他朗誦情詩時少了負擔。

他想，自己的人生中曾有過如此愉快的時光嗎？

今天也是如此。

今天他和露迪婭一起參加了晚宴。

雖然皇帝參加宴會是很罕見的事，但他們正在扮演恩愛的夫妻，因此最近參加的次數變多了。自從他說要愛她之後，次數變得更多了。

儘管他很討厭宴會，但看到露迪婭露出不耐煩的表情，他就感到愉悅。

一副不情願的樣子，彷彿因為她是皇后，所以不得不這麼做。

她毫不打算接受他的愛意，也沒有表現出樂在其中的樣子。

這反而讓他很開心。

看到他的皇后表現出如貓一般高傲的姿態，他就莫名地想去招惹她。

『但聚會確實有些無聊。』

起初，他是因為這些樂趣才待在那裡，但隨著時間經過，當露迪婭熟練地開始專注於社交後，宴會頓時就變得枯燥無趣。他忍不住露出不悅的神情。

露迪婭打開扇子，對坐在她身旁的阿爾泰爾斯低聲說道：「發生什麼事了嗎？」

「……」阿爾泰爾斯沉默地看著露迪婭。

周遭的人以深感興趣的目光看著兩人竊竊私語。

一開始嘲笑露迪婭，說要看皇帝會寵愛她多久的人不再說這些話了，相對地開始低聲議論皇帝的低俗品味，或者到處謠傳皇后的出身背景。

露迪婭甜美地笑著低聲說：「如果您要這樣坐在這裡破壞氣氛的話，乾脆離開吧。」

她以輕吐愛語的表情說出銳利的話語。

阿爾泰爾斯看著這樣的露迪婭，突然從座位上站起來。所有人都看著皇帝突如其來的動作。

阿爾泰爾斯抱起露迪婭說：「我想和皇后獨處，先離開了。」

內心響起尖叫聲，貴婦們都雙頰通紅，張大了嘴。
露迪婭壓抑著想用扇子打阿爾泰爾斯腦袋的衝動，驚呼一聲「天啊」後臉紅了。
他剛大步走出宴會廳，露迪婭就用扇子打他。當然不能依照內心的想法打他的頭，因此露迪婭打上他的肩膀。
「您在做什麼？我剛才在談重要的事情耶！」露迪婭尖銳但小聲地說道。
「是很重要的事嗎？」
「您剛才沒在聽嗎？」
「因為我只看著妳的臉。」
「這個男人真是的。」
露迪婭臉上浮現「無言」兩個字。
「怎麼了？妳感受不到我的愛嗎？」
「我希望您先放我下來。」
看到人們經過，露迪婭立刻調整表情。
這變臉的速度就像換面具一樣快，阿爾泰爾斯每次看都感到驚奇。而且他偶爾也會想，她在他面前是不是也戴著面具？
『不過在皇帝面前，不，在龍面前，誰敢戴上這麼無禮的面具？』
此外，她似乎完全不知道莉莉卡的事，完全沒想過她的女兒是一位魔法師的樣子。
他曾以為莉莉卡和露迪婭很親近，或許跟露迪婭說過這件事了，但莉莉卡守口如瓶。
魔法師天生就是這樣的生物嗎？
他柔聲安撫著露迪婭：「怎麼了？到了明天，皇帝沉迷於皇后的消息就會傳遍各地啊。」
「再沉迷下去就要溺死了，所以別再沉迷了吧？」

「溺死也不錯。」

阿爾泰爾斯回答後，露迪婭再次露出無奈的表情，反問道：「您覺得這很有趣嗎？」

「嗯。」

「唉，真是的。」露迪婭癟了癟嘴，回答道：「那還真是聖恩浩蕩啊。」

阿爾泰爾斯聞言，大笑出聲。他不知道有什麼好笑的，但她的諷刺讓他忍不住笑出來。

露迪婭看著他的笑容，再次深嘆了一口氣，將手臂環上他的脖子。

她低頭看著他的臉。她也是人，近距離看著如此完美的容貌時，當然會心跳加速。

這是生理反應，理所當然的現象。

她的指尖如羽毛般輕撫過他的額頭，滑過鼻梁，一路撫到臉頰。

阿爾泰爾斯有時分辨不出這場「恩愛夫妻的戲碼」什麼是演戲，什麼是現實——此時此刻，也都是在演戲嗎？

「妳真是個殘忍的人。」

他說完，露迪婭輕笑出聲。

「那首詩，還不錯。」

她與貴婦們聚在一起時，詩人帶著一大束花來訪。詩人伴隨著琉特琴聲，吟誦阿爾泰爾斯親自寫的情詩，吟誦完就離開了，所有貴婦都輕嘆了一口氣。

詩的內容講述了戀人是個暴君，儘管對自己的態度殘酷，還是不得不屈服的哀嘆。

露迪婭低聲呢喃後，阿爾泰爾斯微微一笑：「如果妳喜歡，我再送妳幾首。」

露迪婭很想嘆氣。

他的這些玩笑對她是無害，但每次都讓她有一種受到玩弄的感覺。

但她沒有嘆氣。

她和他一樣微微一笑，露出完美的笑容。

露迪婭忙得不可開交。

她帶起了新的服裝潮流，主導舞會，並透過金沙商隊賺到了大筆利潤。

有時她會累得倒在床上就睡著了。這種時候，她連阿爾泰爾斯的臉都見不到。

她原以為他是一個悠閒的皇帝，然而在他身旁一看，他的工作量也非常不得了。因為身邊沒有很多人能幫忙處理，所以他的工作堆積如山，但他總是泰然自若地處理著這些事。

有時，她覺得在他手下工作的宰相很可憐。

『但那畢竟是桑達爾，總有一天會背叛的傢伙，不用太過在意，也許應該盡量使喚他。』

露迪婭知道桑達爾上一世曾投靠巴拉特，但不了解具體情況。

然而，露迪婭也沒有餘力去探查細節，並說服桑達爾或者想辦法改變。再者，即使桑達爾不會背叛，皇族也必須時常稍微打壓貴族勢力。

『因此即使不知道原因，我也不能不利用糖業摧毀南部聯盟。』

從金沙商隊手中收到的帳簿上，記載的金額令人無法相信是真的，露迪婭甚至來回確認過是不是金額單位寫錯了。

『這是契約結束後，我能拿走的錢。』

是將來能和莉莉一起生活的錢。

說到底，金錢並不能讓人幸福，但她是個庸俗的人，要維護生活的尊嚴就需要錢。她需要能夠保護莉莉卡和她自己的錢和權力。
她努力收集魔擊槍也是為了自我防衛。對於她這個柔弱的女人來說，魔擊槍是最好的武器。
儘管這些武器是神器，不容易取得，但這是必需品，因此她不在乎金額，持續透過商隊購買、收集魔擊槍。
阿爾泰爾斯看過她的收藏品後說：「妳是打算造反嗎？」還露出疑惑的神情。
『連子彈都打不穿的龍說這什麼話啊。』
露迪婭哼笑了一聲。
長槍、短槍、連發槍、單發槍。凡是魔擊槍都收入囊中，還持續進行射擊練習。
『真讓人不安。』
莉莉卡身邊的一切都讓她感到不安。不僅是隨時會失去理智的拉烏布，她與菲約爾德．巴拉特親近的關係也很讓人擔心。
當然，布琳．索爾都將一切處理得很好，但她仍然感到不安。
『唉，真是的。如果那個擦鞋的無賴願意聽我的話就好了。』
她心中對地下公會會長的事感到惋惜。
莉莉卡和他很要好，所以她也很清楚他有多輕蔑自己。重生前他也極其討厭她。
『但是這次不一樣！』
她想抓起他的衣領抗議。
『但沒辦法就是沒辦法。』
露迪婭咬著嘴唇，拿起剛檢查過的槍去練習射擊。心情鬱悶的時候，就適合消耗一些魔擊槍。
她看到靶心被射穿，心裡十分暢快。她確認著靶子，勾起滿意的微笑時，有人走了過來。
回頭一看，是坦恩。

「坦恩閣下。」

她微微一笑時，坦恩看著靶心，十分佩服：「您全都打中靶心了呢。」

「因為只要打中靶心就行了啊。」

露迪婭的回答讓坦恩輕輕一笑：「我都不知道這有那麼容易。」

「你不是來看我練射擊的吧？」

露迪婭說完，仔細打量著他。

這位身材高大的親衛騎士團團長在侍女之間非常受歡迎。他具有沃爾夫特有的和藹性格和爽朗的笑容，以及作為騎士鍛鍊到極限的肉體。

然而，露迪婭因為拉烏布·沃爾夫，對他的評價很苛刻。

——竟然讓那種傢伙跟著我女兒？

看到那隻狼緊跟在莉莉身邊，她就會想起犯過的錯，同時感到不安。

因此，即使她曾要求坦恩介紹迪亞蕾給莉莉卡，心裡仍有些不悅。

「你有什麼事嗎？」

「您打算和桑達爾對立嗎？」

露迪婭微微張開嘴，下一刻大笑出聲。

坦恩靜靜地看著她放聲大笑。

「天啊。」

露迪婭擦去眼角的淚水，在貴族社會裡待久了，現在聽到這麼直接的語氣……該怎麼說呢？

露迪婭「呼——」地吐出一口氣後說：「我不是在嘲笑你，是我失禮了。」

不管怎麼說，對方說話時自己突然笑出來都十分失禮。

「沒關係。」坦恩聳了聳肩。

「坦恩閣下……」露迪婭緩緩看向他的眼睛，「你和拉特宰相很熟嗎？」

「我們是朋友。」

「這樣啊，那你知道桑達爾為什麼和巴拉特接觸嗎？」

那一刻，坦恩的目光顫動。露迪婭悠然地說：「如果你知道了，也告訴我一聲。」

「遵命。」

坦恩頓時看起來很沮喪，露迪婭不禁露出苦笑。覺得這麼高大的男人沮喪的想法也很奇怪。

『讓沃爾夫打起精神的方法應該是這樣吧。』

露迪婭依照之前聽過的方法，伸出手摸摸他的頭。

「！」

坦恩的眼睛睜得像提燈一樣大，讓露迪婭覺得很尷尬而慢慢收回手。

「我聽說這樣可以讓沃爾夫家的人打起精神。」

「是的，那個……沒錯……」

「啊，是嗎？那就好。」

露迪婭暗自慶幸自己沒有犯錯，露出了微笑。

坦恩看著她的笑容，煩惱著該從哪裡修正這個資訊。

『摸頭確實能讓人得到安慰，但那只限於自己認可的人。』

他本想這麼解釋，又閉上了嘴。他覺得不能將這件事說出口。

「你要繼續看我練習射擊嗎？」

聽到這句委婉的逐客令，坦恩退後了一步。

「不，我先告辭了。」

「如果知道原因了，一定要告訴我喔。」

聽到露迪婭的話，坦恩微微低下頭，悄聲無息地離開了。

像他這麼高大的男人，竟然能無聲無息地行動。露迪婭讚嘆的同時，想起了另一個人。

和他差不多高大的男人。

那個說要保護自己，輕聲細語地吟頌情詩的人。

『好吧，總比說一些莫名其妙的話好。』

她原以為他自大又粗魯，沒想到他相當紳士。

如果阿爾泰爾斯聽到這句話，可能會驚訝至極，甚至氣得發火，但露迪婭在和他結婚時，就做好了會挨打的準備。即使被他當成物品粗魯地對待也無可奈何，因為她能賭上的，只有她自己。

在重生前，她在巴拉特公爵家中把自己當成物品利用，爬上了頂端。

但無論是阿爾泰爾斯還是他身邊的人，都沒有人將她當作物品。尤其是阿爾泰爾斯。

『他究竟憑什麼這麼相信我？』

連她自己都覺得這是一場巨大的賭博，但他把她立為皇后，從不開口干涉她的所有行動。

她作為皇后完美地展現出體貼、理解，連「寵愛」這個煩人的戲碼都演得天衣無縫。

『如果說決定愛上我的話是開玩笑，那也太纏人了。』

她還以為寫個一兩首就會結束的情詩毫不間斷，有時那甜美的話語連她都會產生錯覺。

當他低聲吐出熱氣，結實的身軀緊貼上她，距離近到完全無法欺騙對方，凝視著彼此時。

當那雙大手小心翼翼地撫摸她，讓她墜入快感的浪潮中，低聲耳語時。

露迪婭在那雙手下，在那股炙熱之中，完全不需要演戲。有時，她甚至想永遠沉浸在那溫柔甜蜜的聲音中。

但她不能，她不能沉淪。
因為如果她陷入其中，只有自己會受到重傷。
『想想莉莉卡。妳必須對那個孩子負責，不是嗎？有時間談戀愛嗎？』
露迪婭一邊心想，一邊慢慢抬起槍口。
『專注在靶心上。』
現在不是分心的時候。
「妳的手臂得再抬高一點。」
有人從背後抓住她的手臂並抬起，露迪婭嚇得迅速轉身，瞄準對方。
阿爾泰爾斯露出微笑，舉起雙手說：「皇后真可怕呢。」
「您沒聽說過不要從背後靠近拿槍的人嗎？」
「還真沒聽過呢。」
露迪婭傻眼不已，但她仍不放下槍口。
阿爾泰爾斯看了看那把魔擊槍，又看向她。
「妳可不能在認真射擊時分心。如果是因為別的男人，那就更不應該了。」
她皺起眉頭，不明白他在胡說什麼，但很快意識到他指的是坦恩。
露迪婭放下槍，一隻手放到腰間。
『這是在假裝吃醋嗎？』
他不可能真的吃醋，所以這應該是在假裝吃醋，那該如何應對才好呢？
應該有很多應對吃醋的方式，但她選擇了最保險的一種。
她露出天真的微笑，用一隻手摟過他的腰：「您在說什麼呢？我分心是因為在想您啊。」

這麼說也沒有錯。

「妳在想我？」他挑起眉。

露迪婭微微歪著頭，用濕潤的雙唇輕聲呢喃：「是的，我在想您。」

阿爾泰爾斯點了點頭，輕笑一聲後抱住她的腰：「我沒想到會是這樣。」

「天啊，您是說，您不知道我一直在想您嗎？」

她微微笑著，靠在他身上。任誰看到都會覺得是一對感情要好的夫妻。

「所以你們談了什麼？我很好奇沃爾夫家的家主和皇后說了些什麼。」

在耳邊低語的聲音和甜蜜的情詩完全不同。

這也是在假裝吃醋嗎？還是說真的在懷疑？如果是裝作吃醋，那他不需要這樣低聲開口。

或許在他心裡某處真的抱著懷疑。

如果皇帝開始懷疑她，那露迪婭就沒有勝算了。露迪婭不需要隱瞞，也沒什麼好隱瞞的，因此她坦誠地回答：

「他在擔心拉特・桑達爾。」

「喔。」

阿爾泰爾斯抱著她的手臂加重力道。他也是最近才知道巴拉特和桑達爾之間有什麼牽連。

「南部聯盟最好瓦解。」

「會瓦解的。」

「感覺會出現很多麻煩。」

畢竟對積滿的地方施加壓力，裝在裡頭的東西可能會一口氣爆發出來。

「總比什麼都積壓著好。」

聽到露迪婭的話，他說著「也許吧」，吻了吻她的髮絲：「能擁有這麼聰明的妻子，真讓我高興。」

「那就幫我加薪吧。」

露迪婭的話讓阿爾泰爾斯輕笑出聲。

阿爾泰爾斯不知道自己是因為發燒而頭暈，還是因為露迪婭而感到頭昏眼花。

這是他第一次發燒。

他堅實的大拇指打開露迪婭的唇，探入其中。他的妻子露出不悅的表情，咬上他的手指。他沒有感到痛楚，而是牙齒的觸感讓他泛起雞皮疙瘩，身體一顫。

「咬這麼小力，連痕跡都不會留下啊。」

他慵懶地笑了笑，露迪婭則不甘心地說：「是誰害我這麼沒力氣的？我真是虧大了。真是的，我本來不該來照顧您的，一定會被傳染感冒。」

他看著低聲抱怨的露迪婭，默默地用被單將她層層包裹起來。

「您在做什麼？」

「我要幫妳洗個澡。如果要避免感冒，泡在熱水裡不是比較好嗎？」

「沒用的。」

她深嘆了一口氣。小病很容易透過接吻傳染，所以她以前也不太喜歡接吻。

「但也比就這樣睡覺來得好吧？」

「您也一樣不舒服不是嗎？」

「我們一起泡吧。」

雖然低聲嘟囔著，但露迪婭不僅連活動一根手指的力氣都沒有，又有些不安，因此乖乖地聽他的話。

不久之後，夫妻倆一起泡進大浴缸。

她那耀眼的金髮在水中依然不失光澤，阿爾泰爾斯則把自己的頭髮往後梳起。

他本來就在發燒，泡在熱水裡更頭暈了。

「泡熱水澡真的沒錯嗎？」

「不知道，但感冒是因為著涼了，應該會有效吧？」

兩個對照顧病人一無所知的人茫然地望著對方。

露迪婭看了他一會兒，突然問道：「您會覺得寂寞嗎？」

「……我不明白妳為什麼問這個問題。」

露迪婭歪了歪頭：「我也不太明白，但您是唯一的龍啊。」

那是身為人類的露迪婭無法理解的孤獨吧？

莉莉卡曾說過他「看起來很寂寞」，所以她有點在意。

阿爾泰爾斯注視著露迪婭。因為泡在熱水裡，臉色通紅的露迪婭一如既往地直視著他。

他緩緩地說：「有時候會。」

「這樣啊。」露迪婭回答完後，似乎覺得自己的回答有些奇怪，又補了一句：「真可憐。」

阿爾泰爾斯挑起一邊眉毛：「就這樣？」

露迪婭噘起嘴：「反正人類都是孤獨的。」

「妳也是？」

「那當然。」

阿爾泰爾斯聞言，歪過頭：「妳不是有家人嗎？」

露迪婭玩著水說：「莉莉當然是我的寶物。如果說我人生中有最美好的事物，那就是莉莉，但她是我必須負起責任的存在。」

聲音清晰地迴盪在浴室裡。熱氣蒸騰，在天花板上凝結，傳來水珠滴落到下方的滴答聲。以華麗光滑的瓷磚製成的牆壁帶著濕氣，燈光比平時更加閃耀。

因此，聲音比平時更微弱，也更清晰。

阿爾泰爾斯想起了莉莉卡：「妳的女兒也是我的家人。」

他曾在花園裡承諾過要保護她。

聞言，露迪婭直視著他，隨後她的嘴角浮現冷笑。

「我的媽媽很擔心我的美貌，她說她很擔心我會只相信自己的容貌，變得驕傲自滿，說不定還會墮落。」

她慢慢垂下金色的睫毛。

這個話題來得突然，即使如此，這是她第一次談起自己的過去，因此阿爾泰爾斯認真聽著。

「她也擔心我會使男人墮落，所以她非常嚴厲地教育我，我每天都被鞭打——」

露迪婭的話音逐漸消失。她不想詳述這些細節，為什麼非得主動將悲慘的往事告訴他呢？那些完美且美麗的龍無法理解的經歷。

露迪婭是三姊妹中最美麗的。她長大後，父親用凶狠的眼神看著她，意味深長地說：「妳不是我的女兒，是被精靈調換過的孩子。我女兒不可能這麼美麗。」

他偷偷撫摸著她並這麼說。在那之後，媽媽狠狠地打了她。

——不准誘惑男人。

露迪婭不應該露出笑容，必須總是面無表情，不能讓別人直視自己的臉，必須穿最破舊的衣服，頭髮必須保持黯淡的顏色。

「這都是為了妳好，這樣別人才不會說我沒有教好妳。」

媽媽用手掌或火鉗懲罰她後，在她受傷的嘴裡和瘀青的腿上塗藥時這麼說。

現在回想起來十分可笑。居然說那是愛。

但她在上一世唯一得到的愛就是那樣。

露迪婭清了清喉嚨，轉過手掌，轉移話題。

「然後就出現了求婚者。就是我的前夫，您知道吧？」

阿爾泰爾斯瞬間感到不悅，但還是點了點頭。

他早就調查過那位前夫的一切了。老實說，他還以為露迪婭一成為皇后就會報復那些人，但她至今仍未在意過他們。

露迪婭靠在浴缸邊，微微一笑。

「那個男人說他非常愛我，向我熱烈地告白。當時周遭的人都說可以相信那個人。您覺得呢？」

「只是個滿嘴甜言蜜語的混帳啊。」

露迪婭點了點頭：「沒錯，但那時候我非常天真，還以為他會永遠愛我。」

一字一句地說出這些話，露迪婭笑了出來。

怎麼會這麼愚蠢呢？怎麼會這麼傻呢？

他是勳爵，而露迪婭是平民。他是比她父親更高貴、強大許多的人。

她堅信這個人會保護她，就如他對她耳語發誓過的一樣。

「他說會永遠愛我。」她低聲說道。

令人驚訝的是，一切都過了這麼久，傷痕似乎依舊在，她的聲音最後微微顫抖。

露迪婭清了清喉嚨。這感覺就像暴露出了自己的弱點，很難為情。

她瞥了一眼阿爾泰爾斯，他正認真聽著，沒有一絲憐憫或同情的神情，讓她感到安心。

阿爾泰爾斯聳了聳肩：「那時候妳還年輕嘛。」

從莉莉卡的年齡來推算，露迪婭生下她時不過十六歲。

對貴族來說，這個年紀能為了政治聯姻而結婚，但是在貴族之間，也很少人那麼早就生下孩子。

「是啊，我媽媽一直想早點把我送出家門，而我也是。」

她的丈夫是個勳爵，沒有領地，但仍有一棟體面的宅邸和僕人。

現在回想起來，那棟宅邸十分簡陋寒酸，但當時對露迪婭來說就像宮殿。

一兩個月的新婚期結束後，丈夫就對她頻頻嘆氣。

她既不識字，也不懂如何管理僕人，更不會該怎麼維護這棟宅邸。為了成為與他相稱的女主人，露迪婭拚命學習。

她學會識字，學會如何管理僕人，還學會了在貴婦之間社交。她努力學習低等貴族的禮儀，而不是作為一個平民。她為自己的無知感到羞愧，為自己的愚昧感到丟臉。

露迪婭很快地精通了這一切。參加朋友聚會時，丈夫的朋友們總會齊聲讚美露迪婭，羨慕她的丈夫。

那時，她會覺得自己成了像樣的貴婦，但只有一瞬間。

聚會結束後，丈夫總是會對她惡言相向。後來，他甚至不可理喻地指責露迪婭對其他男人拋媚眼，對她生氣。

說她的舉止不像是宅邸的主人，帳簿整理得亂七八糟，字跡潦草，打扮廉價。

照顧莉莉卡的同時，露迪婭依然十分努力，真的很努力。

某一天，丈夫突然對她說：「我覺得我配不上妳。為了成為與妳相配的丈夫，為了妳和莉莉卡，我要出去賺錢。」

他就此乘船離去，再也沒有回來。

她微微勾起嘴角。

『露迪婭，妳也真傻，居然相信那種話。』

她曾考慮過回娘家卻做不到，娘家的人沒有告會她一聲，早就搬走了。

她還考慮過將莉莉卡送到孤兒院或救濟院，開始新的生活。如果就這樣把孩子丟在街頭逃跑，也沒有人會知道。

她想逃離巨額債務，只要拋棄這個孩子逃跑就好了。

然而，她終究無法拋下莉莉卡逃跑。

『當我後來發現那個混蛋不是死了，只是逃跑了的時候……』

露迪婭看向阿爾泰爾斯，微微一笑：「您已經調查過我的丈夫和家人了，應該很清楚，他們可是令人驚訝的存在。」

她的聲音不自覺地變得冰冷無情：「所以我從那時起就不再相信愛情了。我認為可靠的只有金錢和權力。」

露迪婭對阿爾泰爾斯坦承了一些真心話。在任何關係中，透露一些真心話都非常有幫助。

後來，她在貧民區裡因為美貌而受到拔擢，受到貴族派的青睞。起初，他們只想讓她當個間諜，但露迪婭學到了充分活用自己外貌的方法。她貪婪地吸取知識，為了生存不擇手段。

那時，她第一次知道外貌能帶來如此巨大的影響。從間諜變成一位像樣的貴婦，直到掌握權力，她沒有花多少時間。

然而，最終她得到的只有一座脆弱的沙堡。而最重要的東西，從一開始就在她身邊。

『莉莉卡。』

露迪婭稍微笑了笑，這是打從心底自然勾起的明亮微笑。

阿爾泰爾斯瞬間被她的笑容吸引。

她如同看見耀眼的事物一般，溫柔地笑著說：「直到我知道莉莉卡愛著我。」

這句話的視角有點特別，但阿爾泰爾斯沒有深究，露迪婭也沒有察覺到。

每當她回想起當時的事都很痛苦，但總比遺忘好，有些事情即使痛苦也必須記住。她是在失去女兒之後才察覺到愛意的存在，如果沒有失去，她肯定永遠都不會明白。

莉莉卡沒有用認真的話語、憤怒或訓誡來告訴她這件事，她只是長久以來耐心地等待，忍受到最後。

『所以這一次……』

露迪婭也在努力忍耐，努力做出改變。

如果她說自己從女兒身上學到了什麼，其他人可能會笑她，但露迪婭正在努力向莉莉卡學習。

「所以說即使是家人，如果彼此不努力也沒有用啊。」

「沒想到妳的結論會是這樣。」

總而言之，即使阿爾泰爾斯說他和莉莉卡是家人，如果光說不做就沒有任何意義。

露迪婭輕輕一笑，轉移話題：「總之為了不感到孤單就要自己努力。」

這麼說完，露迪婭歪著頭補充道：「人類或許在本質上就是孤獨的存在，所以才需要彼此，不是嗎？」

阿爾泰爾斯靜靜聽著露迪婭說話。

他是龍，沒有人能理解他，所以也沒有人是與他相同的存在。

他因此相信自己是孤獨的，但露迪婭說人類本就是這樣，所以必須主動接近彼此。

阿爾泰爾斯想說些什麼，但閉上了嘴。如果用言語來形容，他現在大部分的感受都可能變質。

也有意外的收穫。他知道她為什麼對自己的情詩絲毫不感興趣了，都是那個混蛋留下的傷痕害的。

『行動比言語更重要啊。』

他發現自己對這個半開玩笑開始的遊戲變得相當認真，但不是因為希望她愛上他。

他作為龍的內心指出了他的混亂與矛盾，但他無法理解那是什麼情感。

他問道：「妳還覺得我不信任人類嗎？」

「不是嗎？」

露迪婭反問後，他也反問：「妳感覺比我更不信任人類啊。」

聽到這番話，露迪婭的嘴角揚起冷笑。

「因為您從未當過弱者，所以不知道人類對弱者能多殘酷。」

阿爾泰爾斯露出不悅的表情。她說從未成為過弱者嗎？

看到他的表情，露迪婭微微一笑：「啊，當然，您從龍變成人了。那對龍來說是變得極其脆弱，但畢竟我是人類，所以我們以人類的身分來比較吧。您作為龍雖然很弱，但作為人類是最強的。」

「除了一些魔法師。」

「那些人不是都死了嗎？」

她偶爾說出這種粗魯的話時，阿爾泰爾斯會再次體認到她是從貧民區爬上來的事實。

「……是沒錯。」

他想起了莉莉卡，稍微別開視線。

露迪婭聳了聳肩。她沒必要，也不想向他詳細描述作為弱者的悲慘經歷。

她換了話題。

「我們差不多可以出去了吧？我好熱，您的臉也紅了。」

「好吧。」

阿爾泰爾斯不再追問，從浴缸裡站起來，拿起浴袍。他幫助露迪婭離開浴缸，替她穿上浴袍。當他抱著搖搖晃晃的她回到臥室時，臥室已經被整理得乾乾淨淨了。

露迪婭沒有把濕漉漉的頭髮吹乾，就倒到鬆軟的床上。渾身疲憊又洗了澡，她很快就睡著了。

阿爾泰爾斯看著熟睡的露迪婭，走到陽臺上。

深夜的空氣很涼爽。他閉上眼睛，眼底因為發燒而發燙。

皇宮裡充滿了他的力量，不論哪裡有什麼動靜都感覺得到。

——因為您從未成為弱者。

這句話現在才讓他想起過去。

他回想起獨自在沙漠中度過的漫長時光。自從印露讓他逃走後過了三百年，他躲避人類，獨自隱居。輾轉於綠洲，也曾希望自己被埋沒在沙塵之中後消失，也曾想毀滅一切。

既痛苦、煎熬又飢餓。

『仔細想想，這些都是人類都會經歷的痛苦。』

這是他從未經歷過的痛苦，但需要花費三百年體會承受嗎？

『不，其實比起那些……』

那種痛苦隨著時間過去都變得麻木。

他作為人類度過了很長一段時間，因此對一切都變得麻木且習慣了。

他曾經這麼想，直到塔卡爾的後代來找他，拚命求他來皇宮照顧自己的孩子。

——拜託您了，請您憐憫您的後代。

阿爾泰爾斯咧嘴一笑。

『那時我有些得意吧。』

憤怒卻喜悅。該如何形容這種情感漩渦呢？

有人認出他，找到了他讓他感到高興。但那個人是塔卡爾，又讓他感到憤怒。

悲慘卻喜悅，又因為喜悅而感到悲慘；因羞恥而憤怒，又因憤怒而感到羞恥。

他曾以為一切都淹沒於水面下、埋葬在沙塵下，所以他不會再感受到任何情感，但那男人出現的那一刻，所有情感都鮮明地復甦了。

儘管如此，他最終還是來到了皇宮。

『我很寂寞嗎？』

他之所以對自己提出這無謂的問題，是不願承認「自己其實很寂寞」這句話。

來到皇宮後，他發現這裡充斥著怪物，為了保護阿提爾，他只能以力量壓制一切，使一切臣服。

而皇帝總是孤獨的。

坦恩和拉特是優秀的人才，也是出色的忠臣，但就僅止於此。

他們隱約知道阿爾泰爾斯並非普通人，但對他們來說這其實不重要，只要帝國依舊受到一位強大的皇帝安穩地統治就夠了。

阿爾泰爾斯是一位強大的皇帝。

露迪婭說得沒錯。論力量，他比世界上的任何人都強大。

『難怪會感到難為情。』

想到他自憐自哀了三百年之久，就難為情地笑了出來。

比任何人都要清楚他是強者的女人在他生病時照顧他，還問他：「您寂寞嗎？」

是啊。

他比任何人都強大，擁有永恆的生命，靈魂中帶著火焰，作為帝國的皇帝掌控至高權力。

但這不代表他不寂寞。

「哈哈！」他嘴裡流洩出無力的笑，睜開眼睛。現在，他自己承認很寂寞了，因此打算看看這場契約婚姻會如何發展。

『還有很多時間。』

以玩鬧收場也無妨，無法實現什麼目標也沒關係。

距離阿提爾成年還有很多時間。不，對他來說是非常短的片刻。

畢竟他是龍，永恆不死。

他慢慢關上陽臺的門，走進房內，踩在蓬軟的地毯上走向床邊。在黑暗中，他的眼睛依然能看清一切，就像白天一樣。

他凝視著沉睡中的露迪婭許久。

『她說過，要感受身為人類的好處。』

他明明活了這麼久，卻不知道該稱這種情感為什麼。

他也可以列舉出數十個產生這種情感的理由，不對，這種情感不需要任何理由。

他看著露迪婭直到黎明。

令人驚訝的是，這一點也不無聊。

第二天，當露迪婭抱怨自己感冒了的時候，他已經完全康復了，莫名對她感到歉疚。

季節快速更迭。

有趣的是，他成為人類後的那段漫長時間，遠不如與露迪婭結婚後的兩年精彩。

阿爾泰爾斯在皇宮中最喜歡的地方是皇族專屬的花園。

這裡有高大的樹木，毫無人煙，只是稍微往深處走去，就像走進深邃森林的感覺。

——沙沙。

樹葉繁茂，沉重的樹枝擦過而發出摩擦聲，聽見不會破壞寂靜的鳥鳴聲。

即使樹木搖擺，小鳥鳴叫，也無法打破這片森林珍貴的靜謐。

在這片寧靜之中，有一張沉重的石桌和石椅，如今不只是他，莉莉卡也經常來這裡，石桌上散發出新鮮的苔蘚氣味。

阿爾泰爾斯與莉莉卡在高大的樹影下並肩而坐，聊著天。

「魔法實際運用得怎麼樣？」

莉莉卡聽到這句話，深嘆了口氣。小小的身體吐出了十分深沉的嘆息，就像露迪婭一樣，舉止猶如貴婦。似乎是因為她總是與媽媽在一起，行為舉止自然會改變。

「一團糟。如果陛下沒有來，情況肯定會很糟糕。」

這堂魔法課是在魔獸出現在首都，引發一場混亂之後。

「而且還好有迪亞蕾在，不然我絕對沒辦法跑那麼快。」

莉莉卡目光埋怨地看著自己短短的手腳，這模樣太好笑了，讓阿爾泰爾斯笑了出來。

不久後就要舉行狩獵節了，因此他必須更嚴格地教導莉莉卡。

魔法少女神器，他自己都認為這個點子非常棒。

『還有……』

雖然已經感覺到好幾次了，但莉莉卡擁有的魔力量並不尋常。

起初他以為莉莉卡只是偶爾會誕生的魔法使，然而深入教導她後，他發現她的魔力量無窮無盡，所以刻意在她的擺錘上施加了限制。

『也許……』

也許她就是那個能讓他變回龍，解除他詛咒的魔法師。

『但她還太小了。』

他絲毫不打算讓一個十歲孩子施展如此強大的魔法。

莉莉卡依照他教的方式認真練習魔法，之後小心翼翼地開口：「那個，陛下。」

「怎麼了？」

這句話聽起來很冷淡，但這孩子微微一笑：「您、您最近和媽媽相處得怎麼樣？」

聽到這個問題，阿爾泰爾斯眨了眨眼，回答道：「很好啊。」

「這樣啊。」

「怎麼了？」

「就是，她最近看起來好像有很多煩惱……」

聽到她吞吞吐吐說著，阿爾泰爾斯「啊～」了一聲，粗魯地揉了揉她的頭。莉莉卡的身體就像個不倒翁一樣，隨著他的動作搖來晃去。

「她是在擔心狩獵節。」

「狩獵節嗎？」

「對。」

他隨口答道。事實上，確實是因為狩獵節。

目前正在進行的計畫是故意向貴族派和南部聯盟的餘黨洩露情報，巧妙地製造出警備漏洞，引誘他們上鉤。

雖然他們不打算直接刺殺皇帝，但他們肯定打算至少刺殺想推動生產甜菜根、平民出身的皇后。

他施加了足夠的壓力，也給了他們足夠的機會。

警備上的疏漏讓坦恩抱頭苦思，他們連作為宰相的拉特也隱瞞，祕密進行這項計畫。因為這是桑達爾和巴拉特家族之間的事。

連阿提爾也不知道，所以他不可能告訴莉莉卡。

「狩獵節很危險嗎？」

「不，狩獵節本身不危險，妳可以盡情享受。」

「這樣啊。」莉莉卡點點頭後，低聲對阿爾泰爾斯說：「請不要告訴媽媽我問過這些話。」

「為什麼？如果她知道妳很擔心她，應該會很開心吧？」

不用實際看到，也能自然想像到露迪婭說著「莉莉擔心我嗎？」並變明亮的表情。

「但是，她會擔心我有這樣的擔憂，而且——」莉莉卡噘起嘴：「我討厭被當作小孩子。」

阿爾泰爾斯差點笑出聲，但用力忍住了。

他理解孩子的心情，因此沒說「妳本來就是小孩子啊」這種話，反倒以嚴肅的表情點了點頭：「原來如此。」

「是的。」

「我不會說的。」

「謝謝您。」

或許因為剛過了帕爾塔，莉莉卡特別想表現出成熟的一面。

阿提爾剛過帕爾塔時也是這樣嗎？他不太記得了。

『我確實疏忽他了。』

阿爾泰爾斯心中莫名湧上歉意。

但她不知道想被視為大人的想法，證明了自己還是個孩子嗎？因為真正的大人還想成為孩子呢。

阿爾泰爾斯再次摸了摸莉莉卡的頭後站起身。

莉莉卡也立刻一起站起來，行了可愛的屈膝禮：「今天謝謝您。」

「不客氣。」

阿爾泰爾斯一直都用同樣的話回應她的問候，但莉莉卡總會恭敬地行屈膝禮。

一開始因為手腳太短，她的動作有些生硬，但現在她的四肢稍微長了點，儀態也稍微像樣了一些。

阿爾泰爾斯看了一眼行禮的莉莉卡，隨即離開了花園。

狩獵節比兩人預料得更危險且驚險萬分。

露迪婭十分幸運地在關鍵時刻找到了莉莉卡，稱她為神槍手也不為過。

而露迪婭對拉烏布開槍一事，坦恩沒有多說什麼。不，坦恩·沃爾夫反而很感激她。如果拉烏布殺了莉莉卡，不對，如果讓她受了傷，他還能像現在一樣冷靜嗎？

絕對不可能，縱使對毫不猶豫開槍的露迪婭感恩戴德都不夠。

同為沃爾夫的他更清楚不合格者的危險性。

完好如初回來的拉烏布沒有自殺，能只流下幾滴眼淚就老實生活，都要歸功於露迪婭和莉莉卡。

坦恩·沃爾夫十分後悔將拉烏布安排在莉莉卡身邊，同時也相當感激。

家族中的不合格者對家主來說，一直都像斷指般的存在，極其痛苦、煩惱、不便，卻又讓人同情。

然而，失控後回歸的拉烏布看起來完全沒事。坦白說，當派伊揹著恢復正常的妹妹回來時，他心裡可能也抱著期待。

那時，沃爾夫家族也深切地感受到了桑達爾家族的心情。

『但願上天垂憐。』

他在帳篷前徘徊了一會兒，決定離開。在這附近徘徊也毫無幫助。

雖然他想正式向莉莉卡道謝但沒辦法，因為魔法少女治癒了不合格者的消息不能傳出去。莉莉卡引發的事件雖然鬧得沸沸揚揚，但知道實情的人寥寥無幾。

忽然感覺到視線，坦恩・沃爾夫轉頭看去，有個人跟他一樣在清晨徘徊。

菲約爾德・巴拉特。

他正注視著莉莉卡的帳篷。

他緊握著拳頭，似乎在克制著什麼，或者只是靜靜地感到不悅。

然而，他正慢慢靠近這邊。彷彿被某種未知的力量吸引，無法抗拒地受到牽引。

無論皇女殿下多麼寵愛他，坦恩・沃爾夫都不打算讓菲約爾德・巴拉特靠近。

坦恩散發出警告的氣息，視線交會時，立刻稍微跨步站穩腳步。這是在告訴對方他已進入戒備狀態。

菲約爾德並不在意地看了帳篷一會兒，之後轉身離去。

坦恩鬆了一口氣。

看來，今晚有很多人無法入睡。

露迪婭對莉莉卡感到驕傲、憐惜、疼愛，覺得她可愛又感到有點傷心。

在莉莉卡經歷那種事情後，還要她隔天作為塔卡爾工作的阿爾泰爾斯令人討厭，而能出色地完成這項工作的莉莉卡讓她十分欣慰。

腦海裡也曾閃過「是不是選錯了陣營？」的念頭，像是「當初不該進入皇宮的」這樣的想法。

『不過，這是對的。』

若不是在這裡，她應該不會知道莉莉卡是魔法使，莉莉卡也無法學會使用魔法的方法。

露迪婭回想著昨晚的事，倒了杯茶。如今一切都已經結束，明天這場煩人的狩獵節也要結束了。

外頭的風勢強勁，但堅固的帳篷絲毫不為所動。這頂帳篷是用經過特殊加工的布料製成的，過去人們會使用皮革製作帳篷，但自從有了特殊加工的布料後，皮革帳篷就消失了。

這種布料經過精美的染色，加上華麗的刺繡後再進行特殊加工，使其能夠防潮，即使下起傾盆大雨也絲毫不受影響。此外，由於布料本身相當厚實，當帳篷門關上，裡頭相當安靜。

『真是一場混亂的狩獵節。』

露迪婭在心中再次低語。

她嘆了一口氣，端起茶杯。雖然知道這樣很沒禮貌，但她就像嘆氣似的將熱茶吹涼。反正帳篷裡現在沒有其他人，所以無所謂。

明天就要收拾東西離開了，最後一晚，她想整理一下自己的心情。

她慢慢喝著茶時，外頭傳來聲音。

「睡了嗎？」

帳篷隔絕了一點聲音，但她十分確定是誰，畢竟能對她說話這麼隨意的只有一個人。

「請進。」

帳篷的門被掀開，果然是阿爾泰爾斯走了進來。

他瞥了一眼她手中的茶杯，問道：「要不要去走走？」

露迪婭拿起披肩並站起來：「好啊。」

走出帳篷後，除了正在站崗的士兵，周圍空無一人。

大家似乎都在帳篷裡休息，是個寂靜無聲的夜晚。阿爾泰爾斯伸出手後，露迪婭握住他的手。

這種感覺真新奇。

阿爾泰爾斯一隻手上拿著提燈，緩慢走著。露迪婭不停感到驚奇，真的好奇妙。

『我竟然有一天會把他當作真正的盟友。』

對露迪婭來說，決定與他共同承擔對莉莉卡的責任是個天大的選擇。這代表她稍微承認他是莉莉卡的父親了吧？同時，即使她發生什麼問題，也不必擔心莉莉的未來。

這讓她感到欣慰。

『他是龍，應該不會食言吧。』

這種「他不是人類，所以可以信賴」的矛盾感讓她輕輕勾起笑。

如果阿爾泰爾斯只是個普通的人類，無論他說什麼甜言蜜語，露迪婭都絕對不會相信，但龍會信守承諾。

『我和他已經認識兩年了。』

當初提出契約婚姻時，她曾覺得八年一轉眼就過去了，如今已經過了兩年。舉辦了莉莉卡的帕爾塔，得知自家女兒是魔法師，還在狩獵節中摧毀了威脅皇權的根源。

在這段說長也不長的時間裡發生了太多事，或許是因為如此，感覺這兩年像一眨眼就過去了。

看著莉莉卡和阿提爾長大，她十分感嘆時間怎麼過得這麼快。

『和阿提爾比起來，我家女兒似乎長得比較慢？』

飲食應該沒有什麼問題啊。

當露迪婭胡思亂想時，感覺到他緊緊握住她的手，抬頭看去，兩人的目光交會。

『他一直在看我嗎？』

他肯定注意到了她剛才在走神。

『專心一點。』

阿爾泰爾斯的眼神似乎這麼說著，露迪婭因此輕輕笑起，隨即用手稍微遮住嘴角。

『我不該覺得他這樣子很可愛啊。』

他們走出營地，踏上一條開滿花的道路後，阿爾泰爾斯放下提燈，彈了一聲響指。下一秒，一團團如螢火般的光點在空中浮現，為兩人照亮前路。

夜晚的空氣彷彿浸透了芬芳的香氣，頭上一串串如葡萄般盛開的花朵微微搖曳。

露迪婭吸了一口帶著濕氣的空氣再長長吐出一口氣，彷彿體內的緊張感也一併釋放了。

「沒想到附近有這樣的地方。」

「因為妳一直忙得團團轉。」

簡短的這句話涵蓋著一切。

「是啊，我真的忙翻了。」露迪婭輕笑起來。

沒有一件事簡單到能用「忙得團團轉」來形容，但他這麼說，莫名讓她感到心情舒暢，十分愉悅。

——那些事都不算什麼。

就是這種語調。

露迪婭無意間轉頭望向阿爾泰爾斯，金色的光點在他那猶如雕像的臉上投下陰影。彷彿混雜著淡淡金色光芒的棕色皮膚、男人味十足的下頷線條、落在輪廓分明的五官上的濃重陰影。

沒有任何事物能讓他看起來更英俊了。

她感到喉嚨乾渴，咽下一口口水。

似乎察覺到她的視線，阿爾泰爾斯那雙在金色光芒下，依然閃耀著清澈藍色光芒的眼睛看向她。

如果說他的眼睛和她一樣是藍色的，無論是誰都會忍不住笑出來吧。
深邃如北海的藍色眼睛。每次看到都心生讚嘆，從未對他的外貌感到厭倦，再加上那雙眼中的傲慢。
『對他來說，這真的……』
這一切也許算不了什麼，不，是根本不值一提。
恐怕只有她這個人類總是戰戰兢兢，拚命努力。
她忍不住露出苦笑，看向那群光點。她抬起手，輕輕碰了一下光點，感覺就像碰到泡泡一樣，那群光點往旁邊飛去。
「可以碰到耶？」
「當然可以。」
「我女兒也能做到這種事嗎？」
「我的權能和魔法雖然很相似，但完全不同。不過，她應該也能做類似的事情。」
「原來如此。」
『我應付得來嗎？』
露迪婭注視著那些光點。若她對魔法一無所知，就無法了解莉莉卡。
深切地感覺到自己能力不足，露迪婭瞥了一眼阿爾泰爾斯。
幸好他很了解魔法。
『不過我還是得自己多學一點。魔法啊，我該去哪裡學呢？』
如果只要抱抱孩子、親吻她、給她所有需要的物品，然後說聲「我愛你」，孩子就能健康成長就好了。
但沒有那麼簡單，儘管過了帕爾塔，莉莉卡仍然很年幼。
她需要一個像樣的指導者。

當露迪婭心想「看來要學學意料之外的魔法了」，感到憂心時，阿爾泰爾斯問道：「要不要一起去參加節慶？」

這提議來得突然，露迪婭疑惑地歪過頭。

「節慶？」

「秋季節慶。」

露迪婭聽到這句話，瞇起眼睛看著阿爾泰爾斯。

「您的意思是要偷偷溜出宮去享受平民的節慶，就像浪漫小說裡的老套情節嗎？」

「我沒看過浪漫小說，所以不曉得，不過妳說得沒錯。妳去參加過嗎？」

「不，沒有，不過我們兩個都離開宮殿沒問題嗎？宮裡應該也會舉辦宴會。」

「就算沒有我們也不會有問題吧，我缺席的宴會可不止一場。」

露迪婭沉思了一會兒，她丈夫則靜靜地看著妻子。

『她不會在這個時候拒絕吧？』

這可是他認真提出的約會邀請，居然還要擔心會被拒絕，明明是邀請自己的妻子去約會。

當他開始感到不安時，露迪婭抬起頭微微一笑。

「好啊。」

「好。」

阿爾泰爾斯努力不表現得太放心，點了點頭。

「您去參加過節慶嗎？」

「去過幾次。」

「那就交給您帶路了。」

「當然。」

阿爾泰爾斯說著，悄悄摟過她的腰。

當他隔著單薄衣物，感受到她纖細的腰肢時，身體不由自主地做出反應。

他的手從她的腰慢慢滑上背部，感覺得到她在他的手掌下微微顫抖。

儘管已經壓抑不住，但他不顯露出急躁，慢慢朝她傾身。

周圍的光點逐漸變暗。

柔軟的嘴唇相碰，他稍微張開了嘴。感受著滑嫩的嘴唇內側和可愛牙齒的觸感，同時滑入其中。

他的手臂用力，她的身體就更加貼近。

阿爾泰爾斯努力克制自己，結束了這個吻，以免忍不住在外頭觸碰妻子的身體。

在黑暗中，他聽見粗重的呼吸聲。

不知道是自己的還是她的，或是兩者都有。

「我們回去吧。」

連他自己也覺得聲音十分沙啞。

露迪婭輕點了點頭後，阿爾泰爾斯將她一把抱起。他沒心情慢悠悠地並肩走回去。

露迪婭輕笑著，雙臂環上他的脖子。小巧的牙齒輕咬他的耳垂，並吐出炙熱的氣息，他就像受到鞭策的馬，加快了步伐。

「妳這個壞蛋——」

阿爾泰爾斯低聲咆哮，露迪婭又笑了起來。她的笑聲讓阿爾泰爾斯感覺心裡某處就要融化了。

他緊咬著唇，加快腳步。

離天亮還有充足的時間。

舉辦收穫節時也是徵收稅款的時期。收到豐厚稅金的貴族們表情明亮，宴會現場自然也十分華麗。掛上黃金製的麥穗裝飾，到處擺著以瓷器製成的仿真水果擺飾。

露迪婭作為社交界的主角，自然打扮成了「秋之女神」。今年她頭戴以金色麥穗製成的華麗花冠，身著輕盈飄逸的服裝。光滑的雙臂上戴著好幾個金手鐲。

詩人和畫家們為之瘋狂。

從當每次她走動，稍微露出來的白皙腳尖到每根髮絲，都引來許多讚美。

貴族們私下議論，無論下一任皇后是誰，大概都無法贏過露迪婭皇后的美貌。某位伯爵一見到皇后便為她傾倒，跪地求愛，或是哪家的兒子得了相思病等故事早已不稀奇。

稍微了解皇后的人都知道她有多疼愛莉莉卡皇女，因此會努力透過莉莉卡皇女，稍微提升皇后的好感。

這位嬌小的魔法少女皇女殿下也日漸成為名人。甚至有人私下議論，如果皇后將來生下兒子，可能會取代阿提爾皇太子，成為新的皇太子。更甚者，兩人結婚已久卻未有子嗣的事也成了談資。

——連孩子都懷不上的女人竟然扮成秋之女神。

貴族派之間說著如此惡毒的話，但他們看到露迪婭扮成的秋之女神後，也只能閉上嘴巴。

在宛如高貴女神化身的露迪婭面前，誰也不敢說半句壞話。

露迪婭並非不知道那些流言，但她知道一旦做出反應，那些人就會抓住機會群起攻擊，所以不為所動。

『這些在我面前連話都不敢說的傢伙。』

大宴會結束後，她終於有了空閒。

阿爾泰爾斯事先詳細調查過何時可以出發，以及節慶的情況了。

當然不是他親自調查的，而是由坦恩和拉特代勞。

拉特不愧是桑達爾，提交了一份詳細的報告，坦恩則坐在桌子上，說著哪些景點好看、哪些食物好吃。

「治安好像還不錯？」

「因為沒有笨蛋會在你這種大塊頭面前惹事。」

對於拉特的話，坦恩悶哼了一聲，因為他無法完全否認這句話。

但他立刻用手指向阿爾泰爾斯——拉特心想，做出這麼無禮的舉動還能安然無恙的人，也只有坦恩・沃爾夫了——說道：「他和我的體型差不多，所以沒問題吧？」

拉特不悅地說：「想不到你的腦袋能進行這種邏輯推理。」

「別看我這樣，我是騎士團團長喔。」

「那真是帝國的不幸。」

「把不幸變成幸運正是我的強項。」

看來自從上次在莉莉卡面前吃了悶虧後，坦恩一直在想反擊的話。

看到坦恩反擊後露出得意洋洋的表情，拉特傻眼到笑不出來。

「不，我是說你的存在就是不幸，你的邏輯推理有問題吧？」

「你們再繼續說些無關緊要的話，應該就不需要舌頭了。」

阿爾泰爾斯用冷淡的語氣說完，兩人立刻閉上了嘴。坦恩和拉特緊抿著嘴，默默交換了一個眼神。

不過，桑達爾的「問題」解決後，拉特和坦恩的關係變得十分要好。他們倆曾多次感謝過年幼的皇女殿下。

感謝的同時，也感覺到一種衝動湧上。

能不能用那件神器治癒家族，避免再出現「不合格者」？

但他們也明白，最好感謝這次的幸運並保持沉默。這個祕密一旦洩露，不，是只要有洩露的跡象，眼前的皇帝應該不會手下留情。

為了抹除證據，他可以殺掉拉烏布和菲莉。不僅如此，還會將兩個家族半數的人殺掉。他的權能就是如此可怕。

「好，那就讓你們兩個放個假。」

「什麼？」

「什麼？」

坦恩和拉特眨了眨眼，懷疑自己聽錯了。

「給你們放一週的假，不用進宮了。」

坦恩露出非常不情願的表情說：「等等，從現在開始一週嗎？」

「沒錯。」

「那麼，兩位打算不帶我這個護衛就出宮嗎？」

阿爾泰爾斯冷冷地看著坦恩，而坦恩皺起了眉：「這太荒唐了！怎麼可以這麼做……！」

拉特也同意這句話。

「沒錯，皇帝和皇后不帶護衛在節慶中走動太荒唐了。」

「啊，我不管。你們比我更強嗎？」

「這是兩碼子事。」

坦恩說完後，拉特推了推單片眼鏡。

「您說您不管？這是帝國皇帝該說的話嗎？」

「我不管，我不管。」

「還說了兩次！」

阿爾泰爾斯揮揮手：「總之，你們兩個都去放假。難得有機會，就去放鬆一下吧？」

說完這番話，騎士團團長和宰相還來不及反駁就被用力推出了辦公室。

「……」

「……」

兩人看著關上的門一會兒，轉身離開。

拉特低聲問道：「你不會真的打算讓他們自己去吧？」

「怎麼可能。」坦恩咬著牙，大步向前走。

露迪婭仔細打量著自己的服裝。

這套五顏六色的節慶服裝是特別訂製的。設計師對於露迪婭一再拒絕使用高級布料感到十分不甘。

用細絲密織而成的昂貴布料會散發出光滑的光澤，但那樣看起來太像貴族了。因此，她穿上了用粗線縫製的衣服，把所有頭髮盤起，用三角巾包住。

藏起華麗至極的金髮後，才「稍微」沒那麼引人注目。然而，美貌並不會因此消失，沒化妝的她看起來反而更年輕稚嫩了。

『只能這樣了。』

露迪婭對鏡子裡的自己微笑。她的臉頰泛紅，因此連她自己都能輕易看出她有些興奮。其實她非常期待，因為她也不曾好好享受過節慶。

她打開門走出房間時，阿爾泰爾斯正靠在牆上，見到她便站直了身。

露迪婭看到他的裝扮，挑起一邊眉毛：「這是什麼裝扮？」

「我怕會有麻煩的傢伙纏上來。」

他的打扮相當簡單，但他繫著與皮製胸甲相連的劍帶，背上揹著一把劍。看起來根本就是個英俊的傭兵。

露迪婭很是傻眼，但同時也湧上這樣更有趣的調皮心思。

「很奇怪嗎？」

他稍微低頭看了一眼自己的裝束，露迪婭搖了搖頭：「不，很適合您。十分適合，非常適合。」

這句話聽起來像嘲諷，但他毫不在意地當作讚美接受了，像是十分調皮的少年一樣笑了起來。

「走吧。」

他伸出手，露迪婭毫不猶豫地握住了他的手。或許是因為對節慶的期待，心跳加速。

不久之後，阿爾泰爾斯感覺到自己真的很享受這場節慶。

對他來說，該怎麼說呢？

節慶是提醒他是孤獨一人的場合。歡笑的人們、悠揚的雷貝克和魯特的琴聲、鼓聲、齊聲歌唱的歌聲、牽手走著的家庭。

在那之中，他總是獨自一人。

就像一個外來者，遠遠地看著這個美麗旋轉的玩具世界。有時他也會沉醉於這種氛圍，但他總會意識到自己無處可歸。

沒有人了解他，他也不了解任何人。

用一枚金幣買來的緣分就值一枚金幣；用力量換來的關係僅限於力量所及的範圍。

但現在，他有了露迪婭。

雖然是句老套、庸俗、簡單明瞭的話，但只有親身經歷過，才能體會到其中的價值。

所以他決定說些老套的話。

有一個人知道他是誰。

他真的很想抓住露迪婭的肩膀，用力搖晃並不斷反覆問她：

妳不介意我是一條龍嗎？

妳對我是龍這件事有什麼想法？

我這不完整的人類怎麼樣？

他直盯著露迪婭看時，她別開視線：「您別這樣看著我，也試試看吧？」

露迪婭將剩下的套環遞給阿爾泰爾斯。她套圈圈的技術糟透了。

「妳明明很會用魔擊槍。」

「這是完全不同的兩件事好嗎？」

阿爾泰爾斯微微一笑，將剩下的套環扔向最遠的柱子。他沒什麼用力，那個鐵環輕盈地飛出去，套到了柱子上。

阿爾泰爾斯接著快速扔出套環，所有套環都精準地套到了同一根柱子上。

所有人都發出驚嘆聲。

阿爾泰爾斯拍了拍手，看向露迪婭。

露迪婭瞇起眼睛。

「怎麼了？」

他疑惑地問，露迪婭低聲道：「您用了權能吧？」

「在這種孩子的遊戲上？」

他露出無奈的表情後，露迪婭觀察他一會兒，滿臉通紅。

「抱歉，是我誤會了。那您是真的很厲害。」

阿爾泰爾斯咧嘴一笑，示意攤販交出獎品。看到攤販想拿出一個大布偶時，露迪婭瞪大了眼睛，經過一番交涉後，她選擇了一個黃銅製的吊墜。

雖然現在金光閃閃，但應該摸過幾次就會變得黯淡無光。不過，現在它看起來就像黃金。

阿爾泰爾斯將項鍊戴在她的脖子上。露迪婭看著這條項鍊，露出了燦爛的笑容。

『這條項鍊應該可以帶走吧。』

阿爾泰爾斯送的許多禮物都是送給皇后的，所以一樣都不能帶走。但這條黃銅項鍊，即使在契約結束後帶走，也沒有人會說什麼才對。

這是他送的禮物中，她唯一能帶走的東西。這讓她心情愉悅起來。

她不斷摸著掛在胸前的吊墜時，阿爾泰爾斯問道：「我幫妳用真金做一條一模一樣的吧？」

「不用了，這條就夠了。」露迪婭燦爛地笑了，「阿爾泰爾斯，謝謝您。」

她的笑容似乎讓某處感到刺痛，阿爾泰爾斯微微一顫。他用大手抹過嘴角，又揉了揉脖子，輕咳了一聲：

「也去別的地方看看吧？」

「好啊！」

露迪婭點了點頭。她也是第一次參加這樣的節慶，而且和阿爾泰爾斯在一起，她不用擔心任何事情，只需要盡情享受節慶就好。

沒有人會看到她的外貌，說些無聊的話。因為看到和她並肩而行的阿爾泰爾斯，男人們都會別開目光，女人們則滿心讚嘆。多虧於此，露迪婭十分放鬆地享受著節慶。

玩了一陣子，感到疲憊的時候，阿爾泰爾斯帶她來到一家十分正式的餐廳。他們點了只在節慶期間推出的特別菜單，露迪婭沉坐在舒適的椅子上。

阿爾泰爾斯環顧四周時，露迪婭問道：「怎麼了嗎？」

「從剛才開始，好像有個多餘的東西跟著我們。」

「多餘的東西？」

「狼。」

他壓低聲音說完，露迪婭笑了出來。

她用白皙的手臂撐著下巴說：「我從沒想過能避開他們。護衛騎士跟著我們是理所當然的啊。」

「真麻煩。」阿爾泰爾斯咂嘴一聲：「要是讓我看到一根頭髮，我就把他們趕走。」

「好啦，好啦。」露迪婭揮了揮手，表示隨他去。

食物正好在這時上桌了。

阿爾泰爾斯心情難得很好，騎士團也有所自覺地保持距離行動，所以他決定不再追究。用餐時光很愉快，收到豐厚小費的服務生們也很親切。

距離上次兩人像這樣腿貼腿坐著，聊著無關緊要但愉快的話題已經過了很久。

「……！」

阿爾泰爾斯的目光忽然轉向一旁。

他的反應讓露迪婭也驚訝地看向同個方向，但她只看到來來往往的人群。

「怎麼了嗎？」

「……沒事。」

阿爾泰爾斯感覺到熟悉的氣息。與他的權能有些相似，但又完全不同。
在這世上能使用這種能力的人，只有阿提爾·薩烏·塔卡爾。
也就是說，阿提爾離開了宮殿，正獨自在首都使用他的權能。
『是阿提爾嗎？阿提爾為什麼會來這裡？』
是偷偷溜出來參加節慶的嗎？
想起阿提爾以前就經常溜出宮殿，讓索爾傷透腦筋的事，這個可能還真不小。而且他現在還能使用權能了。
『這是好事。』
雖然不知道原因，但他能使用之前無法使用的力量一事值得慶賀。
或許他陷入了什麼危機，但如果使用權能，對阿提爾來說應該不算什麼危機。
『該怎麼做呢？』
「發生什麼事了嗎？」
聽到露迪婭問道，阿爾泰爾斯聳了聳肩回答：「阿提爾好像在享受節慶。」
「阿提爾嗎？」
「對。」
「他現在在這裡嗎？」
「不，離這裡有點距離……」
「有危險嗎？」
「沒有危險因素。」
聽到他冷靜的回答，露迪婭想到阿提爾並笑了笑：「那孩子出來逛逛也不錯啊。」
「對吧？」

「別在現在，我們晚點再訓斥他吧。」露迪婭寬容地說道。

阿爾泰爾斯也同意這句話，但下一秒——

『什麼？巴拉特也在？』

這股異樣感是來自菲約爾德·巴拉特。阿爾泰爾斯曾感受過他的力量，所以很清楚。

但不管巴拉特在哪裡做什麼，都與他無關吧？他不想打破現在的時光。

但是……

「阿爾！」

聽到坦恩慌張地穿過人群跑來的聲音，阿爾泰爾斯扶著額頭。

幸好他不是喊他的全名。

他轉頭看去，看到坦恩身後站著熟悉的面孔。

拉烏布·沃爾夫。

露迪婭立刻站了起來。作為莉莉卡護衛的他出現在這裡，意味著莉莉卡可能出了什麼事。

一場混亂即將展開。

阿爾泰爾斯輕撫著被莉莉卡的魔法治癒的手臂。

他能感受到熟悉的魔法氣息，那是艾爾希的氣息。

『真是的。』

為什麼不在他無比渴望時出現，等他放棄時才現身呢？

他回頭看向身旁。看著因為發燒而臉頰微紅、沉睡中的露迪婭，他咽下了嘆息。

因為讓她喝了自己的血，他的情感擅自產生共鳴，產生動搖。幸好，她無法感受到他的情緒。

『雖然她曾進入我的夢境。』

在夢中見到她時，他不曉得有多驚訝。尤其是在夢中

——您不是討厭人類嗎？

這句話讓他大吃一驚。

他本以為露迪婭不會這麼想。

『我以為我對露迪婭非常好了。』

她彷彿看透了他，讓他感到不悅，但也感到舒暢。

當他試探似的故意顯露出龍的模樣時，只得到了讚嘆。

因為這是他的夢，他能清楚分辨出露迪婭是否在說謊。

她沒有說謊，是真心真意地對他感到讚嘆。

阿爾泰爾斯看著熟睡的她。

『真是不可思議。』

她擋在自己面前時的驚愕、翻騰的憤怒和對鮮血四濺而感到的絕望，如今也平息下來了。雖然平息下來了，但那確實打動了什麼。

他伸出手，緩緩撫過她的額頭。她那白皙秀麗的臉龐清晰地浮現在黑暗中。

這是句非常老套的話，但這是第一次有人保護他。

明明不需要這麼做，但該怎麼說呢？

『這種情況下，人心會因此動搖啊。』

而且，當他問為什麼這麼做時，她竟回答「不知道」。
他感到無力又空虛，也懷疑自己是想要什麼答案。
所有事情都一口氣湧上心頭。
露迪婭說莉莉卡做了「改變命運的行為」。她那顫抖的聲音和眼神依然記憶猶新。
改變命運的行為。
他似乎明白了那是什麼，微微緊抿著雙唇。
那個改變命運的行為，如今引起了巨大的影響。應該會改變他的命運，也改變帝國的命運。
『但是……』
讓這樣的小不點承擔這個責任太過分了吧？他不想讓她多擔心或煩惱。
正當他托著下巴沉思時，感覺到身旁的人翻過身。轉頭看去，露迪婭睜開眼睛望著他。
兩人默默對視了片刻，露迪婭露出一絲笑意：「您知道嗎？」
她的聲音帶著濃濃的睡意。
阿爾泰爾斯流入她體內的血液，告知他露迪婭的身體狀況。她現在處於朦朧而愉悅的，坦誠以待的狀態。
他也不由自主地回以微笑。
露迪婭伸出手，指尖如搔癢似的掠過他的下巴：「我只是希望您能活下去。」
「！」
他驚訝地睜大眼睛，露迪婭的眼睛反倒慢慢閉上。
阿爾泰爾斯抓住了她無力垂下的手。她的手很燙，因為龍的血液在她體內流動，對人類的身體來說感覺就像發燒一樣。
他呆愣地看著露迪婭的臉，慢慢地與她十指交扣，嘴角勾起類似苦笑的笑容。

他也很清楚，她人生中最重要的就是莉莉卡。

他活得太久了，早已過了會希望她把自己擺在首位，嫉妒莉莉卡的階段。

正因為莉莉卡很重要，所以露迪婭無論如何都會優先保護自己的性命。因為她知道，沒有父母的孩子有多辛苦，所以她撲過來保護他並不是簡單的行為。

「是的，我討厭人類。我一直認為他們是無法相信的種族。」他低聲說道。這是他早就該說卻說不出口的話。

「但是，我能相信妳。」

說出這句話，他自己也嚇了一跳。出於驚訝，他審視自己的內心一會兒。

不管是身為人類的一面還是身為龍的一面，都說著他信任露迪婭。

是哪種信任呢？

如果這麼問，他也不曉得，但他確定自己由衷信任著她。

如果不信任，就什麼事都不會發生。那麼如果信任，一切都會發生。

阿爾泰爾斯沉默片刻後，又開口道：

「謝謝妳。」

謝謝妳保護我。

「我很高興。」

儘管知道她已經睡著了，他的聲音仍因為害羞而變得更低。

然而，接下來想說的話像卡在喉嚨裡一樣說不出口。

等將來能說出口時，到那時再說吧。

他在她的手背上印上一吻後放開手，替她蓋好被子。再次撫摸額頭，感覺到她的體溫比剛才低了一些。

「晚安，露迪。」

SIDE STORY. 2

其後

解開龍的詛咒的莉莉卡成爲了龍之國的公主殿下。大家都讚頌公主殿下善良的心腸與勇敢無畏。於是，他國的衆多求婚者蜂擁而來，大家都很好奇。

「誰會和我們的公主殿下結婚呢？」

「一定是最勇敢的王子殿下吧。」

「不，應該是英俊的王子殿下。」

「應該會是富翁吧。」

人們議論紛紛。

就在這時，外國的使節團蜂擁而至。人們屏息凝視著這些使節團。

——啪！

菲約爾德不耐煩地把報紙扔到一邊。這是他不會有的粗魯舉動。

這次的《珍珠之歌》居然選擇了「報紙連載」的形式，還不是在知名報社，而是在一個新成立的「威爾報社」刊登。

伊格納蘭領地與首都相距甚遠，因此無法即時看到當天的報紙，所以這一疊都是一週前的報紙。

他帶著惱怒的眼神瞪著那位著名畫家的插圖。

這時，一隻暹羅貓從打開的門縫間鑽進來。

那是一隻還年幼的暹羅貓，脖子上繫著一條紅色的絲帶，絲帶上的裝飾石閃閃發光。

暹羅貓走近後立刻伸直腰，變成了人類的模樣。

是雷澤爾特。

雷澤爾特面無表情。她悄悄地伸出白皙的手臂，拿起放在菲約爾德身旁的點心。

貓的味覺無法感受到甜味，所以雷澤爾特吃甜食時一定要變回人形。
雷澤爾特看著報紙上的插圖，說道：「這是刊載了《珍珠之歌》的報紙呢。聽說太受歡迎，都買不到了。」
她聽見廚房的侍女們發出遺憾的嘆息。
對雷澤爾特的話，菲約爾德沒有做出任何回應。
「上面寫了什麼讓你不滿意的內容嗎？反正只是小說嘛。」她接二連三地將點心放進嘴裡，低聲說道。
「這可不只是小說。」
菲約爾德抱著雙臂，瞥了一眼妹妹。
太上皇陛下再婚——如果那算是再婚的話——已經過了半年。
這段時間說長不長，說短也不短。
對菲約爾德來說，這段時間就像一閃而過，又覺得無比漫長。
雷澤爾特來到他的城堡，是最近的事情。
被當作失蹤人口的妹妹乖乖地被關在籠子裡，送到伊格納蘭領地時，菲約爾德的心情該怎麼說……他既高興又生氣。
和那時差不多體型的小貓堅持了一會兒，不願出來。
當菲約爾德看到小貓從籠子裡出來，怯生生地在周圍走動時，他心生懷疑。
『該不會真的是貓吧？』
他們送來的難道不是雷澤爾特，而是真的小暹羅貓？莉莉卡絕不會做這種事，但阿提爾呢？
非常有可能。
就在他懷疑這是不是某種玩笑時，得知並非如此。
菲約爾德不喜歡吃甜食，但會端出奢侈的甜點招待客人。

一位喜歡貓的客人盡情逗弄完貓離開後，菲約爾德再次回到會客室時，看到雷澤爾特正在吃剩下的甜點。
他震驚得呆站在原地，而雷澤爾特與他對上目光後嚇了一跳，立刻變回貓的模樣並衝出去。
在那之後，有好一陣子都沒看到她，菲約爾德不禁擔心——她是不是逃出了城堡？還是發生了什麼事？
於是他試著設下陷阱，擺了一個放滿甜點的三層盤後靜靜等待。
不久後，一隻小貓像著魔似的走近三層盤，立刻變回人形開始努力吃起點心。
菲約爾德當場上前抓住她。
雷澤爾特不像以前一樣，她沒有狠毒地大吼，也沒表現得像陷入絕望的人，只是看起來非常脆弱。
她顫抖著柔弱的聲音說：「因為當貓……比較幸福……」
話聲非常細微。
菲約爾德一句話也說不出來，既無法斥責她，也無法質問她。
她和他，終究都是巴拉特的受害者，不是嗎？
他放開她並說：「我會在我的房間裡放些甜食，妳可以隨時來吃。」
雷澤爾特聞言，直盯著菲約爾德，之後輕點了點頭，迅速變回貓的模樣消失不見了。
自那以後，或許因為她感到安心了，她十分大搖大擺地翹起尾巴，四處走動。
僕人們以為她是皇室賜予的「貓大人」，悉心照料她。本來就幾乎沒有人會對翹起尾巴，驕傲地走來走去的小貓感到反感。
菲約爾德最終被沒收巴拉特領地，並被收回了爵位。
反正他有伊格納蘭領地和伊格納蘭的爵位，那只不過是種形式罷了。
其他家族曾多次向皇帝建言，應該處死菲約爾德和雷澤爾特，根除巴拉特家族，但阿爾泰爾斯一概無視。
他語氣堅定地冷哼一聲，說：「所以是你抓到的嗎？是你抓到那些叛亂者的嗎？是我抓到的，所以決定權也在我手上。」

貴族派的核心消失了，巴拉特家四分五裂，而巴拉特公爵家的唯一繼承人菲約爾德·巴拉特如今成了皇家的狗。

人們如此悄聲議論。

但報紙很快就被其他醜聞淹沒了。

『皇位傳承？』

『帝國首位太上皇誕生？』

全都是這種報導。

阿爾泰爾斯和露迪婭再婚後，阿提爾理直氣壯地說：「暫時還是請您繼續處理國家事務吧。」

於是，阿爾泰爾斯宣布成為太上皇的事情奇妙地不了了之——帝國的報社十分遺憾——而阿提爾的身分也變回了自由的皇太子。

當然，有這段短暫的緩衝期真的十分奇怪，然而這些雜音很快就被另一個更大的問題取代、消失了。

通往外面世界的大門打開了。

這世上存在著其他國家與民族，能接觸到與樹海、沙漠與大海彼岸的世界，這個事實對所有人來說都大感震撼。

隨著正式開發樹海，伊格納蘭領地日益擴大，正式開始修建橫跨樹海的道路。

外國——這個詞十分新奇——的外交使節團絡繹不絕地來訪。

對他們來說，帝國是一個神祕的地方。

過去絕對無法穿越的領域敞開了大門，裡頭竟然有一個龐大的國家，這是多麼令人驚訝的事。

現在已經不能只稱為「帝國」了，因此阿爾泰爾斯將國家名稱改為「德拉戈尼亞帝國」。

而菲約爾德真的、真的非常忙碌，忙到幾乎無法與莉莉卡見面。

他向她求婚了，也得到了回應，但是他們無法舉行正式的訂婚儀式。

伊格納蘭邊境伯爵在這時仍必須保持低調。

『要見到她才能做出行動啊。』

他再次下定決心，今年的社交季一定要去首都。

他盯著《珍珠之歌》看了一會兒，站起身來。

儘管《珍珠之歌》聲稱「與實際人物、事件、地點和背景無關」，但若待在莉莉卡身邊，很容易就能看出來。

那是有關聯的。

事實上，莉莉卡確實收到了數不清的求婚。雖然不知道這些外國使節團看到了什麼，但看來他們的眼光都非常好。

菲約爾德氣得咬牙切齒。

一旁的雷澤爾特看著難得顯露出情緒的自家哥哥，繼續吃著點心，之後變成貓的模樣。

『這件事跟我無關。』

她摸著戴在脖子上的裝飾石。

莉莉卡皇女殿下為她戴上這個時的喜悅依舊記憶猶新，雖然當時皇女殿下露出了像哭又像在笑的微笑。

她變回貓，窩在沙發上，打了個小哈欠。

莉莉卡很忙，真的非常忙。

如果有人告訴她身為皇女會這麼忙，她才不會答應重新成為皇女……

『不，我還是會成為皇女的。』

她重重地嘆了口氣，將簽完的文件推到一旁。

打開另一份文件時，莉莉卡揚起一邊眉毛。那個表情與阿爾泰爾斯一模一樣。

「艾爾登里德國的地形及主要城市整理……這不是要交給阿提爾的文件嗎？」

她光是整理外國貴族名鑑以及外國貴族爵位該對應我國的什麼貴族爵位就夠忙了啊。

莉莉卡壓下心中的抱怨，將文件遞給侍從：「拿去給殿下。」

「殿下現在不在……但據說這些文件很急，必須儘快呈上……」

侍從小聲說完，莉莉卡看著文件猶豫了一會兒後緊閉上雙眼，將文件推出去。

「但他也有辦公室吧，放到他的辦公室。」

「遵命。」侍從急忙接過文件後離開。

布琳端上一杯涼茶，並說：「不管怎麼想，這都不是皇女殿下的職責。要不要乾脆聘請文官？」

「但過了這段忙碌的時期，應該就不需要了……」莉莉卡接過涼茶，像得救了一般吐出一口氣。

「但我們不知道這個『忙碌的時期』會持續多久啊。」布琳看著可憐的皇女殿下，用手帕擦拭眼角。

莉莉卡一口氣喝完茶，望著空杯子。

『或許真的需要聘請一些人……』

正在煩惱時，門被一把推開。會這樣直接推門進來的人不多，大概只有三個人。

「我回來了！」

阿提爾咧嘴笑著跑進來，不等莉莉卡從桌邊起身就緊緊抱住她。

莉莉卡擔心墨水會沾到他的衣服上，因此伸直雙臂，以尷尬的姿勢說：「你這麼久都沒回來，我還以為你不回來了呢。」

「喔，現在非常會挖苦人了呢，小橡實。」
「我才不是小橡實。」
「妳就是小橡實，小橡實。」
面對阿提爾無理的堅持，莉莉卡不滿地睜大眼睛。
但當他再次緊緊抱住她時，她忍不住笑了。
阿提爾身上帶著外面的氣味。他放開莉莉卡後看了看桌上的文件，咂嘴一聲：「這些都是什麼？」
「這都是因為你啦！」
「我怎樣？」
「因為你不在，要給你的文件都送到我這裡來了啊！」
看到妹妹委屈地跺腳，阿提爾撐著下巴輕笑道：「為什麼妳在看這些文件？這是要讓下面的人做的事啊。」
跟在他後面進來的派伊聽了，一臉不悅地說：「才不是呢。」
「明明就是。」
聽到阿提爾毫不在意地回應，派伊露出「未來的皇帝這樣沒問題嗎？」的表情。
畢竟他正親眼目睹到同為桑達爾的拉特有多辛苦，但該說是塔卡爾家非常信任他們嗎？
『連這種事都交給我處理，要是我發動叛亂不就完了嗎？』
塔卡爾都一樣信任桑達爾，這對多疑的桑達爾來說十分有吸引力。
阿提爾一把拿起堆成山的文件，塞給派伊。
派伊瞪大了眼睛。
阿提爾說：「你再隨便挑選一些文官，把這些事交給他們。」
「殿下！」

「沒錯，我是殿下，所以我可以下命令。妳跟我來。」阿提爾拉起莉莉卡的手。
「什麼?·啊，等一下。」
莉莉卡被他拉起來後猶豫了一下。但面對脫離這些文件出去玩的甜蜜誘惑，她妥協了。
「派伊，對不起了。我回來後……」
就把這些文件看完——這句話實在說不出口，因此她隨便蒙混過去，跟阿提爾一起離開了房間。
布琳小跑著跟上來，問道：「不用換衣服嗎？」
「沒關係，我們只是去花園走走。」阿提爾代替她回答。
布琳微微低下頭，當作回應，拉烏布則跟在身後不遠處。
莉莉卡問道：「你這次去哪裡了？」
「只是去首都逛了一圈。」
「侍從們好像完全不知道你去了哪裡。」
「這是祕密出巡，他們不能知道啊。」
阿提爾的話讓莉莉卡歪過頭心想：『祕密出巡是這樣的嗎？』
阿提爾從口袋裡拿出一個紙袋，遞給她。
「這是什麼？」
「妳看看。」
莉莉卡疑惑地打開袋子，「啊」地驚呼一聲後拿出一顆小小的結晶。
那是一顆糖晶。是將糖溶於水後重新結晶製成，因為如寶石般的美麗模樣和製作過程漫長，所以售價昂貴。
「很漂亮呢，但你不會是要用這個來哄我吧？」
莉莉卡將糖晶放入口中並說道後，阿提爾輕笑出聲。

「我為什麼要哄妳？我不是這個意思，我是說，這些糖晶在平民區也有在賣。」

「這個嗎？」一般的糖還有可能，糖晶可是相當昂貴的。

「是啊，我覺得這說明了帝國很繁榮。聽說在其他國家，糖還是和銀一樣貴重。」

「嗯，因為甜菜，我們的糖價大幅下降了。」

帝國透過與外國貿易，獲得了龐大的利益，不僅是糖，紙張也是。當然，外國也有紙，但像帝國的紙一樣品質優良的紙張不多。

「不過，紙張是高句國做得更好吧？」

「嗯，但高句國很遙遠，而我們很近吧？所以價格更有競爭力。」

莉莉卡聽著阿提爾的話，又將一顆糖晶放入口中，之後將紙袋交給布琳。

「原來如此。」

阿提爾直望著咀嚼糖晶的自家妹妹，戳了一下她的臉頰，莉莉卡立刻轉頭看向他。

阿提爾笑著收回手：「沒什麼，只是因為妳太可愛了。」

莉莉卡聞言猛然抬起頭，提高聲音說：「啊，對了，我又想到一件事要跟你抗議！」

「又有什麼事？」

「是你對不對？到處跟其他國家說什麼我妹妹最可愛、最美之類的話！」

「我？」阿提爾指著自己，一臉委屈地眨了眨眼。

「就是你吧！大家都說是聽到了這些傳言，才會寄情書過來……甚至還有人正式寄畫像來跟我求婚！」

「啊啊……」阿提爾凝視著莉莉卡。

她那光滑的棕色頭髮已經長得相當長了，卻沒有一點分岔。皮膚像牛奶一般白皙透明，從紅潤嘴唇間露出的牙齒也如象牙般潔白。

最引人注目的是她那雙青綠色眼眸中帶著的溫柔。

他覺得妹妹從小也很可愛，但長大後，怎麼說呢……

『這樣算是美人了吧？』

露迪婭美得不尋常，所以她的女兒莉莉卡自然也很美。

「我可沒到處亂說。」

「真的嗎？」

「當然是真的。而且說什麼結婚，太不像話了。」阿提爾說道。竟然要把這麼可愛的妹妹嫁到外國，根本不可能。

「妳還這麼小，離長大還早得很呢。」

阿提爾一邊說一邊拍拍莉莉卡的頭後，莉莉卡生氣地踮起腳尖說：「我也長大了！」

「是嗎？我記得妳小時候也才到我胸口，現在也差不多啊，根本沒長高吧？」

莉莉卡瞪著拿自己身高開玩笑的阿提爾，對方辦完成年禮後，似乎又長高了一些。與之相比，莉莉卡很努力地做體操、均衡飲食，但成長的速度不知為何依然很緩慢。

再這樣下去，自己可能會比媽媽還矮。她垂下肩膀。

「為什麼魔法不能實現這種願望呢？」

她明明祈禱過能長得很高，卻沒有實現，這肯定有問題。

莉莉卡沮喪起來，阿提爾這才開始安慰她。

「不會啦，妳這樣已經算很高了。妳想想看，妳原本可能會更矮，但現在已經長這麼高了。」

「你說更矮……」莉莉卡難以想像地歪著頭。

阿提爾輕咳了一聲，轉移話題：「對了，聽說妳在今天的宴會要把頭髮盤起來，還要穿長裙？」

「你聽說了嗎？」

莉莉卡的表情頓時明亮起來。她得意洋洋地抓著自己的裙襬，左右晃動著說：「今天我要穿一件到腳踝的長裙，因為有外國客人來訪，說可以穿上像已經舉行過成年禮的裝扮。而且我也快要舉行成年禮了。」

「是啊，真了不起。」他點頭應和。

莉莉卡開心地笑了：「你可以期待一下。」

「當然期待啊。」阿提爾笑了笑：「我就是因為這樣才回來的。」

阿爾泰爾斯坐在城堡塔樓的屋頂上。

那屋頂光滑又傾斜，如果有人看到，可能會以為他企圖自殺，但他看起來如同坐在平地上一樣自在。他的手肘撐在腿上，眺望著遙遠的首都。由於城堡是首都中心的最高點，從塔樓可以一覽整個首都的景色。

背後傳來腳步聲，但阿爾泰爾斯裝作不知情。

過了一會兒，話音響起：「父親。」

阿爾泰爾斯默默地拍了拍身邊的位置。

阿提爾面露喜色地走到他身旁。

雖然在其他人面前，他依然稱呼阿爾泰爾斯為「叔叔」或「陛下」，但私下見面時會叫他父親。起初很不習慣，但後來他覺得這樣稱呼很好。

阿提爾小心翼翼地坐下來，雖然可能會滾下去，但他不害怕。

『父親會拉住我的吧。』他這樣想。

「出去看看感覺如何？」

阿爾泰爾斯問道，阿提爾笑著回答說：「可能會發生更多武力衝突吧。」

「啊，果然嗎？」阿爾泰爾斯笑了。

德拉戈尼亞帝國的出現，如果粗略地比喻，就像是出現在穩定的地區裡的新組織。

透過與其他組織發生幾次小規模的武力衝突來試探彼此的實力，如果有一方較弱，就會引發大規模戰爭，不然就是適當地交涉。

武力衝突是必然的過程。

伊格納蘭邊境伯爵送來報告，提到邊境地區已經發生了數次衝突。但那只是前哨戰，畢竟是國家之間的對抗，不能僅僅用武力衡量。

阿提爾聳了聳肩，也提到了這一點：「是啊，而且他們應該也很好奇。」

他們應該非常好奇，德拉戈尼亞帝國是什麼樣的國家，有什麼傾向，擁有什麼樣的體制和文化。

與德拉戈尼亞帝國接壤的國家有三個。沙漠另一頭的「伊萊恩」，樹海另一頭的「艾爾登里德」和「洛揚」。

雖然知道海的彼岸也有國家存在，但關係不像與接壤國家那麼緊張。

通常會與遙遠的國家保持友好關係，與鄰近的國家發生衝突。

到目前為止，雙方都在觀望。既然開始開發樹海了，必然會在樹海附近與艾爾登里德和洛揚發生領土紛爭。

讓伊格納蘭邊境伯爵身在前線不知是不是好事。

『不知道是不是只有莉莉在擔心。』

這個世界唯一的大魔法師。

阿提爾皺起眉頭，想到他那仍被稱為「魔法少女」的妹妹。

阿爾泰爾斯說道：「今天的宴會是為了滿足他們的好奇心才邀請他們來的，這將成為一個重要的分水嶺。」

雖然至今外交使節也頻繁往來，但今晚的宴會與以往不同。這次是正式寄出邀請函，招待鄰近國家皇族的盛會。

這是一場真正的高層會晤宴會。

各國會帶來華麗奢侈的禮物和大批人員，彰顯國力，德拉戈尼亞帝國也會以同樣奢華的方式接待。

可以說是一場透過奢華展現國力的較量。

白天將舉行狩獵和比武大會。這是武力上的較量。

這是場無論在哪一方面都不能輸的可怕外交戰爭。

露迪婭為了籌備宴會忙得不可開交，儘管莉莉卡接手處理了露迪婭的一部分工作，她還是十分忙碌。

阿提爾卻在這時離開皇宮遲遲不歸，難怪莉莉卡會生氣。

阿提爾輕咳了一聲，說道：「總之，大家似乎都全副武裝地前來參加宴會。」

阿提爾不僅僅是在首都轉了一圈，他還親自走訪，調查使節團會以何種形式到來。

雖然杰斯說著「交給手下去做嘛～」並大嘆了一口氣，但阿提爾無視了他。

這麼有趣的事為什麼要交給手下去做？該交給他們處理的是文件才對。

阿爾泰爾斯聞言，咧嘴笑道：「沒錯，畢竟有狩獵和比武大會，大家當然會全副武裝而來。」

希望他們會進行武裝，高舉起長槍和刀劍，展示他們能夠拿出的一切籌碼。因為我很好奇那些裝備在龍的火焰面前有多大的用處。

阿爾泰爾斯站起來，隨手揉亂阿提爾的頭髮：「辛苦了。」

阿提爾害羞地咬住嘴唇，整理了一下被隨意弄亂的頭髮。

突然間，一陣風拂過，阿爾泰爾斯的身影消失無蹤。

阿提爾站起來說：「我才要感謝您。」

答應他的任性要求，暫時繼續待在皇帝之位。

雖然大家都在私下議論，說阿提爾不是答應要成為皇帝了嗎？但當外國勢力出現後，這些話就瞬間消失了。

德拉戈尼亞帝國的守護龍。

這條龍居於帝位，突然讓人覺得無比可靠和威風。

而約翰・威爾忙碌地操控輿論。

自從威爾報社成立以來，約翰・威爾運用他所有的力量，成功邀到「紫水晶作家」來連載作品。多虧於此，威爾報社以驚人的銷售量自豪。

得益於阿爾泰爾斯，阿提爾得以隨心所欲地做自己想做的事並到世界各處，讓他心情很爽快。他從未想過，自己能如此享受皇太子的身分。

「哇，從這裡掉下去會當場死亡吧。」

這時，杰斯從塔樓屋頂的窗戶間探出頭來，說道：「快下來吧，布蘭說要準備宴會，鬧翻天了！」

「好吧。」阿提爾也站起身離開。

「妳好，露迪。」

阿爾泰爾斯走到正在宴會場中央指揮場地布置的露迪婭身邊，撩起她的頭髮，在她的後頸印下一吻。

「您好，阿爾。你不覺得吊燈應該再往上一點嗎？」後面那句話是對旁邊的侍從說的，而不是對阿爾泰爾斯。

皇帝陛下毫不避諱地對皇后殿下表達愛意不是一兩天的事了。他們再婚後，這樣細微的親密舉動變得更多了。

侍從走向工人們，準備調整吊燈的高度。

「在我看來很完美啊。」

聽到阿爾泰爾斯的話，露迪婭環顧宴會場地，輕笑一聲：「當然要完美。吊燈的高度本來也很完美，直到有人提出要拿那些沒用的旗幟進來。」

「旗幟？」

「是的，他們說在他們國家，在宴會廳裡立旗幟是傳統。」

就是「我們的宮殿天花板能建得這麼高，你們的呢？」這種粗俗的較量。

阿爾泰爾斯聳了聳肩：「幸好我們的天花板很高。」

「是啊，至少塔卡爾家在建造自己的宮殿時沒省錢，真是萬幸。」露迪婭說完，輕吻了一下阿爾泰爾斯的唇：

「我現在該去換衣服了。」

阿爾泰爾斯笑了笑：「想到大家看到我妻子時驚訝的模樣，我就覺得很開心。」

「應該不會比看到我丈夫的那些人驚訝吧。」

露迪婭笑著說，暗指阿爾泰爾斯是龍的事。她邁開步伐，阿爾泰爾斯也跟了上去。

露迪婭說：「阿提爾和莉莉卡今天恐怕會比我們更忙。」

「嗯，他們會跳舞跳到腳底起火吧。」

各國應該都帶來公主、王子，或是許多相當於王室成員的貴族子女。聯姻是最完美的結盟方式，尤其是皇室中還有單身的男女時。

「妳也不能看別人喔。」

阿爾泰爾斯低聲說完，露迪婭笑著輕輕推了一下他的胸口：「啊，阿爾泰爾斯。這世上只有您是龍，所以您可以放心。」

阿爾泰爾斯聞言，笑了一下後問道：「妳沒有什麼話要說嗎？」

「沒有。」露迪婭優雅地微笑，「畢竟，這世上沒有人比我更美啊。」

迪亞蕾將粉灰色的頭髮整齊地編起來，穿著騎士團的制服。親衛騎士團的制服非常適合她。神器「尖牙」依然在她的耳邊閃耀著美麗的光芒。

雖然今天要舉行舞會，但她總是佩戴著真的黑劍。

「您好，皇女殿下。」

迪亞蕾行了騎士禮，正在房裡受到布琳和侍女們服侍的莉莉卡無法轉頭，只抬起手打招呼。

「嗨，迪亞蕾。」

迪亞蕾看到莉莉卡後露出微笑：「皇女殿下今天也很美呢。」

「迪亞蕾今天也很帥氣呢。」

侍女們正聚在一起為莉莉卡整理頭髮。她們先用梳子將頭髮一縷一縷地梳順，之後一束一束地編織並盤起來。

看到莉莉卡那頭光滑的棕色長髮就讓人心醉神迷。今天她還打算戴上一頂小小的皇冠。複雜盤起的頭髮配上華麗的裝飾。這也是莉莉卡第一次化妝。

她緊閉著雙眼，柔軟的刷毛輕輕掠過臉上，以及細細的刷子滑過眼角的感覺很奇妙。

「皇女殿下的皮膚完全不需要化妝呢。」

「要不要只加點顏色？」

「您原本就非常美，我們都不知道能從哪裡下手了。」

侍女們一邊為莉莉卡裝扮，一邊不斷發出讚美。

「不過您今天難得穿得像大人一樣。」

「要不要化上有點成熟的妝容？」

「那樣不錯呢，畢竟今天也有很多外國使節。」

侍女們七嘴八舌地說著時，迪亞蕾插嘴道：「沒錯，不過他們一定都很好奇吧？我聽說他們的服裝也跟我們不一樣。」

「啊，聽說他們還在穿用裙襯撐起裙子的服裝？」

一名侍女回答後，「噗」地笑了出來。

看來，像克里諾林裙襯那樣的禮服已經過時了。

莉莉卡說：「大家只要看我媽媽一眼，就會想把自己的衣服丟掉的。」

聞言，侍女們互相看了看，紛紛點頭。

「沒錯。」

「那當然。」

當露迪婭穿著用輕薄布料製成，層層摺疊的華麗長裙出場時，大家都會立刻爭相訂製那種衣服吧？

那種輕薄的布料價格高得驚人。若要訂製一件跟露迪婭一模一樣的衣服，價格都可以買下一棟宅邸了。

莉莉卡因為太害怕，平常都不敢穿那種衣服。

但今天不同。

迪亞蕾說：「今天的主角不是皇女殿下嗎？我，今天，真的，很想當您的護花使者。」

她不甘心地咬了咬牙。

莉莉卡笑著說：「沒辦法啊，畢竟阿提爾在呢。」

「不是，想被那位護送的女人應該都排得很長了，哼哼，我只有皇女殿下一個人啊。」

「但今天妳還是作為護衛和我在一起啊，嗯？迪亞蕾難得成為我的護衛，我很高興喔。」

聽莉莉卡安撫道，迪亞蕾聳了聳肩，驕傲地抬起下巴，而拉烏布的嘴角微微垂下。

今天，莉莉卡的護衛騎士不只拉烏布，還帶上了迪亞蕾。

這是因為坦恩擔心有許多外來賓客，建議增加護衛人員。

此外，同性的騎士可以跟著進入私人場所，因此是必須的存在。

過去都是侍女布琳去做拉烏布做不到的事，但這種安排也有其限制。

「沒錯，我說過吧？我一定會成為護衛騎士。」

迪亞蕾輕笑著看向拉烏布，臉上得意的表情讓拉烏布略微移開了視線。

莉莉卡問道：「不過這樣好嗎？迪亞蕾妳還要參加比武大會，需要練習吧？我的護衛必須整天陪著我耶……」

「當然可以。」迪亞蕾的表情認真起來，「比武大會固然重要，但皇女殿下也很重要。那些比賽都是靠平常的實力，我可是來自沃爾夫家的尖牙，大家都會因此知道狼的牙齒有多鋒利。」

迪亞蕾笑著補充道：「以及皇女殿下的談心朋友有多厲害。」

所有貴族，不，帝國的大多數人都自然地對神器的事情保持沉默。

雖然總有一天外國也會發現神器的存在，但帝國不打算公開炫耀有這些神器。

有些力量隱藏時才能發揮價值。

莉莉卡點了點頭。

最後，布琳幫她整理了一下裙襬，並噴上比平時更有女人味的香水。

侍女們帶著陶醉的神情欣賞著她們的傑作（？）。

「皇女殿下太美了。」

「如果今天有人不拜倒在皇女殿下面前，那他就是個傻瓜。」

「啊，真的好想親眼看看皇女殿下在舞會上的風采。」

「怎麼會這麼可愛呢。」

莉莉卡因為這些讚美而臉頰泛紅。看到她的樣子，侍女們「呀啊！」地驚呼一聲，將雙手緊緊握在一起。

——好可愛。

這句話最能完美形容莉莉卡。

無論是誰，都會被她的可愛迷倒，忍不住愛上她。

她那濃密纖長的睫毛彷彿在顴骨上投下了陰影，清澈的眼白與青綠色的瞳孔散發出神祕的光彩。深邃的眼妝讓她看起來比平時更加成熟。紅潤的臉頰和水潤的雙唇，也讓她少了幾分少女的稚嫩，更顯成熟。盤起的髮型凸顯出她潔白光滑的頸部，晃動的耳環更強調了這一點。

莉莉卡戴上正好合手的蕾絲手套，握住迪亞蕾的手站了起來。

迪亞蕾笑了笑：「皇女殿下果然是主角。」

「是嗎？」

「當然。」迪亞蕾點了點頭，輕輕將莉莉卡拉到鏡子前：「您看。」

莉莉卡看到鏡子後瞪大了眼睛。她凝視著鏡中的自己一會兒後，輕聲對迪亞蕾說：「如果今天菲約也能來就好了。」

「在這種情況下，邊境伯爵可不能離開邊境。」迪亞蕾也低聲回應。

「嗯……可是……」

莉莉卡仍然希望菲約爾德是第一個看到她這副模樣的人。

帶著遺憾，莉莉卡在鏡子前仔細端詳自己的模樣。

『我還是要去見他。』

莉莉卡如此下定決心，緊握著拳頭。

她對大家說：「我去一下臥室，很快就回來。」
布琳、拉烏布和迪亞蕾聽了這句話，雖然微微皺起眉，但沒有阻止她。
莉莉卡迅速走進臥室，確認沒有任何人後瞬間移動。
「哈！」
總覺得在使用移動魔法時喊出聲音會更順利。
一瞬間來到菲約爾德的房間，她環顧四周。
「菲約？」
菲約爾德不在房間裡。
有時會發生這種情況，因此莉莉卡點了點頭，拉了拉鐘繩。
侍從長進來後看見莉莉卡，驚訝地行禮並說道：「歡迎您，皇女殿下。」
「可以去叫菲約爾德過來嗎？」莉莉卡沒有時間，所以直接說明了來意。
侍從長露出遺憾的表情：「很抱歉，伯爵大人從幾天前開始巡視領地，要回來的話，恐怕還需要幾天時間。」
「巡視領地？」
「是的，他認為必須加強樹海一帶的防禦……」
莉莉卡愣了一下，隨即垂下肩膀。
她知道，因為外國的騎士團進入首都，軍隊能內外應合，因此必須更確實強化邊境的防禦。
她明白，但還是很失望。
『這也無可奈何。』
莉莉卡強作笑顏：「我明白了。謝謝你告訴我。日後再轉告邊境伯爵我來過。」
「是，皇女殿下。真的非常抱歉。」

「沒關係啦。」莉莉卡揮了揮手，侍從長再次恭敬行禮後退了出去。

『平時我們經常聯絡，所以不會像這樣錯過。』

但最近因為忙碌，雙方都很少連絡彼此。

莉莉卡回到自己的臥室。

看到她垂頭喪氣地走出來，布琳察覺到了情況，苦笑道：「下次再讓他看就好了，我會幫您打扮得和現在一模一樣。」

聽到這句低語，莉莉卡點了點頭。

另一名侍女迅速端來一些輕食，說道：「您今天應該幾乎不會有時間吃飯，請先稍微吃一點。」

「這是宴會耶，居然沒有時間吃飯嗎？」

迪亞蕾驚訝地抬起頭，而拉烏布挺起胸膛說：「我已經吃過了。」

他的表情寫著「一名護衛騎士就應該做好準備」。迪亞蕾皺起眉頭。

布琳輕笑了一聲，說道：「今天會忙著應付別人，恐怕沒有時間吃飯。不介意的話，迪亞蕾小姐要不要也來一份餐點？」

「拜託了。」

聽到迪亞蕾的回答，布琳回頭看向侍從，侍從隨即去準備。

不久後，迪亞蕾狼吞虎嚥地吃完一大份晚餐，漱完口時，阿提爾來接莉莉卡了。

莉莉卡很好奇阿提爾會有什麼反應，走出自己的房間。

在會客室等待的阿提爾瞪大了眼。

一旁的杰斯開口道：「這下子想與皇女殿下結婚的人會排很長吧？」

「這裡已經有人在排隊了。」派伊在一旁舉起手笑著說，「但今天的皇女殿下格外讓我心跳加速，噗哈——！」

話還沒說完，阿提爾就一把摀住他的嘴，使派伊發出了奇怪的聲音。
阿提爾露出厭煩的表情：「你真的該管好你的嘴巴。」
「說這種話是基本啊，你自己不會說話，也別阻止別人說嘛！」派伊喘著氣，拉開阿提爾的手。
阿提爾清了清嗓子幾次後，伸出手對莉莉卡說道：「今天絕對不要讓護衛騎士離開妳身邊。」
莉莉卡輕笑著，將手放上他的手臂。
她深吸了一口氣。
今天的舞會可是一場世界大戰，一場激烈的戰鬥。
不能輸。
莉莉卡抬起下巴，展現出塔卡爾的傲然氣質。

宴會廳內熱鬧非凡。來自各地的使節團有的身旁跟著口譯員，但大多數人都會說對方國家的語言，還有人在短時間內學會了德拉戈尼亞帝國語。
莉莉卡也會說一些周邊國家的語言。
由於經常進行祕密出巡，阿提爾的艾爾登里德語非常熟練，而艾爾登里德和洛揚的語言十分相似，可以說是同一種語言。
皇帝夫婦將在最後登場，因此莉莉卡和阿提爾先進入宴會廳，招呼各方人士。
希望受到介紹的人們排起了長長的隊伍，莉莉卡和阿提爾忙得不可開交。
所有人都用銳利的目光打量著服裝、飾品以及宴會廳的裝潢，甚至於巨大的玻璃窗與高聳的拱形穹頂。塗著華麗的金色、精雕細琢的水晶吊燈也非常高，黃銅製成的露臺欄杆也經過細緻地雕刻。

所有人都對德拉戈尼亞帝國遠超出預期的強大國力感到緊張，忙著交換資訊。

艾爾登里德王國的王子親自前來。當然，來的不是擁有王位繼承權的太子，而是二王子和三王子，還帶了幾位公主一起來。

『竟然自稱為帝國。』

目前大陸上還沒有任何國家自稱「帝國」。然而，德拉戈尼亞從一開始就堂而皇之地宣稱自己是「帝國」。

當然，德拉戈尼亞的疆域廣闊，但光有廣大的領土也不足以成為帝國吧？

艾爾登里德仍堅持稱呼為「德拉戈尼亞國」，洛揚王國也是如此。

隔著沙漠的伊萊恩王國也在仔細觀察這個新對手。

現在不用繞過那片「詛咒之地」就可以進行貿易，對各國來說都是一件大事，洛揚王國甚至大膽地派出了太子。

艾爾登里德王國的二王子米翁看到這一幕，咂嘴一聲。

『我們是不是也應該讓大哥來呢？』

德拉戈尼亞的實力看起來比預想的還強。光是這座城堡就大得不得了，讓貴族們感到震撼。雖然聽說過它的華麗，但親眼見到又是另一回事。

米翁也不得不努力掩飾自己的驚訝。

他瞥了一眼人群聚集的地方。德拉戈尼亞帝國的皇太子阿提爾和皇女莉莉卡正忙著應對眾人。

兩人都是極為出眾的俊男美女。對身為男性的米翁來說，皇女的美貌尤其引人注目。

『這樣的美人在大陸上也很少見。』

一頭棕色頭髮美麗地盤起。她的容貌清純，但華麗的裝束和飾品絲毫沒有掩蓋掉她的光芒。她帶著柔和的微笑應付周圍的人，仔細一聽，她正說著相當流利的艾爾登里德語。
『但她是養女，不是嗎？聽說是皇后帶來的女兒。』
竟然帶著孩子與國王再婚，在艾爾登里德是不可能發生的事。
而且那位皇太子好像也不是皇帝的親生兒子，而是他的姪子？
『表面上看起來非常強大，卻有許多破綻。』
只要那位年輕的皇帝還在，皇太子就會不安才對。
更何況，據說皇帝承諾過皇太子成年後會讓出皇位，但現在似乎沒有履行這個承諾，整個宴會廳都感受到了他的不悅。
站在他身後的紅髮男子不知是不是護衛，看起來也不像正統的貴族。
『是皇帝派來的護衛嗎？感覺可以拿來利用。』
無論如何都得與皇太子加深關係，再探探他是否有保住自己皇位的計畫。
『至於皇女……』
由於她並非真正的德拉戈尼亞皇族，不適合迎娶為妻子。將她納為側室更好吧？
『不對，儘管她哥哥是王位繼承人，但以我的地位，讓她做正妻也未嘗不可吧？』
不是皇帝的親生女兒卻仍被收為養女，那意味著皇帝對她相當寵愛。根據她的嫁妝多寡，或許可以接受。
『應該不只我這樣想吧。』
只見各國的貴族和王族們都在忙著盤算。
洛揚國的太子多里安正十分親近地與阿提爾交談。不甘落後的米翁也悄悄擠過人群，走近德拉戈尼亞帝國的皇太子，但多里安裝作不認識他。
最終，米翁輕咳了一聲後開口：「多里安，你不為我介紹一下嗎？」

「啊，米翁，你也來了啊。皇太子殿下，這位是艾爾登里德的二王子，米翁。」

多里安表現得像剛發現他一樣，讓米翁想冷哼一聲，但他壓了下來，微笑著說：「我是米翁・德爾卡・艾爾登里德，請叫我米翁。」

「我叫阿提爾・薩烏・塔卡爾，輕鬆地叫我阿提爾就行了。」

阿提爾那略顯隨意的語氣讓米翁心裡有些不快，但他什麼都沒說。

就在這時，他那兩個機靈的妹妹突然冒了出來，走上前來。

「哥哥，也請介紹我。」

「請介紹一下我們。」

米翁露出一抹笑容，說道：「這是我的兩個妹妹。」

他特意只帶了美麗出眾的妹妹們來。其中，金髮碧眼的四公主希塔在國內也以美貌聞名。

她穿著裙襬蓬起的禮服，因此無法站得太近，但她仍露出微笑行禮：「我是希塔・德娜・艾爾登里德。很高興能見到您，殿下。」

阿提爾笑著回應她：「我也很高興能見到妳。」

希塔打開手中的扇子說道：「在德拉戈尼亞真的穿著這麼輕便的裙子呢。」

「啊，我對服裝不太了解。莉莉！」

阿提爾大聲呼喚妹妹。莉莉卡歪著頭，向周圍問候一聲後走過來。

在近距離下看到莉莉卡後，聽見多里安倒抽一口氣的聲音，而米翁也一樣。

從遠處看已經是個美人了，近距離一看更加美麗動人。

「你叫我有什麼事？」

「是關於裙子的事。」

「裙子？」

莉莉卡不解地看著他。

米翁從阿提爾的語氣無法判斷他們兄妹的關係是好是壞。希塔則上下打量過莉莉卡後噘起嘴。

莉莉卡穿著的禮服既新穎又極為美麗。

『但也不過是穿了件新禮服啊。』

希塔覺得自己的金髮比莉莉卡的棕髮高貴得多，驕傲地抬起頭。

「不，我是想說德拉戈尼亞是不是有節儉的傳統，這麼節省布料。」

這句話帶著尖銳的嘲諷。

莉莉卡聞言，意會過來地「啊啊」了一聲，笑著回答：「我們大約十年前也穿過十分蓬鬆的服裝。不過自從媽媽穿上新的服裝後，大家都紛紛穿起這種款式了。」

「媽媽？」

「啊，我是說皇后殿下。」

「看來皇后殿下因為出身的關係，相當節儉呢。」

莉莉卡聞言後睜大了眼，笑著說：「妳見到她本人後就會明白了。」

「真是令人期待呢。」

「是啊，請儘管期待。」

莉莉卡用充滿自信的語氣和神情發下豪語，稍微讓希塔和莉安感到不悅。

這時，正好傳來皇帝夫妻的入場通知。

所有人都自然地看向入口。之後，所有人都僵住了。

一片寂靜壓迫著眾人。

雖然高位者入場時通常會安靜下來，但不會像現在一樣鴉雀無聲。

有些人還會故意提高說話的聲音，稍微表示輕視。來自其他國家的使節們更是如此。

但即使是他們，也都張大了嘴巴，只呆呆地看著入口處。

莉莉卡輕輕嘆了口氣，然後低聲對身旁的阿提爾說：「今天媽媽看起來更美了呢。」

「看來她是下定決心了。」

兄妹倆低語著，互相對視了一眼。

阿提爾用手臂摟過莉莉卡的脖子說：「辛苦妳了。」

莉莉卡拍了拍阿提爾不知是不是在掐她脖子的手臂，回答：「你也辛苦了。」

雖然不能在人多的場合這麼做，但他們幾乎沒有時間單獨交談，這也沒辦法。

再者，讓外界看到他們兄妹感情融洽也是外交上的一個重要問題。

『不過，看到這個樣子，大家不曉得會不會覺得他們關係要好就是了。』

在後方的派伊看著像在勒莉莉卡脖子的阿提爾咂嘴一聲，又把目光轉向皇帝夫婦。

『明明經常見到她，卻總是會被她的美貌驚艷啊。』

露迪婭只用一頂皇冠裝飾一頭金髮。

她的禮服是接近黑色的深藍色，上面用金線繡了許多刺繡，與莉莉卡的禮服相比，設計更為簡潔，更露出肩頭，稍微展現出她纖細的肩線和腰臀曲線。背後的裙襬則毫不吝惜地用了大量布料，層層堆疊，長長的裙襬垂至地面。

然而，這件接近黑色的驚艷禮服，超越了在場的所有禮服。

露迪婭以紅艷的嘴唇微笑著，逐一環視眾人。充分享受過自己的美貌帶來的效果後，她看向阿爾泰爾斯。

隨著她的視線，眾人也紛紛注視著阿爾泰爾斯。

阿爾泰爾斯低聲對露迪婭說道：「有點過頭了吧？」

「有個美麗的妻子不是很好嗎？」

阿爾泰爾斯輕輕一笑。

他一笑，注視著他的貴婦們不禁低聲嘆息。

即使在如此美麗的皇后身旁，阿爾泰爾斯的存在感也絲毫未減。人們的目光一旦落在他身上，反倒再也無法忽視他的存在。

他微笑著在皇后的臉頰上吻了一下，隨後轉過頭。

「感謝今天各國貴賓的蒞臨，希望大家度過一個愉快的夜晚。」

這句話聽起來簡短又傲慢至極，但在場的人們都不覺得有什麼不妥。

帝國的人們齊聲高呼：「帝國萬歲！」

樂隊再次開始演奏時，外國使節們才總算從夢中醒來，望著彼此。而帝國的貴族們笑了起來，像已經獲勝了一樣繼續交談。

希塔的肩膀顫抖。

『這是什麼情況？』

她環顧四周，來自其他王國的女性都露出了類似的表情。

蓬起的裙子如今感覺十分沉重又過時。剛才說在帝國，這種款式的衣服早在十年前就流行過了嗎？

她們感覺自己像穿著過時的服裝。

這是瞬間改變整個大陸的時尚潮流的重大事件。

莉莉卡溫柔地對希塔建議道：「如果妳不介意，我為妳介紹裁縫師吧？難得來到了帝國，試試帝國風格的衣服也不錯。」

希塔聞言，強壓著自尊心說：「那就謝謝妳了。」

「不客氣。」

如果能提升業績，我也很感謝妳。

但這句話不像皇女該說的話，因此她沒有說出口。

皇帝和皇后開始在舞池中翩翩起舞。

得益於修身的裙襬，他們能夠貼近彼此，跳出靈活優雅的新舞步。

看到這一幕，王國的人們臉色更黯淡了。

即使有些人小聲嘀咕著這種舞步是道德的墮落，但無可否認這對舞伴極具魅力。

阿提爾向莉莉卡伸出手：「我們也跳支舞吧。」

「樂意之至。」

莉莉卡笑著握住了他的手。

接下來，莉莉卡一直跳著舞，腳底都要起水泡了。

各國權貴們都上前與她交談，邀請她跳舞。所有人都讚美她的美貌，表達對她的好感。

有人想和她一起散步，有人邀她一起喝杯檸檬水，還有人希望她能帶他參觀皇宮。

莉莉卡溫柔且優雅地婉拒了這些邀請。

然而，這種情況重複幾次之後，到了舞曲之間該休息的時間，她就想逃到露臺。

「來跳一支舞吧。」

聽到背後傳來的聲音，莉莉卡說著「我已經有約了——」回過頭，但看見來人後笑了。

原來是阿爾泰爾斯。

「父親。」

「下一首歌是跟誰跳？」

聽到阿爾泰爾斯的話，站在一旁的男子怯生生地自我介紹了一番。

阿爾泰爾斯拉起莉莉卡的手說道：「我還沒和我女兒跳過一曲呢，你不介意讓給我吧？」

那個人慌張地把手放在胸口，說：「當然可以，非常榮幸。」

雖然有些失禮，但莉莉卡忍不住笑出聲，跟著父親走向舞池。

「那個人待會兒肯定會遭受不少冷眼。」

莉莉卡說完，阿爾泰爾斯瞪大了眼：「為什麼？」

「因為他對您像對待皇帝陛下一樣恭敬啊。」

「我本來就是皇帝啊。」

「啊，這倒是沒錯。」

那名男子表現得就像面對自己的國王一樣，而不是其他國家的國王。但她可以理解，畢竟在阿爾泰爾斯面前，大家都會這樣。

「不過我不想再跳了。」

「還剩下幾曲？」

「只剩三曲了。」

「別勉強自己。」

說完，阿爾泰爾斯跳到一半就把莉莉卡拉到露臺。

「休息夠了再回來。」阿爾泰爾斯拉上窗簾後離開了。

被留在露臺上的莉莉卡愣住。

『可、可以這樣嗎？』

但清新的空氣十分舒服。

『稍、稍微休息一下吧。』

莉莉卡靠在欄杆上，腦袋昏沉沉的，明明連一杯酒都沒喝。

過了一會兒，窗簾被一把拉開，阿提爾走了進來：「妳自己一個人逃跑嗎？」

「我、我是被父親大人硬拉過來的啦！」莉莉卡趕緊把阿爾泰爾斯當作擋箭牌。

「唉，真的累死了。」阿提爾抱怨著，將拿來的冷飲遞給莉莉卡。

莉莉卡開心地接過飲料。

裡頭還在跳舞，因此能聽到舞會的樂聲，這首曲子結束後就得回去了。

「怎麼樣？」阿提爾站在莉莉卡旁邊，靠著欄杆問道。

「什麼？」

「有沒有看上誰？」

莉莉卡無言地瞇起眼睛看他：「阿提爾有看上誰嗎？」

「妳要我娶個外國皇后嗎？」

「這個嘛，阿提爾喜歡的話就好啊。」

「我一直覺得妳這種很像平民的發言很神奇。」

「因為我本來就出身平民啊。」

「是是。」

兩人就這樣鬥嘴幾句，之後只沉默地喝著飲料。

他們放空思緒到管弦樂團演奏的舞曲結束。聽到音樂停止，阿提爾嘆了一口氣。

「真不想出去啊。」

「我也是。」

「我們出去吧。」

「好。」

雖然嘴上這麼說，但兩人慢吞吞地從欄杆抬起身子。

就在這時，窗簾後面安靜下來。

莉莉卡和阿提爾不約而同地對視了一眼，一把拉開窗簾。

莉莉卡瞪大了眼睛，阿提爾則皺起眉頭。

他們看到剛剛才走進會場的伊格納蘭邊境伯爵。

他那閃亮的銀髮凌亂，顯然是急忙趕來的，但每一縷髮絲看起來都像經過精心計算般帥氣，手中拿著夜宴用的手套。他的騎馬手套也急忙塞在外套的前襟，看起來卻像故意的一樣自然有型。儘管如此，他身上的禮服沒有一絲皺褶。

更不用說，他那俊美的臉龐使人們根本無暇注意他的服裝。

『那當然了。』

莉莉卡看著菲約爾德心想。

『除了媽媽，還有誰能靠外表讓宴會廳安靜下來？』

莉莉卡十分滿足，但阿提爾抓住她的肩膀，將她推到窗簾後面。

「等等……！阿提爾，你做什麼？」莉莉卡差點忍不住大喊，硬是壓低了聲音。

「那傢伙怎麼會在這裡？邊境呢？」

「既然他能來，肯定已經安排好了。」

阿提爾瞇起眼睛，但迪亞蕾在他身後以陰沉的聲音說：

「如果你敢對皇女殿下動粗，就算你是皇太子殿下，我也不會饒過你。」
阿提爾一聽，立刻慌張地放開手，轉身看向迪亞蕾。
迪亞蕾斜斜站著。
「妳現在……」
是用隨意的語氣在跟我說話嗎?而且說什麼動粗，太不像話了。
阿提爾頓時說不出話來。
他很想回話，但眼前的人是迪亞蕾。若是隨便惹怒她、使她忍不住失控，可是會變成國際醜聞。
就在這時，菲約爾德似乎看到了莉莉卡，直朝她走來。人們都閃過他，主動讓出一條路。
所有目光都看向這邊。阿提爾努力露出平靜的表情，往旁邊退了一步。
菲約爾德快步走過來後停下腳步：「皇太子殿下。」
他將手放在胸前，微微鞠躬行禮，隨後轉向莉莉卡。兩人的目光交會，莉莉卡對他露出燦爛的笑容，她的眼睛像星點一樣閃亮。
那一瞬間，菲約爾德覺得自己要被那雙眼睛吸進去了。
只是一個笑，整個世界就縮小至一處。
能讓巴拉特公爵家的直系繼承人——伊格納蘭邊境伯爵這樣的人，只有一個。
莉莉卡·納拉·塔卡爾。
我的知更鳥皇女殿下。
菲約爾德也對她微笑。
莉莉卡先開口：「你怎麼來了?我還以為你不能來呢。」
話一出口，她有些擔心：「你沒事吧?這樣離開邊境沒問題嗎?」

聽到她的聲音不自覺地變小，悄聲說著，菲約爾德笑了笑：「沒問題的，陛下也知道。」

「啊，是嗎？」

那就好。莉莉卡偷偷瞥向旁邊，與看起來有些不滿的父親對上目光。

他身旁的媽媽微笑著對父親低語了什麼，父親低聲回應了幾句。這時，莉莉卡才意識到周圍所有視線都集中在他們身上。

當莉莉卡將目光掃向周圍時，菲約爾德也恢復了冷靜。

其實他不想到舞池跳舞，而是想拉著她躲到後頭的窗簾另一邊，但他知道不能這麼做。

菲約爾德恭敬地邀請她跳舞：「可以邀請您跳一曲嗎？」

莉莉卡差點就不自覺地牽住他的手，但勉強克制住了，她努力說道：「抱歉，我今天的舞伴卡已經滿了……」

菲約爾德聽到這句話，視線環顧了一圈：「這一曲您要和誰跳？」

「跟我。」米翁向前邁出一步，吞了口口水。

『竟然有這種人？』

難道德拉戈尼亞挑選高位貴族只看臉嗎？

眼前這個男人像用極為純粹到清透的銀製作的雕像。他比米翁高出一截，身材比例也很完美。

『更別提他的眼睛……兩隻眼睛的顏色不一樣？其中一隻瞳孔還很奇怪？』

他不是人類嗎？

『是啊，這副外貌是人類也奇怪吧，應該不是人類吧。』

米翁這樣想著，開口說道：「我是艾爾登里德的米翁・德爾卡・艾爾登里德。」

「很高興能見到您，王子殿下。我是菲約爾德・伊格納蘭。」

他剛才聽到唱名聲，知道這個人是邊境伯爵。如果是守護樹海的邊境伯爵，應該經常與艾爾登里德發生衝突。

雖然很遺憾，但或許應該在此時表現出度量。然而，他不願意先讓步。

「她下一曲是與我共舞。」

「那懇請您讓步。我可是為了與皇女殿下跳一曲而專程從遠方趕來的。」

這番話真厚顏無恥。

米翁皺起眉頭，正想說些什麼，菲約爾德卻優雅地微笑了一下。

周圍傳出低沉的嘆息聲。

看到他的微笑，米翁眨了眨眼，像著了魔一樣答道：「啊，好……」

「謝謝。」

菲約爾德行禮時，迪亞蕾迅速將兩人拉進露臺。

迪亞蕾從窗簾縫隙間探出頭來，對被推進露臺的兩人說：「距離下一曲還有點時間。」

她立刻退出露臺。

看到迪亞蕾駐守在窗簾前，阿提爾傻眼地說：「妳讓他們兩個？單獨待在一起？」

「我站在這裡呢，所以不算兩人單獨。而且我只會幫助皇女殿下，因為我是她的談心朋友。」迪亞蕾笑著說完，拉烏布也悄悄站到她旁邊。

阿提爾說不出話來，米翁更傻眼。

他感覺就被什麼東西迷惑，被奪走了獵物。

阿提爾嘆了一口氣說道：「隨便你們吧。」接著轉身離開。

迪亞蕾在他背後說道：「我一直都很隨心所欲喔。」

窗簾拉上後，莉莉卡望著窗簾一會兒，接著猛然轉身看向菲約爾德：「我沒想到你會來。我今天還去找你，想給你看這件衣服……！」

菲約爾德聞言，估算著兩人的手之間的距離。

再靠近一點就能牽住她的手了吧？

「我知道，所以我才急忙趕來。」

「真的？你不是巡視邊境嗎？」

「我吩咐過他們莉莉來了，就發射信號彈。」

「哈哈。」莉莉卡笑了起來，好像聽到了笑話，但看到他的表情後，她忽然意識到這不是玩笑。

「真的嗎？」

「是，當然是真的。」

「所、所以你才知道我去了伊格納蘭領地？」

「是的。我急忙策馬趕回去後，聽說打扮得很美的皇女殿下來訪過……我就立刻趕到了這裡。」他笑著回答。

莉莉卡張大了嘴巴。

菲約爾德的確也會用瞬間移動的魔法……但參加宴會完全是另一回事。

要準備衣服、安排馬車，辦理手續後來到皇宮的宴會廳，他肯定花費了不少時間。

菲約爾德觀察著莉莉卡的表情，小心翼翼地問道：「我是不是太小題大作了？」

莉莉卡聞言，激動地跳起來說：「不、不是的！我很高興你過來！只是覺得你會不會太勉強自己了……啊？」

他突然將她抱進懷裡，讓她發出一聲輕叫。

菲約爾德輕聲說：「太久沒見到您，我都快要撐不住了。聽說您來找我，我就再也忍不住……」

莉莉卡眨了眨眼睛，輕笑出聲，伸手環抱住他的背拍了拍：「嗯，我能見到你也很幸福。我非常開心，還嚇了一跳。」

聽著她的輕聲呢喃，菲約爾德感到安心。

看著她的臉，聽著她的聲音，之前獨自亂想的陰暗念頭完全融化消失了。心裡滿是甜蜜的色彩，只充滿了莉莉卡的顏色。

「菲約。」

「是。」

「一直抱著的話，我看不見你的臉。」

聽到耳邊的聲音，菲約爾德慢慢挺直身子。莉莉卡用雙手捧住他的雙頰，仔細端詳。

菲約爾德像被迷住了一樣，只出神地望著那雙眼睛。

檢查完的莉莉卡露出微笑：「不過你最近好像沒有太過勉強自己，太好了。」

「幸好能通過檢查。」菲約爾德也笑了，與莉莉卡摸著他臉頰的手交握。

他沒戴宴會手套，光著手，所以溫度直接透過蕾絲手套傳遞過來。

菲約爾德燃燒般的金紅色眼眸直視著莉莉卡。

他微微側頭，在她的手掌上落下一吻。溫暖的氣息和柔軟的嘴唇觸感讓莉莉卡身體一顫。

但他的目光沒有離開她，她就像被圖釘固定住的蝴蝶一樣，只能輕輕顫抖。

莉莉卡第一次知道手掌是這麼敏感的地方。

水潤的嘴唇一次次地輕觸後離開，慢慢往下來到手腕。

全身像著了火一樣，又像因為寒冷而顫抖。

「菲、菲約。」

「是。」

雖然做出回應，但他沒有停下來，因此莉莉卡結結巴巴地說道：「我、我覺得有點害羞。」

「我還需要莉莉卡。」

說這什麼厚顏無恥的話！

這麼心想，莉莉卡紅著臉，環顧四周。窗簾緊緊拉上，兩邊的露臺也沒有人，所以沒有人看到。

「菲約！」

被她的呼喚聲嚇到，菲約爾德的嘴唇從她的手上離開。

他看向莉莉卡，發現她緊閉著雙眼，嘴唇微微噘起。

「……」

好可愛。

好可愛。

可愛到他快瘋了。

『親手掌會害羞，接吻卻沒關係嗎？』

這樣的念頭一閃而過，但他的身體誠實地向前傾。

他拉過握著的手，讓她的手臂自然地環上他的脖子，輕輕地吻了她。

啊。

還不夠。

再一次。

再一次。

這次稍微久一點——

雖然只是嘴唇相觸，卻有種被填滿的感覺。不過……

菲約爾德微微睜開眼睛，看向莉莉卡。她閉著的睫毛微微顫抖著。

我天真又可愛的皇女殿下。

他忍住渴望，咽了口唾液，恭敬地放開了她。

莉莉卡吐出一口氣，抬頭看向他。她害羞地稍微避開他炙熱的視線，抓起自己的裙襬。

「怎麼樣？適合我嗎？」

「嗯，非常適合。您平常也很可愛，但今天又是另一種可愛。」

菲約爾德的話讓莉莉卡嘿嘿笑了：「我就是想讓菲約也看看。但這樣是不是有點成熟？」

菲約爾德點了點頭。不知是因為化妝還是服裝，莉莉卡看起來比平常成熟許多。

「我很擔心。」

聽到他這麼說，莉莉卡歪了歪頭。

菲約爾德輕聲說道：「我很擔心其他人會把您帶走。」

有很多比他更好的人，現在誰都能看到他的知更鳥多麼美麗，讓他感到焦慮。儘管他為了待在她身邊而拚命努力，但她還是可能會被別人搶走。

一想到這些，他的內心就不自覺地陰鬱起來。像巴拉特的一面悄悄出現。

莉莉卡看著他，招了招手：「低下頭來。」

他疑惑地將耳朵靠近她，她低聲說：「我愛你，菲約。我只愛你。」

「！」

臉頰瞬間發燙，菲約爾德・伊格納蘭用手摀住了嘴。

莉莉卡沒想到他的反應會這麼激烈，也嚇了一跳。

『明明接吻就沒關係。』

看到菲約爾德的反應，她的臉頰也自然地泛紅。

莉莉卡抓住他的衣袖，非常小聲地說：「有再多人有什麼用？我愛的人只有菲約喔。」

菲約爾德不知道該怎麼回答，吞吞吐吐地勉強回道，甚至不敢與她對視：「我也愛您。」

莉莉卡睜大眼睛，之後輕笑出聲。

就在這時，窗簾晃動了一下。

「皇女殿下，音樂快要開始了。」

「啊，謝謝妳，迪亞蕾。」

莉莉卡向她道謝後，菲約爾德清了清喉嚨，伸出手。

「那麼，您真的願意和我跳一曲嗎？」

「樂意至極。」莉莉卡握住了他的手。

阿爾泰爾斯看著那對在舞池中央滑行般跳舞的情侶，別有深意地感嘆了一聲。

露迪婭問他：「繼續說剛才的話題吧。」並遞來一杯香檳。

「什麼話題？」

「您不是說那個巴拉特真是死纏爛打嗎？」露迪婭輕啜一口自己的香檳滋潤雙唇並問道。

此刻兩人離開了舞池，背靠柱子並肩而立。

雖然外交應酬沒完沒了，但也不能讓對方誤會每次過來，我們都願意搭理他們。現在是休息時間。要給他們一種「要不要見面由我們決定」的壓迫感。

阿爾泰爾斯看著香檳杯中的氣泡說：「我認識的那個巴拉特可是對塔卡爾著迷得不得了。」

「……您現在是說我們的女兒有危險嗎？」

「不，不是那樣。」

阿爾泰爾斯歪著頭，望向那位銀髮閃耀的青年：「塔卡爾既強大又溫柔，是位強大的魔法師，而巴拉特暗戀她很久。」

「嗯……」

「但塔卡爾從未正眼看過他。巴拉特為了得到她的注意而努力，打理外表、鍛鍊身體……甚至精進魔法……從島上逃出來時，最先支持塔卡爾的也是巴拉特。」

接著他選擇了那株吞噬人類的美麗花朵作為目標，希望自己能變得更強、更美麗，讓塔卡爾能注意到他。

「或許是因為祖先的願望……巴拉特的後代們都執著於塔卡爾，但塔卡爾從來沒有正眼看過巴拉特一次。」

所以——

阿爾泰爾斯的手指轉了一圈：「他瘋了。」

「啊，仇恨和愛情走到極端可能很相似呢。」

「對吧？整天都只想著那個人，無論做什麼事，都會考慮到那個人的想法……總之，試圖掌控對方這點都沒有改變。」

「這樣啊，但他不是掙扎到最後，失敗了嗎？」

聽到露迪婭的話，阿爾泰爾斯點了點頭，低聲說：「沒錯，但換個角度來想吧？莉莉卡是個溫柔又偉大的魔法師。」

「……！」

露迪婭倒抽一口氣，看向阿爾泰爾斯。

阿爾泰爾斯漫不經心地繼續說：「所以從魔法師的血統來看，其實莉莉卡可能比現在的阿提爾更接近『真實』的塔卡爾。」

露迪婭眨了眨眼，說不出話來。他的話確實有道理：「天啊。」

阿爾泰爾斯諷刺地說：「沒錯，也就是說巴拉特花了三百多年，以執著打造出來的最後傑作，終於贏得了塔卡爾的心。」

露迪婭呆愣地看著和女兒共舞的菲約爾德。

他的表情冷靜，卻有藏不住的幸福感溢於言表。此刻在這宴會廳裡，只要看他一眼，每個人就能看出他對她的熱烈愛慕。

他不打算隱藏，也不想隱藏，驕傲地到處炫耀他的愛意。

露迪婭的表情凝重起來時，阿爾泰爾斯搖搖頭，聳了聳肩：「當然，這些都只是我的推測，沒有任何實際證據。」

露迪婭嘆了一口氣：「話是這麼說，但您的推論太有道理了。」

「我也這麼想。」阿爾泰爾斯低喃道。

片刻後，兩人跳完了舞。

聽完整個故事後，那對幸福的年輕戀人看起來不再平凡。

露迪婭將手放在臉頰上說：「反正我們莉莉還很小。」

「是啊，她還很小。」

雖然莉莉卡非常慎重地坦承她接受了菲約爾德的求婚，但阿爾泰爾斯和露迪婭不打算正式宣布這件事。

畢竟她連成年禮都還沒舉行，怎麼能宣布訂婚。

全家達成共識後，莉莉卡雖然很驚訝，但很快就堅定地說：「我知道了，我會等到成年禮結束。」

『啊，但是……』

露迪婭的目光在宴會廳裡掃了一圈。

『找不到比那傢伙更出色的人才是問題。』

離開舞池後，希望認識伊格納蘭邊境伯爵的人們目光炙熱無比，尤其是女性們的目光更是強烈。即使知道他愛著莉莉卡也毫不在意，畢竟貴族的婚姻本來就不是建立在愛情之上，既然如此，為什麼不可以接近他呢？

菲約爾德傾身靠向莉莉卡，低聲說道：「我差不多該告辭了。」

「這麼快？」

莉莉卡驚訝地問道後，菲約爾德微笑著回應：「畢竟我沒有自信能看著我的知更鳥皇女殿下和別的男人跳舞。」

莉莉卡一時間說不出話。菲約爾德迅速接著說道：「當然不只這個原因，我確實沒有什麼時間能在這裡交際。不過，我會參加明天的狩獵……」

「明天你還會來？」

「是的，我當然會來。」

莉莉卡難掩失落，放開了他的手。但她很高興菲約爾德只為了見她而來到這裡。

莉莉卡坦誠地說「我真的很開心能再次見到你」，菲約爾德的嘴角因此勾勒出溫柔的弧線。

「皇女殿下總是會說讓我高興的話。」

菲約爾德在她的手背上留下漫長又熱烈的吻後，直接離開了宴會廳。

莉莉卡壓抑著想抓住手背上那股溫熱的衝動。她深切地明白為什麼大家要戴手套了。

『再跳兩曲就結束了。』

不知為何，只是菲約爾德來到這裡就讓她充滿了力量。她感覺可以作為帝國的皇女殿下順利地度過剩下的時間。

她模仿媽媽勾起笑，但展現出了屬於莉莉卡自己的笑容，環顧四周。她看見阿提爾正被埋沒在一群千金小姐之間。

『我得去幫他。』

莉莉卡暗自偷笑，邁開步伐。剛才還很沉重的腳感覺很輕盈。

『明天也能見到菲約。』

宴會結束後，莉莉卡回到房間，本來想洗澡後直接入睡，但布琳說不能就這樣去睡覺。

「不能睡覺嗎？」

「不，當然可以睡覺，不過我要先幫您按摩雙腿。」

布琳抹上滿滿的香氛精油後，毫不留情地開始揉捏莉莉卡的小腿。

趴在枕頭上的莉莉卡呻吟出聲：「布、布琳，好痛。」

「如果輕輕按，您明天會痠痛的，得趁現在讓肌肉放鬆才行。」

「可、可是，啊唔！」

真的很痛。

按摩腳底時是很難為情但很舒服，按到小腿時卻痛得她差點掉下眼淚。

「真的這麼痛嗎？」

「嗯。」

布琳稍微減輕了力道：「這樣可以嗎？」

「嗯……謝謝妳，布琳。」

「不客氣。」布琳微笑著說。

按摩力道減輕後，這次又因為疲憊，一陣倦意襲來。莉莉卡就這樣昏昏沉沉地打瞌睡，醒來時已經早上了。

「您醒了嗎？」布琳等候已久似的拉開窗簾問道。

莉莉卡緩慢地點了點頭。她的腿感覺十分輕鬆。

「謝謝妳，布琳……我昨天就這樣睡著了……」

「呵呵，沒關係，您昨天應該很累。來——今天要去狩獵喔。」

「對，沒錯。」

「而且邊境伯爵大人也會來。」

聽到布琳微笑著補充道，莉莉卡立刻坐了起來。好久沒辦法見面了，光是待在同一個地方就覺得很開心。

快速吃完早餐後，莉莉卡換上騎馬用的洋裝，戴上一頂輕巧的小帽子。

這次的狩獵不是像狩獵節一樣一直打獵，而是騎馬往返而已。

他們抵達了距離不遠的狩獵場。

露迪婭選擇了褲裝當騎馬服，再次吸引了眾人的目光。她穿著縫有金色鈕釦的騎馬外套，看起來十分迷人。

狩獵節的規則和以往一樣。這是皇室第一次正式展示神器的場合。

以陰影形成的動物們跑了出來。與以往不同的是，這次沒有放出任何猛獸，只放出了幾隻鹿、兔子和鴿子。
各國使節們都驚訝地觀望著這一切。
「魔法？」
「真的是魔法嗎？」
到處傳來低語聲和急切的目光交流。
阿提爾無視這些，開始解釋規則。可以使用弓箭或長槍，如果有人想要也可以借魔擊槍。
這是小型的武力展示。
莉莉卡也第一次接過了長槍。
『以前狩獵節時，我都只能拿著網子走來走去。』
現在終於能拿槍，讓她心跳加速。
阿提爾緊靠在她身旁說：「別離開我身邊。」
「我也希望啊。」
畢竟狩獵時男女會分開行動，作為主人的莉莉卡和阿提爾有義務接待外賓。
阿提爾聞言後皺起眉，長嘆了一口氣：「注意安全。」
聽到他的話，莉莉卡輕輕敲了敲自己的擺錘胸針。
阿提爾說：「開槍時要抬高槍口，知道嗎?千萬別打到馬匹，放下槍時也要小心——」
「請別說這麼可怕的話。」莉莉卡做出摀住馬耳朵的樣子說道。
阿提爾無奈地搖了搖頭：「還好今天沒有猛獸。」
「是啊。」這一點也讓莉莉卡感到放心。
不久後，伴隨著告知狩獵開始的號角聲響起，人群三三兩兩地湧向狩獵場。

莉莉卡也帶著拉烏布和迪亞蕾向森林走去，這時一匹馬靠了過來。
莉莉卡燦爛地笑了：「你好，菲約爾德。」
「您好，皇女殿下。」
兩人微笑著並排騎馬疾馳。
「見到您真高興。」
「我也是。今天狩獵時小心點，等晚上……我們能見面嗎？」
「嗯，晚上恐怕有點困難。」
「這樣啊。」
看到悶悶不樂的莉莉卡，菲約爾德握緊手中的韁繩，低聲說道：「稍後我可以稍微去拜訪您嗎？」
「當然歡迎。」莉莉卡猛然抬起頭回答。
菲約爾德笑著輕輕拉起帽子致意後離開。
這時就像看準了時機，幾位貴婦走近莉莉卡。
她們看著遠去的伊格納蘭邊境伯爵，咂嘴惋惜地說道：
「皇女殿下，您方便的話，要和我們一起狩獵嗎？」
「原來在德拉戈尼亞，貴族會一起參加狩獵。我們通常都是在一旁悠閒地觀賞。」
「我是第一次狩獵，好緊張。」
「不過剛才那些像影子的動物是什麼？真的是魔法嗎？」
在一連串提問中，莉莉卡笑著逐一回答。
由於大部分的人都借了魔擊槍，說明使用方法也是莉莉卡的責任。她有許多事要解釋，比如子彈數量有限，要仔細計算等等。

那些說第一次參加狩獵的外國使節很快就沉迷於狩獵。他們似乎很喜歡這種不直接殺生的方式，捉到兔子或鴿子時會變成可愛的木雕也讓他們很感興趣。

起初很生硬，但現在他們已經積極地策馬開槍了。所以，剛才明明還待在一起……

「為什麼我又變成孤單一人呢？」

聽到莉莉卡歪著頭問到，迪亞蕾聳了聳肩回答：「啊，是因為大家想避開皇女殿下的視線吧。」

「啊。」莉莉卡露出苦笑：「也是，他們正聚在一起拆解魔擊槍吧？」

「拆解後恐怕沒辦法再裝回去……不過他們應該會仔細地研究構造。」

迪亞蕾的話讓莉莉卡點了點頭。拉烏布有些擔心地問道：「這樣沒關係嗎？」

「嗯，魔擊槍即使被仿製，沒有魔晶彈和儲存魔力的裝置也沒辦法用。」莉莉卡說著，舉起自己的槍：「不過，我一隻都沒抓到。」

迪亞蕾認真地說：「子彈好像太小了。」

聽到祖護自己的這句話，莉莉卡笑了出來：「嗯，是那樣沒錯。啊，真的是因為這樣嗎？那麼……」

如果偷偷加點自己的魔力讓子彈變大，或許射偏了一點也能抓到吧？

她靜靜想著並看著槍時，迪亞蕾低聲說：「右上方有隻鴿子。」

莉莉卡吞了口口水，抬頭看到了那隻鴿子。樹枝上，有個黑色的影鴿彷彿在挑釁她，厚臉皮地坐在那裡。

莉莉卡慢慢舉起槍，瞄準鴿子。

『然後注入我的魔力——』

這一瞬間，槍管發出亮得驚人的光。刻在槍口前的魔法陣也變得巨大。

在那隻被嚇到的鴿子飛起來的瞬間，莉莉卡扣下了扳機。

——砰！

隨著一聲輕響，以鴿子為中心，大約半徑三十公分範圍內的東西全部消失了。消失得無影無蹤。

「……」

「……」

「啊，不，我只是、加了一點點魔力……」

莉莉卡的聲音越來越小，悄悄把自己的長槍遞給迪亞蕾。

迪亞蕾像接過可怕東西的人，用雙手小心地接下長槍，插回自己馬鞍後方的槍套裡。

莉莉卡清了清喉嚨，說：「鴿子的木雕……不見了。」

「碎了。」

「已經粉碎了。」

動態眼力優秀的拉烏布似乎看到了木雕在變回原型的瞬間被打得粉碎。

莉莉卡十分沮喪。

『不會要求我賠償吧。』

迪亞蕾鼓勵她說：「但這次您打中了！只要多練習就好了。」

「嗯。」

『媽媽也非常會射擊，我多練習也能進步的。』

莉莉卡鼓勵自己，而迪亞蕾和拉烏布同時望向同個方向。

莉莉卡晚了一拍也跟著轉頭看去，但她什麼都沒看到。

迪亞蕾笑著說：「您要不要去看看？」

「嗯？啊？」

莉莉卡聞言，歪過頭時，菲約爾德突然從樹林裡衝出來。

他急忙停下馬問道：「我剛才看到這邊有光閃了一下，您沒事吧？」

「菲約！啊，嗯，沒事，是我……用了點魔法。」

莉莉卡的話讓菲約爾德吐出一口長長的氣：「那就好。」

每次到狩獵節，周圍的人都對莉莉卡保護過頭了。

「菲約，你沒事嗎？你不是應該和其他人在一起嗎？」

「是，我確實是在接待客人。」菲約爾德微笑著說：「但我的皇女殿下永遠是第一位。」

『接待客人？』

這種用詞真有菲約爾德的風格。不過，伊格納蘭邊境伯爵要「接待」什麼人呢？難道是在接待王族嗎？

莉莉卡反問道：「那你得趕快回去吧？」

「沒關係，我剛才先說了『啊，有兔子』才像個傻瓜一樣追了過來。」

聽到這句話，莉莉卡微微皺起眉頭。接待也好，傻瓜也好，這些詞聽起來有些不對勁。

就在這時，後方傳來馬蹄聲。拉烏布和迪亞蕾一起騎馬來到莉莉卡面前，站在她的兩側。

「伊、伊格納蘭邊境伯爵，您怎麼突然開始跑起來……」

追上來的人看到莉莉卡後似乎很驚訝，把話吞下了肚子。

莉莉卡很快就認出對方是誰了——就是昨晚把舞伴讓給菲約爾德的人。

「原來是米翁王子殿下。」

「莉莉卡皇女殿下。」

米翁微微拉起帽簷致意。他瞥了一眼菲約爾德後說道：「我和邊境伯爵正在一起狩獵，但他突然說看到一隻兔子就跑走了。」

「不知道是不是因為我，讓你錯過了那隻兔子。」莉莉卡笑著說。

「但能見到這麼美麗的皇女殿下，十分值得。」菲約爾德回答道。

米翁看了看兩人，之後靠近菲約爾德說：「那麼我們繼續去狩獵吧？畢竟邊境伯爵對這片狩獵場非常熟悉。」

「我好像沒有狩獵的才華，就不打擾你們了。」

菲約爾德看向莉莉卡致意後，和米翁王子調轉馬頭，走另一條路離開。

莉莉卡瞇起眼睛，注視著他們的背影。

『有什麼事。』

一定有什麼事。

『晚點我得問清楚。』

莉莉卡在心中下定決心，也調轉馬頭。

菲約爾德住在皇宮的客房裡。他坐在椅子上，專注地看著手中的紙。

這時，一隻貓靈巧地從門縫鑽進來，跳上他對面的椅子，變成人形。

雷澤爾特輕輕打了個哈欠，說：「大家好像都因為魔擊槍議論紛紛。艾爾登里德和洛揚的使節團正在會面交談，似乎打算結盟對抗德拉戈尼亞。」

雷澤爾特一一說出她以貓的姿態輕鬆地到處走動，收集來的情報。

聽完後，菲約爾德對雷澤爾特說：「謝謝妳，多虧有妳，我才能輕鬆地收集情報。」

雷澤爾特聞言，盯著菲約爾德看。菲約爾德感受到目光，從紙上抬起頭來，與雷澤爾特對視。

雷澤爾特說：「如、如果有需要，我可以……製作一些布偶，放在各處。那些布偶也能清楚記住別人說的話，所以……有需要的話……」

她一開始興奮的話聲越來越小。

菲約爾德看著自己的妹妹，想起了皇女殿下。他努力模仿著她柔和的語調說：「如果妳願意幫忙，會有很大的助益。可以拜託妳嗎？」

雷澤爾特高興地站起來：「那當然！當然可以！那個，我需要製作布偶的材料。」

「我會在明天早上之前準備好。」

菲約爾德再次直視著雷澤爾特的眼睛說：「謝謝妳，雷澤爾特。妳幫了大忙。」

雷澤爾特不自在地移開視線，迅速變回貓的模樣。

菲約爾德輕笑了一下。

雷澤爾特很慶幸自己變回了貓，否則一定會被他發現自己現在滿臉通紅。

對一直以來只聽過「沒用」、「失敗者」、「無能」這些字眼的雷澤爾特來說，「謝謝你」、「我需要妳」這樣的話語太甜美了。

她瞥了一眼菲約爾德。她曾經想成為像菲約爾德·巴拉特，但她絕對無法做到。而現在，菲約爾德擺脫了巴拉特，自己卻還是雷澤爾特·巴拉特……

她悄悄站起來，從門縫溜了出去。她還想到處多收集一些情報。

莉莉卡在半夜突然坐起身。

她因為晚宴忙得不可開交，忘了菲約爾德說過今晚會來找她。

『現在已經凌晨了。』

菲約還沒來嗎？還是從一開始就不打算過來？

『而且我一直很掛念那件事。』

無論怎麼反覆思考剛才那件事，都只能得到不好的結論。在去詢問阿提爾或父親前，她想先和菲約談談。

她穿上拖鞋，離開床鋪。

『……』

她可以用魔法移動，但使用魔法會被父親發現。

『還是保險一點，走祕密通道吧。』

不過現在她有了皇女的教養，先去叫醒布琳。

她輕聲說：「我想現在去菲約的房間。」

布琳一時說不出話，摸了摸額頭，隨即露出完美的侍女微笑：「您不會打算穿成這樣去吧？」

「啊？啊……嗯。」莉莉卡含糊地回答。

布琳一動手，她的衣服就變了。剛離開床鋪，看起來打扮隨意——其實精心打理成自然的模樣。

她的頭髮也被稍微挽起，將上半部的頭髮綁起來。

「現在可以出發了。」

「謝謝妳，布琳。」

莉莉卡帶著布琳走過祕密通道，來到靠近客房的地方，之後向布琳示意，輕輕推開門。

就在那一刻，一把閃亮的匕首抵在她的脖子上。

莉莉卡瞬間眨了眨眼，而菲約爾德因為太過驚訝而僵住，這才慌慌張張地把匕首藏到腰後，並說道：「皇、皇女殿下？」

「嚇、嚇死我了……」

菲約爾德急忙把莉莉卡拉進房間。

他和站在後方的冷峻紫色眼眸對視了一眼，這才找回冷靜並放下心，稍微關上門。

菲約爾德抓著莉莉卡的手腕環顧了一下房間，輕咳一聲後說：「我們可以在外面談嗎？」

「嗯……」莉莉卡也臉頰發燙，因為她沒想到通道是直接通往臥室。

兩人移步到臥室外的房間。

菲約爾德關上兩邊的門，將房間變成密室後問道：「您有什麼事嗎？」

「你不是說今天會來找我嗎？」

「啊，因為您今天看起來很累……」菲約爾德的聲音越來越小。

莉莉卡盯著這樣的他說：「菲約，你有什麼事情瞞著我嗎？」

菲約爾德反問道：「瞞著您嗎？」

莉莉卡向他走近一步。菲約爾德從她微亂的頭髮和輕薄的睡衣別開目光，退後了一步。

莉莉卡又向前一步，菲約爾德再次退後。

最終後背撞到牆上，無處可退的他想往旁邊閃避時，莉莉卡迅速伸出雙手將他猛地按在牆上，還努力踮起腳尖，試圖更接近他。她的雙臂將他困住，兩人之間的距離十分接近。

最後，菲約爾德直望向莉莉卡的眼睛。

莉莉卡盯著他，低聲快速地說：「你是不是接了什麼非常難的任務？是不是在艾爾登里德或洛揚之間當雙面間諜那種任務？是陛下指使你的嗎？還是皇太子殿下？如果他們強迫你做這些事，我——」

「不是的。」

菲約爾德急忙打斷她的話。莉莉卡止住話聲。

菲約爾德低聲說道：「我沒有受到指使。」

莉莉卡等著他的下一句話。菲約爾德最後別開目光，輕聲說：「是我自己想這麼做而已。」

莉莉卡看著他，用堅定的聲音問道：「我可以問問原因嗎？」

菲約爾德這才用手背遮住自己泛紅的臉，小聲地說：「因為我想和皇女殿下結婚。」

莉莉卡一瞬間愣住了，腦海裡一片混亂。

結婚？

和我？

什麼？

莉莉卡驚慌失措地說：「我、我也想和菲約結婚！」

話一說出口，突然有股熱度湧上。

菲約爾德的目光固定在她身上，炙熱的眼神像要吞噬她。莉莉卡像被迷住了一般，被這道目光捉住，接著說道：「但、但是，那個……菲約……」

莉莉卡吞了口口水後問道：「我們不是要結婚嗎……？」

他明明已經向我求婚，我也答應了，不是嗎？

雖然還需要時間，但我們已經訂婚了不是嗎？

我的記憶中明明是這樣。

肯定是這樣的。

莉莉卡踮起的腳尖慢慢失去了力氣。眼裡的她開始慢慢縮小時，菲約爾德急忙抓住她的肩膀：「會的，我們會結婚的。」

莉莉卡重新抬起頭：「對、對吧？」

得到勇氣的莉莉卡得以理清思緒。

『等一下，那他正在做的事情和我們到底有什麼關係？』

莉莉卡終於抓住了問題的關鍵，問道：「菲約現在做的事情，和我們結婚有什麼關係……？」

這時，菲約爾德的頭腦也完全冷靜下來了。

「等一下，失禮了。」

他伸出雙手抓住莉莉卡的腰，把她抱起來。

莉莉卡驚慌地抱住他，菲約爾德則輕輕笑了笑。他將莉莉卡放在沙發上，自己則坐到她旁邊。莉莉卡趕緊擺正姿勢看著他。

菲約爾德將拳頭放在嘴邊，輕咳了一聲：「雖然看起來沒有關係，但應該是有關聯的。我開拓樹海，成為了伊格納蘭邊境伯爵，現在才能待在您身邊。」

莉莉卡歪過頭，隨後點了點頭。

即使菲約爾德不是邊境伯爵，他們應該也會一直在一起，但現在沒必要討論這個。

菲約爾德繼續說道：「我們的交往也得到了認可，但沒有正式公布訂婚。所以我想再立功，堂堂正正地——」

他淡淡笑起：「請求陛下讓莉莉卡皇女殿下成為我的妻子。」

「！」

莉莉卡像兔子一樣跳了起來，臉頰變得通紅。她頓時不知所措，但她的表情瞬間變了，變成了像個魔法師的嚴肅神情。

就連這一瞬間的銳利變化，菲約爾德也感到欣喜。只要她的目光直視著他，他總是十分快樂。

那雙青綠色的眼睛像往常一樣看透了他，然後像往常一樣，低聲說出刺中他內心不安的話。

「菲約爾德，我向你承諾過，無論發生什麼事，我都會和你在一起。」

如今的情勢動盪混亂。

巴拉特公爵家遭到滅門，而菲約爾德雖然作為伊格納蘭倖存下來，卻不受到人們待見，蓮莉莉卡也受到牽連。即使是菲約爾德，面對敵視他的皇太子和含蓄表示不滿的皇帝也不可能感到自在。

他們固然是她重要的家人，但這不代表菲約就可以受傷。菲約對她來說也是重要的人，不是嗎？

所以，如果菲約因此勉強自己，甚至自願冒險……

聽到她認真的語氣，菲約爾德輕輕搖了搖頭：「不，我明白皇女殿下的心意……」

但他覺得自己不夠格。還要更強，更努力，只要能證明一點自己的價值和用途，或許一切就會變得簡單許多。

現在能讓他相信的，只是皇女殿下的回答。但皇女殿下珍視她的家人，因為他們就在身邊。如果皇后殿下或陛下真的強烈反對，她會不會離開他？

她會不會即使心痛也叫他「去找更好的人」，然後放開他的手？

但這些話他無法全部說出口。

莉莉卡看著沉默的菲約爾德。她伸手握住他的手，然後提出了一個直接的解決方案：「那我別當皇女了吧？」

菲約爾德的眼睛瞪大。看到他那驚訝的表情，莉莉卡莫名覺得有趣，不禁笑了出來並說：「如果我不是皇女，就不需要陛下或殿下的允許了，而且我也不一定要當皇女殿下。」

能這樣談論「皇女」這個地位的人，大概只有莉莉卡了。

她皺著眉頭，抱起雙臂：「雖然大家可能會非常生氣，但布琳和拉烏布應該會跟隨我。迪亞蕾也是，即使我不是皇女，她應該也願意當我的朋友。」

當她扳著手指數數時，菲約爾德呆愣地聽著她說話。

「問題是阿提爾吧。他感覺會非常生氣，但還是會放我一馬吧。再說，我以前不是也曾放棄過皇女的身分嗎？」

那不是什麼難事。

聽到這裡，菲約爾德猛然清醒過來，急忙喊道：「不行！」

這次輪到莉莉卡驚訝地看著他。

「莉莉怎麼能放棄皇女的身分，這太荒謬了。」

還有誰比莉莉卡更適合那個位置呢？在帝國中除了莉莉卡，還有誰能成為第二高貴的女子？

當然，莉莉卡無論在哪裡都很耀眼，但他不希望因此把她從那個位置上拉下來。

他繼續說：「而且，我沒有在勉強自己。」

「真的嗎？」

「真的，老實說，」菲約爾德輕輕笑了，是充滿貴族風範的笑容：「我十分享受。」

策略、陰謀、陷阱。

這一切都讓他感到愉悅。執行過程的同時享受刺激感，最終按照計畫從對手手中獲得想要的東西時的喜悅，是任何賭博或棋局都不能相比的。

「看那些笨蛋被我的話產生動搖、掙扎非常有趣。」

「……」

莉莉卡微微張開嘴又閉上。

果然，無法理解。

雖然現在在皇宮生活的時間已經比在貧民區時長了，但她仍然無法理解這種貴族式的想法。

「那有什麼是我可以幫忙的嗎？」

莉莉卡問完，菲約爾德本來想說「沒有」，但他迅速換了一句話。

「有的。」

「什麼事？」
「請讓我撒嬌一下。」
莉莉卡眨了眨眼，隨後笑了，她張開雙臂：「好啊，過來吧。」
菲約爾德心想，對她來說，撒嬌是只被她抱在懷裡嗎？他毫不猶豫地將莉莉卡緊緊抱住。
能夠獨占她的時間不多，所以他毫不猶豫地獨占她。
雖然最終變成了他抱著她，但莉莉卡還是小心地拍著他的背，撫摸他的頭髮。他的銀色頭髮柔順豐盈到驚人，就像絲綢一樣，令人愉悅。
菲約爾德完全沉醉於她的撫摸，她的手碰到的地方都像要融化了一樣，陶醉不已。
能抱著這個世界上最愛的人是一件美妙的事。他深深吸入她的香氣，隨意觸碰她的長髮。
他用手掌慢慢地摸過厚重睡袍下的纖細肩膀、手臂和背部，像在將她刻進自己的身體中一樣。
他沉迷於莉莉卡，就快要失去理智。視線觸及她潔白的脖頸，耀眼至極。
——嘎吱。
就在這時，細微的開門聲響起。菲約爾德立刻將莉莉卡護在懷裡並壓倒，迅速抬起頭來。
「菲、菲約？」莉莉卡驚訝的聲音傳來。
菲約爾德透過門縫，與一雙閃閃發亮的紫色眼睛對上目光。
「……」
他的身體僵硬了一瞬又放鬆下來，低頭看向躺在他身下的莉莉卡。
她的臉頰染上了紅暈，雙眼帶著因炙熱而閃耀的光芒，抬頭望著他。
他勉強移開視線，說：「是布琳。您該回去了。」
「菲約。」

「是。」

莉莉卡用雙手把他拉近，輕輕親上他的唇，之後立刻離開慌亂的他身下，笑著說：「這是讓你撒嬌的回報。」

她把不知何時打開門進來的布琳推出去，並說：「晚安，菲約爾德。」

「晚安，皇女殿下。」菲約爾德像著魔似的回答，看著門關上。

門無聲地關上後，菲約爾德悶哼一聲，把額頭抵在沙發上。

皇女殿下真的，真的太可愛了。

『有人會因為覺得某人可愛而死掉嗎？』

他呆愣地想著，輕輕按上自己的嘴唇。

雷澤爾特完全興奮了起來。她的鼻尖因興奮而變紅，耳朵也是，尾巴也高高豎起。

『當密探好有趣！』

沒想到當密探會如此有趣。收集各處傳來的話語十分有趣，無論是帶有惡意的話、愚蠢的話、無知的話、溫柔的話、善良的話或是別有涵義的話。

話語、字句、言詞。

將湧來的話收集起來樂趣無窮，她還隱隱感覺一股優越感。

不是用布偶去戰鬥這一點也讓她感到開心。每當她可愛的布偶被摧毀或撕裂時，雷澤爾特總是感到痛苦。

現在，她不用承受這種痛苦了。

她本來就不擅長戰鬥。如果必須戰鬥或殺戮才能生存下來，若是如此，應該也會有人選擇放棄。這樣的話，也許能真的作為人類死去。

在雷澤爾特曾經待過的實驗室中，確實有這樣的孩子。但她殺光了所有人，在一片寂靜中活了下來。所以她必須戰鬥，必須帶著那些由她造成的死亡拚命戰鬥、爭取勝利，才能為自己贏得一個位置。

『然而，不必戰鬥就能占一席之地真是有趣又開心。』

能了解到戰鬥不是只能刀劍相交，讓她很開心。

她將收集到的情報告訴菲約爾德時，他總是會對她說「謝謝」，那也讓她很開心，沒想到那個菲約爾德・巴拉特會對她說「謝謝」。

總之，最近雷澤爾特過得非常開心，她常常因為無法戰勝這股愉悅而在深夜激動地跑來跑去。

而菲約爾德將她一邊吃點心一邊講述各種情報的聲音都聽進了耳裡。無論是他還是她，都幾乎不會忘記聽到的事。

「艾爾登里德和洛揚的使節一直頻繁來往，似乎有很多事想談。」雷澤爾特露出牙齒笑著說：「畢竟他們越了解德拉戈尼亞帝國有多強大，會越來越不安。」

菲約爾德對她話中的自豪感到驚訝。

不久之前，他和她還都是巴拉特，一個期望塔卡爾覆滅的家族。而現在，他們卻對帝國的強大感到驕傲。

『或許是因為一開始就與外界隔絕，形成狹隘的世界，巴拉特才會變成更扭曲。』

巴拉特長久以來的黑暗，可能只是需要一個宣洩的出口。如果有外來的敵人，巴拉特也許會咬著牙，自願站在塔卡爾身邊。

畢竟，他們不會容許塔卡爾死在巴拉特以外之人的手中。

雷澤爾特接著說道：「所以，那兩位王子正急著接近皇女殿下。」

「……我知道。」聽到菲約爾德的聲音冷硬，雷澤爾特交疊雙腿，微微一笑。

舞會上有不少男人對莉莉卡示好，但那兩位王子特別明顯，因此顯示出兩國之間的競爭。
這是理所當然，有什麼聯盟像聯姻一樣堅固呢？
這或許是艾爾登里德和洛揚私下聯手，牽制德拉戈尼亞的計畫，但實際上，這兩個國家應該都不想與德拉戈尼亞交戰，希望保持和平。
與帝國建立友好關係的第一步就是聯姻。
帝國皇后的位置對他們來說也非常有吸引力，他們也積極地全力向阿提爾示好，但無法與莉莉卡相比。
當然，即使只從利益角度來看，帝國也不會輕易放過莉莉卡。她是偉大的最後魔法師，這世上獨一無二的存在，不可能讓她嫁到其他國家。
然而，理智上的理解與感情上的理解是兩回事。菲約爾德非常不悅。
無論莉莉卡是否接受，那些膽敢接近她的男人都讓他感到不悅，心情糟透了。
雷澤爾特靜靜看著這樣的菲約爾德。
『皇女殿下……』
她對皇女殿下的感情極為複雜。
她曾經非常討厭她，真的很討厭她，但在剝去那稱為「厭惡」的層層外皮之後，該怎麼說呢……
『喜歡。』
雖然她無法坦率地說出口，但雷澤爾特很喜歡莉莉卡皇女。如果有人想要撫摸作為貓的她，她想，她只會允許莉莉卡皇女這麼做。
——叩叩。
就在這時，傳來輕輕的敲門聲，沒有聽到侍從通報來者。
雷澤爾特迅速變回貓的樣子離開後，菲約爾德起身去開門。出乎意料地，站在門外的是派伊・桑達爾。

派伊微笑著說：「我可以進來嗎？」

皇太子的親信補充道：「啊，過一會兒殿下也會過來。」

阿爾泰爾斯瞇起眼睛，注視著周圍忙碌的人群。

現在所有人都已經知道他性格冷漠且不易親近，所以使節團也不敢輕易接近他。只有露迪婭像找到舞臺一樣，在人群中飛舞。

『她之前不是說不怎麼喜歡參加派對嗎？』

阿爾泰爾斯回想起露迪婭說過的話，輕笑了笑。

『她可能不喜歡，但她確實很擅長這種事。』

狩獵的勝者已定，節目只剩下比武大會了。

搭建的比武場地是臨時裝設的，頗為壯觀。抽籤決定比賽對手的環節已經結束，大家都對即將到來的比武大賽感到興奮，竊竊私語。

他們那種堅信自己的騎士會贏得比賽的自信十分可笑。

『而且……』

他目不轉睛地盯著阿提爾。

阿提爾正在與洛揚王國的人打交道，甚至讓阿爾泰爾斯心想，阿提爾之前就像最近一樣好相處嗎？

結束談話的露迪婭把酒杯遞給侍從，走向阿爾泰爾斯。她伸手輕輕按了按他的眉心，問道：「您在想什麼？」

「阿提爾現在想做什麼？」

「啊。」露迪婭放開手，瞥了一眼宴會廳，「應該和伊格納蘭邊境伯爵有關吧？」

「莉莉也很努力地裝作什麼都不知情呢。」

「嗯，看著孩子成長就是父母該做的事吧。」

聽到露迪婭的話，阿爾泰爾斯聳了聳肩。他對這場宴會已經感到無趣，甚至想慢慢結束掉了。

『不過，在這場宴會中，孩子們各自都在努力地做些什麼。』

他不能破壞掉這場遊戲。或許正如露迪婭所說，作為父母應該看著他們成長。

龍收起就快噴出火焰的氣息和銳利的牙齒，看向他心愛的妻子：「那我們跳支舞吧？」

「我很樂意。」露迪婭笑著牽住他的手。

為了比武大會建造的競技場極為宏偉。

觀眾席用從樹海運來的昂貴木材搭建，只看一眼就能看出不凡之處。

這個建於首都郊外的競技場因為今後也打算繼續使用，每個入口的木材都經過精細打磨，用手摸過就知道是耗費時間和精力製成的。能在短時間內建造出這樣的場地，這本身就展示出了帝國的力量。

競技場周圍滿是臨時商店和帳篷，能切實感受到人們的興奮之情。與普通民眾分隔開來，為貴族準備的空間也是如此。

莉莉卡瞥了一眼阿提爾，難得看到阿提爾和菲約爾德並肩而立的景象。一黑一白的兩人形成鮮明對比，只是站在一起也非常引人注目。

莉莉卡想上前搭話，但又不確定這麼做是否合適。

她不停偷看時，似乎感覺到她的目光，菲約爾德抬起頭，對上她的目光。他微笑著，目不轉睛地看著莉莉卡。

正與他說話的阿提爾立刻注意到他的異樣，也轉頭看來，與莉莉卡對上了視線。莉莉卡有些不好意思，不自覺地低下頭。

阿提爾無奈地對菲約爾德舉起手，示意他「等一下」，之後朝莉莉卡招招手，要她過來。

莉莉卡快步走向兩人。

「皇女殿下，您今天像珍珠一樣美呢。」

「看見了就過來啊，幹嘛不過來？」

兩人截然不同的問候方式讓莉莉卡輕笑出聲。

今天競技場的服裝概念是「兩百年前」，所以大家都戴著帶有面紗的尖頂帽，或是將頭髮編成辮子並盤在兩側，穿著改良成現代風格的兩百年前服飾。

莉莉卡的頭上戴著飾有珍珠和彩色寶石的寬髮帶，並配上網紗裝飾。身上的衣服也其搭配，上半身十分貼身，袖子寬大，腰間綁著用金線和寶石裝飾的腰帶。

男士們則穿著長上衣、緊身皮褲和長靴，這樣的裝扮隨處可見。

「難得看到你們兩個和睦地站在一起，我不知道能不能來打擾你們。」

聽到莉莉卡這麼說，菲約爾德和阿提爾不由得互相看了一眼，異口同聲地說：

「我們才不和睦呢。」

「您隨時都可以來打擾。」

莉莉卡來回看著兩人，低聲說：「我跟你們說話的話，不會毀掉計畫嗎？」

阿提爾皺眉看向菲約爾德，菲約爾德則回答：「我什麼都沒說。」

「阿提爾，你以為我在皇宮生活幾年了？」

莉莉卡的話讓阿提爾摸了摸下巴並說：「也是，是我小看了我們偉大的大魔法師。」

他輕敲了一下莉莉卡的頭飾，說道：「妳不會妨礙我們的。」

「那就好。」

「不過今天妳一定要帶著護衛。」
「拉烏布一向都緊跟著我。」
聽莉莉卡這麼說，阿提爾點了點頭。三人並肩交談的樣子吸引了周圍的目光，帶著嫉妒的視線直盯著這邊。
他們是帝國中最受歡迎的未婚男女，這是理所當然的。
就在這時，杰斯慢慢走了過來。
「這些刺人的目光真讓人受不了。」他一邊抱怨，一邊用指尖捏起自己的衣服後放下：「真搞不懂貴族大人們的遊戲。」
「你就是那個『貴族大人』啊。」
聽到阿提爾的話，杰斯嘆了口氣：「所以我才會像這樣被拉出來啊。」
莉莉卡看著這樣的杰斯，笑了出來：「聽說你也被選為代表了？」
「收了錢就得做事啊。」
聽到阿提爾的話，杰斯指著他說：「比起我，那個大塊頭的騎士團團長更合適吧。」
「坦恩得保護父親啊。」
阿提爾直截了當地回答後，杰斯揮著手對莉莉卡說：「唉，我是個替補啦～冠軍一定是皇女殿下的談心朋友吧？」
莉莉卡歪著頭說：「如果你對迪亞蕾這麼說，她不會放過你喔。可能會狠狠揍你一頓到你認真上場。」
杰斯露出害怕的表情說：「那個女人好像真的會這麼做。」
「你不是我的談心朋友嗎？也得顧及我的面子啊。」
阿提爾一臉無奈的表情對杰斯說完，杰斯搖了搖頭，之後瞥了莉莉卡一眼並說：「那個什麼……您有手帕嗎？」
莉莉卡歪過頭，隨後「啊！」地驚呼一聲，慌張地說：「對不起，我只準備了一條。」

杰斯咧嘴一笑：「那就沒辦法了。」他毫不留戀地揮了揮手，轉身離開。

「待會見～」

莉莉卡點了點頭。

阿提爾對莉莉卡說：「妳也該上去了吧？」

「嗯，不過我要先去找迪亞蕾。」

「好。」

「菲約也是，我們待會見。」

「好的，皇女殿下。」

菲約爾德收回緊盯著杰斯背影的銳利目光，微微一笑。

莉莉卡在布琳的帶領下在競技場周遭繞了一圈，看到了查查，她那沙漠民族特有的服飾格外醒目。

莉莉卡正想過去打招呼，但對上目光的查查先主動走了過來。

最近查查過得非常幸福。自從獲得皇后拔擢後，她的商隊一路趁勢追擊，但擴展市場是另一回事。

露迪婭的眼光非常準確，在帝國受歡迎的商品，在其他國家也都大受歡迎。她穿過的衣服和飾品都熱銷一空。

在這短短的時間內，查查不知道簽下了多少份契約。雖然不曉得外國貴族是否會遵守契約，但有帝國做靠山，她少了許多擔憂。

「皇女殿下，能在這裡見到您是我的榮幸。請原諒我無法正式去問候您。」

「不，沒關係。金沙商隊也在這裡開設了店面吧？」

「是的，我們開了一家臨時商店。這都要感謝帝國的恩惠。」查查快速說完，悄聲補充道：「我聽說在伊格納蘭領地的臨時分店生意也非常興旺。」

聽到這句話，莉莉卡露出了喜悅的神情：「是嗎？」

「是的，因為伊格納蘭領地現在非常熱鬧。」

她也找到了新的炸物銷路，所以短期內應該能賺到大筆金錢。雖然還沒有正式建交，但商人們總是動作最快的。艾爾登里德和洛揚最先接觸到德拉戈尼亞帝國的領地，就是伊格納蘭領地。

作為一個已經開發成觀光地區的領地，無須隱藏其華麗的面貌，也無法隱藏。這讓查查面對其他國家的商人時莫名自豪，樹海的開發也日漸擴大……

她在宴會上也看到伊格納蘭伯爵和艾爾登里德、洛揚頻繁地交流，南方那邊則將往沙漠另一邊的伊萊恩王國發展……桑達爾應該也會變得更加忙碌，她也已經派遣了充足的人手過去。

聽到查查不停稱讚，莉莉卡點點頭，笑著說：「因為查查都走正道啊。」

查查沒有傻到會聽漏這句話：「那是當然，我心中總是充滿了對拔擢我的皇后殿下的感激。」

莉莉卡開玩笑似的輕笑一聲。查查不由得心想，那個笑容真像露迪婭。

「那我先走了。」

「是，能見到您是我的榮幸。」

莉莉卡離開後，查查抬起頭。

『果不其然。』

她瞇起眼睛。身為善於求生的沙漠民族，查查有著敏銳的直覺。她不認為帝國會與其他國家和氣相處，不對，帝國大概是希望居於高位，與其他國家和氣相處。

查查努力不將視線投向伊格納蘭邊境伯爵。他身旁聚集著跟隨外國使節團的腳步前來的商人們。

伊格納蘭邊境伯爵的外貌出眾，言辭溫和，頭腦精明，使商人們容易把他當作容易打交道的同類。

『真是可憐。』

如果把那位邊境伯爵當成單純的「商人」會嘗到苦頭。貴族說到底還是與商人完全不同的生物。

『適可而止才是明智之舉。』

與這位邊境伯爵對抗，不會有任何好處。

帝國貴族們非常了解「巴拉特」這個名字的分量，但外國人不明白，他們不知道這名字有多恐怖。

『可能很快就會爆發衝突。』

得先讓那些在樹海地區活躍的人撤退。她的直覺幾乎從未出錯過。

她聽說在邊境一帶──「邊境」這個詞對查查來說十分奇妙──能感受到過於活躍的熱度。這種氣氛或許反倒是因為緊張感所產生的。

『不過，我們無需畏懼，畢竟我們擁有一條龍。』

懷著和所有帝國人民一樣的想法，查查慢慢勾起微笑。

迪亞蕾久違地穿上鎧甲，披上斗篷。她的粉灰色頭髮今天也精心編織過並盤起。威風凜凜而美麗的狼族騎士。

莉莉卡看著自己的談心朋友，輕輕嘆息一聲：「迪亞蕾今天也很帥氣呢。」

「皇女殿下也非常美麗。」

莉莉卡將手帕遞給笑著的迪亞蕾：「這是我親手繡的。」

她低聲說道：「我只給妳，沒有給任何人。」

迪亞蕾睜大了眼睛，露出燦爛的笑容。尖銳的犬齒十分可愛：「請您祈禱我能勝利。」

迪亞蕾說著，在她面前單膝跪下。

莉莉卡不知道該用什麼禮儀回應，猶豫了一下，隨後伸出手掌當成劍，朝迪亞蕾的方向伸去。

「願我的騎士平安歸來，並獲得勝利。」

「我會將勝利獻給您。」

迪亞蕾更深深低下頭後猛然站了起來：「我要把他們殺個精光。」

「不可以殺人喔。」

莉莉卡的話讓迪亞蕾不停輕笑。

這時，杰斯從旁邊悠哉地走過來，他穿著輕便的鎧甲。

「真讓人羨慕啊，皇女殿下還為妳加油~」

「我也為杰斯加油吧？」

「不用，太難為情了。」他搔著臉頰環顧四周。

大部分的目光都帶著敵意。來自艾爾登里德和洛揚等外國的騎士們對身為女性的迪亞蕾參賽感到不滿，大概是因為以為她是皇女的親信騎士。

杰斯的裝束也不像正經騎士。雖然他確實是個正式騎士，但「騎士風範」這個詞與他相差甚遠。

「帝國沒有像樣的騎士嗎？」這種嘲諷傳到耳邊。

「哎呀，試試看就知道啦~」杰斯說完，咧嘴一笑。那笑容中帶著不祥。

迪亞蕾也只微微一笑。

——叭叭——！

就在這時，通知比武大會準備開始的號角聲響起。迪亞蕾緊握住莉莉卡的雙手後放開。

莉莉卡說：「我會為妳加油的。」

「是！」迪亞蕾露出燦爛的笑容。

莉莉卡離開休息室，走向貴賓席。阿提爾已經就座了，父母的座位還空著。

最後，通知皇帝夫婦到場的號角聲響起，阿爾泰爾斯和露迪婭出現了。

莉莉卡看到露迪婭華麗的頭飾，瞪大了眼睛。無論是什麼時代、什麼飾品，露迪婭總能詮釋得既符合潮流又適合自己。

所有人都從座位上站起來，恭敬地鞠躬迎接皇帝夫婦。

阿爾泰爾斯扶露迪婭坐下後舉起手。

「開始比賽吧。」他的話簡短有力，話音剛落，觀眾席上的人們發出歡呼聲。

「德拉戈尼亞帝國萬歲！」

「守護龍萬歲！」

「帝國永恆不敗！」

外國使節團微笑看著高聲呼喊的觀眾。各國都想在這裡擊敗帝國的騎士，這是他們的期望。因此，代表各國出戰的騎士們自然肩負重任，表情中帶著緊張。

各國都帶了最強的騎士來，這是一場可以間接測試彼此實力的比賽。有些貴族甚至把這場比賽當作餘興節目，下注賭博。

雖然這場比賽是為了和諧共處，但每個人還是會為自己國家的騎士加油。觀眾們都手持著象徵各騎士家族的小旗幟，坐在位子上。

莉莉卡也握著一面繪有狼族徽紋的小旗幟，站在她旁邊的布琳也拿著一樣的旗幟。

由於這是一場使用真劍的比賽，所以很有吸引力。其他國家騎士之間的比賽也非常精彩，莉莉卡緊握著雙手觀看。

但最讓她激動的還是迪亞蕾出場的時候。這場比賽是迪亞蕾與洛揚騎士艾爾德的對決。

莉莉卡用盡全力揮舞旗幟，高喊著「迪亞蕾・沃爾夫」。

迪亞蕾笑容燦爛地揮了揮手。莉莉卡看到她的手腕上繫著手帕。

一陣歡呼聲過後，裁判拉開兩人的距離，宣布比賽開始。

與平時不同的是，迪亞蕾的一隻手中拿著盾牌，圓盾上也刻著狼的側面像。

兩名騎士打量著彼此，不停轉圈。

這時，艾爾德迅速朝迪亞蕾揮下劍。迪亞蕾轉身躲開，用手中的盾牌快速但有力地打上艾爾德的頭。

艾爾德當場倒下。

觀眾似乎都驚呆了，比起歡呼，眾人寂靜無聲。

迪亞蕾微微一笑，向莉莉卡舉起手中的盾牌。這個動作成了信號，觀眾們紛紛開始鼓掌，隨即發出歡呼聲。

「沃爾夫！沃爾夫！沃爾夫！」

「迪亞蕾・沃爾夫！」

「狼族騎士！」

「尖牙的主人！」

洛揚人們的表情完全僵住了。

裁判上前查看艾爾德的情況，艾爾德很快就恢復了意識，站了起來。他的憤怒即使在遠處也清晰可見。

由於各國僅會派出兩名騎士，人數很少，彼此的情報有限，因此比賽採取三局兩勝制。艾爾德摘下頭盔喘氣，稍作休息後再次戴上頭盔。

第二場比賽開始。

這次，艾爾德像在表示這次不會再被輕易擊敗，沒有主動攻擊。

兩人像剛才一樣繞著圈子。時間流逝，當迪亞蕾像在牽制似的向前舉起盾牌，艾爾德壓低身子攻擊下方，選擇了無法輕鬆用盾牌防禦的位置。

迪亞蕾向後退，躲開攻擊，而艾爾德期待已久似的從下往上揮劍，打飛盾牌。

然而盾牌比他預期的還要輕，往上飛去。迪亞蕾的手臂同時舉起，整個身體暴露了出來。

因為迪亞蕾像預測到了一般，放開了盾牌。她揮出劍，打上艾爾德的身體。堅硬的盔甲沒有被貫穿，但這一擊的力量大得讓他整個人飛出去。

當他再次倒地時，這次觀眾看準時機，發出了歡呼聲。

阿提爾在一旁咂嘴：「只顧著在意防盾，結果成了笨蛋啊。」

迪亞蕾在三局兩勝的比賽中贏下兩場，裁判舉起她的手，宣布她獲勝。

莉莉卡用力伸長手，揮著旗幟，沒有比迪亞蕾獲勝更令人開心的事了。

迪亞蕾興奮地向觀眾致意後退場。

莉莉卡因此得以更放心地觀賞接下來的比賽。

遠道而來的高句國人展現出獨特的劍術，他們自稱更擅長射箭，提議下次務必舉辦箭術比賽。參賽者揮舞著沙漠民族使用的巨大彎刀，也是非常精彩的表演。

杰斯的對手是一名高句國人，他的劍術比普通騎士更接近實戰，戰況激烈到讓人不自覺地手心冒汗，比賽時間比其他場還長。

最後一場比賽時，全場屏息凝神，靜靜地看著比賽發展。報社的插畫家們忙碌地速寫，無法從比賽移開目光。

最後，當杰斯在最後一局中取得勝利時，觀眾席上發出雷鳴般的歡呼聲。

莉莉卡也站起來鼓掌。

「杰斯！杰斯！」

「貧民騎士！」

「紅髮騎士！」

各種呼喊聲此起彼落，明天的報紙上肯定會出現針對杰斯的各種評語，也會定下他的新綽號。

杰斯帶著靦腆的神情，與對手禮貌行禮後回到自己的位置。

就在那時，一名傳令兵匆忙跑向貴賓席。他舉著代表急報的紅色牌子跑來，得以一路通行無阻地來到阿爾泰爾斯面前。

所有人的目光都集中在這裡。

「樹、樹海裡出現了巨大魔獸！」

阿爾泰爾斯斜斜坐著，交疊雙腳後問道：「所以呢？」

這一瞬間，四周一片寂靜。

「什麼？」傳令兵一時驚慌地反問。

阿爾泰爾斯不在意他的無禮，微微抬手，打斷他的話。

「樹海出現魔獸又不是什麼新鮮事了。邊境伯爵。」他的聲音不大，但清晰地響起。

菲約爾德起身朝阿爾泰爾斯走去，步伐穩健，不疾不徐：「陛下。」

他微微低下頭後，阿爾泰爾斯問道：「聽說有巨大魔獸出現了？」

「伊格納蘭領地無須擔憂。」

「否則邊境伯爵也不能來這裡啊。然後呢？你說。」

這次是對傳令兵說的話。傳令兵擦了擦冷汗，說：「據說魔獸不止一隻，是一群。待在樹海的外國士兵遭到襲擊，幾乎全軍覆沒了。」

聽到「外國士兵」這幾個字，阿爾泰爾斯挑起一邊眉毛。他撐著下巴陷入沉思。

「看來這不是能只靠我們解決的問題。」

他凝視著菲約爾德，而伊格納蘭邊境伯爵微微低下頭，避開他的目光。

阿爾泰爾斯十分小聲地低喃：「也得聽聽兒子的意見了。」

他轉過頭時，露迪婭莞爾一笑，交疊雙腿：「要交給我來處理嗎？」

「拜託了。」阿爾泰爾斯站起身，吻了露迪婭的臉頰一下。

公開表達愛意的舉動讓還在疑惑發生什麼事的觀眾們再度轟然喝彩。

露迪婭站起身說：「比賽暫時中斷。大家要不要趁這時喝一杯，稍作休息？皇室為大家提供葡萄酒。」

聽到這句話，現場爆出熱烈的歡呼聲，競技場內瞬間熱鬧起來。藉著這片騷動，洛揚與艾爾登里德的高層們也收到了消息。

莉莉卡用眼角餘光看著悄悄移動的人們。

『既然沒人特別找我……』

她該做的就是作為皇族最基本的職責，不顯露出任何動搖。藉此讓人們放下心，讓比武大會順利結束就是她的任務。

莉莉卡轉頭對身旁躁動不安的阿提爾說：「再忍一個小時吧。」

比起兩人一起消失，先後間隔一段時間離開比較好。

聽了莉莉卡的話，阿提爾低吟了一聲，點了點頭。

布蘭・索爾露出一抹微笑，悄然離開。他將代替阿提爾，成為他的耳目。

考慮到參賽者們的狀態，比武大會將分三天進行。今天是第一天，因此是比賽最多的一天。

葡萄酒在場內傳遞一圈後，比賽重新開始。

艾爾登里德和洛揚的騎士們似乎察覺到了高層的動靜，動作中透露出焦慮。

不久後，阿提爾離開了，而莉莉卡笑容滿面地以熱情的應援結束了今天的比賽。

約定好明天繼續比賽後，人們帶著遺憾到臨時市場裡喝一杯，釋放壓力。當然，一些機靈的人和記者們都在對高層離席一事議論紛紛。

莉莉卡和露迪婭沒有待得太晚，離開了競技場。

莉莉卡嘆了口氣。露迪婭在馬車裡一邊拆下頭飾，一邊說：「這些飾品雖然華麗又漂亮，但也很重。莉莉也很不舒服吧？媽媽幫妳拆下來。」

露迪婭手法嫻熟地替莉莉卡拆下頭飾。戴著時還沒感覺，一旦取下來後，感覺輕鬆到令人吃驚。

『畢竟光是珍珠和寶石就很重了。』

莉莉卡小心翼翼地將頭飾放在腿上，問道：「發生什麼事了呢？」

「不知道。」露迪婭這麼說完，看似思索了一會兒，微微一笑：「應該很快就會知道了。」

莉莉卡點了點頭。

回到太陽宮，朝白龍室走去的莉莉卡發現了一個熟悉的小小身影。

莉莉卡的腳步放慢了一些又加快。那小小的身影跟著走了幾步後停了下來。

莉莉卡這才回過頭看向對方：「雷澤，過來。」

那隻低著頭的小暹羅貓立刻抬起頭，走到莉莉卡身旁，跟著她一起走。

其他侍女們笑著說：

「牠好像聽得懂皇女殿下的話呢。」

「真可愛。」

「這隻貓是從哪裡來的？」
「您認識這隻貓嗎？」
「嗯，是伊格納蘭邊境伯爵的貓。」
聽到這句話，侍女們都「啊」了一聲後點點頭。布琳微微一笑，而拉烏布依舊保持警戒。
回到白龍室後換下衣服卸妝後，莉莉卡在會客室裡長長地吁了口氣。
『好累啊。』
布琳讓其他侍女都離開後問道：「要為您泡杯茶嗎？還是熱可可呢？」
「我要熱可可。」
聽到莉莉卡的話，布琳走了出去。這時，坐在她腳邊的雷澤爾特等待已久似的變回了人形，端正地跪坐著。
拉烏布立刻走上前說：「離主公遠一點。」
雷澤爾特對拉烏布噘起嘴後，跪著退後了幾步。
莉莉卡笑著說：「好久不見了呢。妳怎麼會來這裡？是菲約帶妳來的嗎？」
聽到莉莉卡的問題，雷澤爾特帶著焦急的表情回答：「我、我好像犯錯了。」
「犯錯？」
這是什麼意思？莉莉卡端正坐姿。
「我的任務是引誘魔獸，但是……」
莉莉卡微微皺起眉頭。這時，布琳端著熱可可進來。似乎預料到了這個情況，她端了兩杯來，將一杯放到莉莉卡面前，另一杯遞給雷澤爾特。雷澤爾特小心翼翼地接過杯子。
甜蜜的香氣飄散，杯子的溫熱傳遞到手心，稍稍舒緩了她的緊張。
「妳說妳的任務是引誘魔獸？從樹海那裡嗎？」

聽到莉莉卡的問題，雷澤爾特猛地抬起頭來。

兩人的目光交會。莉莉卡的青綠色眼瞳一如往常地平靜，與菲約爾德的冷靜完全不同。不是冰冷沉重的靜謐，而是溫暖安穩的平靜。

雷澤爾特望著那雙眼睛，輕輕點了點頭。

「然後呢？」

莉莉卡接著問道，雷澤爾特繼續說下去。

雖然後面講得有些語無倫次，但莉莉卡大致明白了她的意思。

雷澤爾特利用布偶引誘魔獸。本來她只打算引誘一隻巨大的魔獸，藉此趕走艾爾登里德和洛揚的軍隊。但那種巨大魔獸似乎是會成群行動的種類，一開始明明只有一隻，卻在轉眼間多了好幾隻。

雷澤爾特透過布偶觀察情況，這些魔獸嘗過血味後，似乎朝附近的伊格納蘭領地移動，之後她的布偶被撕毀，所以無法看到之後的發展。

事情大致就是這樣。

坦承一切後，雷澤爾特忽然開始流淚。莉莉卡驚訝地瞪大了眼睛。

「雷澤爾特？」

她放下杯子想走向雷澤爾特時，拉烏布向前走了一步。

莉莉卡對自己的護衛微微一笑，在雷澤爾特面前單膝跪下。她遞出手帕後，雷澤爾特抓住那條手帕，不停流下斗大的淚珠，並說：

「我、我、我又……失敗了，嗚、嗚嗚！我好沒用，嗚嗚……」

接著再度嚎啕大哭。

莉莉卡輕輕拍著她的肩膀說：「沒事的，雷澤爾特，不會有事的。」

聽著那溫柔的聲音，雷澤爾特明白為什麼自己會來找莉莉卡皇女了。

她渴望被安慰。其他人可能會說「這當然是妳的錯」，但皇女殿下不是那樣的人，她不會嚴厲地指責自己犯下的愚蠢錯誤，所以自己才特意來找莉莉卡皇女殿下，

——沒事的。

她需要這句話。

她把臉埋在手帕裡哭了一會兒，情緒似乎隨著眼淚流逝，逐漸冷靜下來。

她放下手帕，偷瞄了一眼皇女殿下的臉，發現她正露出溫柔的表情。

雷澤爾特因此十分難為情地緊緊捏著手帕，低下目光：「對不起。」

「嗯？什麼？現在稍微冷靜下來了嗎？」

雷澤爾特輕輕點了點頭後，莉莉卡說：「我覺得這不是妳的錯喔。想用人類的力量控制魔獸才是問題吧？這是在用無法完全掌控的東西擬定計畫吧？

「而且，用魔獸擾亂敵國軍隊的策略非常成功，不是嗎？」

莉莉卡的話讓雷澤爾特重新抬頭看向她。

莉莉卡微微一笑：「這次作戰的關鍵在於這點，所以該說妳成功了才對。至於那些變數，應該是提出計畫的人應該考慮到的問題。」

「真、真的嗎？」

「那當然。」

莉莉卡自信的語氣讓雷澤爾特的臉色明亮起來。

「那、那麼……」雷澤爾特十分小聲地問：「邊境伯爵會把我趕走嗎？」

莉莉卡聞言，瞪大眼睛後笑了出來：「如果變成那樣，妳就和我住在一起吧。」

這句話讓雷澤爾特十分驚訝，但沒有回答。她遲疑了一會兒，立刻變回貓的模樣。
莉莉卡說著「真是的」，摸了摸小貓，小貓似乎很舒服，發出咕嚕聲。
莉莉卡抱起雷澤爾特，站起來：「那我們去問問看菲約吧？」
驚訝的雷澤爾特猛然抬起頭。莉莉卡彎下腰，小聲對她說：「我會站在雷澤這邊的。」
那低語的聲音讓雷澤爾特全身起了雞皮疙瘩。她直盯著莉莉卡，這還是第一次有人站在她這邊。
回想起來，在她變成貓之前，從來沒有被誰抱在懷裡，只有冰冷的鐵床和椅子占據了大部分的童年。
莉莉卡回頭對布琳說：「那我就行使一下皇女殿下的特權吧。」
布琳聽懂了她的意思，笑著說：「我去請伊格納蘭邊境伯爵過來。」
莉莉卡坐在椅子上悠閒地喝著熱可可，沒過多久，會客室的門打開了。
『能這樣不經通報就進來的人是……』
莉莉卡連站都沒站起來就說：「我是請菲約過來，怎麼會是阿提爾來？」
「我們一起來的。倒是妳，怎麼能在半夜把一個男人叫來妳的房間？」
「只有八歲小孩會覺得這時候是半夜，而且我不是一個人……現在拉烏布和布琳不算是人嗎？」
莉莉卡這麼說著，用雙手抱起雷澤爾特。貓的身體能伸展到比她想像得還要長，讓她很驚訝，但總之她成功地把牠抱起來了。
雷澤爾特不知所措地瞪大了眼睛。
莉莉卡說：「而且還有一隻貓呢。」
「啊，什麼，有隻貓啊？」
阿提爾認出了雷澤爾特。不是認出牠的模樣，而是認出了項鍊。
莉莉卡把牠放下後，雷澤爾特像要躲起來一樣立刻鑽進了莉莉卡的懷裡。

隨後，菲約爾德走了進來。他原本是一臉疲憊，但與莉莉卡四目相對後，臉色立刻明亮起來。
「皇女殿下，還有……」
在意想不到的地方看到自家妹妹，菲約爾德愣了一下。
看到妹妹窩在莉莉卡的腿上，因她的撫摸發出咕嚕聲，他不知是該羨慕還是該……
「那個，菲約爾德。」
「是。」
「雷澤爾特說她犯了錯。」
懷裡的貓顫了一下。阿提爾揚起眉毛，菲約爾德則露出了疑惑的表情。
莉莉卡用溫柔的聲音接著說：「所以你罵了雷澤爾特嗎？覺得不需要雷澤爾特了嗎？如果——」
「如果你不要她就送我吧。」阿提爾毫不猶豫地說著，走過來坐到莉莉卡旁邊。
他伸手捏著雷澤爾特的後頸，把牠抓起來。
莉莉卡驚訝地抓住他的手腕：「阿提爾！」
「這個能力非常方便呢，你不想送給我嗎？我可以給她一個捕鼠者的爵位僱用她，你不需要的話就送我吧。」
莉莉卡聽到這番無禮的話皺起眉頭。完全不顧雷澤爾特的意見，說得像交換物品一樣……
但這番話似乎更打動雷澤爾特，那隻貓直盯著阿提爾看。
莉莉卡慌張地說：「你先放下來再說啦！抓著後頸提起來會痛啊！還有，在送給阿提爾之前，應該先送給我。」
「妳？妳為什麼需要密探？」
「密探？」
「等一下，兩位都先暫停一下。首先，雷澤爾特並沒有犯錯。再來，雷澤爾特不是物品，我不能送人。」
聽到菲約爾德的話，阿提爾放開了雷澤爾特的後頸。

雷澤爾特非常高興，這場因牠而起的爭論讓牠非常幸福。

牠輕巧地從莉莉卡的腿上跳下來，驕傲地豎起尾巴，快步跑走。牠跳上單人座沙發，正大光明地找到位置躺下。

三人都看向這樣的雷澤爾特，之後望著彼此。

莉莉卡忍不住想笑，清了清嗓子問道：「所以情況變得怎麼樣？我聽雷澤爾特提到魔獸的事。」

阿提爾聳了聳肩，咧嘴一笑：「因為比武大會，強者們難得齊聚一堂吧？我打算明天帶所有人一起過去。」

莉莉卡聞言，眨了眨眼：「全部帶去？去樹海嗎？」

「是的，洛揚和艾爾登里德的士兵都慘遭殺害了——還是在靠近德拉戈尼亞的地方。雖然不清楚他們為什麼會接近伊格納蘭的領地，」菲約爾德微微一笑：「但損失慘重是事實。」

「那是一隻巨大的魔獸，所以我們決定採用聯合作戰。」

阿提爾接著說完，莉莉卡露出苦笑：「是為了讓他們受挫嗎？」

「對，就是那樣。」阿提爾瞥了一眼莉莉卡：「我不會帶妳一起去。」

「那當然啦。」

不需要特地展示莉莉卡魔法少女的力量，有沃爾夫騎士團應該就足夠了。所有在場的人都會明白德拉戈尼亞帝國的戰鬥是什麼樣子。

「那阿提爾呢？」

被問到是否會使用權能，阿提爾輕點了點頭。

「既然要讓他們受挫，那讓他們徹底死心比較好。我們也得追究他們為什麼派這麼多士兵靠近伊格納蘭領地。」

菲約爾德優雅地接話道：「不過為了抓住魔獸，大家合作會比較好。最好避免不必要的戰鬥。」

莉莉卡聽著兩人的對話，點了點頭。簡單來說，菲約爾德是扮演對艾爾登里德和洛揚友好的角色，而阿提爾是施壓的一方。

這就是所謂的「軟硬兼施」。
這兩個國家很可能會被迫與帝國建立「友好關係」。
「我明白了。」
聽莉莉卡這麼說，阿提爾咧嘴一笑。他準備再多說什麼時，布琳走了過來。
「皇太子殿下，陛下召見您。」
「現在？我們剛才談完耶。」
「是的，還有——」布琳的目光轉向雷澤爾特。貓背上的毛都豎了起來：「陛下也想聽聽目擊者親口陳述情況。」
阿提爾低吟一聲，撩起頭髮：「我知道了。」
他站起身來。布琳立刻拿來一個籃子，放在雷澤爾特面前。雷澤爾特猶豫了一下，跳進籃子裡。
布琳提起籃子，而菲約爾德說：「我也一起——」
「陛下沒召見邊境伯爵。」
布琳的話讓菲約爾德頓了一下，之後點了點頭。
如果陛下要親自審問，應該不會讓兄妹一起出現。
阿提爾說：「反正事情都談完了，沒什麼好擔心的。我走了，你也快走吧。」
他對菲約爾德做了快走的手勢，隨即離開了。
莉莉卡看著一人一貓（？）離開的背影，拍了拍身旁的座位。因為阿提爾，菲約爾德一直站著，沒辦法坐下。
菲約爾德小心翼翼地坐到莉莉卡身旁，重量漸漸靠到莉莉卡身上。
莉莉卡轉頭看他時，發現他正靠在自己身上，頭也傾倒過來，兩人的頭輕輕相碰。
莉莉卡低聲問道：「你累了嗎？」
「不。」他低聲回答：「我是需要莉莉卡。」

接著，菲約爾德靜靜地看著莉莉卡，注視著她。那是充滿期待的表情，他右眼裡的星星似乎在閃爍。

莉莉卡盯著他，臉頰開始發燙。

『呃，那個，怎麼說呢？那個……』

當菲約爾德露出「來吧，快點」的表情時，莉莉卡更加害羞，她只能盡力做到不別開目光。

「……」

「……」

在這場有點漫長的眼神交鋒的最後，菲約爾德笑了出來。當他的視線隨著那淡淡的笑容往下移時，莉莉卡的腦袋裡響起一聲「不行」。

她猛然抱住了菲約爾德。菲約爾德驚訝地低頭看著她，莉莉卡在他懷裡低聲說道：

「不、不能輕易放棄。」

「！」

菲約爾德一時不知道雙手該怎麼做，隨後也回抱住莉莉卡。

他怎麼會放棄。

當然，他至今放棄了人生中的很多事，這是身為巴拉特無法逃避的現實，不論是誰都會做同樣的決定。放棄哭泣，放棄笑容，放棄表達情感，最終意識到自己的願望一樣都無法實現，就像他在冰冷的鐵床上意識到，任何哀求都沒有用。

但是……

他抱住莉莉卡的雙臂加重力道。這很難說，他曾經放棄過懷中的人嗎？

不，從來沒有。

他從未想過放棄與否，取決於自己。他絕對無法放棄，只會死死地抓住。

然而，莉莉卡像在擔心這樣的自己，告訴他不要放棄。她張開雙臂，表現出「說說看你的願望」的態度。

『所以我都忘記我究竟想要什麼。』

但他懷中的溫度是真實的，觸感是美妙的。他再次明白，自己渴望的就是她。

「說什麼放棄，」他向前傾身，在她耳邊低語：「我絕對不會放手。」

莉莉卡在他懷裡輕輕動了動，低聲說：「嗯，再抱緊我一點，讓我無法逃跑。」

雖然聲音非常小，但菲約爾德不可能聽不到。他感到窒息，彷彿有人緊緊掐住他的脖子。心臟開始大力加速跳動。

在他懷裡的莉莉卡一定都聽見了，但她一動也不動，更鑽進他的懷裡，將臉埋進他的胸口。

他能看見她微微泛紅的耳尖。

『到底是從哪裡……』

到底是從哪裡學會這些話的？她是打算殺了他嗎？

啊啊，真是的。

『好想吃掉她。』

每當這種時候，他總能深刻感受到自己的祖先是一朵巨大的食人花。張開大嘴，流洩出甜美的香氣和花蜜，期望對方主動走進來。

他的手滑進她的髮間，握住她光滑的後頸。

莉莉卡聽到了自己怦通狂跳的心跳聲與菲約爾德的心跳聲，屏住呼吸。

菲約爾德的大手輕撫過她的後頸，她全身的汗毛都豎了起來。

他的唇輕輕碰上她的耳廓。

「莉莉卡。」

他用帶著熱度的低沉聲音輕語，彷彿要將聲音直接吹進她耳裡。

莉莉卡嚇得蜷縮起身體，但撫上後頸的手捏住了她的下巴。沒有用多少力量，莉莉卡卻無法動彈。

當她想轉頭，無法對上他的視線而逃跑時，菲約爾德抓住她，輕輕咬了一下她的耳廓。

莉莉卡的雙手不自覺地用力繃直，不曉得自己是否應該就這樣推開他。

菲約爾德停下動作一會兒，彷彿在等待她的反應，接著低聲呢喃。

灼熱的嘴唇和氣息拂過。

「我的摯愛。」

「嗯啊啊！」

最終，她忍不住發出了聲音。

那一瞬間，靜默瀰漫在空氣中。莉莉卡迅速用雙手摀住自己的嘴巴。她自己都覺得剛才發出的聲音很奇怪。

最後菲約爾德輕笑出聲，莉莉卡的臉頰通紅。

她用雙手推開他後說：「都、都是因為菲約做了奇怪的事！」

菲約爾德聞言，大笑出聲，抬起莉莉卡的下巴讓她看向自己：「我是因為您太可愛才笑的。」

「……」

莉莉卡只用銳利的眼神瞪著他，他親了親她的眼角、臉頰和嘴角。

「我說真的，世界上最可愛的，我的知更鳥，我的莉莉卡。」

他歌唱般的低沉聲音立刻融化了她的心。

她輕哼一聲，假裝要整理頭髮，摸摸耳朵。耳朵還癢癢的。

若要反問她只是癢癢的嗎?她也不清楚，總之就是癢癢的。

菲約爾德放開了她。只是看著臉頰泛紅、整理頭髮的莉莉卡就很愉悅了。

慢慢地，慢慢地。
讓她一點一點，一點一點地，最後完全習慣他……
莉莉卡拍了拍自己的臉頰，看向菲約爾德。
看到他的表情有些奇怪，她歪著頭問道：「你在想什麼？」
「我在想讓莉莉染上我的顏色。」他坦率地回答。
他注視著他的知更鳥皇女殿下，想看看她會有什麼反應。
她歪了歪頭，笑著說：「啊，是嗎？那我很好奇那會是什麼顏色。」
菲約爾德眨了眨眼睛。這是預料之外的回應。
沒錯。
莉莉卡也有她的顏色，所以當她沾染、混合他的顏色時，或許會變成完全不同的色彩。
當手指交扣，脣瓣相疊，呼吸交織，靈魂相連時，會出現完全不同的色彩並沾染彼此，只令人恍惚陶醉。
染成淡粉色的藍天，與銀色閃耀的滿月之夜。
能一口氣改變世界的色彩在腦中一閃而過。他低聲吐出一口氣，靠在沙發上笑了：「那真是讓人期待呢。」
莉莉卡的目光瞬間被這樣的他吸引，露出呆滯的表情，迅速拍了拍自己的雙頰。
「莉莉？」
「沒事，我只是覺得需要清醒一下。剛才阿提爾隨口提到過，說艾爾登里德和洛揚的士兵進入了樹海，這不算什麼大問題吧？」
畢竟樹海還沒有明確地劃定邊界。
「那為什麼會出問題呢？」
「嗯，因為是我把他們引過來的？」

「……什麼？」莉莉卡張大了嘴。

菲約爾德若無其事地繼續說：「我對艾爾登里德和洛揚表現出友好的態度，還說可以的話，能讓他們的軍隊駐紮在伊格納蘭領地內。當然，這一切都是瞞著陛下進行的。」

莉莉卡再次瞠目結舌。如今她也成為皇室成員許久——總之，沒錯，她沒有愚蠢到不知道在國境內部署外國軍隊意味著什麼。

但她相信菲約爾德不會比她愚蠢，阿提爾也是。

「你為什麼要這麼做？」

「我很好奇艾爾登里德和洛揚會做到什麼程度。如果他們派出軍隊，我就打算像這樣引誘樹海的魔獸來掩蓋過去。如果這件事公諸於世，德拉戈尼亞帝國在談判中也能占上風。」

莉莉卡皺起眉頭：「但這樣一來，菲約就有危險吧？邊境伯爵竟然企圖與外國聯手，讓軍隊進入國內。」只是聽到就讓人毛骨悚然。

菲約爾德輕輕搖了搖頭：「不，他們不會咬著我不放，因為可以的話，他們更希望與我保持友好的關係，而且您想想看。」

菲約爾德微笑著豎起一根手指：「他們可以說是跟隨魔獸走，結果不小心接近了德拉戈尼亞的邊境。」

他又豎起另一根手指：「或者說是與你們國家的邊境伯爵聯手，打算派遣軍隊到國境內。」之後搖著手指問：

「您覺得他們會選哪一個？」

「後者完全是在挑釁啊。」

「沒錯。」

所以他們只能選擇前者。

「如果他們不想與德拉戈尼亞帝國開戰的話。而且他們絕對不想開戰。」

「是嗎？」

「是的，所以我們才要組成聯合作戰隊伍，去樹海狩獵魔獸，為了讓他們感受到武力差距。」

「這是沒錯……」

事情能這麼順利解決嗎？

莉莉卡問道：「但如果他們真的說要開戰怎麼辦？那樣的話，菲約不就成了內鬼嗎？」

他原本就是因叛國罪而滅亡的巴拉特公爵家直系，如果又發生類似的事，他恐怕無法再次脫身。

「有些風險是無法避免的。」

聽到菲約爾德回應，莉莉卡倒抽了一口氣。

也許，要有所收穫就必須承擔風險。

「小心一點。」

她擔憂地說完，菲約爾德勾起微笑：「我會的，請不要擔心。」

隔天，首次成立的「魔獸討伐聯合作戰本部」雖然各種職位混雜且人員過多，但總算成功組成隊伍出發了。

迪亞蕾神清氣爽地將莉莉卡送給她的金幣製成項鍊，戴在脖子上：「我會帶回魔獸的頭顱。」

「不，不用了，感覺會非常大……」也不知道該放在哪裡。

迪亞蕾的綠色眼眸閃爍著銳利的光芒，難得說出嘲諷的話：「當然，不曉得本部長和副本部長們怎麼想就是了。」

聯合作戰本部的本部長是阿提爾，而每個國家都推派出了一位擁有同等決策權的副本部長。

艾爾登里德的王子米翁和洛揚的太子多里安也是副本部長。他們各自討論著如何狩獵魔獸，試圖讓自己國家的騎士團擔任先鋒。

迪亞蕾冷冷地說：「不知道他們有沒有親眼見過魔獸。」

「哈哈。」莉莉卡無奈地笑了笑。

迪亞蕾看著莉莉卡，微笑著說：「但是我們是怪物，並且一直與怪物戰鬥到現在。」

巴拉特、沃爾夫、桑達爾、巴爾加利，以及德拉戈尼亞帝國的高等貴族們——權族們都是怪物。

怪物們咧嘴露出利牙，互相爭鬥至今。

「我從來不覺得迪亞蕾或其他人是怪物。」莉莉卡戳了戳迪亞蕾的肩膀說道：「而且，怪物總是輸給人類吧？我覺得人類才強大。」

不僅是迪亞蕾、坦恩、拉烏布，沃爾夫一族之所以令人敬佩，是因為他們擁有強大的力量，知道自己可以利用那力量輕鬆打倒別人，但仍然努力保持人性。

聽到莉莉卡的話，迪亞蕾的臉頰泛紅。站在後面的拉烏布聽到後也害羞地低下視線。

迪亞蕾說：「那是理所當然的。」

「沒有任何事是理所當然的。我覺得這很了不起，也非常感謝你們。」

這世上沒有任何事是理所當然的。所有的犧牲、讓步和努力都是出於愛或責任，所以莉莉卡想感激他們。

「這麼說的話，皇女殿下的感謝也不是理所當然的吧。」

聽到迪亞蕾這麼說，莉莉卡微微一笑：「嗯，但我喜歡迪亞蕾。」

迪亞蕾聞言，一把抱住莉莉卡：「我也真的很喜歡您。」

她接著將莉莉卡推開，從口袋裡掏出手帕高高舉起。

「我一定會把這條手帕掛到最高的地方！」

「嗯？」

「因為我真的很喜歡皇女殿下！」
「我、我也是。」
「請您拭目以待！」
迪亞蕾把手帕牢牢地綁在自己的劍柄上，連告別都沒說就衝了出去。激動起來就看不見周遭或許是沃爾夫族的特徵。
隨後，莉莉卡也為阿提爾送行。擔任本部長的阿提爾一副承受著巨大壓力的模樣。如果站在他旁邊吵鬧的米翁和多里安是帝國貴族，要害處可能早就各挨了一拳。
『不，若是帝國貴族，他們會在那之前就識相地閉上嘴巴了。』
但這些人不是帝國貴族，而是王族，他們不需要閉嘴。
莉莉卡真的很慶幸自己不用身在其中，目送阿提爾離開。
「要平安歸來喔。」
「為我祈禱我不會把那兩個傢伙殺了，埋到地下深處吧。」阿提爾低聲嘟囔。
莉莉卡聞言，擺出皇族的風範眨了眨眼，也壓低聲音說：「不要留下證據和證人喔。」
怎麼樣？這句話聽起來很像樣吧？
莉莉卡露出驕傲的表情。
阿提爾輕笑著，在她的臉頰上親了一下，翻身上馬。
接著，身為聯合作戰本部首席輔佐官的菲約爾德跟在阿提爾後面，向莉莉卡行禮，莉莉卡也以眼神回禮。
不久後，一行人浩浩蕩蕩地離開了皇宮，帝國人民們都聚集在街上，為了一睹這支隊伍。
報紙上已經刊登了各國騎士的個人資料與長相，因此大家都為自己想支持的騎士加油打氣。另一方面，也對「魔法少女」沒有同行感到遺憾。

「但皇女殿下還是留在首都比較好。」

「沒錯，這樣才安心。」

也有人這麼說。

但無論如何，敵人是魔獸，所以大家的心很快就凝聚在一起。眾人揮手目送這支隊伍。

開始在樹海與魔獸交戰的洛揚、艾爾登里德以及伊萊恩的騎士們，都抱持著類似的感受。

『……那是人類嗎……』

迪亞蕾站在魔獸的屍體上俯視著他們，露出一抹笑。

他們眼中帶著震驚和恐懼。在沃爾夫家族司空見慣的事對這些人來說不是，因此迪亞蕾也很久沒見到這樣的眼神了。

『拉烏布一直承受著這種目光嗎？』

看待不合格者的目光就是這樣的嗎？想到這裡，她感到有些苦澀。

「哎呀，適可而止啊~？」

杰斯嘟囔著，若無其事地和她搭話。他手中的劍也不停滴下血。

要不是莉莉卡在劍上刻了以防受損的魔法陣，劍刃早就磨損或者斷了。魔獸的外殼就是這麼堅硬。

迪亞蕾從魔獸屍體上輕巧地跳下來，說：「不用全力，可能就殺不死牠了啊。」

「但直接用手撕開喉嚨……」

「多虧杰斯砍得很深，很輕鬆就撕開了。」

「這樣啊。」

杰斯含糊得回應這句不知是不是誇獎的話。他環顧四周。

『情況不妙啊。』

外國騎士們的狀況相當嚴重。不僅是因為受傷，他們看過來的眼神絕對稱不上友善。明明兩人剛剛救了他們一命，但他們的眼神更像在看怪物。

杰斯摸了摸下巴。

『這些人不知道什麼叫適可而止呢。』

他看向天空。已經射出信號彈，因此支援部隊應該很快就會到了。

『回去後得跟阿提爾說說這件事。』

設置在樹海的本部是由伊格納蘭邊境伯爵準備的，雖然時間緊迫，但準備得萬無一失。杰斯感受到這說明了伊格納蘭領地的能力。

剛到達時，大家無視了首席輔佐官先派出偵察兵的建議，各國都爭先恐後地派出騎士團，希望立下功勳。

這是個莫大的敗筆。

他們遇到的不是普通魔獸，而是高度大約四公尺、外形像巨熊的魔獸。脖子以下至腹部都像覆蓋著鎧甲一樣，有堅硬的皮毛，普通士兵的長槍根本無法刺穿。

即使是騎士，也無法在一次交鋒中劈開這層堅硬的皮毛。是可以瞄準脖子，但由於魔獸的體型過於高大，想瞄準脖子也十分困難。

而且這種魔獸不只一隻，而是五六隻聚在一起到處走動。遇到這些魔獸的騎士團不可能平安無事。

艾爾登里德和洛揚也多派了支援部隊前來，但他們在途中也遇到了巨熊魔獸，遭到攻擊。

接下來開始爭論。

「必須一隻一隻引誘牠們。」

「那你打算怎麼引誘？」

「先挖陷阱，再將牠們引過來。」

「要是牠們在挖陷阱時過來怎麼辦？牠們似乎對人類很感興趣。」

「先讓士兵挖陷阱就好啦！難道要讓騎士們正面對抗這些魔獸嗎？」

「不然我們為什麼要帶騎士來？」

「艾爾登里德不會讓騎士去白白送死！」

「你的意思是，士兵就可以送去當誘餌嗎？」

「他們的犧牲當然會得到補償。」

聽著這些爭論，阿提爾不悅地舉起手，制止爭執：「那先派我們這邊的騎士去吧。」

聞言，所有人都安靜下來。如果他們願意犧牲打頭陣是再好不過。而且與魔獸首次交戰後，唯一全員平安歸來的就是德拉戈尼亞騎士團。

由德拉戈尼亞的騎士團先打頭陣，其他國家的騎士團在後方支援。眾人做出了這個決定。

由他們率先出戰不錯，但……

『我也不想只是看著了啊。』

迪亞蕾．沃爾夫像是進入了屬於自己的世界，大肆虐殺。

作為支援部隊，與幾名巡邏隊員一起到達的卡翁．巴爾加利一臉悠閒地說：「還很年輕呢。」

他只這麼說。

他射出的箭矢也百發百中，令人疑惑他是怎麼準確射中快速移動的巨熊眼睛的，只感到驚嘆。

杰斯認為卡翁是個好溝通的人，悄聲對他說：「不知道這樣挑釁對方、失控會不會有問題。」

卡翁聽到這句話，轉頭看向杰斯。

「一旦陷入自卑感就完蛋了。因為我們也不是靠半吊子的訓練變強的，而且杰斯大人。」巴爾加利露出難以理解的微笑問道：「您沒有想過要如何擊敗迪亞蕾大人嗎？」

「啊——」

不是那樣的。杰斯搖了搖頭。

「我們是隊友，所以這是場友好的競賽。不過算了，這些事阿提爾會自己解決的。」杰斯搖了搖頭。

他對這類複雜的問題沒興趣，貧民區的權力鬥爭正符合他的喜好。只要握拳，或者拿著刀子衝過去殺人就好，這種事才適合他。複雜的政治鬥爭、智謀計策之類的……

『比起我，應該讓約翰·威爾來比較好吧？』

杰斯這麼想著，舉起手整頓士兵們。

莉莉卡折起從傳令兵那裡收到的信件。

「他們打得很順利，魔獸幾乎都解決掉了。」

聽到莉莉卡的話，一旁的布琳勾起微笑：「真是太好了。」

「嗯，所以接下來好像要正式論功行賞了。也會追究艾爾登里德和洛揚的士兵為什麼會去那裡。」

「是由阿提爾殿下來處理嗎？」

「不，聽說陛下打算親自去處理。」

「天啊。」

布琳想到身為皇帝侍從長的自家父親，手指輕輕放在臉頰上。

他肯定會因為重視機動性，將漫長的隊伍大幅縮減，一定會頭痛。

「護衛隊長和侍從長會很辛苦吧。」布琳事不關己地說完，莉莉卡笑了起來。

這時，一名侍女悄悄走了進來。

布琳走向她，簡短交談幾句後皺了皺眉頭，隨即回到莉莉卡身邊說：「皇女殿下。」

「嗯？」

「有一位來自印露家的人請求晉見。」

莉莉卡頓時不自覺地迅速回頭看向布琳。布琳像完美的侍女一樣沉著，沒有一絲動搖。

「要回絕他們嗎？」布琳簡潔地建議，認為不需要理會，可以婉拒對方。

莉莉卡思索了一下，搖搖頭：「讓他進來吧。」

「是。」

布琳向侍女比了個手勢，幫莉莉卡整理服裝和髮型。

當莉莉卡走向會客室時，拉烏布比平時更靠近地站在身旁。

純白的頭髮和那雙映照出一切的獨特眼睛，讓莉莉卡有一種非常奇妙的似曾相識感。對方已經十二歲左右了吧？

「見過翱翔蒼穹，最尊貴者之女。我是卑微的僕人，多里亞蘭・印露。」少年雙膝跪地，額頭貼著地面，做出奴隸才會用的禮儀。

莉莉卡舉起手說：「隨意坐吧，多里亞蘭。」

聽到這句話，多里亞蘭十分小心動作，坐到莉莉卡對面。

「感謝您允許我的晉見。」

「畢竟我與印露有點緣分。」

「印露一族都十分感激您的寬宏大量。」他說出像是默背好的答案。

我不想讓他感到壓力啊。莉莉卡如此心想，看向布琳說：「既然有客人來訪，幫我們準備茶吧？」

「好的，主人。」

布琳故意稱呼她為「主人」。意思是既然眼前的印露稱呼「皇女殿下」，自己就得用特別的稱呼才行。這很有布琳的風格，讓莉莉卡不禁勾起微笑，接著看向多里亞蘭：「所以，你有什麼事呢？」

面對提問，多里亞蘭挺直腰桿：「我們一族擁有名為『星流』的神器，是一部預知未來的預言書。」

莉莉卡眨了眨眼。竟然是預言。

多里亞蘭說：「當然，許多預言都曾失準，但我們所有族人合力修正了這些偏差。然而沒過多久，這件神器就停止運作了。」

莉莉卡歪過頭。難道是來請我修復神器的？

多里亞蘭繼續說道：「神器會停止運作是因為它完成了使命。印露家族的詛咒已經解除了，所以神器停止運作也無妨，但在那之前的最後預言中……」

多里亞蘭頓了一下，看向莉莉卡。

「皇女殿下身邊將有不祥之事——咳！」

「拉烏布！」

莉莉卡大吃一驚，喚了一聲自己的護衛。拉烏布一手掐住了多里亞蘭的脖子，感覺隨時會將它扭斷，因此十分驚訝的莉莉卡從座位上跳了起來。

「拉烏布，你在做什麼！」

「這個人說不定是在詛咒您，皇女殿下。」拉烏布眼中的紅光漸濃。

多里亞蘭臉色蒼白，試圖掙脫那隻手，但只能搔抓自己的脖子，掐著脖子的手不為所動。

「拉烏布，放手。」

「可是，主公……」

「放手。」

在莉莉卡的命令下，拉烏布壓下低吼聲放開手。多里亞蘭摀著脖子，不斷咳嗽，嬌小的身體不停顫抖。

莉莉卡皺起眉頭：「詛咒是什麼意思？」

「我聽說耳聞預言，會使未來無法改變，所以——」

多里亞蘭聽他這麼說，焦急地大聲喊道：「不是的！咳咳、不是的，那個神器不是那種東西！」

這時，布琳端著茶回來了。她自然地放下茶杯，倒入茶水，接著拿來備用的第三個杯子裡倒入茶後，莉莉卡將那杯茶推給拉烏布。

「先喝口茶吧。」

「……」

拉烏布不發一語地慢慢拿起茶杯。

多里亞蘭也喝了一口茶，用茶水滋潤喉嚨後說：「我的預言不是無法改變的，只能做出可以避免的預言。」

莉莉卡歪頭問道：「所以，出現了我身邊會發生不祥之事的預言嗎？」

「是的，但準確來說不是皇女殿下，而是魔法少女的周遭。」

「那不是一樣嗎？」

「是的，但因為主體不同，發生的事情可能也會有所不同……」

「好，我明白了。」

莉莉卡平靜的回答讓多里亞蘭面露驚訝。

她微微笑著說：「我沒有愚蠢到輕視印露的話。你們一族很聰明。」
只是在情感上太不成熟了。她將後半句話吞下肚，不需要當面斥責孩子。
「謝謝您，皇女殿下。」
隨後，莉莉卡關心了一遍他們一族的生活情況，還送了一些禮物，多里亞蘭就抱著禮物離開了。
等身邊只剩下親信時，莉莉卡交叉雙臂笑著說：「魔法少女這個說法太模糊了吧？」
但也無法忽視印露的話。
「是魔法會消失嗎？那會很不方便啊。」
拉烏布低吟似的說：「我會加強戒備安排。」
「嗯，護衛的事就交給拉烏布了。」
反正莉莉卡現在沒有餘力擔心那麼多事，因為現在皇宮內也是個競爭激烈的戰場。
正陷入外交的浴血戰爭。
不僅是樹海裡要戰鬥，留在皇宮裡的人也以口舌抗戰到底。
媽媽曾經冷笑著說：「如果一個晚上能用刀殺掉一百人，那用舌頭，一個晚上也可以殺死一萬人。」
樹海的局勢越來越緊張，傳令兵毫不停歇地來回奔走，而留在皇宮裡的人為了探查彼此的情報而鬥爭。
當然，原本就以口舌為武器的社交界變得更可怕了。
像這樣緊張地使用語言，莉莉卡覺得自己很快就能熟悉艾爾登里德和洛揚的語言了。人被逼到絕境時，什麼都能做到啊。
當然，艾爾登里德人和洛揚人的德拉戈尼亞語也越來越流利。
今天也要與洛揚的公主一起喝茶。
對方說要帶侍女來，但實際上是要帶一群貴族小姐過來，莉莉卡這邊也該帶談心朋友出席，但她的談心朋友只有迪亞蕾，而迪亞蕾現在正在樹海。

『我現在明白為什麼當初要我多挑一些親信了。』

但這裡畢竟是她的地盤，是她的優勢。從廚房傭人到侍女長都是她的人。

莉莉卡站起身，說道：「準備去見公主殿下吧。」

洛揚的公主夏洛特收到信後緊握起拳頭。

德拉戈尼亞帝國讓她驚訝連連，但驚訝對王族來說不是什麼愉快的感受。發現了自己不知道的事，怎麼可能會高興呢？

她把信遞給侍女，望向鏡中的自己。這是根據德拉戈尼亞帝國的最新流行製作的新衣服。

雖然因為時間不夠，無法做得像露迪婭皇后一樣華麗，但也十分清新亮麗。

『即使是這樣——』

她知道自己終究被帝國影響了，但在這裡想不受到影響是不可能的。

在她身旁，作為侍女兼談心朋友的帕拉蒂男爵千金輕聲道：「公主殿下，該出發了。」

「好，茶葉準備好了嗎？」

「是，當然準備好了。」

洛揚王國的特產之一是茶葉。在多種茶葉中，這次她選了一種特別稀有的品種。

今天，她特別受邀到皇女的會客室，不能錯過這個機會，她必須與皇女建立更深的交情。更何況，那是叫什麼——

『魔法少女。』

洛揚王國注意到德拉戈尼亞帝國特別經常發行報紙。
密探們收購了所有過期的報紙，但無法確定那些報導的內容是否都是事實就是了。
夏洛特露出苦笑。
在一向位居最頂端的他們之上，出現了更高的存在，這一點也不開心。
但接受與否是另一個問題。
「走吧。」夏洛特站起身。

莉莉卡無精打采地坐著。雖然不合禮節，但她也把鞋子隨意丟在一旁。
拉烏布迅速移開視線，不去看主公像在打水一般晃動的雙腳。
染色的絲綢襪子是皇族的特權。那雙黑色絲綢襪子本身就彰顯出莉莉卡的皇族身分。
布琳沒有責備她，撿起了鞋子。莉莉卡不由得感到愧疚：「對不起，布琳。」
「不要緊的，您辛苦了。」
「從早到晚就不停晉見，媽媽也是這樣嗎？」
「皇后殿下應該更忙。」
「呃啊啊……」
莉莉卡用雙手摀住了臉。她真想將所有說皇族只會吃喝玩樂的書都燒掉。
「陛下也很忙吧？」
「是的。」布琳笑著安慰莉莉卡：「不過等樹海的事情解決後，應該就會好轉了。」

「對吧？」

「是的。」布琳又立刻問道：「要把夏洛特公主送的茶拿來嗎？」

「啊，對喔。我很好奇。」莉莉卡點了點頭。

白天時，夏洛特公主送了一罐茶，玻璃罐裡裝滿了亮黃色的圓形小球。

據說這是洛揚特製的茶，名為「月之淚」。是將特殊的葉子和蜂蜜等混合製成，必須放在冷水中浸泡超過八小時才能飲用，是非常受歡迎且稀有的茶。

飲用方式本身就與普通的茶不同，讓莉莉卡感到很神奇。

不一會兒，布琳拿著玻璃罐回來。

莉莉卡發出驚嘆聲。那些圓形小球綻放成盛開的花朵，茶湯帶著濃郁的金黃色。

「好漂亮！」

「是啊，這種製作茶葉的技術真讓人好奇。」布琳一邊說，一邊為了確認是否有毒，先倒進杯中試喝。

她認為自己喝下充足的量也沒問題後，將茶倒入玻璃茶壺中。

茶湯也不像水，感覺有些濃稠。

莉莉卡看著盛著金黃色茶湯的茶杯，彷彿茶杯裡出現了一輪滿月，散發出甜蜜柔和的香氣。

布琳最後一次檢查自己的身體狀況，一切正常。

莉莉卡小心翼翼地喝了一口。

「！」她的眼睛瞬間瞪大：「布琳、拉烏布，快坐下！」

兩人都必須喝一杯才行。

「還有，一定也要送一些給媽媽。」

聽到莉莉卡的話，布琳微笑著坐下來。拉烏布猶豫片刻也落座。

莉莉卡親自為兩人倒茶。這是僅有最親近的人能享受到的榮耀，兩人心懷感激地端起茶杯。

「很好喝吧？太好喝了。香氣四溢，既甜又帶點苦，但平衡得恰到好處。」

茶湯順滑地流入喉嚨，真是驚人的技術。

莉莉卡一邊心想一邊將杯中的茶喝完。另外兩人也給出了相同的評價。

「真希望從洛揚王國進口這種茶。」

「嗯，但看夏洛特公主的態度，這種茶恐怕並不常見，無法輕易用錢買到。」

「是啊。」布琳點了點頭。

喝完茶後，莉莉卡稍微打了個哈欠。

布琳站起身來：「我去為您暖床。」

「這麼早？」

「您的眼睛裡已經充滿了倦意。如果明天要早起，現在睡覺會比較好。」

「嗯，布琳，還有——」

「我不會忘記將茶葉送去給皇后殿下的。」

「謝謝妳。」莉莉卡回答完後開始打起瞌睡。

布琳叫醒莉莉卡，幫她洗漱後，將她放到暖過的床上。

「晚安，布琳。」

聽莉莉卡含糊地說完，布琳笑了笑。

「晚安，主人。」

然而第二天早晨，莉莉卡沒有醒來。

「不是毒藥。」

阿爾泰爾斯的診斷簡單明瞭。

露迪婭問道：「那究竟是什麼？」

她咬了咬牙，目光射向莉莉卡的近侍們。她會強忍著怒火，只是因為她的女兒非常珍視他們。

阿爾泰爾斯再次嘗了一口杯中剩下的茶，說：「是這個。」

「但您不是說這不是毒藥嗎？我也喝了這個茶。」

「我和拉烏布也喝了。我們喝的量幾乎和皇女殿下相同。」

布琳迅速接著說完，阿爾泰爾斯苦笑了一下：「是啊，對一般人來說這不是毒藥，但對莉莉卡就不一樣了。竟然把這種東西當作茶來喝。」

他將杯中的茶喝光，舔了舔嘴脣：「啊，我確定了。這是一種將魔力轉換成睡眠的藥。」

他對露迪婭說：「我們有看過類似的神器吧？」

露迪婭聽到這句話，想起了「屠龍者收藏品」。裡面確實有一個茶杯，喝下裡面的茶會將力量轉換為睡眠……

她驚慌地搶走茶杯，大聲說道：「您怎麼能喝這個！」

阿爾泰爾斯舉起雙手：「我沒事。龍和魔法師的魔力屬性不同，這種藥只對魔法師有效。」

露迪婭的臉色變得蒼白：「但如果是這樣，那莉莉卡永遠……」

如果無法從睡夢中醒來，和死亡有什麼區別？

阿爾泰爾斯握住妻子的手道：「放心，我會找到解決辦法的。」

露迪婭看著他，點了點頭。如果阿爾泰爾斯說做得到，那就能做到。

她咬著嘴脣說：「洛揚的人是知道這件事，才將這種茶葉送給莉莉的嗎？」
「有這種可能。莉莉卡是魔法少女的事在帝國內眾所周知，他們可能是想試探。」
「那麼，我們不能讓莉莉卡倒下的消息傳出去。」
「對。」阿爾泰爾斯看了布琳一眼，問道：「有誰知道這件事？」
「只有在這個房間裡的人。」
阿爾泰爾斯環視房間一圈。
只有布琳和拉烏布——莉莉卡兩位最親近的侍從，還有自己和露迪婭。
他對布琳的明智決定點了點頭。最好別做無謂的殺戮。
「那麼，我們需要製造一個假的莉莉卡。」他低聲說完，看向布琳：「那隻貓還在嗎？」
布琳稍微低下目光：「是的，還在。」
「很好。」
露迪婭皺起眉頭。她也知道那隻貓是誰。
「您該不會要讓那隻貓當莉莉卡的替身吧？」
「不，那隻貓不適合。我會讓牠成為侍女替身。」
布琳聞言，忍不住抬起頭來。
「最親近的侍女突然消失才可疑。布琳・索爾，妳來當皇女的替身。」
而布琳的替身是雷澤爾特。
聞言，布琳再次深深低下頭：「是的，陛下。」

菲約爾德感到疲憊不堪。雖然疲憊，但——

『結束了。』

魔獸討伐終於完全結束了。

現在他可以回到首都了，即使只有一會兒，只能待一下子也好。

『莉莉。』

好想見她。只要能短暫地對視一眼就足夠了。

不，或許還是不夠。

奇怪的是，想到莉莉卡，他就感到飢餓。

離開臨時營地，回到伊格納蘭領地後，菲約爾德先去洗澡。洗完澡後，他連髮尾都細心地整理，換上了沒有一絲皺摺的衣服。

『休息一晚也沒問題吧。』

他習慣性地將手放在右眼皮上，感覺到眼球灼熱。他的力量今天似乎比平時更激烈地翻湧著。

『是因為放鬆下來了嗎？』

他疑惑地以不像他的懶散姿勢坐在沙發上時，有人來敲門。

菲約爾德抹了一把臉，抹去疲憊的神情，親自去開門。門外站著派伊・桑達爾。

「……」

「這麼晚了……」

他打開門並退到一旁時，派伊開口：「抱歉，我得立刻跟您談談。」

派伊的語氣不尋常。總是以冰冷無情的表情為傲的桑達爾，今天卻有所不同，他露出極其煩躁的神情。那表情並非針對菲約爾德，而是有麻煩的事情發生了。

派伊說道：「艾爾登里德王國說是伊格納蘭邊境伯爵請求借用他們的軍隊。」

菲約爾德頓時一震。

派伊慢慢觀察他的反應，說道：「您打算怎麼做？」

「這種愚蠢透頂的發言是從艾爾登里德那邊傳來的？」

「確切來說是米翁王子。剛討伐結束，他就立刻去找阿提爾殿下了。」

菲約爾德忍住差點脫口而出的嘆息，問道：「那麼殿下說要怎麼處理？」

「這個嘛。」

派伊．桑達爾露出不懷好意的微笑，冰冷而冷靜，如同一條蛇。

「殿下會怎麼處理呢？我是先來通知您一聲。明天一早就會召開會議。」

菲約爾德壓抑住了想跟著冷笑的衝動。

他反倒勾起一個溫和沉著地笑了：「我明白了，謝謝您來通知我。」

派伊向後退一步，菲約爾德則關上了門。

『事情變成這樣了啊。』

他開始緊緊按著眉心。他不知道艾爾登里德到底在發什麼瘋，做出這種最糟糕的選擇。

『他們說是我親口請求出借軍隊的，也就是說，主角終究是我嗎？』

當然，菲約爾德會否認。但光是否認，還不足以徹底洗清嫌疑，他沒什麼後盾。

阿提爾或阿爾泰爾斯究竟會站在他這邊嗎？

換作是他，應該會選擇趁這次的機會，徹底清除巴拉特的殘存勢力，並將他辛苦發展的伊格納蘭領地沒收，併入皇領，之後對艾爾登里德這個試圖與他聯手、跨越國境的王國進行軍事壓迫。

『很完美。』

菲約爾德的嘴角如畫一般上揚。

『那麼，我該如何化解這個情況呢？』

——叩叩。

就在這時，又有人敲門。

他疑惑地打開門，迪亞蕾站在門外。她不等他讓開，直接推開門進來。

「有什麼事嗎？」他關上門後問道。

考慮到他們之間的身分差距，迪亞蕾不能對他這麼失禮，但畢竟她是迪亞蕾·沃爾夫。莉莉卡唯一的談心朋友。

菲約爾德決定忍受她的無禮。

迪亞蕾轉身說道：「聽說事情變得非常棘手？」

他皺起眉頭：「妳是聽誰說的？」

這件事在這期間已經傳開了嗎？

迪亞蕾指向自己的耳朵：「我偷聽到了。」坦然地說道。

當他還在尋找合適的回應時，迪亞蕾搶先一步開口：「我可以幫上什麼忙？」

這句話讓他大吃一驚，瞪大了眼睛。

而迪亞蕾看著他驚訝的表情，愉悅地笑了起來，尖牙閃爍光芒。

「是皇女殿下拜託我的。她跟我說『如果發生了什麼事，就去幫菲約。』我是站在皇女殿下那邊的，當然得幫你。」

菲約爾德感到一陣窒息，稍微低下視線。

第一次有人在這種情況下來到他面前，說願意幫助他。不，莉莉卡皇女一直都在向他伸出援手。但該怎麼說呢，在這種情況下，他沒想到還會有人這樣做。

他莫名地開心。

當他再次抬起眼時，迪亞蕾已經坐在沙發上，拿起茶點了。

『如果能用點心使喚迪亞蕾・沃爾夫，那很划算啊。』

應該不會有人懷疑她會取代坦恩・沃爾夫，成為下一位德拉戈尼亞帝國第一騎士的事實。

「我願意接受妳的幫助。」

那雙綠色眼睛瞥來。

菲約爾德微笑著說：「那麼，妳能幫忙到哪種程度呢？」

隔天，菲約爾德・伊格納蘭邊境伯爵參加了會議。

他在休息室等候時收到入場命令，進去時看到阿爾泰爾斯站在正中央。

他頓了一下，深深鞠躬行禮：「參見帝國最尊貴者。」

「免禮。」阿爾泰爾斯揮了揮手。

菲約爾德沒有預料到皇帝會親自過來，但從現在開始，這場會議單純就是比誰更能見機行事了。

他直起身來，環顧四周。

米翁王子面露焦慮地站著，多里安也露出了一樣的表情，阿提爾和他的親信則一如往常。

「伊格納蘭邊境伯爵，據米翁王子所言，你曾請求軍隊進入伊格納蘭領地，是真的嗎？」

菲約爾德聽到這句話，靜靜地歪過頭道：「請問請求軍隊支援是什麼意思？」

「米翁王子。」

阿爾泰爾斯喚道，米翁輕咳了一聲後說：

「因為伊格納蘭邊境伯爵說樹海的魔獸讓軍事遇到困難，所以我出於友好之意，提議派兵支援。我完全沒有想到邊境伯爵從未得到陛下的允許……我們的騎士團也因此蒙受了不少損失。」

『啊哈。』

這是想要推卸責任嗎？

「那麼，伊格納蘭邊境伯爵，你有什麼話想說嗎？」

聽到阿爾泰爾斯問道，菲約爾德溫和地微笑，絲毫不像被逼入絕境的人。

「看來米翁王子誤解我的話了。王子殿下當然有提議要派遣軍隊進入樹海，但那只是作為商隊的護衛。」

「商隊的護衛？」

「是的，陛下您應該也知道，這條連結兩國邊界的道路會穿越樹海，十分危險。王子殿下也很擔心這些商隊，所以我說了如果是作為護衛，也可以增加兵力而已。」

菲約爾德厚臉皮地看向阿爾泰爾斯。

「我認為您之前賜予了作為邊境伯爵的我這種程度的自主權，陛下。但是沒想到會遭到這樣曲解了。」菲約爾德更加深笑容，「還是說，王子殿下本來就打算讓偽裝成商隊的軍隊進入伊格納蘭邊境伯爵的領地？現在真相曝光了，就說是我請求軍隊支援？有證據嗎？」

「這是口頭上的約定，沒有證據。但我的侍從可以作證，伊格納蘭邊境伯爵曾經罵過德拉戈尼亞帝國。」

「原來如此。那麼陛下，我有證據可以提供。」

菲約爾德的話讓阿爾泰爾斯瞬間明顯露出愉快的神情。

「證據？」

「是的，能否允許我請迪亞蕾・沃爾夫大人進來？」

站在阿爾泰爾斯身後的坦恩・沃爾夫忍不住看向門口。

「我允許。」

阿爾泰爾斯的話聲剛落，門就被打開，迪亞蕾走了進來。

她將手輕輕放在胸前，彎腰行了正式的問候禮。

「聽說妳有證據？」

「是的，陛下。」迪亞蕾・沃爾夫雙手揹在身後，筆直地站著，接著說道：「我們對這次遭到魔獸襲擊的人進行了詳細調查，發現其中一些穿著商隊服裝的人全副武裝。我們發現了凌亂的商隊馬車和貨物，並調查過殘存不多的士兵屍體時，確定是士兵們穿著外衣偽裝成商隊成員。」

這是理所當然。畢竟他們不會厚顏無恥地想以全副武裝的軍隊穿越樹海，一定會進行某種程度的變裝。

「巴爾加利。」阿爾泰爾斯對站在正中間的卡翁・巴爾加利喚了一聲，「這是真的嗎？」

「是的，陛下。」

聽到巴爾加利的回答，阿爾泰爾斯點了點頭。

米翁王子準備抗議，但菲約爾德把手伸進懷裡。

「還有這份蓋有米翁王子印章的文件。」

「什、什麼？這是偽造的！這是捏造的，不可能！」

「怎麼能說是偽造，我不太明白您以為這份文件的內容是什麼，但這份文件寫明了商隊行經時，可以根據規模增加護衛人數。」

他將文件交給旁邊的侍從，而阿爾泰爾斯接過文件看過並朗誦一遍後，將它遞給阿提爾。

阿提爾看向米翁王子。

「是不是偽造的，只要與你戴在手上的印章戒指比較一下就知道了。」

經過半強制的比較過後，確定印章是真品，連小損傷都完全吻合。

阿爾泰爾斯咧嘴一笑。

「好，那麼……」

米翁緊咬牙關。

「看來我們需要重新討論這件事了。」

坦恩·沃爾夫不知道自己該不該稱讚迪亞蕾·沃爾夫。

「真是的……」他摸了摸下巴，「沒被發現真是幸運。」

他低聲呢喃後，站在旁邊的迪亞蕾歪了歪頭。

「您是指什麼？」

她的語氣非常恭敬。她放鬆的語氣只會對談心朋友的皇女殿下使用。

「不，沒什麼。」

若是迪亞蕾·沃爾夫和菲約爾德·伊格納蘭，當然可以從沉睡的二王子手指上摘下印章戒指。

沒錯，他們能輕鬆做到。

『如果他們從一開始就打算一起叛亂，那就不曉得會是什麼結果了。』

那樣的話，菲約爾德·伊格納蘭的處境會更加不利。

『不過那樣的話，艾爾登里德也得做好準備。』

問題在於，艾爾登里德打算把責任完全推給伊格納蘭邊境伯爵。

迪亞蕾歪了歪頭。

「可是，他們到底在裡面談什麼呢？」

阿爾泰爾斯決定晚點再解決與其他國家王族的具體談話，先單獨召見了阿提爾和菲約爾德。因此，兩位沃爾夫並肩站在門前護衛，交換了一個眼神。

「不知道。」

「原來如此。」

如果連家主大人都不知道，那大概也不會告訴自己。

其實迪亞蕾對談話內容不怎麼感興趣，只是很好奇那是不是關於莉莉卡的事，並且只在意這件事。

一如迪亞蕾所料，裡面正在討論莉莉卡的事情。阿爾泰爾斯剛說明完莉莉卡的現狀。

阿提爾咬緊了牙。

「那麼我們應該向洛揚追究吧？向他們要解毒劑之類的——」

「他們只要說不知道就好了。」

菲約爾德的臉色蒼白，一動也不動。原本就像雕像的臉龐，失去表情後一點也不像人類。這種感覺將他那美麗的面容顯得更不真實，十分諷刺。

阿提爾緩緩說道：「那麼，意思是她會一直沉睡，直到所有魔力都消失為止嗎？」

「沒錯。」

「那麼……」

阿提爾想說些什麼，又咬緊了牙。

他漫長地深吸了一口氣，將內心所有的情感暫時放在心中的盒子並鎖起來。

「那麼，像莉莉卡這種情況，魔力什麼時候會消失呢？就我看來，也認為她的魔力非比尋常。」

「大概死了也會繼續沉睡吧。」

最後，封鎖起來的情感瞬間爆發出來。

「那父親大人會如此鎮定應該有什麼原因吧？」

阿爾泰爾斯看向菲約爾德。

「所以，我在考慮暫時把她的魔力全部抽取出來。」

「做得到嗎？」

菲約爾德似乎回過神來，開口問道。

阿爾泰爾斯指著他的右眼說：「你身上不就有一個用來做這類事情的道具嗎？」

這個裝置可以將他力量產生的火焰抽取至體外。

聞言，菲約爾德立刻臉頰泛紅。他毫不猶豫地想用手指挖出自己的右眼，而阿提爾及時抓住他的手腕，阻止了他。

「你在做什麼？」

菲約爾德看向阿提爾後皺起眉，接著露出明白了什麼的表情，尷尬地說：「也對，用手指挖出來可能會損壞或受傷，如果將銀湯匙的邊緣磨得鋒利一點，應該能更容易取出。」

菲約爾德做了個用湯匙挖取的動作。

阿提爾真是受夠了。這傢伙腦袋有毛病吧。

「不，哪能這麼做。要是這麼做，莉莉卡醒來後怨恨你，誰要負責？」

聞言，菲約爾德歪過頭笑了。

「但是如果她沒醒來，也不會怨恨我吧。」

阿爾泰爾斯嘆了口氣。

「我當然不會用那種方法。首先，那是你驅使力量的本體，從你身上取下來後，我們也不曉得該如何發動。」

阿爾泰爾斯說。

菲約爾德聞言，端正了姿勢。

阿提爾收回了手。看著他那副冷靜的樣子，阿提爾十分好奇他心裡到底在想什麼。

當然，他也愛著、珍惜著莉莉卡。雖然沒有明說，但莉莉卡也絕對不可能不知道。而且，如果是為了莉莉卡，即使是眼前這傢伙的眼球，他也絕對會挖出來。

就算是他自己的眼睛，也會毫不猶豫地奉上。

『但是……』

就算如此，通常不會立刻想把自己的眼珠挖出來吧，不會先想到這種自殘又貶低自己的方式。

可是這傢伙……

『這樣真的可以嗎？』

在莉莉卡身邊時，這傢伙看起來很正常，所以常常讓人忘記他曾經是「巴拉特的傑作」。如果莉莉卡消失，這傢伙好像也會一起消失。

正當阿提爾皺著眉頭盯著他看時，兩人對上目光。

金紅色的眼睛與更加深沉的紅眼。

伊格納蘭。

燒毀整個城市的火焰。

不分敵我地將一切燒為灰燼後消逝的火焰。

人類具有恢復力，然而，那股恢復力也有極限。超越那個極限後，有一個再也無法恢復的臨界點。菲約爾德・伊格納蘭肯定已經越過了那個臨界點。

「……」

阿提爾一瞬間心想「果然還是應該除掉他吧」，但他忍住了這個扭曲的想法。

他想到了自己的妹妹。

那明亮開朗的笑容、摟著自己的手臂，以及總是率真柔和，但十分堅定地注視著自己的目光。

阿提爾瞬間清醒過來，認為自己得先跟他說一件事。

「雖然這件事跟現在完全無關。」

「是，殿下。」

「我完全不打算認同艾爾登里德的說法，滅了伊格納蘭。」

聽到這句話，菲約爾德十分驚訝，像是聽到了意外的話。

「你果然覺得我會這麼做。喂，你想想看，如果我這麼做，莉莉會怎麼看我？」

阿提爾的話讓菲約爾德露出苦笑。

「說得也是呢。」

「對吧？」

阿提爾嘆了一口氣，用力搔了搔頭後看向阿爾泰爾斯。

這兩個孩子——雖然已經不是孩子了，但在阿爾泰爾斯眼中依然像個孩子——談完後，阿爾泰爾斯說：

「你們先回去吧。」

皇宮裡十分忙碌，但還沒有收到樹海的消息。

阿爾泰爾斯一行人也悄悄回到宮中，為了以防萬一。

阿提爾看向安然無恙地站在眼前的莉莉卡，又看向站在她身邊的布琳。

「哈。」

他傻眼得笑了。

莉莉卡微微一笑。一看到那個笑容，阿提爾就知道了。

「是索爾嗎？」

「是的，殿下。」

她微微屈膝行禮，隨即站直。

看著她的動作，阿提爾突然意識到所謂的本質是靈魂，而不是外表，即使相似也完全不同。

莉莉卡正在臥室裡沉睡。阿提爾頓時感到安心。她的睡姿非常平靜，看起來沒有一絲痛苦或難受。

菲約爾德的目光無法從沉睡中的莉莉卡身上移開。

站在一旁的露迪婭對阿爾泰爾斯說：「一切都準備好了。」

「好。」

阿爾泰爾斯自然地在看起來很疲憊的妻子眼角印下一吻，安慰似的低聲說：「會沒事的。」

露迪婭臉色蒼白地點了點頭。

阿爾泰爾斯抱起躺在床上的莉莉卡，對菲約爾德抬起下巴。

「你跟我來就好。」

「父親。」

「擁有權能的人最好不要靠近。菲約爾德是逼不得已，但我待會兒也會退到後面去。」

聞言，阿提爾咬緊嘴唇，還是同意了。

菲約爾德和阿爾泰爾斯走向皇族的私人花園。這是一片無人的寂靜森林，大理石製成的涼亭上掛滿了各種植物和魔晶石。

涼亭的地板上刻著一個複雜的魔法陣。

阿爾泰爾斯將莉莉卡放在魔法陣上後，問菲約爾德：「如果失敗，你可能也會再也醒不來。」

「是，我沒關係。」

如果莉莉卡無法醒來，那他無法醒來也無所謂。他對沒有莉莉卡的世界毫無留戀——

菲約爾德沉默了一會兒，抬起頭。

「如果我無法回來，您能至少幫我照顧一隻貓嗎？」

阿爾泰爾斯輕輕笑起。

「我會任命牠為皇室的捕鼠者。」

為了盡量避免可能干擾魔力的要素，四周沒有任何人。

阿爾泰爾斯將「七鐘」遞給他，並說：「你知道用法吧。」

「是的。」

「很好，那就開始吧。」

阿爾泰爾斯向後退。他也是擁有異質魔力的存在，不能有任何發生失誤的可能。

阿爾泰爾斯離開後，森林裡只剩下他們兩人。

菲約爾德躺在莉莉卡身旁，握住她的手。既溫暖又柔軟，是一雙從未使用過暴力又柔嫩的手。

樹枝被風吹得沙沙作響，掛在涼亭上的香草隨風搖曳，散發出微苦卻甜蜜的香氣，魔晶石發出微微的光芒並震動。

菲約爾德緩緩凝視著莉莉卡的臉，像是要將她的面容刻在眼底，並牽起她的手，輕輕吻了她的手背後低聲呢喃：

「鳴響吧，七鐘。」

神器發動，魔法陣開始發光。同時，魔晶石也開始發出光芒。

掛在上頭的植物瞬間冒出嫩芽，綻放出許多花朵。

通常七鐘會圍繞著他浮現七個鐘，但這次它們圍繞著魔法陣旋轉，在空中排成一排，並且響起鐘聲。

「目標是莉莉卡的魔力。」

金色的箭頭浮現在空中。不停旋轉的箭頭指向他的右眼，瞬間穿透了它。

不是疼痛，而是光芒遮蔽了他的視線。

他閉上眼睛又睜開。

「啊。」

會發出短促的聲音，是因為交握著的手掌觸感消失了。

他茫然地環顧四周。

是一片沙漠，他站在沙漠的正中央。

他四處張望，試圖尋找那個金色的箭頭卻沒看到。

『失敗了嗎？』

菲約爾德猶豫了一下，開始朝一個方向走去。與其待在原地不動，移動看看或許會比較好。

他走了多久？

鬆軟的沙子非常難走，但在這片沙漠中不會熱。

『因為這不是真正的沙漠嗎？』
他思考時，看到遠方有什麼東西，能看到一抹綠色光芒。
在那小小的綠色光點上，有一個小小的身影。
儘管距離很遠，身影也很小，但菲約爾德立刻就認出來了。
「莉莉卡！」
他急忙在沙漠中奔跑起來。
不久後，在他到達之處，只有莉莉卡周圍長滿了青草。而背對著他的渺小身影無疑是莉莉卡。
她坐著的是……
『棺材？』
菲約爾德對她的背影說：「莉莉卡。」
聽到呼喚，莉莉卡挺直背脊，轉頭看來。
大概已經七、八歲左右了？看起來像是他們第一次見面時的年紀。她的棕色頭髮長長地垂落下來，青綠色的眼眸十分美麗。
但她的臉上沒有表情。
莉莉卡那豐富多彩的表情，此刻全然消失了。
菲約爾德慢慢在她面前單膝跪下，抬頭望著她。
「您在這裡做什麼？」
「我在守護這個。」
莉莉卡指著自己下方的石棺。
「請問裡面裝著什麼？」

「死去的我。」

這句話令人毛骨悚然，但菲約爾德沒有因此感到動搖。

「這樣啊。」他點了點頭，「您必須一直守護它嗎？」

「你要看嗎？」莉莉卡從石棺上下來說道。

菲約爾德注意到她光著腳，看向她的腳並溫和地說：

「如果是莉莉卡想給我看的東西，我都願意看。不過您光著腳，讓我抱您好嗎？」

莉莉卡聞言，直看著他。菲約爾德只帶著滿臉笑容。

莉莉卡猶豫了一下，小心翼翼地伸出纖細的雙臂。菲約爾德也慢慢地伸出手，就像在伸手接近受到驚嚇就會逃得遠遠的兔子一樣，小心地移動，但也不至於太慢。

他將莉莉卡抱個滿懷後站起身，不由自主地笑了。

她既輕盈又溫暖。

「你為什麼在笑？」

「因為莉莉卡太可愛了。」

「我很可愛嗎？」

「是的，您是全世界最可愛的。」

莉莉卡露出彷彿聽到奇怪話語的表情看著他，隨後目光再次看向石棺。

「由我來打開嗎？」

聽菲約爾德問道，莉莉卡搖了搖頭。

「不，我不想打開。剛才你說我可愛，可是打開之後，可能就不可愛了。」

「莉莉卡無論何時都很可愛。」

「即使是吊著死去，吐出舌頭的屍體也是嗎？」
「是的。」
聽到菲約爾德笑著回答，懷中的孩子表情變得很奇怪。
菲約爾德眨了眨眼。他知道自己的感覺不對勁，但這段對話真的很奇怪。
「你真是個奇怪的人。」
聞言，菲約爾德嘆息似的低聲說：「這種奇怪只對莉莉卡有用。」
莉莉卡將頭靠在他的胸膛，像個孩子的炙熱體溫很快就使胸口變得溫暖。
她似乎睏了，閉上眼睛。菲約爾德可以一直這樣抱著莉莉卡，安撫她。
然而，莉莉卡閉著眼睛開口說：
「我知道自己只能死去。」
「……」菲約爾德聽著她說話。
「我只能死去。不然所有人都會變得不幸，必須回到原點。」
莉莉卡輕嘆了一口氣，那聲嘆息不像個孩子。
「希望大家都能幸福是魔法師的天性，但溫柔的人容易以奇怪的方式破碎毀壞，所以我是不是破碎了呢？」
「人類本來就很容易破碎啊。」
莉莉卡睜開眼睛，兩人對上目光。
「是嗎？」
菲約爾德點了點頭，「那當然。」
莉莉卡笑了。
「你真的是個奇怪的人。」

「我說過這只對莉莉卡有用。」
她成熟地笑了，但那個笑容卻讓菲約爾德感到胸口發緊。
他將額頭靠在孩子圓潤的額頭上。
「莉莉，莉莉卡。」
他以不安的聲音呼喚她。
莉莉卡輕輕笑了。她的小手捧住他的雙頰，青綠色的眼眸望進他金紅色的眼睛問道：
「你是不是喜歡我？」
「我愛您。」
毫不猶豫地回答讓莉莉卡的臉頰泛紅。她又笑了。
她低聲說道：「我一直在努力，卻總是無法如願，所以或許在某個瞬間放棄了……」
說完，她歪過頭。
「我丈夫曾經說過我很可憐，但最後他也一樣利用了我。」
菲約爾德瞪大雙眼：「……您有丈夫？」
他的聲音在顫抖。
莉莉卡點了點頭：「曾經有過。」
菲約爾德迅速整理好混亂的情緒。
「原來如此……是以前的事啊。不對，這不是重點。」他問道：「您願意和我一起回去嗎？」
「和我？」
「是的，雖然您不是我的莉莉卡，但您仍然是我的莉莉卡小姐。」
菲約爾德的這番話讓莉莉卡瞪大了眼睛。

她那雙比閃亮的玻璃珠還要耀眼的青綠色眼眸凝視著他。

「原來如此。」她嘆息似的說：「原來如此。」

之後似乎明白了什麼，笑了。

「那個，你的莉莉卡幸福嗎？因為我有點害怕。即使回到了原點，如果還是失敗了怎麼辦？我應該無法承受兩次，可能會徹底粉碎。」

「她很幸福。」

聽到菲約爾德的回答，她刻意裝出嚴肅的表情。

「說得這麼堅決沒問題嗎？」

「我一直只看著莉莉卡，就算有其他人，我也只看著莉莉，所以我知道，莉莉卡過得平凡又幸福。」

他的話讓她露出放心的笑。

「原來如此，太好了。」

她用雙手推開他，用眼神示意要下來。菲約爾德小心翼翼地把莉莉卡放下來。

「我原本很擔心，雖然這裡是已經過去的時間線，但在我心裡還殘留著莉莉卡的魔力痕跡。不過，真是太好了。」

「魔力嗎？」

「嗯，我既是她，也是她的魔力。」

莉莉卡回答完，隨即伸出手，將沉重的石棺蓋子往旁邊推開。出現在裡面的不是屍體，而是光芒。

不，或許是一股藍色的水流。

那股光芒閃爍著，凝結成熟悉的擺錘形狀。

新月、愛心、可愛的皇冠。

是菲約爾德熟悉的形體。

她將這個結晶捧在手中，低頭看著它。長長的棕色睫毛引人注目。

「魔力是血統，所以會逐漸擁有自我，然後傳承給後代。而艾爾希實現願望後消失了。」她說著，露出燦爛的笑容，「我是她的魔力、她的自我、被遺忘的過去和沉睡的現在。」

她將魔力結晶遞給他，而他一把抓住漂浮在空中的魔力結晶。

莉莉卡平靜地說：

「如果她和你有了孩子，這個血統中就不會再流淌著魔力了。」

「！」

「你為什麼臉紅了？」

「沒事，因為很難為情……」

聽到莉莉卡親口說出這樣的話，他反而更害羞。

他偷偷瞄了她一眼。

「那麼，現在莉莉卡打算怎麼做？」

莉莉卡微微一笑，是十分清爽的微笑。

「我放心了，所以現在要消失了。時間會全部回到現在，而過去的痕跡會在沙漠中風化消失吧。」她低聲說完，看著他呢喃似的說：「那個，你能繼續愛那邊的我嗎？」

「當然，我愛您，莉莉。」

菲約爾德的話讓莉莉卡露出燦爛的笑容。

這時開始吹起風，沙漠從遠處開始消失，是十分奇妙的光景，彷彿有人用沙塵抹去一切。

一切都被沙子抹去，眼睛灼熱。

眼睛熱得難以忍受，只從右眼流下生理性的眼淚，但他硬是睜開眼睛。

視野模糊扭曲又恢復清晰，如此反覆。
那是先前所在的地方。
皇族私人花園中的涼亭。
「唔！」
伴隨著刺痛感，菲約爾德的眼睛中冒出像星星碎片般的耀眼光芒，凝結成擺錘形狀的魔力結晶。同時，眼中的灼熱感也消失了。
他嘆了一口氣，將視線轉向一旁，看到依然沉睡著的莉莉卡。
他慢慢坐起身，抓住漂浮在空中的結晶。環顧四周，發現周圍的魔晶石已經碎裂，掉在地上。那些植物則不知道怎麼了，完全消失了，沒留下一絲痕跡。幸運的是，掉在地上滾動的「七鐘」看起來完好無損。
天空泛著淡粉色，現在是早上嗎？還是黃昏？
他小心翼翼地呼喚莉莉卡。
「莉莉？莉莉卡，我的知更鳥皇女殿下，醒來吧。」
即使輕聲呼喚她，莉莉卡依然沒有醒來，於是他抓住了她的肩膀。
「莉莉卡？」
「嗯……」
聽到她嘴裡發出細微的聲音，菲約爾德鬆了一口氣。
莉莉卡緩緩睜開眼睛，十分困倦的雙眼慢慢地聚焦。
「菲約……？」
「是我。」
莉莉卡伸出手，環上他的脖子，毫無防備地露出笑容。

「這是夢嗎？」

「……不是。」

菲約爾德晚了一拍才擠出回答。莉莉卡又眨了幾下眼睛，笑了。

「但為什麼早上時菲約會在這裡……？嗯……」

「現在不是早上，這個嘛……不知道過了多久。」

他喃喃自語，但菲約爾德不會錯過這個機會。他抓住她環在脖子上的手臂，更往前傾身。脣與脣輕輕相碰。

「不過，還是要跟您說聲早安。」

一離開私人花園，阿爾泰爾斯就迎面走來。

他走近後緊緊抓住女兒的臉，仔細地左看右看。

「我、我沒事的。」

「如果妳的『沒事』值得相信就好了。」

莉莉卡露出委屈的表情，阿爾泰爾斯這才說了句「好吧」放開她。

「我很擔心妳啊。」

「是，我現在沒事了。」

阿爾泰爾斯把目光轉向菲約爾德：「辛苦你了。」

菲約爾德微微低下目光，回應道：「不，我只是做了該做的事。」

「你現在可以回去了。」

聽到這明顯的逐客令，菲約爾德輕輕行了一禮後離開了。他也還有很多事情需要處理。

莉莉卡目送菲約爾德離開後，問阿爾泰爾斯：

「菲約說我因為那杯茶睡著了，是嗎？」

「沒錯。」

「真的有這種事？」

「確實有那種植物，但我不知道它也生長在這個大陸上。」阿爾泰爾斯再次問莉莉卡：「妳的身體有什麼異常嗎？」

「沒有。」

「那魔法呢？」

莉莉卡從懷中拿出擺錘給他看。

「魔力目前是這樣被分離出來的。」

「那在茶的效果消失之前，暫時不要使用魔法比較好。」

「好的。」

她乖巧地點了點頭。她也不想因為使用魔法而陷入沉睡。

「那我們回去吧。」

阿爾泰爾斯抓住女兒的手，帶她離開。

一回到宮中，露迪婭第一個衝過來。

「莉莉卡！」

媽媽跑過來緊緊抱住她，不停摸著她的臉頰，仔細看著她的臉。

「妳沒事吧？嗯？有沒有哪裡不舒服？」

「是的，我沒事。」

「妳說的沒事完全無法相信啊。」

『媽媽和父親說了一樣的話。』

莉莉卡感覺自己變回了孩子，享受著媽媽的撫摸。

「妳真的沒事嗎？」

「是，我真的沒事。」

「還是請醫生來吧。」

經過一陣忙碌的檢查後，得到的診斷是除了因為長時間沉睡而非常飢餓之外，她的健康狀況良好。

廚房很快就接到指示，盡快準備一碗清淡的湯。

在等待餐點的時候，阿提爾捏起莉莉卡的臉頰。

「妳知道我們有多擔心嗎？」

「我也沒辦法嘛。」

「唉，真是的。」

阿提爾輕嘆了口氣。

莉莉卡瞥了他一眼，問道：「但我看你在這裡，樹海的事情是不是都解決了？」

「是啊，妳可是沉睡了一個星期。」

「一個星期嗎？」

「對。」

「難怪我覺得非常餓。」

「幸好妳會覺得餓。」

有食欲表示身體很健康。

不久後，布琳端來一碗非常清淡的湯。

莉莉卡慢慢地舀起湯。湯一進入口中，強烈的飢餓感便湧了上來。

明明是碗清淡的湯，為什麼這麼好喝？

「慢慢吃，不然會脹氣。」

聽到阿提爾的話，莉莉卡開始放慢速度，有耐心地喝著湯。

「所以最後是怎麼解決的？」

「什麼？」

「樹海的事啊。菲約爾德最後跟我說時，說是他把那邊的人引進來的。」

「啊。」

阿提爾皺了皺眉，解釋了整個情況。

莉莉卡微微張開嘴：「那不是很危險嗎？一個不小心就會被汙衊成叛國吧？」

「沒錯。」

「天啊……但還是順利解決了吧？」

「對，雖然洗清了嫌疑，但還是會傳出流言，所以不可能繼續與那邊套關係並取得情報了。」

「這樣啊。」

這代表危險的雙面間諜任務失敗了吧。這反而讓莉莉卡放下心來，把湯喝得一乾二淨。

『還不夠……』

但如果現在完全吃飽，肚子可能會不舒服。

布琳似乎察覺到了，問道：「要再來一碗嗎？」

「嗯。」

再喝一碗清淡的湯應該不要緊吧。

布琳收走空碗，端來一碗新湯。

當莉莉卡開始喝第二碗湯時，阿提爾說：「真沒想到迪亞蕾・沃爾夫會幫菲約爾德。」

他直盯著妹妹，而莉莉卡微微一笑：「因為他們都是我的朋友嘛。」

她沒有直接回答，巧妙地帶過，表現得非常出色。

阿提爾微微一笑，並說：「對對對，朋友的朋友就要互相幫忙是嗎？那還真棒。」

「沒錯，那當然。」

莉莉卡隨口應道，稍微加快速度喝完了第二碗湯，胃舒服了許多。

胃裡的飢餓感減輕，她的心情也放鬆下來。果然，填飽肚子是件很重要的事。莉莉卡這麼想著，問阿提爾：

「那其他國家的人還在嗎？」

「嗯，現在差不多要回去了。他們也損失了不少騎士，無法繼續參加比武大賽。」

「啊，那真可惜。迪亞蕾還說一定要奪冠呢。」

「不用看也知道她會奪冠……不對，畢竟杰斯還在。」

「我覺得我的迪亞蕾會贏喔！」

「真的是這樣嗎？」

兄妹倆相視而笑，彼此都認為自己的談心朋友是最強的也無可厚非。

莉莉卡清了清喉嚨，接著說：「總之，接下來就沒什麼事了呢。最後目送客人離開後，我一定要休息。」

「同意，我深有同感。」

雖然大家都說皇族沒有假期，但還是需要休息——非常需要。

兩人對此深感贊同。

所有行程都結束了。

帝國和洛揚、艾爾登里德簽訂了對德拉戈尼亞帝國非常有利的協議。

「別逼得太緊比較好。」

阿爾泰爾斯也認同露迪婭的建議。

稍微占有優勢，這樣在外交上就非常足夠了，不需要隨便過度施壓，導致對方主動引發戰爭。

發動征服戰爭不得不耗費大量人命和資源，勉強占領土地後，可能還會引發毫無休止的紛爭，消耗剩餘的國力。

「在友好關係上占據優勢，在文化上馴服他們這才是關鍵。」

露迪婭微笑著說。

只要說是德拉戈尼亞帝國現在流行的東西，艾爾登里德和洛揚都會爭相模仿。當然，沙漠另一邊的伊萊恩也是如此。

至於遙遠的高句國等國家，早已和德拉戈尼亞帝國建立起友好的關係。

與遙遠的國家友好相處是既簡單又方便的選擇。高句國那帶有異國風情的商品也擄獲了德拉戈尼亞貴族們的心，兩國約定會積極交流後告別。

莉莉卡久違地來到私人花園。

現在是阿爾泰爾斯要上課的時間。

上次上課不知道是多久以前了。

她既緊張又開心，手肘撐在石桌上，像個小孩一樣晃著雙腿。

天色陰沉，空氣中的濕氣很重，好像要下雨了。石桌散發出一股苔蘚的氣味。森林和泥土吸收了水氣，散發出香氣，潮濕微涼的空氣和灰色的天空也讓她感到心情很好。

就在這時，有人從後方親了一下她的頭。

「妳好啊，莉莉。」

「您好。」

莉莉卡回頭看向如今會自然地做出親密接觸的父親，坐直身體。

或許是父親會自然地對媽媽這麼做，變成了習慣，現在也經常像這樣出現並親吻她。

阿爾泰爾斯將手中的書放在石桌上。

那是一本用古語寫成的書，莉莉卡能輕鬆地看懂封面上的字。

『日記。』

「日記嗎？」

「這是從洛揚王國找到的。」

「！」

竟然會在洛揚王國發現古語書寫的日記。驚訝的莉莉卡先看向書，又看了看父親。

她來回看著書和父親，解開捆住這本書的皮製書帶。這本書非常古老，必須非常溫柔地對待它。

書上的手寫文字優雅流暢，需要一些時間閱讀，但她作為一名魔法師學習沒有任何目的或目標，因此就算緩慢，莉莉卡還是能讀完。

『**我們剛抵達這片大陸不久，便遇見了當地的人。他們說是來看看星星墜落的地方。**』

「！」

莉莉卡驚訝地猛然抬起頭，阿爾泰爾斯接著說道：

「我說過除了我們，還有其他人逃了出來嗎？」

莉莉卡急忙繼續閱讀後面的內容。

從魔法師之島逃脫的人不多。如果塔卡爾是讓大量人員乘船逃脫，那麼他們就是坐著小船逃亡。

包含日記的主人在內，這個隊伍人數不多，大約三四人。聽到當地人說星星墜落的地方無法進入後，他們得知除了自己之外，還有其他魔法師——和他們不同，一位強大的魔法師。

莉莉卡快速地讀過內容，前半部分的內容總結如下：

他們光是為了逃離就耗費了太多魔力，再也無法使用魔法了。反正必須放棄魔法才能逃離那座島嶼，這也無法避免。然而，他們擔心那些不知情的純樸原住民會遭到其他魔法師攻擊。他們為了應付可能出現的最糟情況，決定將帶來的植物送給原住民。

「我就是喝了這個？」

「對。雖然他們知道必須放棄魔法，但還是以防萬一，留了後路。」

這是用來對付魔法師的出色道具之一。

「不過，竟然把魔法師墜落到大陸說成星星墜落，真浪漫呢。」

「啊，因為為了離開魔法師之島，他們必須飛到大氣層之外再降落……」

「大氣層嗎？」

看到她露出疑惑的表情，阿爾泰爾斯笑了。

「這個世界的範圍非常有限，越往上飛，空氣層會……不，不對，總之看在他們眼裡可能就是這樣的情景。」

莉莉卡歪了歪頭，闔上書本。

「我也有一件事想問。」

「說說看。」

「不久前我作了一個夢。」

阿爾泰爾斯點了點頭。

莉莉卡看著自己的父親，那雙透明如玻璃珠的藍色眼睛認真地看來。

那是平等看待對方的眼神，使她不由自主地挺直了腰桿。

「我在夢裡看到了我。應該說，那是我，但又不是我吧？可那是我。」

這番話連她自己都覺得很混亂，因此感到難為情，但阿爾泰爾斯依然點了點頭，莉莉卡因此有了勇氣，繼續說下去：

「她問我幸不幸福，我就說幸福，然後她說『「我們」做出了正確的選擇』……不知為什麼，在夢裡我一直哭，既高興又悲傷……」莉莉卡歪著頭，「她給我的感覺有點像艾爾希，但又不是艾爾希，那是我但……」

「那是妳沒錯。」

阿爾泰爾斯爽快地認同後，莉莉卡猛然抬起頭。

「那是我嗎？」

「沒錯，是妳的魔力。雖然魔力本身是從艾爾希那裡傳承下來的，但妳身上不是只有艾爾希的血脈吧？還有流淌著妳祖先們的血。」

「是的。」

「只是因為艾爾希的力量最強，再加上妳是最後的魔法師，所以他才會出現。」

阿爾泰爾斯的手緩慢又輕柔地將莉莉卡的頭髮撥到後面。

「所以艾爾希消失後，一直隱藏著的妳主動浮上了表面。」

阿爾泰爾斯沒有特別提及她曾經逆轉時間的事。

「原來如此。」

莉莉卡輕聲低語，隨即露出微笑。

「難怪我覺得很慶幸。」

「什麼？」

「就是這一切啊。應該說是一切都回到原本位置的感覺。」

「那真是太好了。」

阿爾泰爾斯點了點頭站起身。

莉莉卡「啊」地驚呼一聲，拿起那本日記：「您不帶走這本書嗎？」

「妳可以隨意閱讀，再告訴我內容。」

「不過，您是怎麼在洛揚找到這本書的？」

聽到莉莉卡的問題，阿爾泰爾斯笑了笑。

「妳不會以為只有他們那邊有密探吧？」

啊。

莉莉卡露出恍然大悟的表情，阿爾泰爾斯就輕輕揉亂女兒的頭髮，轉身離開了。

莉莉卡整理好自己被弄亂的頭髮，抱著日記邁開腳步，久違地走向花園。

她看了一眼天空，加快腳步。

當她快到小屋時，雨開始慢慢落下。莉莉卡跑進小屋，著急地說：「外面下雨了。」

在裡面等著的菲約爾德闔上書，笑著說：「那我們去門廊吧？」

莉莉卡眨了眨眼，也對他笑了。

「好啊。」

——滴答滴答！

花園裡落下斗大的雨滴。不是傾盆大雨，而是沉重的雨點一滴一滴落下。覆盆子的葉子被雨水打得顫動，水珠滾落葉片。

地面立刻被打濕，一股微苦的土味升騰而起，掛在門廊前樹上的鞦韆前後擺盪著。雖然空氣十分潮濕，但一陣清涼的風吹來，兩人靜靜地看著花園一會兒。

菲約爾德開口：「今天怎麼沒看到那兩個人呢？」

總是跟在莉莉卡身邊的布琳和拉烏布不在。

莉莉卡「嗯～」了一聲後說：「我有時候也想和菲約獨處啊。今天要和父親大人見面，所以我就利用了這個機會。」

他們兩個應該現在還以為莉莉卡和父親在一起吧。

菲約爾德驚訝地看向她，莉莉卡則瞥了他一眼，說：

「但自從那次之後，我們就沒辦法單獨見面了吧？你一直說很忙，這次好不容易能見面……」

聽莉莉卡低喃說道，菲約爾德輕嘆了口氣。莉莉卡聽到後小聲地反問：

「這會讓你很為難嗎？」

菲約爾德聞言搖了搖頭。

「不，不是的。我不是那個意思……」他露出苦笑，「我是在想，如果我當初更努力，我們現在應該就能單獨見面了。」

莉莉卡歪過頭問：「更努力？」

聽到她反問，菲約爾德吞下嘆息，慢慢解釋道：「您還記得我上次跟您說過的話嗎？」

「嗯？」

莉莉卡歪著頭，菲約爾德更苦笑地說：「我說過，我想和您結婚。」

「啊？啊！啊啊！」

莉莉卡當場跳了起來，臉頰瞬間漲紅。

與剛才不同，她的思緒開始十分飛快地運轉起來。

他說過要立下功勞，光明正大地與莉莉卡訂婚，但事情發展不如他想的那麼順利，所以他無法坦然地說出口。

莉莉卡問：「你的意思是因為這件事不順利，我們沒辦法結婚嗎？」

「不，不是不能結婚——」

菲約爾德還沒說完，莉莉卡就一下子站起身。

「在這世界上，我最喜歡你了，菲約！」

她高聲大喊，菲約爾德因為高興而不知所措。他第一次知道原來太開心也會讓人感到不知所措。

「不對，應該說我愛你。除了你，我不會和其他人結婚。」

這句話直率又孩子氣，卻反而打動人心。

「菲約爾德呢？」

「如果沒有您，我會徹底崩潰。」

莉莉卡立刻走過來，握著菲約爾德的手，將他拉起來並說：「菲約，這種時候你只需要說『你想和我一起生活』就好了。我們走吧。」

「和您一起走嗎？」

「嗯，現在就去。」

莉莉卡拉著他的手，毫不猶豫地邁步走進雨中。菲約爾德反而慌張地說：

「等等，莉莉，不能淋雨過去，至少進去拿傘，這樣對身體不好。好嗎？」

「沒關係，我比你想得還要健康強壯。」

「我知道，但這和我的顧慮是兩回事吧？」

「這點雨沒問題的。」

當他們穿過花園，抵達迴廊時，兩人的肩膀都濕透了。

「但莉莉，我們要去哪裡？至少先換下濕掉的衣服……」

宮中侍從們用疑惑的眼神看著皇女殿下和跟在她身後的邊境伯爵。

當莉莉卡站在銀龍室門前時，菲約爾德沉默了。

『真的嗎？以這副模樣？』

要以淋過雨的樣子晉見皇后殿下嗎？

以這副模樣？

下一刻，跨過某個關口後他的腦袋反而冷靜下來了，感覺也像放棄抵抗了。比起掙扎，他十分好奇皇女殿下到底打算做什麼。

「皇女殿下。」

他剛開口，莉莉卡就伸出手，一把將沉重的門推開，令人疑惑是否用了魔法。

穿過大廳，推開會客室的門後，不僅僅是露迪婭，阿爾泰爾斯也在房裡。

難得共度閒暇時光的兩人看到他們，睜大了眼睛。

露迪婭猛地站起身。

「莉莉？天啊，妳是淋雨來的？不對，伊格納蘭邊境伯爵你？」

不是問邊境伯爵「也」來了，而是「你竟然淋雨了」。

這句話的意思是女兒是個會在雨中亂跑的人，但伊格納蘭邊境伯爵是淋到一滴雨都受不了的人，也不會以這種狀態來見自己。

莉莉卡沒發現這不同的語意，一把將菲約爾德拉到身邊。

因為力量差距，菲約爾德不可能被她拉動，但就算莉莉卡只招招手，他也只能順從地被拉過來。

「我愛菲約爾德。」

「……」

露迪婭微微張開嘴巴，努力理解眼前發生了什麼事。

莉莉卡繼續說：「和菲約在一起，我很幸福，也非常快樂。所以，我以後也想一直和他在一起。」

露迪婭和阿爾泰爾斯都看向菲約爾德。

菲約爾德第一次遇到他在皇帝和皇后面前說不出話的情況。

不等他開口，莉莉卡接著說：「我要和他結婚。」

露迪婭的眼睛睜得更大了，阿爾泰爾斯反倒瞇起眼。

露迪婭看著堂堂正正地如此宣告的自家女兒。她和莉莉卡對上目光，女兒就有點難為情地笑著說：

「謝謝你們一直保護我、養育我。」

露迪婭說不出話來。

莉莉卡說出這句話時，表情非常認真。

露迪婭露出苦笑，而阿爾泰爾斯站起來摟住露迪婭的肩膀，露迪婭也握住他的手。

「好，我知道了。」阿爾泰爾斯說出回答，「結婚還為時過早，在今年結束前訂婚怎麼樣？」

他對菲約爾德拋出這個問題後，菲約爾德迅速回答：「謝謝您，陛下。」

「好，那就這樣決定了。」

阿爾泰爾斯揮了揮手，摟住妻子肩膀的手臂更加重力道。

這明顯是要他們離開的意思。莉莉卡猶豫了一下，衝過去一把抱住父母，隨後拉著菲約爾德離開了房間。

一走出房間，莉莉卡就忍不住笑了出來，那笑聲中帶著顫抖。

「莉莉？」

菲約爾德驚訝地抓住她，莉莉卡則從正面緊緊抱住他。

菲約爾德也用力回抱住微微顫抖的她，不在乎旁人的目光。

他輕聲說道：「請與我共度一生。」

「……嗯。」

莉莉卡在他懷裡輕聲回答。

訂婚儀式簡樸又華麗。

這或許會讓人疑惑到底是什麼意思，但除此之外，沒有更合適的描述了。

以皇女和邊境伯爵的訂婚典禮來說很樸素，但比莉莉卡預料得還華麗。

露迪婭和菲約爾德一同出手策劃典禮，因此毫無疏漏。

訂婚的消息引起整個大陸的熱烈關注。這是一場沒有外賓，只有家人參加的溫馨訂婚典禮，賀禮卻蜂擁而來。

莉莉卡手上的訂婚戒指像晨星一般，閃耀著光芒。

阿提爾雖然嘴上抱怨，還是參加了訂婚典禮。

「謝謝您。」

當菲約爾德自豪地帶著幸福的表情向來參加的他致謝時，阿提爾明白了。

『原來他那自卑的性格只會在莉莉卡面前出現。』

莉莉卡不在時，菲約爾德依然是個厚臉皮又傲慢的巴拉特。

『我真是白擔心了。』

雖然覺得不爽，但阿提爾還是給了莉莉卡一個祝福的吻。

威爾報社獨家採訪並報導了這場訂婚典禮。

訂婚典禮即將結束時，菲約爾德遇到了布琳，低聲問道：

「請問，《珍珠之歌》會是怎麼樣的結局？」

他有禮貌地詢問。

布琳睜大眼睛後，微笑著說：「通常這種故事的結局都很明顯吧？」

「是嗎？」

「是的。」

兩人對視了一會兒，在莉莉卡回來時自然地別開視線。

不久後，威爾報社刊載了《珍珠之歌》的最後一話，而最後一句話是這樣寫的——

Happily ever after

『他們過著永遠幸福的生活。』

高寶書版集團
gobooks.com.tw

CP020
契約皇后的女兒 4
엄마가 계약결혼 했다

作　　者　시야 (Siya)
譯　　者　朱紹慈
責任編輯　李雅媛
校　　對　陳凱筠
設　　計　單宇
排　　版　彭立瑋
企　　劃　黃子晏

發 行 人　朱凱蕾
出　　版　三日月書版股份有限公司
Mikazuki Publishing Co., Ltd.
地　　址　臺北市內湖區洲子街 88 號 3 樓
網　　址　www.gobooks.com.tw
電　　話　(02) 27992788
電　　郵　readers@gobooks.com.tw（讀者服務部）
傳　　真　出版部　(02) 27990909　行銷部 (02) 27993088
郵政劃撥　19394552
戶　　名　英屬維京群島商高寶國際有限公司臺灣分公司
發　　行　英屬維京群島商高寶國際有限公司台灣分公司 / Printed in Taiwan
Global Group Holdings, Ltd.
法律顧問　永然聯合法律事務所
初版日期　2025 年 5 月

國家圖書館出版品預行編目 (CIP) 資料

契約皇后的女兒 / 시야著 ; 朱紹慈譯 . -- 初版 . -- 臺北市 : 三日月書版股份有限公司出版 : 英屬維京群島商高寶國際有限公司台灣分公司發行 , 2025.05
面 ;　公分 . --

譯自 : 엄마가 계약결혼 했다

ISBN 978-626-7391-61-7 (第 4 冊 : 平裝)

862.59　　114002557